DE TWEEDE GESCHIEDENIS

Loes Wouterson

DE TWEEDE GESCHIEDENIS

Roman

2002
DE BEZIGE BIJ
AMSTERDAM

Copyright 2001 © Loes Wouterson
Eerste druk februari 2001
Tweede druk maart 2001
Derde druk juli 2002
Omslag Studio Jan de Boer
Foto Photonica/Image Store
Foto auteur Serge Ligtenberg
Druk Hooiberg, Epe
ISBN 90 234 0895 0
NUR 301

DEEL 1

Hoofdstuk 1 – 13: zomer 1989 – eind 1990, 1991

Hoofdstuk Eén – Veertien:
februari 1992 – voorjaar 1993

Eén

Februari 1992

Ze stapte uit de auto en liep over het moerassige pad naar het grote huis tussen de bomen.

'Wees niet bang voor de honden,' had mevrouw Wijnglas haar gezegd, 'en zijn vrouw is een beetje excentriek.'

Door de glazen voordeur zag Esther een schaars verlichte hal met drie gesloten deuren en een trap naar boven. Alle muren waren overdekt met schilderijen, prenten en tekeningen. Twee geweren hingen gekruist onder een hertenkop, als een stijve vlinderdas. Het gestrikte dier staarde met melancholieke blik over de hal. Vier oude stoelen stonden langs de muren. Leeg.

Het was stil.

Je kunt ook weggaan.

Ze strekte haar arm uit en belde aan. Onmiddellijk klonk er een echoënd geluid uit het huis, en naarmate het dichterbij kwam, herkende Esther het als geblaf. Drie honden kwamen in gestrekte draf vanuit een gang de hal in gerend. Hun nagels krasten krullen in het deels weggesleten hout van de vloer achter de deur, waar ze zich naast elkaar opstelden: de traag blaffende Deense dog, het in dubbel tempo keffende vuilnisbakje, dat scherpe hoektandjes had, en een zwarte hond, die op een langharige bouvier leek en loeide. Hun adem wasemde ritmisch tegen het glas van de voordeur.

'Já, já,' zei Esther zachtjes.

Uit dezelfde gang verscheen een kleine ronde vrouw met donkerrood geverfd haar. In haar lange flamboyante gewaad schoof ze naar de voordeur. Een kort moment keek ze Esther aan. Onder de jong aandoende, felgekleurde make-up had de oude kwetsbare huid van de vrouw iets geruststellends. Met een groot armgebaar stuurde ze de honden terug de hal in en trok de deur open.

'U heeft een afspraak?'

'Ja,' zei Esther.

'Kom maar mee, hoor.' Geflankeerd door de honden begeleidde ze Esther door de hal naar de gang. 'De achterste deur links. Daar kunt u wachten.'

'Merci,' zei Esther.

'Kom Boebie, Snuffel, Spriet. Spriét!' Trippelende hondenpoten en een deur die sloot. Het was weer stil in het huis, toen Esther bij de bruine deur kwam met de geschilderde letters: 'wachtkamer'. Ze ging naar binnen. Twee vrouwen en een man zaten in de warme, vochtig ruikende kamer, die was gemeubileerd met een oude donkerbruine tweezitsbank, een fauteuil en een paar stoelen, die rondom een salontafel stonden opgesteld. De wachtenden moesten opstaan om haar te laten passeren, met de armen gespreid en de buik ingehouden, als vroegen ze haar ten dans.

Esther ging op de bank tegenover de deur zitten, pakte een tijdschrift van de enorme stapel die op tafel lag en wachtte. Links van haar was een raam, waarvan het glas het uitzicht op een klein weiland vertekende. Een gretig voortgrazende pony ging golvend door het gras.

'Mevrouw Blindeman?'

Esther schrok op. Ze had verwacht dat het nog wel even zou duren. Ze werkte zich snel omhoog uit de lage tweezitter, grabbelde haar tas en greep de hand, die haar werd aangereikt.

'Bierens.'

'Esther Blindeman.'

'Gaat u voor,' zei Bierens met een galante armzwaai.

Ze liep de gang door, zware stappen achter haar. Ze probeerde zich voor te stellen wat hij aan haar rug aflas, maar ze had moeite zichzelf voor de geest te halen. Feilloos onthield ze haar innerlijke beleving van een situatie, maar ze kon zelden correct navertellen hoe een persoon, een gebouw, een straat eruit had gezien, en een onverwacht treffen met een spiegel bezorgde haar altijd een schok.

In de hal met de gesloten deuren wilde ze Bierens voor laten gaan, maar zijn grote lichaam stuwde haar voor zich uit, terwijl hij wees: 'Daarheen.'

Haar motoriek verstrakte. Van binnen maakte ze een soepele, snelle manoeuvre. Het gevoel los van het lichaam. Vertrouwde beweging, de buitenwereld nu ver weg, zij binnen. Diep. Ondergedoken.

De kamer was niet groot. De hoge muren waren bekleed met rekken vol boeken. Esther schuifelde langs de tafel naar de bank, want uit de wijze waarop de enorme papiermassa op de tafel was gerangschikt, maakte ze op dat Bierens meestal in de fauteuil zat, waar hij ook nu plaatsnam.

Zijn grote lichaam paste maar net tussen de leuningen van de stoel; de opvallende ronde buik zat bij hem op schoot. Hij had een groot hoofd met een bos grijs haar, doordringende ogen, rode wangen en glimmende, vlezige lippen, die iets onbetamelijks hadden. Zijn uitstraling, rustig en neutraal met een vleugje autoriteit, was niet opdringerig. Esther haalde diep adem en leunde achterover.

'Ik heb uw brief gelezen,' zei Bierens. 'Het zal praten worden.'

'Waar hebben jullie het dan over gehad?' vroeg WJ bij thuiskomst in de warme keuken die nog naar de avondmaaltijd rook.

'Eigenlijk nog nergens over. Ik stond binnen een halfuur weer buiten.'

Toen ze de glazen voordeur van het grote huis tussen de bomen had dichtgeslagen, waren met een klap haar naar de achtergrond gedrongen gedachten teruggekomen, die ze, teruglopend naar haar auto, met onrust, verwondering en vermoeidheid gewaar werd. In de kleine spreekkamer had haar lege hoofd haar verhinderd dat ze daarbinnen, bij hem alert gereageerd had, kritische vragen had gesteld, gezegd had wat ze wilde.

WJ liep op haar toe. 'In dat halfuur hebben jullie toch wel over iets gesproken?'

Esther wreef over haar gezicht en ging aan de keukentafel zitten om onder zijn vragende blik vandaan te komen.

'Jawel. Praktische zaken. Vragen over ziektes in de familie en de ziekenfondsverzekering. Nog niets inhoudelijks.' Eigenlijk had ze gehoopt dat Bierens haar medicijnen had gegeven en de naam van een ziekte. Hij was tenslotte arts.

'Heeft hij niets gezegd?' drong WJ aan.

'Alleen dat het praten wordt.'

'Alleen dat het praten wordt?'

'Ja.'

Dat ze wat dingen voor zichzelf moest uitzoeken had ze hem gezegd, na de laatste brief die ze aan mevrouw Wijnglas had geschreven, die haar prompt naar Bierens had doorverwezen. En nu keek WJ haar aan op dezelfde manier als de blik waarmee hij destijds antwoordde: 'Goed, goed, misschien moet je tijd hebben voor jezelf, maar waar gaat het uiteindelijk toe leiden?'

WJ trommelde met zijn vingers op de koelkast, keek Esther nog een ogenblik vertwijfeld aan, maar zag in haar ogen alleen zichzelf weerspiegeld, wachtend, vragend. Toen draaide hij zich om en liep de keuken uit.

1

Zomer 1989

Esther lag in bed. Ze hoorde hoe de voordeur in het slot viel.

Het was vakantie. Ze hadden nog niet besloten wat ze gingen doen. Simon ging het liefst elk jaar naar Frankrijk. Zij wilde deze keer verzekerd zijn van zon.

Het was koud in de slaapkamer. Achter het raam lag een kleine binnenplaats met een hoge muur, zodat er nooit zon en weinig licht de kamer binnenviel. Toen ze het huis de zomer ervoor had bezichtigd, was het haar niet opgevallen. Het leek met zijn hoge plafonds zo ruim, en het stel dat er woonde was zo gelukkig.

'Hebben we nu iets met elkaar of niet?' Simon had erop gestaan dat ze een uitspraak deed. Ze zaten toen allebei op de toneelschool en maakten deel uit van een groep mensen die klein en broeierig was en nieuwsgierig naar alles wat te maken had met liefde en affaires, dus ze had hun verhouding het liefst nog even geheimgehouden. Maar Simon wilde zekerheid en die gaf ze. Ze vertelde aan iedereen die het maar horen wilde dat ze zijn vriendin was. Ze deelde zijn bed en zijn gedachten. Met het toenemen van haar nabijheid, slonk de intensiteit van zijn bemoeienis met haar. Nu de relatie een vaststaand feit was, stortte hij zich op de verovering van het acteurschap. 'Laten we dan samen gaan wonen,' had Esther aangedrongen, toen Simon een jaar later zijn studentenkamer onder haar etage te klein vond en wilde verhuizen, 'anders zien we elkaar straks helemaal niet meer.' Het

kostte hem zoveel moeite daarmee in te stemmen, dat er een verwarring bij haar ontstond die niet meer wegging.

Esther draaide zich nog eens om onder de dekens en keek
naar de waxinelichtjes, de glazen, de lege wijnfles en de massa-
geolie naast het bed. Bij de aanblik van de restanten van de vorige avond dreven haar gedachten ver weg, alsof ze bliksemsnel
in een niemandsland getrokken werd waar geen gevoelens waren,
nauwelijks gedachten. De verleiding daar te blijven. Lang.

Doe iets.

Traag weerklonken de woorden in haar hoofd.

Ze stond op, trok een kamerjas aan, pakte pen en papier en
ging achter haar wandtafeltje zitten. Schreef.

21 juli 1989

Beste mevrouw Wijnglas,

*Zoals afgesproken ben ik, na onze laatste ontmoeting, met Simon
gaan praten. Als het niet het onvermijdelijke einde van de relatie had
betekend, was ik een gesprek met hem liever uit de weg gegaan, maar
ik had niets meer te geven en moest dus wel beginnen te zeggen wat ik
wilde.*

*Duidelijk werd dat we alletwee het meest verlangen naar een fysie-
ke liefde die voortkomt uit zo'n vlaag, waarin je plotseling beseft hoeveel je van de ander houdt. 'We moeten er een feestje van maken,' zei
Simon.*

*Door ons werk treffen we elkaar soms alleen 's nachts, een paar
keer per week, en moet ik het gevoel overwinnen dat ik me aan een
vreemde overgeef. Ik zie mezelf in de badkamer tot bloedens toe mijn ge-
bit flossen, zodat ik er zeker van kan zijn dat Simon inmiddels slaapt.
En als dat niet zo is, dan is de zwavelzalf tegen pukkels die ik maze-
lengewijs op mijn gezicht heb aangebracht wel voldoende reden het er
die avond maar bij te laten zitten.*

14

Maar we hebben erover gesproken en we doen ons best.
Ik doe vooral mijn best mijn gedachten onder controle te houden,
positief te blijven. Geen paniek.

In twee bewegingen was de brief verscheurd.
Ik wil dit niet.

Twee

Februari 1992

Ze keek op haar horloge en het bloed vloog haar naar de wangen. Deze keer was ze maar twintig minuten binnen geweest. De dingen waarover ze hadden gesproken, leken haar niets te maken te hebben met de reden waarom ze Bierens had geconsulteerd. Hij had haar naar haar plannen voor de toekomst gevraagd. Carrière? Man? Kinderen?

Ze wist het niet.

Hij had zijn piekerige wenkbrauwen zo hoog opgetrokken dat de linker een voorovergevallen haarlok opwipte, alsof hij wilde zeggen dat het een van de meest elementaire kenmerken van een gezond mens was: te weten wat je met je toekomst wilde.

'Als je beter weet wat je wilt en wie je bent, heb je ook meer kans iemand te vinden die bij je past.' Met deze woorden was hij opgestaan om haar buiten te laten.

De vrieskou dampte op Esthers verhitte gezicht. Ze trok het portier van haar auto open en sprong in de wagen. De scherpe bocht waarmee ze de parkeerhaven uitreed, werd abrupt onderbroken toen de motor afsloeg.

'Rot op!' schold ze en ze startte opnieuw. 'Ik ben hier niet gekomen omdat ik zo nodig een nieuwe partner moet.' De motor sloeg aan, de banden kregen grip op de bosgrond en ze reed hard het pad af, naar de grote weg.

Het huis was donker, toen ze aankwam. Ze bedwong de impuls om de straat weer uit te rijden, nergens heen. Binnen vond ze op de keukentafel, boven op de stapel post, waarvan WJ zijn deel had opengemaakt, een brief van hem, aan haar gericht. Ze bedwong haar onrust en doorzocht vluchtig de rest van de post. Een ansichtkaart met twee knuffelende ijsberen trok haar aandacht. Het was een kaart voor WJ. '… wil ik je toch laten weten dat ik een beetje verliefd op je ben…' was het eerste wat Esther zag staan. Ze herkende het handschrift van Anne en smeet de kaart op tafel. *De aasgieren cirkelen al boven onze relatie.* Ze pakte de brief van WJ en, gedreven door een plotselinge, hevige vermoeidheid, liep ze naar haar bed, waarop ze onmiddellijk in slaap viel.

Een paar uur later werd ze wakker. WJ was nog steeds niet thuis. Met de brief in haar hand liep ze naar de keuken, waar het licht nog brandde, rommelde in de koelkast zonder er iets uit te halen, zette ten slotte een kop thee en scheurde de envelop open.

Ik logeer een paar dagen bij Oscar en Marina.

Wat voor werkelijkheid doorgaat, is voor jou altijd onaantrekkelijk, bedreigend geweest. Je hebt je eigen wereld met dromen, idealen, hoe je het ook noemen wilt, en je verdedigt die wereld met een kracht die ik nog bij niemand anders ben tegengekomen. Je hebt er veel mee bereikt: een carrière om trots op te zijn en iemand die van je houdt. Maar door de verwezenlijking van wat eerst alleen dromen waren, kwam je in botsing met de werkelijkheid. Misschien heb je nu een post-ideaaldepressie.

Ik weet het niet. Ik probeer de dingen op een rijtje te krijgen in de hoop dat het jou en mij helpt. Dit is geen afscheidsbrief. Ik maak het niet uit, maar ik ga wel mijn eigen weg.

Esthers hoofd bereikte de keukentafel. Druppels vielen op het houten blad.

2

Maart 1990

Het was op een avond. Het begin van de avond. Simon liep heen en weer door de kamer en zij zat op de bank. Het ging snel. Terwijl ze er nog niet eerder echt over hadden gesproken. Zo snel waren ze het erover eens dat het niet goed ging. Dat het misschien maar beter was te stoppen. De schok dat hij dat ook vond. Wat eerst alleen gedachten waren, werd nu substantie. Een besluit met gevolgen.

De opkomende paniek herinnerde haar eraan waarom ze er zo lang mee gewacht had de knoop door te hakken: nu moest er verhuisd worden. Nu moesten de spullen en als het tegenzat ook de vrienden worden verdeeld. Uitleg aan de familie.

Alleen de opluchting dat er eindelijk iets veranderde, maakte het goed. Beter. Minder slecht.

Later die avond lag ze huilend op bed. En was hij ook verdrietig.

'Hou je het nog uit, of slaan jullie elkaar de hersens al in?' vroeg meervoudig gescheiden oom David, die binnenkort zijn huurwoninkje in Amsterdam verliet en naar het grachtenpand vertrok dat hij aan het opknappen was. Esther mocht de tweekamerwoning onderhuren.

Het ging nog wel, nu Simon overdag werkte en Esther 's avonds Natasja speelde, de schoonzus van Tsjechovs *Drie Zus-*

ters. Een verguisde vrouw, net als zij, want toen ze een verzoeningspoging van Simon eenmaal had afgewezen, werd het kouder in huis. Hoezeer Esther ook haar best deed dit te voorkomen, er moest kennelijk worden gehaat. En hoezeer ze ook haar best deed om 's avonds op de planken duidelijk te maken dat Natasja niet alleen aan zichzelf dacht, maar vocht voor haar kinderen en daarom het huis in beslag nam, het publiek bleef sympathiseren met de Drie verwende, kinderloze Zussen, die niets liever wilden dan naar Moskou vertrekken, maar die Natasja het huis niet gunden. 'Mooie rol, maar wat een kreng, hè?' klonken de complimenten. Het leerde Esther hoe hardnekkig mythes omtrent rollen en stukken konden zijn, en dat woorden meer gewicht hadden dan intenties.

'Ik heb de zolder vrij van mijn nieuwe huis,' zei oom David, toen het na een paar weken leek of Simon en Esther ineens vaak samen thuis waren en oom David zijn tweekamerwoning voorlopig toch nog niet zou verlaten. 'Ik ben er alleen nog niet helemaal klaar mee.'

De zolder, die op een omgekeerd schip leek zodat je alleen in het midden rechtop kon lopen en Esther haar spullen op artistieke wijze zou moeten verzagen om de kamer te bewonen, bleek bij inspectie nog niet aan de beurt te zijn geweest bij het opknappen. Ook het idee de keuken, badkamer en het toilet met haar oom te moeten delen, trok haar niet aan, na een flashback van een dronken tongzoen tussen haar dertienjarige lippen, waarna oom David had gemompeld, dat de familie zijn vrouw niet begreep.

'Ik zoek nog even verder, oom David.' Ze liep de steile zoldertrap af en verliet het grachtenpand en Amsterdam. Thuisgekomen stond Simon op haar te wachten. Hij opende de voordeur voordat ze de sleutel in het slot had gestoken.

'Weet je al wanneer je gaat verhuizen?' vroeg hij.

Ze liep hem voorbij en zei: 'Zodra ik een huis heb.' Ze schold hem uit met de kaarsrechte rug die ze hem toekeerde. Tenminste, dat hoopte ze.

'Je kon toch in het huis van je oom?'

'Nee, want de verbouwing duurt langer dan hij dacht.'

Het was even stil. Ze draaide zich om. Hij stond nu voor haar in de gang. Ze keek hem aan.

'Ik kan dit huis ruilen voor een appartement in Den Haag,' zei hij ten slotte.

Ik zou het misschien ook wel kunnen ruilen voor een huis in Amsterdam, klootzak!

Esther keek hem aan. Zijn ogen deden moeite om zelfverzekerd te zijn.`

Zeg dat je het niet goed vindt. Het is ook jouw huis.

Ze haalde haar schouders op. 'Moet je doen,' zei ze, terwijl ze wegliep. 'Je zult alleen moeten wachten tot ik vertrokken ben.'

Midden in de mist van de eenzaamheid rinkelde de telefoon. De eenzaamheid van het einde van de relatie, het grijze gebied tussen een oude en een nog onbekende, nieuwe woning, en de eenzaamheid van het einde van de rol van Natasja, het einde van een theaterseizoen en een nog ongewisse toekomst, die zich ergens in de buitenwereld moest vormen. Op castingbureaus, in het hoofd van een man of vrouw, daar waar films, televisieseries en theaterproducties werden bedacht, ver weg van de actrices, die daarop moesten wachten. Ongrijpbaar. Esther haatte die afhankelijkheid en toch, steeds opnieuw, liet ze trouw aan alle castingbureaus weten dat ze bestond en waar ze eventueel te bezichtigen was.

De telefoon, rinkelend in het stille huis. Elke keer als hij overging kon het veel of weinig betekenen. Deze keer was het veel. Ze werd uitgenodigd om een screentest te doen voor een rol in een televisieserie met Vince Point, een hoog aangeschreven regisseur.

Toen ze het kantoor van de producent binnenkwam, ving ze

een glimp op van zijn blik door de halfopen deur van de kamer waar hij in bespreking was. Hoewel Esther hem nooit gezien had, wist ze dat hij het was.

'Ben je joods?' Hij kwam de kamer binnen waar ze naartoe was gebracht om door de regieassistente te worden voorbereid op de test. Hij keek naar de gouden davidsster aan haar ketting.

Esther knikte. Zijn bruine ogen bleven even op haar rusten. 'Niet dat het iets uitmaakt. Voor de rol bedoel ik,' zei hij. Een mengeling van rust en onrust kenmerkte zijn wezen, zijn lichaam leek tegelijk bemand door een oudere man en een kleine jongen. Hij bleef nog even dralen, terwijl de regieassistente haar verhaal aan Esther vervolgde. 'Ik zie je zo,' zei hij toen, en vertrok.

Even later zat Esther in een stoel met een camera op haar gericht, een rijtje mensen erachter, de regieassistente naast de camera als tegenspeelster, klaar voor de korte scène. De geconcentreerde blikken op haar deden Esther de soepele overgang maken naar haar binnenwereld. Alleen de camera, die met zijn giraffepoten en grote glazen oog iets liefdevols had, sloot ze niet buiten. Het abrupte 'cut!' van Vince haalde haar met een even snelle beweging terug in de wereld die haar omringde, maar die niet direct weer tot haar doordrong. Voor ze het wist, stond ze buiten.

'We laten snel iets horen, want de opnamen beginnen al over drie weken.' De regieassistente schudde haar de hand en de voordeur sloeg dicht. Amsterdam leek in een lichte nevel gehuld.

Een paar dagen later ging de telefoon en de castingdirector zei: 'Je bent het geworden. Maak je er iets moois van?' Had de tijdsdruk waarin de productie verkeerde in haar voordeel gewerkt, of wilden ze echt haar? Ze wist het niet. De eerste dagen liep ze verloren rond tijdens de repetities, de make-up en de kledingsessies. Vince benoemde haar ingetogenheid goddank als passend bij haar rol.

Toen enkele weken later een van haar eerste scènes was opgenomen, ging de telefoon.

'Met Vince.'

'Je regisseur,' voegde hij eraan toe toen het stil bleef aan Esthers kant.

Hij vertelde haar dat hij na de eerste *rushes* (waarvan Esther gaandeweg het gesprek begreep dat het de bezichtiging van ongemonteerd, opgenomen filmmateriaal was) zeer tevreden was met haar. 'Het is meer dan ik verwachtte,' zei hij.

Ze had haar eerste, enerverende stappen op het filmpad met overgave gezet. De acteerexplosies na lange wachttijden. De schrik toen ze ontdekte dat ze een scène, die ze gespeeld had, nog talloze malen moest spelen, maar nu vanuit een ander camerastandpunt gefilmd. Of vanuit hetzelfde standpunt, maar dan *close* of *medium* of *totaal,* en liefst op dezelfde manier als de eerste keer, anders konden de verschillende opnamen niet aan elkaar worden gemonteerd. (Welke hand bracht je naar je gezicht? Op welk moment keek je hem aan? Lachte je voor of na het woord 'Parijs'?) Maar bovenal was ze overvallen door een grote liefde voor het filmen.

'Ik hoop dat het herkend wordt, maar als het herkend wordt, dan staat je een gouden toekomst te wachten, geloof me,' zei Vince op een van de laatste opnamedagen.

Esther bloosde, zei 'oh' en stamelde met hoge, vlakke stem iets over haar verliefdheid en de gecompliceerdheid van die emotie.

Ze was vaak eenzaam geweest op de filmset, wachtend op haar beurt. Nu en dan voerde ze een voorzichtig gesprek met collega's. Vaker trok ze zich terug om voor de zoveelste maal het script te lezen, aantekeningen te maken over de vrouw die ze moest spelen: jong, verlegen, onhandig, met een grote binnenwereld, die maar moeilijk in contact kwam met de wereld buiten haar. Maar zodra een scène van Esther aan de beurt was, concentreerden zich alle omringende omstandigheden en personen. Kleding en make-up nu geheel op haar gericht. Vince, vaak ver weg, nu dichtbij en voor haar aanwezig. Licht en geluid gefocust

en ten slotte de camera die haar, na de woorden 'STILTE!', 'opname' en 'actie', zacht snorrend koesterde. Een moment dat alles samenviel, iedereen op hetzelfde gericht was, de ruimte aan
haar was en ze mocht spelen. Kwetsbaar, gelukkig, verliefd en
trots op het filmende oog, dat als geen ander oog al haar blikken
wist te vangen, haar gedachten spiegelde. Een trillend moment
van intense concentratie, tot de uitroep 'cut' met middelpunt-
vliedende kracht alles uiteensloeg: ieder op weg naar het volgende moment van opname, en Esthers samengebalde innerlijk een
kort moment uit het lood geslagen werd en zich herstellen moest
voor de volgende opname. Aan het eind moest ze zich ervan los-
maken en naar huis gaan net als iedereen. Het kostte haar moeite. Ze huilde, alleen in de auto, tot genoeg tranen het noodzake-
lijke verwateren hadden gebracht.

Maar dat alles kon ze Vince niet vertellen en Esther realiseerde zich pas later dat haar verhaal over verliefdheid misschien
wel helemaal verkeerd begrepen was. Toen Vince haar de gouden toekomst had beloofd, had ze eigenlijk een grote, uitbundige
reactie van zichzelf verwacht, in plaats van het onsamenhangende relaas dat ze gehouden had. Pas toen ze thuis was drongen de
woorden van Vince echt tot haar door. Esther herhaalde ze net
zo lang tot ze was uitgefantaseerd, de herinnering verbleekt was
en ze iets nieuws moest vinden om zich aan vast te houden en
naartoe te leven.

Zoals nieuw werk. Een eigen huis.

Drie

Maart 1992

Ze had zich goed voorbereid op het derde gesprek met Bierens, omdat ze niet weer voor ze het wist buiten wilde staan, zonder iets belangrijks te hebben gezegd. Dan maar niet acclimatiseren en direct met de deur in huis vallen.

Bierens overviel haar voor ze ook maar de klink van de spreekwoordelijke deur had aangeraakt. 'Ik ga je doorverwijzen, als je dat goed vindt.' Hij zei het vriendelijk en vol zelfvertrouwen.

'O.'

'Gijs Broekhuizen. Hij zit hier ook in de praktijk en ik heb het al met hem besproken.' Hij zette zijn leesbril op en bekeek zijn notities. 'In de vorige gesprekken hebben jij en ik het een en ander geïnventariseerd en we waren het erover eens dat het op praten zou neerkomen?' Vragend keek hij over het halve glas.

Ze knikte, te zeer overrompeld om te vragen wat de diagnose was geworden, na die inventarisatie, en hoe lang dat praten dan zou gaan duren.

'Gijs heeft veel ervaring met problemen van jonge vrouwen en hij is een doorbijter. Hij zet z'n tanden erin en laat niet meer los. Hij is nu in huis, ik roep hem even voor een afspraak, als je het goed vindt.' De hoorn van de huistelefoon lag al in zijn hand.

Problemen van jonge vrouwen, tanden erin. Ze rilde onwillekeurig. 'Ik blijf altijd op de achtergrond aanwezig,' zei Bierens geruststellend, vlak voordat de deur openging en een man de kamer binnenkwam.

'Broekhuizen,' zei hij en stak zijn hand uit.

Ze schudde de hand. *Wat een rare gewoonte eigenlijk,* dacht ze, terwijl ze de vreemde arm op en neer bewoog.

'Esther,' zei ze mat. Deze man was heel anders dan Bierens. Jonger, Esther schatte hem achter in de veertig, maar in tegenstelling tot Bierens' directheid en soepelheid, had Broekhuizen een stijve motoriek en een stug gezicht, waaraan niets viel af te lezen. Zijn verschijning was in alle opzichten kort: lijf, benen, vingers, neus, het bereik van zijn uitstraling, en gezien zijn brillenglazen gold het ook zijn zicht.

'Vind je het goed als ik Gijs jouw brief geef?' vroeg Bierens.

Korte vingers pakten de envelop die hen werd aangereikt.

Esther knikte.

'Is dat je levensverhaal?' vroeg Broekhuizen.

Gadverdamme. Het kostte haar moeite het niet hardop te zeggen. 'Levensverhaal'; het klonk als een term van een afgesloofde hulpverlener.

'Lees het maar, Gijs,' schoot Bierens haar te hulp.

'Wie is hij dan?' Ze zag bij WJ dezelfde achterdocht die ze zelf had gevoeld, maar die ze nu bestreed.

'Ik moet dit doen.' Ook zonder een blik op zijn verstoorde gezicht wist ze dat ze geen antwoord gaf op zijn vraag. 'Hij is klinisch psycholoog en psychotherapeut en werkt ook in die praktijk.'

'En met hem moet je praten?'

'Ja. Hij schijnt gespecialiseerd te zijn.'

'En hoe lang gaat dat dan duren?'

'Ik weet het niet.'

WJ liep naar de kamer die eens de huiskamer was, maar waar hij zich nu teruggetrokken had, terwijl zij boete deed voor hun verstoorde relatie op de kleine slaapkamer, haar spullen tegen de wanden gedrukt, een matras op de grond.

'Je wilt helemaal niet iets oplossen om met mij verder te gaan,' had WJ die ochtend gezegd, voor hij naar de toneelschool ging. Het was een van hun vele, korte gesprekken, waarbij of Esther of hij een greep deed naar houvast.

'Ik weet niet hoe het afloopt. Hoe kan ik je dan iets beloven?' Daarna zijn vluchtig 'dag'. De voordeur.

3

Mei 1990

Simon had het huis voor een paar weken verlaten, nadat Esther had beloofd binnen een maand te zullen verhuizen. Volgens oom David zou het grachtenpand tegen die tijd voldoende bewoonbaar zijn om zijn tweekamerwoning voor Esther vrij te maken. Het huis was leeg, ook al hadden Simon en zij nog niets ingepakt. Esthers contract was afgelopen. Het hele theaterseizoen na de zomer lag nog oningevuld voor haar.

Te doen of niets te doen.

Door de vermoeidheid die haar altijd leek te vergezellen heen, braken nu en dan vlagen van energie die ze haastig benutte, zoals een surfer gespitst is op die ene golf die hem de kust op draagt. Op zo'n golf stuurde Esther haar foto's naar een paar castingbureaus en schreef ze een brief aan een regisseur, die, volgens geruchten, binnen zijn gezelschap een werkplaats voor een groep jonge acteurs wilde beginnen. Niet veel later had ze een afspraak met hem. Met een tas vol spullen reisde ze af om hem een monoloog voor te spelen, in kostuum, met muziek en in scène gezet. Het was haar eigen initiatief om iets voor hem te spelen, omdat ze dat beter kon dan zichzelf verkopen. 'Prachtig, prachtig, ik had je niet durven vragen om zoiets te doen,' zei hij genietend van de intieme vertolking in de schaars verlichte repetitieruimte. 'Ik heb niet echt iets concreets in de aanbieding,' zei hij twee weken later aan de telefoon, toen ze hem zelf maar eens belde, 'maar ik hou je in gedachten!'

'We beginnen gewoon!'

Het was de conclusie van een lang gesprek in de kroeg, volgend op het weerzien met twee oud-leerlingen van de toneelschool, Werner en Arnoud, die nu al zeven jaar waren afgestudeerd, drie jaar langer dan Esther. Een gesprek over het gemis aan het heilige vuur, dat ze in de praktijk waren tegengekomen. Hoeveel crises en conflicten er op de toneelschool ook waren, het was toch allemaal voor de Grote Zaak en dat vergoedde alles.

Een week later zaten ze met z'n vieren in een oude gymzaal, waar ze een paar dagdelen in de week konden repeteren: Esther, de twee mannen en een actrice, Beatrix, die de vriendin was van Werner. Werner en Arnoud zouden al werkend een tekst schrijven.

Nadat het eindelijk was gelukt om met oom David een datum vast te stellen waarop ze naar zijn oude huis kon verhuizen, stond ze op de bewuste dag met een bus met al haar spullen voor de deur van de tweekamerwoning, waar haar oom uit zijn bed sprong om dit vervolgens naar de woonkamer te verslepen.

'Ja, ik zal hier nog wel regelmatig zijn, want ik ben nog niet zo ver met verbouwen, dus als jij nou de slaapkamer neemt...'

Eén blik op de kamer deed haar rechtsomkeert maken. Buiten barstte ze in tranen uit. 'Rijd de bus maar naar oma,' zei ze tegen haar moeder, die hem net had ingeparkeerd en nu in lichte verbijstering achter het stuur zat. Oma, lieve oma, had een hele grote kelder, waar alle spullen werden opgeslagen. Er werden niet al te veel vragen gesteld, zoals altijd bij de aanblik van groot verdriet. Moeder belde oom David, oma zette koffie en Esther stemde ermee in om tijdelijk bij haar ouders in te trekken, in de op niets gebaseerde overtuiging dat ze snel een woning zou vinden.

Er viel een stilte in de gymzaal.

'Ik ga even wat bier halen,' zei Arnoud, met zijn hand al aan de deur.

Beatrix was nog steeds in tranen. Werner stond, naast Beatrix, tegen het verschoten houten wandklimrek geleund. 'Zo moeilijk is het toch niet wat ik vraag?' zei hij.

Esther besloot niet meer deel te nemen aan de twaalfde discussie van die dag. Ze stond op, opende de deur van de gymzaal en ging op de drempel zitten, in het waterige zonnetje dat op de voorgevel scheen. Ze keek uit over het rustige stromen van de Rijn.

Achter zich, in de zaal, hoorde ze het zachte praten, de stiltes, het snikken.

Na een kwartiertje kwam Arnoud terug met een plastic tas vol blikjes bier. Hij trok er een open en kwam bij Esther op de stoep zitten.

'Mooie schepen komen hier voorbij,' zei Esther, knipperend tegen de glinstering van het water.

'Het is zo duidend wat je doet,' hoorde ze achter haar in de gymzaal, 'ik wil het meer als citaat.'

'Wat is een citaat?' snikte Beatrix.

'Heeft Céline een mooi verhaal over geschreven,' zei Arnoud tegen Esther.

'Alles wat je zegt,' zei Werner tegen Beatrix.

'Ja?' vroeg Esther.

'Alles wat ik zeg, is dat een citaat?' klonk het snikkend.

'Céline is überhaupt een hele goede schrijver.' Arnoud opende een tweede blikje en zette zijn zonnebril op.

'Ja, want ik heb het geschreven,' zei Werner.

'Maar ik weet niet of het wel iets voor jou is,' zei Arnoud.

Esther trok haar wenkbrauw op.

'Waarom moet het als citaat?' huilde Beatrix.

'Ik wil de invulling achterwege laten,' zei Werner kalm.

'Hoezo?' vroeg Esther aan Arnoud.

'Er schuilt eigenlijk een soort leegte achter?' Beatrix klonk verbaasd.

'Ik weet niet of wij elkaar wel verstaan,' zei Arnoud.

Esther zweeg even en keek achterom. Ze zag hoe Beatrix en Werner nadenkend tegenover elkaar stonden. Toen haalde ze geïrriteerd haar schouders op en zei: 'Zal ik je even pijpen?'

'Wat?' zei Arnoud.

'Je hebt gelijk,' zei Esther, 'je verstaat me niet.' Ze pakte een bierblikje en liep de gymzaal in.

'Ja, maar een mooie leegte. Alles wordt er voller van,' zei Werner.

'Je bedoelt daar toch iets mee, met wat je zegt?' zei Arnoud.

Esther zweeg.

Ze waren de hitte van de gymzaal ontvlucht en zaten op een grasveld achter het gebouw in de schaduw.

'Je wilt daar toch iets mee bereiken?' vroeg Werner.

Het was ongewoon stil buiten, terwijl het bloed in Esthers wangen klopte.

De dertiende discussie was er ook gekomen en dit keer had ze zich laten verleiden mee te doen. Hartstochtelijk zelfs. In de zeven jaar nadat Werner en Arnoud waren afgestudeerd, hadden ze zich als onafscheidelijk duo afgezet tegen de gevestigde orde binnen het theater. Tijdens de repetities had dat tot gevolg dat Werner als regisseur voortdurend alles afwees wat Beatrix, Arnoud en Esther speelden of uitprobeerden. 'Jullie moeten jezelf zijn, maar niet realistisch,' was zijn credo.

'Ik moet toch íets spelen,' had Esther gezegd. 'Ik moet er een rol van maken, want de dingen die ik moet zeggen, die zijn niet van mij. Ik zou ze zelf nooit zeggen.'

Dit werd onmiddellijk opgevat als kritiek op het script van Werner en Arnoud. Daarna had Esther te kennen gegeven niet langer aan de discussie deel te willen nemen. 'Ik haat die switch:

eerst moet je vooral álles zeggen wat er in je opkomt, maar als je het doet, heb je kritiek of een rotkarakter.' Vanaf dat moment waren de anderen ineens buitengewoon geïnteresseerd in alles waarover ze zweeg.

'Ik wil graag weten wat je denkt,' zei Arnoud voor de derde keer. 'Ik ben nieuwsgierig naar hoe jij over de dingen denkt. Dat wil ik graag horen.'

Esthers oren suisden van haar eigen zwijgen en het bloed in haar hoofd.

'Als je echt iets wilt weten, stel dan maar een vraag,' zei ze ten slotte.

'Zo werkt dat niet. Ik heb geen vraag aan jou,' zei Arnoud.

'Wat kan het je dan schelen wat ik denk?'

Drie uur later zat Esther achter de tekstverwerker van haar moeder, die op de kamer stond die ooit van haar geweest was en waar ze nu logeerde.

Voordat ze naar Amsterdam was vertrokken, hadden ze gevieren besloten elkaar hun verhitte meningen op papier toe te voegen, zodat ze er misschien nog iets van konden gebruiken in het script, dat toch niet zo snel vorderde.

Driftig vlogen haar vingers over de toetsen.

'Zeg het maar,' zeggen ze altijd. 'Je kunt alles zeggen.' De schijn van vrijheid: de democratie. Maar zodra je je mond opendoet, moet je voor lief nemen dat je wordt benoemd, gekwalificeerd en geclassificeerd. 'Je bedoelt daar toch iets mee, met wat je zegt, je wilt daar toch iets mee bereiken…'

Ook je tegenwerpingen schijnen iets te zeggen over wie je bent of wat je wilt, en dan per definitie niet overeenkomstig je bedoeling.

Ik wil niet benoemd worden, ik wil zijn. Ken je mijn naam, ik neem een andere. Zeg niet dat je me wilt kennen als je me alleen wilt kunnen inpassen in jouw wereldbeeld en jouw categorieën. 'We leven in een vrij land, je mag zeggen wat je wilt,' maar met alles wat je zegt, wordt je vrijheid ingeperkt, omdat je aan je uitspraken wordt vastgeketend. Je wordt ingesponnen in een web van interpretatie. Daarom heb ik een nieuwe vrijheid gevonden. De vrijheid van het verbergen. Ik verberg mijzelf in de tekst van anderen. Als alleen de woorden van een klassieke klootzak voor de wereld bestaansrecht hebben, dan verkleed ik mezelf wel in die woorden. Ik worstel me erin en leef me er volledig in uit, terwijl ik ongrijpbaar blijf voor wat jullie op mijn verhaal te zeggen hebben, want dat horen jullie immers niet en dat is dus geen verschil met als ik mijn verhaal in mijn eigen woorden vertel, want dat horen jullie ook niet. Jullie horen alleen jezelf, horen wat je horen wilt. 'Ik heb geen vraag aan jou.' Als je in de buitenwereld alleen bevestiging zoekt voor wat je al weet, dan heb je geen vragen.

Het laat zich niet vertellen. Dat wat oórspronkelijk is en in je leeft. In alles wat ik zeg, hoor jij iets anders dan wat ik oorspronkelijk bedoelde. Ik ervaar pijn, verdriet, en heel af en toe minuscule geluksgevoelens en ik kan ze niet zeggen zonder ze direct teniet te doen. De taal is daarvoor ongeschikt. Ik kan ze niet zeggen zonder dat ze daarmee ook van jou worden en dus niet meer echt de mijne zijn. Daarom speel ik. In nog veel ongeschiktere, door een ander geschreven woorden, vind ik de speelruimte om over mezelf te vertellen. Alleen de zeer goede verstaander of de zeer sensitieve kijker neemt dat waar. En ik ben niet teleurgesteld. Ik ben alleen maar verrast als iemand gezien heeft wat ik zo goed verborgen had. 'Jij hebt zeker heel wat te laten zien, dat je op het toneel gaat staan.' Nee. Ik heb heel wat te verbergen.

Alleen zij die zijn gestorven, mogen gelauwerd. Van hen die er niet meer zijn, verdragen we het dat ze waarheden hebben gezegd of geschreven. Dan hul ik mij in gestorven woorden, leef mijn leven in het dode dat ik opnieuw tot leven wek, en zeg niet dat dat reproductie is! Het is mijn leven, vormgegeven, want alleen in vormen verdraagt men mij.

Heb ik het lef te zwijgen, mijn gedachten en expressie ongevormd en blank te laten, dan beukt men op mijn poort, die in haar gesloten-

32

heid de ander terugwerpt op zichzelf, agressie oproept. Roep ik een
woord, dan storten de wilde dieren zich erop en laten mij met rust, om-
dat ze hebben geroken en genoeg weten. Ze pissen tegen de deur en la-
ten af. 'Dit is jouw naam.' En verder gaan ze.

'Nu ben ik alleen,' zei ook Hamlet van Shakespeare (klassiek).

Esther

Met een zucht sloeg ze het document op en printte het uit, in
drievoud.

Vier

April 1992

Het eerste gesprek met Broekhuizen liet nog even op zich wachten, omdat ze in België verbleef voor een paar voorstellingen van de tweede grote zaalproductie waar ze dat seizoen bij betrokken was. In verband met aanpassingen van het decor en de mise-en-scène, kwam ook regisseur Theo Gerrits naar België.

'Word maar verliefd op Wim. Dat is goed voor jullie scènes,' had Theo tijdens een van de repetities tegen Esther gezegd, terwijl hij haar tegen zich aan drukte. 'Doe niet zo raar,' had ze geantwoord en ze was uit zijn omhelzing weggevlinderd. Maar toen Wim weken later, tijdens een overnachting na een voorstelling in Friesland vroeg of ze bij hem kwam slapen, droeg ze haar tas naar zijn kamer alsof ze in een stuk stond dat ze al eens gespeeld had.

Voordat ze naar het Antwerpse theater gingen voor een repetitie, zochten cast en regisseur hun hotel op. Met de sleutels in de hand stapten ze de lift in, op weg naar hun kamer op de twaalfde verdieping van het torenhoge, betonnen gebouw.

'Acht,' zei Theo en hield zijn sleutel omhoog, terwijl hij nieuwsgierig op de labels van de anderen keek.

'Veertien,' zei Wim.

Nummer negen, zag Esther op haar sleutel. Toen Theo zijn sleutel in het slot van de kamer naast de hare stak, keek hij haar veelbetekenend aan.

Snel zette ze haar koffer in de kamer, keek even rond, pakte een paar spullen uit en wilde net weggaan toen er werd geklopt. Ze schrok onwillekeurig en wierp een blik op de balkondeur. Dat was geen mogelijkheid. Ze opende de deur en stapte naar buiten, maar Theo liep haar met zijn korte, brede lichaam terug de kamer in en trok haar tegen zich aan. Hij keek over haar schouder. 'Zo, wel een aardige kamer, hè?'

Voor ze kon antwoorden, drukte hij zijn mond op de hare en bewoog zijn tong langzaam achter in haar keel. Hoewel de vanzelfsprekendheid waarmee hij handelde de indruk wekte van een langdurige, geheime affaire, was dit de eerste keer dat hij Esther zoende.

Ze bewoog zich niet, deed niets en toen Theo even later met de blik van een bronstige herdershond de deur voor haar openhield, liep ze nietsziend en met een oorverdovende stilte in haar hoofd naar buiten. Zeer energiek stapte hij achter haar door de gang.

Er was tijd over na de repetitie en Esther maakte van de gelegenheid gebruik een brief van WJ te lezen, die hij haar had meegegeven met de cynische opmerking: 'De groeten aan Wim.'

'Ja, jij de groeten aan Wanda en Geertje,' had ze geantwoord. Het slaan was begonnen. *Ik kan er niet tegen, de gedachte aan jou met een ander, ook al heb ik ooit van mezelf gevonden dat ik het moest kunnen,* schreef WJ. *Ik haat het. Het geeft me het gevoel dat niet de moeite waard ben. Ik voel me leeggevreten door jou.*

Ik voel me ook genomen, kraste Esther in de marges. *Nu je geconfronteerd wordt met je eigen vrijheidsfilosofie word je hatelijk. 'Ik heb voor jou gekozen, ik hou van jou, zielsveel…' heb je gezegd, maar…*

Esther gooide brief en pen op haar schminktafel. *Een zoveelste teleurstelling,* dacht ze. *Iemand kan dus zielsveel van je houden, maar alleen onder voorwaarden. Alleen als ik me gedraag zoals hij dat graag wil.*

Ze trok haar kostuum van de kledinghanger, kleedde zich om en schminkte zich tot het bleke jonge meisje uit begin 1900, dat het water in liep omwille van een ongelukkige liefde.

Als ik niet voor jou kies, WJ, dan hou je ineens niet zielsveel van me. Dus wat zegt dat over liefde? Waarschijnlijk is de mens niet in staat tot het werkelijk liefhebben van een ander, maar alleen tot het liefhebben van de mógelijkheden die de ander heeft om je gelukkig te maken.

Na de voorstelling werd er gesoupeerd. Esther kwam tussen Wim en Theo te zitten, voerde een oppervlakkige conversatie en at weinig.

Niet te veel drinken.

Het einde van de avond naderde en de spanning steeg. Toen Theo als eerste opstond en naar het hotel ging, zocht ze koortsachtig naar een goede strategie om te voorkomen dat er die avond een tweede keer op haar kamerdeur werd geklopt. Ze liep met Wim naar het hotel en nam hem in vertrouwen. 'Kom maar bij mij slapen,' zei hij en hij liep mee naar haar kamer om haar koffer te dragen.

Ha, ha, van de regen in de drup, want was dit nu wat je wilde? Had je niet het liefst lekker geslapen? In een bed voor jezelf?

Op hun tenen slopen ze voorbij kamer acht, waar de televisie luid aanstond en duidelijk maakte dat Theo nog niet sliep en dus gestoord kon worden, met name door een zachte klop op de deur van een vrouwenhand. De volgende ochtend vroeg liep ze terug naar haar eigen kamer. Er klonk zwaar gesnurk uit kamer acht.

Ze stapte nog voor een paar uurtjes in haar eigen bed.

4

Mei 1990

Een repliek van Werner rolde uit de fax die Esther inmiddels had aangeschaft en op haar kamer in het ouderlijk huis had geïnstalleerd.

Het moet zwaar zijn om je je hele leven in andermans woorden te hullen. Hopelijk kom je onder pseudoniem een beetje aan je trekken om te beleven, wat bij gewone mensen vanzelf gebeurt: dat ze iets meemaken. Leef je maar lekker in, in de grote wereldthema's, voor de duur van een paar voorstellingen. Kopieer maar met je zogenaamde ambachtelijkheid, met je vooroorlogs gereciteer onder het mom van een nieuwe stroming. Zo eigentijds als een replica op een koekblik. En neem het mij vooral kwalijk dat ik iets anders zoek.

Esthers ogen vlogen over de regels. Ze glimlachte. Ze zette de computer aan en schreef:

'Als jij huilt, ben jij dat dan of is het je rol?' 'Wie ben jij nou echt?' 'Spelen acteurs omdat ze niet echt kunnen zijn?'
    Altijd bang om voor lul te staan, dat je ergens in geloofd hebt, terwijl de ander het niet meende? Heb je dat alleen bij 'ingeleefde' acteurs? Wat is het verschil met wanneer je partner zegt: 'Ik heb al een paar maanden iets met een ander?' Bij een acteur weet je tenminste dat doen-alsof de afspraak is. Misschien beleven 'ingeleefde' spelers

wel meer dan andere mensen, omdat ze zich erop toeleggen zich in al-
le details van wat ze meemaken te verdiepen.

Esther

Ze hadden met z'n vieren harmonieus in de kroeg gezeten die middag, na het uitwisselen van ongecensureerd uitgebraakte brieven. Met rode, waterige oogjes en de mildheid van drank vertelde Arnoud over zijn familie en zijn ongelukkige liefdesleven. Werner luisterde naar hem en naar het opgeluchte gebabbel van Beatrix. Het ongelukkig zijn was een gegeven voor Arnoud. Voor Werner ook, al zat Beatrix naast hem. Een gegeven dat verdragen werd met drank.

'Ik zie de pijn en de verrotting ook wel, maar ik heb geen zin om het als onveranderlijk te aanvaarden,' had Esther gezegd. 'Als ik dat echt geloofde, dan stapte ik eruit. Cynisme is een valkuil voor mensen die veel denken, die gezien hebben en gehoord en daarna de deur hebben dichtgegooid. Het wordt van harte verwelkomd in het theater. Je haalt je gelijk als je keiharde voorstellingen maakt over geweld, haat, egocentrisme. Wel op een smakelijke manier: goed te behappen, met de juiste afstandelijkheid, zodat het publiek flink kan lachen op de ó-klank. Óóhóóhóó, wat erg. Óóhóóhóó, wat ben ik blij dat het niet over mij gaat. Óóhóóhóó, wat heb ik zin in een sigaretje en een cognac. Ik heb alleen nooit begrepen hoe je dan leeft, als dat je visie op de wereld is. Die mensen spelen stukken waarin liefde niet bestaat, waarin personages elkaar afslachten of gek maken. En ze spelen niet één stuk, maar hele reeksen met dezelfde boodschap. Ze gaan daarna naar huis, naar hun vriend of vriendin en maken kinderen. Hoe moet ik dat rijmen? Geshockeerd zijn ze als de schrijver van die stukken tijdens een bezoek niet veel anders tot zich blijkt te nemen dan flessen whisky en een paar maanden later overlijdt. Maar die man lééfde die wereldvisie! En ging daar dus aan kapot.'

Uit haar ooghoeken zag Esther hoe de glazen van Werner en Arnoud schielijk aan de mond werden gezet.

'Het is misschien wel moeilijker om een voorstelling te maken die dat punt voorbijgaat. Probeer maar eens een voorstelling te maken over liefde. Dat is moeilijk. Zeker als je niet wilt dat je collega's van hun stoel rollen van het lachen en als je bang bent dat ze je niet meer serieus nemen.'

'Best interessant wat je daar zegt,' zei Werner. Hij keek haar over zijn glas oprecht onderzoekend aan. 'Een voorstelling maken over liefde. Ik zou niet weten hoe dat moest.'

'Hij houdt eigenlijk nog van Tamara,' zei Arnoud, toen Werner met zijn arm om Beatrix geslagen vertrok. 'Het lijkt misschien of wij ons niet aan vrouwen binden, maar de waarheid is dat wij meer voor de liefde hebben overgehad, dan de vrouwen waar we mee waren.'

Hij bestelde nog een whisky en zakte weer in de stoel tegenover Esther.

'Je moet niet verliefd op me worden, hoor,' zei hij met waterige ogen.

'Dat was ik ook niet van plan,' zei Esther. *Wat is dat toch met die kerels, godverdomme,* dacht ze onderweg in de trein naar Amsterdam.

Het werd juni, de maand van het traditionele slotfeest op de toneelschool waarop de afgestudeerden werden bewierookt. Er studeerden wat mensen af die ze kende en Esthers vriendin Claudia zou er ook zijn, daarom ging ze ernaartoe. Liever was ze niet gegaan: iedereen kende haar en Simon als stel.

Ze had nog steeds geen andere plek om te wonen dan bij haar ouders, die inmiddels met vakantie waren. ('Anders ga je met ons mee?') Altijd als ze veel alleen was, drongen de stemmen in haar hoofd, haar gedachten zich zo sterk op, dat ze haar leken te isoleren van de buitenwereld, waardoor wat ze meemaakte en hoe ze handelde veraf leek. Dat was anders wanneer ze acteerde, want als ze speelde was juist alles echt en dichtbij.

Vanuit dat perspectief zag ze WJ op het feest. Vanuit die verte, en toch was hij in de focus van haar bewustzijn. Ze wist niet vanaf welk moment en hoe doelgericht. ('Je klampt je alleen maar aan die jongen vast, omdat je niet alleen wilt zijn,' informeerde haar moeder haar later ongevraagd.) Hij was op school gekomen nadat zij was afgestudeerd en zou na de zomer derdejaars zijn. Hij was ouder dan zij, een paar jaar, maar jongensachtig aantrekkelijk. Ze hadden al snel contact die avond en er vormde zich een onuitgesproken afspraak: we gaan geen van beiden weg zonder het elkaar te laten weten. Even dansen, weer weg, de warme, uitgelaten menigte in, elkaar steeds opnieuw opzoekend. Tot het moment was gekomen dat ze te kennen gaf dat ze wegging.

'Terug naar Amsterdam?' vroeg hij.

'Ja. Of ik moet hier kunnen logeren,' zei zij.

Ze kon logeren.

Ik loop met hem mee naar boven, ik slaap in zijn bed, maar ik bind me niet. Ik doe dit en dat was het dan. Het hoeft niets te betekenen.

Ze sliepen tegen elkaar aan. Vreeën een beetje. Sliepen.

De volgende ochtend, zei hij: 'Zal ik croissants halen?'

Croissants. Haar blik zocht zijn gezicht af naar wat hij bedoelde. Was dit denkbeeldig geld op het nachtkastje? Was dat hoe hij het zag? Of was het een beleefd afsluiten? Of juist het begin van iets nieuws? 'Dat is goed, maar alleen als je dat echt wilt,' zei ze.

Hij trok zijn wenkbrauwen op.

'Je doet het toch niet alleen omdat je vindt dat het moet?'

'Ik wil het gewoon,' zei hij, wat geïrriteerd.

Ze aten croissants. Zij laveerde. Enerzijds stelde ze hem gerust dat ze het niet rot bedoeld had, aan de andere kant was ze niet te aardig, te dichtbij, niet te veel toekomst. En dat leek heel goed te gaan. Tot ze weer thuiskwam, in het huis van haar ouders, en de autonome gedachte 'Ik doe wat ik wil, één nacht, en dat is het dan' ineens was verdwenen. Waarom? Waarom kon ze alleen nog maar aan hem denken?

Het project met Beatrix, Arnoud en Werner dreigde te verzanden. Hoewel ze elkaar hartstochtelijk bleven schrijven, groeide ongemerkt de teleurstelling dat ze elkaar nooit echt konden overtuigen.

'Het vreemde is dat ik volgens mij helemaal niet zoveel ánders wil dan Werner en jij,' had ze na een halve dag vruchteloos repeteren in de kroeg tegen Arnoud gezegd. 'Ik gedraag me alleen anders. En uiteindelijk kunnen jullie niemand echt als bondgenoot zien, want dan vervalt de motivatie van waaruit jullie alles maken: jullie tegen de anderen.'

Vergeef me, dat ik jou aanzag voor vele anderen. Ik kan je mijn hart niet geven, want dat is gebroken,

faxte Werner 's avonds.

Esther schreef:

Als jij wilt zien, moet je eerst je bril opzetten. Dat vereist een handeling vóór het eigenlijke kijken. Nooit verrast kunnen worden door iets wat zich in zijn oorspronkelijkheid op je netvlies brandt, positief of negatief. Altijd tijd om de hersenen voor te bereiden op wat ze zullen gaan zien. Altijd bij het oude blijven; nooit meer iets nieuws. Je bent te intelligent om te denken dat ik nooit iets heb meegemaakt. Je vraagt je alleen af waarom ik me dit verleden niet 'waardig' toon, door me net als jij tenminste begrijpelijk te gedragen en me vol te gooien met drank, drugs of ten minste nicotine, desnoods een fanatieke geloofsovertuiging aan te hangen. Het antwoord is simpel: ik heb dat boek al uit en ik heb geen

zin om er de rest van mijn leven in te blijven bladeren. Ik wil iets
nieuws, anders dan de massa kunstenaars die met sedativa en stimu-
lantia trachten te voorkomen dat hun bronnen opdrogen. Die bang
zijn dat ze zonder hun oude pijn ineens niets meer kunnen creëren.
Niet meer weten hoe ze hun dagen moeten vullen als ze niet depressief
of cynisch zijn. En dus laten ze zich nog eens vernederen in het ouder-
lijke gezin bij een vaderdagbezoek; een week na de feestelijke datum, dat
wel. En dus laten ze zich door hun moeder in hun onderbroek kijken
en op hygiëne controleren, zich door hun vader negeren, door hun
broers en zussen zeggen dat het leven zonder huwelijk en kinderen ei-
genlijk een gemiste kans is. Dus neuken ze nog eens hun ex-vriendin
en kunnen ze weer een aantal maanden voort met de nieuwe dosis ver-
trouwde pijn en haat tegenover de mensen die niet zo zijn als zij.

Esther

Ze schreef WJ een kaartje, omdat ze van Claudia had gehoord
dat hij de volgende dag jarig was. *Ik doe dat niet met iedereen: mee-*
gaan en slapen. Ze schreef het zonder zich te realiseren wat nu
eigenlijk de boodschap was. Dat wilde ze ook helemaal niet weten. Gaf ze hem nu te kennen dat hij bijzonder was? *Niet aan*
denken.

Ze belde hem ook nog, voordat hij op vakantie ging ('Is m'n
kaartje aangekomen?'). Ze spraken af dat ze elkaar nog zouden
zien. Een vrijblijvende afspraak. Moest kunnen.

Helaas. Hij zou drie weken met vakantie gaan en al na een
halve dag was ze kapot van de hunkering.

Werner brak opnieuw een moeizame repetitie in de gymzaal af.
'Ik wil niet een geloofwaardig personage zien, ik wil een echt persoon zien op het toneel. Je bent niet mooi door wat je doet, maar
door wat je zou kunnen doen.' Weer vertrokken ze met z'n allen
naar de kroeg, waar Esther als enige niet dronk, omdat ze dit-

maal met de auto was, en waar ze de enige was die nog een monoloog afstak.

'Wat wil je nu eigenlijk,' vroeg ze Werner, 'behalve dat het nergens op mag lijken? Ben je bang dat ze je herkennen? Dat ze je door hebben en dat jou dan dezelfde minachting ten deel valt als een hond, die zijn eigen geslacht likt als hij in zijn mand gestuurd wordt? Het enige wat telt, is je bezighouden met wat er werkelijk in je omgaat, ongeacht welke naam het heeft of wie het eerder heeft bedacht. Ongeacht wat dan ook. Ze hebben het je vader aangedaan, je moeder aangedaan, en "ze" zullen jou niet krijgen? Ze hebben je al! Alleen in spiegelbeeld: die krampachtige poging niet te zijn wat ze van je verwachten.'

Het bleef even stil in de kroeg. De ogen waren gericht op Esthers verhitte gezicht. Arnoud gaf haar een aai over het hoofd. Werner glimlachte.

'Zo, doe me nu toch maar een borrel,' zei Esther.

De vraag is ook steeds weer: wil ik wel iets kwijt? Dat eeuwige praten, dat altijd maar doorkloppen van het hart in je lichaam, ongeacht of je kop er de zin van inziet.

Steeds opnieuw laten weten dat je er bent, want na je eerste geboorteschreeuw moet je dat elke dag weer opnieuw kenbaar maken. Iedere dag sta je op en ben je niets. Al handelend geef je jezelf gestalte. In sporen die je nalaat, reacties die je oproept. Kringen in het water die stil komen te liggen, tenzij je je weer roert.

Er zit niets anders op dan door te werken.

To fax or not to fax, that are the fax of life.

Het was de laatste fax die Esther aan de anderen stuurde. Kort daarna besloten ze met het project te stoppen.

Vijf

April 1992

Ze liep het pad op naar het grote huis tussen de bomen, opende de glazen voordeur en ging naar de wachtkamer. *Nu gaat het beginnen,* dacht ze, terwijl ze in de bank wegzakte.

Ze was moe. De voorstellingen met Wim waren bijna afgelopen, maar haar laatste grote productie van het seizoen naderde zijn première en de werkdruk werd groter. Drie grote producties achter elkaar, ze had geen nee gezegd. Er waren periodes dat ze alleen thuiskwam om een paar uur te slapen, omdat ze overdag repeteerde aan de ene kant van het land en 's avonds aan de andere kant speelde.

'Het is ook gewoon werk,' zei Esther, toen ze Arnoud en Werner na lange tijd weer eens tegenkwam in de kroeg, en Werner haar vroeg of al dat repertoiretoneel haar artistiek wel bevredigde. 'Spelen is mijn vak. Ik moet er dus mijn geld mee verdienen en soms houdt dat in dat ik meer werk dan kunst maak. Er is niet altijd de gelegenheid om een eigen productie te maken, precies zoals ik dat zelf wil.'

'Dat bestaat natuurlijk nooit,' had Werner gezegd, 'dat je zegt: soms ben ik arbeider en soms ben ik kunstenaar, zoals het je het beste uitkomt.'

'Het is de realiteit. Ik kom uit een gezin met een arbeidersmoraal: als je kan werken, dan doe je dat. Ik kan me niet de luxe permitteren me voor sommig werk te goed te voelen.'

'Het gaat niet samen. Het is net zoiets als zeggen: soms ben ik de president van Amerika en soms ben ik Billy de Cowboy, hoewel dat nog vrij aardig verenigbaar blijkt. Dat je geld moet verdienen begrijp ik wel, maar het is geen excuus.'

'Spuug niet op mij,' had Esther gezegd. 'Spuug op die geïnstitutionaliseerde theatergroepen – en dat zijn niet alleen de grote – die de mensen waarmee ze werken de kans niet geven zich artistiek te ontplooien. Dat weet je niet van tevoren. Het is trouwens niet zo dat je er niets van leert.'

Esther rilde, haar handen waren koud en haar gedachten chaotisch. Ze probeerde zich te concentreren op het komende gesprek met die man, Broekhuizen. *Het moet dus praten worden. Maar waarover?* Ze was alleen in de wachtkamer en had de deur dichtgedaan, zodat ze niet verrast kon worden door een plotselinge gestalte in de deuropening, maar toen de klink werd vastgepakt, schrok ze toch.

Daar stond hij, de korte, stugge man, gekleed in een broek met een vouw, een overhemd en een spencer, waarin een brede, ronde buik stak. Hij boog met zijn bovenlijf alsof hij haar aanwees met zijn kruin. Ze stond op en hij ging haar voor naar een kamer waarvan de ingang zich recht tegenover de glazen voordeur bevond. Zijn bewegingen, traag en afgemeten, hielden het midden tussen gecontroleerd en geremd. Broekhuizen hield de deur voor haar open en ze stapte binnen in een ruime kamer met drie grote, leren banken, die in U-vorm rondom een rechthoekige salontafel stonden. De U werd gesloten door een kachel die in de open haard was geplaatst, met daarboven een spiegel, die Esther vermeed toen ze werd uitgenodigd plaats te nemen. Ze keek onrustig rond. Overal stond wel wat: antiek ogende kasten, een oud bureau, vitrines met modelbouwboten en een grote hoeveelheid stenen, siervoorwerpen en ingelijste tekeningen. Broekhuizen installeerde zich achter zijn agenda en autosleutels, die op de lage salontafel lagen. Hij legde zijn ene arm op de leuning en legde een stapel kussentjes onder de andere. Drie grote ramen achter hem. Esther was diagonaal tegenover hem gaan zitten. Het tegenlicht hulde zijn gezicht in schaduw.

'Zo,' zei hij. 'Gespannen?'

Ze knikte naar het silhouet.

'Kan ik iets doen om dat te verminderen? Koffie? Een glas water? Moet ik u misschien niet aankijken?'

'Het gaat vanzelf wel over,' zei Esther snel om de stroom van voorstellen af te breken. *Straks zit hij met zijn gezicht naar het raam en lig ik achter hem op de bank,* dacht ze geschrokken.

'Heeft het iets met mij te maken?'

'Je weet het nooit met mensen,' gaf ze toe.

'Ik kán natuurlijk ook gevaarlijk zijn.'

Ze keek hem strak en zonder uitdrukking aan, in afwachting van wat hij zou gaan zeggen, niet in staat uit zijn schaduw op te maken wat hij bedoelde.

'Ik zou gemene vragen kunnen stellen.' Hij kwam iets naar voren zitten. Het licht van een schemerlamp die naast hem stond, viel nu op zijn gezicht. Hij keek haar aan. 'Maar ik beloof je dat ik voorzichtig zal zijn.'

Zijn belofte en een zachte trek op zijn gezicht raakten haar onverwacht.

'Vertel maar eens iets over uzelf.'

'Vindt u het prettig om u uit te drukken via brieven?' had Broekhuizen gevraagd toen Esther wegging.

'Ja.'

'Schrijft u mij dan maar.' Hij had haar zijn adres gegeven.

Thuisgekomen begon ze direct te schrijven. Niet aan hem, maar ze noteerde het verloop van het gesprek, alles wat ze zich ervan kon herinneren. *Misschien gaat het allemaal wat sneller, zo,* dacht ze, terwijl ze de ene bladzijde na de andere vol tikte en uit haar printer liet rollen.

Ik heb geprobeerd zo eerlijk mogelijk te zijn, maar de vraag 'probeer uzelf eens te omschrijven' bracht me direct al in de problemen. *Waar moest ik beginnen? Als ik mijn hele levensgeschiedenis moet gaan vertellen in die drie kwartier per week, dan zijn we straks weken verder en is er nog niets gebeurd. Uiteindelijk heb ik flarden verteld, sprongsgewijs. Over ons gezin, oorspronkelijk een arbeidersmilieu, met weinig geld, en nu, mijn vader na jarenlange avondscholing en mijn moeder via cursussen en vele baantjes, hogerop geklommen en met een goed inkomen. Een beetje over de verhoudingen onderling, over mijn broer en de lange uren alleen thuis, met of zonder hem. Over mijn relatie met* WJ. *'In het begin doe ik er veel aan om iemand voor me te winnen,' zei ik tegen Broekhuizen, 'en dan is het ineens op.' Hij vroeg hoe dat dan ging als het ineens op was. Ik zei dat het begon op het fysieke vlak, vrij plotseling. 'Van het ene op het andere moment moest hij van u afblijven?' Ja. 'Lichamelijke integriteit is dus heel belangrijk voor u?' Lichamelijke integriteit. Ik had die twee woorden nooit eerder achter elkaar gehoord, maar wat hij zei trof me wel als de waarheid. 'Hoe vond u het gesprek?' vroeg hij aan het eind. Wat een rotvraag. 'Niet vervelend,' zei ik ten slotte. 'Als het u niet bevalt, wat zou u dan doen?' Een brief schrijven, dacht ik, misschien opbellen. Hij lachte. 'Ja, ja, een brief schrijven en dan wegblijven. Het is dus zaak vroegtijdig frustratie of stress bij u te onderkennen, want u heeft er moeite mee om te kennen te geven wanneer iets u niet bevalt?' Dat heeft u goed gezien, meneer Broekhuizen, dacht ik, maar ik zei het niet.*

De toneelkus, tikte Esther op haar toetsenbord. Ze had net een discussie met WJ achter de rug, die haar voor de voeten gooide dat ze dan misschien niet echt een verhouding met Wim wilde, maar dat ze hem wel elke avond zoende op het toneel.

'Móét zoenen, móét!' had Esther geroepen. 'En jij als acteur moet toch weten wat dat inhoudt.' Het was even stil. WJ liep haar kamer uit, naar de zijne. 'Of…' riep Esther hem na, 'of… vertrouw je mij niet omdat je weet dat je er zelf stiekem van genoot, toen je met Geertje al die kutscènes uit Lulu speelde?' WJ's kamerdeur klapte dicht.

De toneelkus.
Ik heb er vele meegemaakt.
De wanhopige auditieganger, die onmiddellijk zijn tong tegen je huig worstelt en denkt daarmee een goede beurt te maken. De professional die uit de kleinkunstbranche komt en die weliswaar je man speelt, maar wie je geen kusje op de lippen mag geven, want dat vindt ie 'zo intiem'. Tussen deze twee uitersten bewegen zich de toneelkus en het toneelneuken. Ook geldig voor film en televisie. Als in een tienerdisco aftasten. Meestal keurig de man zijn gang laten gaan. Liever dat, dan dat ie nukkig wordt omdat hij zich voor lul voelt staan of, erger nog, verlegen en onhandig wordt.
Je hebt praters en niet-praters. Praters overleggen voor- of achteraf over wat je acceptabel vindt. 'Heb ik je pijn gedaan?' De omtrekkende-bewegingvraag.
Taboe is: 'Wat voelde je erbij?' of 'Vond je het lekker?' De niet-praters dóén gewoon en dan kun je gedragsmatig proberen te corrigeren: grote passie voorwenden terwijl je die rode worst uit je mond wurmt of je maar laten ophappen, zodat hij tenminste kan doen of het echt lijkt. Eerlijk gezegd vind ik dat geroer in een anders keelgat nogal onesthetisch, of het nu op het toneel gebeurt of ergens anders, en hou ik meer van subtiliteit.
Wapen je tegen koortslippen en ontstoken tandvlees.

Ze printte het uit, maar gaf het niet aan WJ.

'Echt een dag voor een vrijscène!' lachte de filmregisseur in spe.
Esther maakte rechtsomkeert op de drempel van lokaal 2B van wijkgebouw De Gier.
'Ben je iets vergeten?'
Esther draaide zich weer om. Haar impuls om na zijn opmerking direct weer op te stappen was ineens verdwenen. 'Nee,'

zei ze tam en liep naar binnen.

Twee dagen eerder was ze gebeld door een castingdirector om een screentest te doen voor de hoofdrol in een film van een debuterend regisseur, Henk Kattengat. Ze kreeg ter voorbereiding een aantal scènes opgestuurd, waarvan ze al doorbladerend zag: lachen, huilen, boos worden. *Even zien of de actrice dat wel kan: lachen, huilen en boos worden. Nou, dan zullen we dat maar weer eens laten zien.* Ze was er inmiddels aan gewend dat een toneelopleiding niet voor iedereen betekende dat je een aantal basisvaardigheden beheerste.

Ruim op tijd was ze het wijkgebouw binnengekomen, want ze zou voor de test gegrimeerd worden. Henk wilde 'het zien met alles erop en eraan', had hij gezegd, toen hij haar en nog een paar andere actrices begroette. De grimeertafel was opgesteld in een gedeelte van de centrale ruimte van het wijkgebouw, dat door een vouwwand was afgescheiden van een grote groep bingoliefhebbers. Het ritmische noemen van getallen door de krakende microfoon klonk dof door de schuifwand; de geur van bitterballen kwam hen uit de keuken tegemoet. Toen ze eindelijk aan de beurt was, was Esther half misselijk van de frituurlucht en de vier koppen lauwe koffie, die ze had gekregen terwijl drie andere vrouwen om beurten huilend uit het lokaal kwamen gerend, even wachtten en weer naar binnen gingen, wat erop bleek te wijzen dat het einde van hun auditie zo ongeveer nabij was. Toen Kattengat haar breed lachend een vrolijke vrijscène beloofde, dacht ze eerst dat hij een grap maakte. Aan de scène waarin ze boos moest worden, ging weliswaar een póging tot vrijen vooraf, had ze gelezen, maar ze had zich niet kunnen voorstellen dat dat bij een auditie zou worden gevraagd. De hongerige lippen van haar eerste tegenspeler, die ook zijn rol nog moest verwerven, haalde haar uit de droom. Hij was reuze aardig, maar toen de tweede aardige tegenspeler boven op haar lag en haar nek bevochtigde, hoopte ze wel dat hij de laatste was. De huilscène was daarna al helemaal geen probleem meer. De regisseur was onder de indruk van haar tranen. *Dít is pas knap,* dacht Esther, toen ze vervolgens nog de vrolijke scène speelde.

'Mooi, mooi!' riep Kattengat, die nog net de kans kreeg haar de hand te drukken voordat ze zich uit de voeten maakte.

Op het station belde ze direct het castingbureau: 'Ik doe het niet!' schreeuwde ze boven het rumoer in de stationshal uit. De castingdirector bleef rustig: 'We hebben het er nog over.'

5

Juni 1990

Nu WJ op vakantie was, hadden Esthers dagen een structuur die beheerst werd door de postbode en fantasieën over wat het handigste tijdstip was om vanaf een vakantieadres te bellen. Op een dag lag er een kaart bij de post. Op de voorkant twee uit steen gehouwen figuren, waarvan de achterste de voorste vasthield. Een archaïsch beeld van tederheid. Op de achterkant: zijn naam. Daar kon ze weer dagen mee vooruit. Vanaf dat moment was ze de postbodestructuur kwijt; ze verwachtte niet nog meer post (*hoewel, je weet nooit*). Nu was het aftellen tot de dag waarop ze ongeveer verwachtte dat hij terug zou zijn, want de precieze datum had ze natuurlijk niet gevraagd.

Ik moet me dwingen ook aan andere dingen te denken, andere dingen te doen.

Ze schreef zich in voor een workshop over Shakespeare, maar bleek veel te vermoeid en bleef na de eerste dag al thuis. Een grauwe deken viel over haar heen en de verstikking bracht haar in paniek. Tegen de avond hield ze het niet meer uit. Ze bladerde door haar telefoonboekje, maar wist niet wie ze moest bellen, wat ze moest zeggen. Met bonzend hart lag ze op de bank en wenste dat ze in slaap kon vallen, maar de paniek zweepte haar lichaam en gedachten op. Zonder dat het een echt besluit leek, zocht ze het telefoonnummer op van de doktersdienst en toetste het in.

'Bent u alleen?' 'Bent u wel vaker alleen?' 'U woont niet thuis. O, u woont nu weer bij uw ouders.' 'Tijdelijk.' 'En uw ouders?' 'Zijn uw ouders wel vaker weg?' De sonore stem van de dienstdoende arts die tegen een meisje sprak.

Wel vaker weg. Het geluid van de voordeur. Het meisje voor het raam. De auto beneden, haar ouders die instappen. De auto die wegrijdt, onverbiddelijk. Honderd keer. Duizend keer.

De arts adviseerde haar afleiding te zoeken en de volgende dag naar de huisarts van haar ouders te gaan. Opnieuw bladerde Esther door het adressenboekje. Ze belde haar broer Rob, die woonde het dichtstbij. Ze liep binnen in het gezin, waar het leven zijn gang ging, en waar ze even kon toeven zonder uitleg. Na een blik op Esthers gezicht maakte Robs Afrikaanse schoonmoeder zwijgend sterke, zoete koffie op een kolenvuurtje in de nieuwbouwflat. Bakkie troost. De volgende dag schreef de huisarts, onder de indruk van Esthers huilbui – die haarzelf trouwens ook met ontzag vervulde – een briefje om zich ziek te kunnen melden bij de workshop. De leiding van de workshop was niet onder de indruk ('Dan moet je je aanmeldingsformulier nog maar eens goed lezen'), incasseerde haar tweeduizend gulden en dat was dat. Ze zat thuis en vroeg zich af wat er met haar aan de hand was.

'We beginnen gewoon!' zei Job. Hij liet zich niet afschrikken door Esthers protest, dat ze zo'n twee maanden eerder ook 'gewoon begonnen' was. 'Ik ben Arnoud en Werner niet.' Hij had een interview gezien met een violist die al musicerend een concentratiekamp had doorstaan en was gegrepen door het raadsel van het overleven. Daar wilde hij een voorstelling over maken: over leven dat ergens ná kwam, na een calamiteit, een gebeurtenis waarvan het op zich al uitzonderlijk was dat iemand hem had overleefd. 'Ik maak muziek, jij speelt, samen zoeken we tekst en muziek bij elkaar.' Esther keek naar het geestdriftige gezicht van haar jeugdvriend, de muzikant met

zijn beweeglijke handen en sprankelende ogen. 'Goed,' zei ze. 'Laten we het onmogelijke proberen.' Zelf overleven en het fenomeen
van het overleven zijn geheim ontfutselen. Het onmogelijke proberen was misschien wel het enige zinvolle dat een mens kon doen.

Na een eerste brainstormsessie ging ze vol plannen terug naar
huis om materiaal te verzamelen, waarmee ze na de zomer zouden starten.

Het ouderlijk huis had een uitgebreide bibliotheek over de
Tweede Wereldoorlog. Esther had bij haar ouders altijd een speciale atmosfeer opgemerkt rondom deze periode en een rijtje
woorden: oma, opa, joods, Hollandse Schouwburg, Rotterdam,
bombardement, stelen voor het gezin. Ze vergat er altijd wel een
paar, die haar aan het schrikken maakten als ze weer opdoken.
Af en toe waren er nieuwe woorden, als er een deksel openging
die lang was dichtgebleven. Toch bood de gevoeligheid rondom
de oorlog al van jongs af spaarzame momenten van saamhorig-
heid tussen haar ouders, Rob en haar.

'Het gaf ons een object waar we onze gezamenlijke woede op
konden richten,' schreef Rob haar eens. *Woede. Dat was meer iets
van hem,* dacht Esther. Zij beleefde geen woede als ze weleens
aan toen dacht. Aan vroeger. Háár vroeger, de eigen geschiedenis, niet die andere met de hoofdletters. Toen ze eens tegen haar
broer haar verwondering uitsprak over waarom zij als kinderen,
die deze periode niet zelf hadden meegemaakt, toch zo getroffen
waren door boeken en documentaires over de oorlog en zich zo
inleefden bij verhalen over concentratiekampen, zei hij: 'Dat is
logisch. Je hebt er zelf in gezeten.' Ontkenning. Ten eerste was
niets met deze heilige periode te vergelijken. Ten tweede was Rob
haar vaak te heftig, te hard als het ging om vroeger, haar moeder, haar vader, om alles. Te woedend.

In alle literatuur die Esther tot zich nam, leken mensen te zeggen dat leven en lijden onlosmakelijk met elkaar verbonden zijn,

net als liefde en pijn. Ze las Marsman, George Steiner, Levi, Semprun. Flarden van zeer vertrouwde pijn welden bij haar op. *Is dit herkenning?* vroeg ze zich af. *Die mensen hebben het toch over een ander lijden? Het Grote Lijden?* Dat moest iets anders zijn. Ze overpeinsde de magneetwerking die lijden op haar had, haar neiging zich er middenin te begeven en zich dan pas thuis te voelen. Was het een taak? Een opdracht? Was lijden een vereiste om het leven en zichzelf te leren kennen? Hoe moest ze dat rijmen met de getuigenissen van overlevenden uit concentratiekampen, die vertelden dat zij op de bodem van de diepste put waren geweest, maar daarna niet meer wisten hoe nog te leven? Dat daarna geen gewoon leven meer mogelijk was? George Steiner, een joodse schrijver die de taak om zich in de afgronden van het leven te verdiepen bloedserieus had genomen, had niet zoveel fiducie in de helende kracht van therapie: '(...) om je spiernaakt uit te kleden voor een of andere druiloor met sigarettenas op zijn manchetten, om hem iedere week geld te geven om je vuilnis in zijn schoot te mogen storten – dat deed Reeve kokhalzen. En dan maar doen alsof die ouwe bok niet opgewonden raakte, alsof zijn eigen geslachtsdeel niet begon te zwellen wanneer je hem over je verlangens en je natte dromen vertelde. Het was één grote, onfrisse klucht.'

Later zou ze dit citaat van Steiner in een van haar schriften teruglezen en in de marge schrijven: *Vreemd hoe je in een periode van je leven dingen kunt lezen, die later een heel, heel andere betekenis voor je krijgen. Waarvan je, als je ze terugleest, denkt: waarom is dat toen niet tot me doorgedrongen? Waarom onthoud ik zoveel dingen, zonder dat ze zich daarna ooit bewijzen als indrukwekkend of belangrijk en waarom heb ik dit niet in mijn geest gegrift om me bij te staan als ik het nodig zou hebben?*

Nu oom David uit het gezichtsveld was verdwenen, moesten andere bronnen worden aangeboord om een huis te vinden; een onderneming die steeds wanhopiger en radicaler werd. Ze schreef zich in bij een makelaarskantoor, maar met de bijstandsuitkering die ze op dat moment had, was het volstrekt duister hoe een eventuele koopwoning gefinancierd zou moeten worden, ondanks een belofte van haar ouders borg te zullen staan.

'Ik heb nog wel wat contacten,' zei haar oude leraar geschiedenis en vriend Bill. Het leidde tot een afspraak met een vlotte jongen in een grote zwarte wagen, die alleen via een mobiele telefoon te bereiken was. Hij reed haar voor naar een flat, waarvan ze zich niet kon voorstellen dat deze ooit bewoond was geweest, behalve door katten. 'Ja, die vloerbedekking zul je er uit moeten halen, denk ik,' zei de vlotte jongen. Esther vroeg zich af of ze niet zelfs een laag van de betonnen vloeren moest bikken om van de pislucht verlost te zijn. Verder moest ze vooral niet denken dat het flinke bedrag dat ze bij overdracht moest betalen, sleutelgeld was, nee, dat was makelaarsloon. 'Ik bel je nog wel,' zei Esther, maar ze kreeg zelf een telefoontje. Politie. Ze hadden haar nummer via de mobiele telefoon van de 'makelaar', die nu achter slot en grendel zat. Wat precies de aard van haar contact met hem was geweest, wilden ze weten.

Op een dag, toen haar ouders nog op vakantie waren, belde WJ op naar haar ouderlijk huis.

'Waar ben je?' vroeg ze.

'Hier in Amsterdam. We zijn net aangekomen.' Het andere deel van 'we' was de vriend met wie hij op vakantie was geweest.

Esthers hart sprong op bij het besef dat hij haar zo snel na terugkomst belde, maar ze wachtte zo rustig mogelijk af hoe hij het gesprek zou vervolgen.

'Zullen we iets afspreken?' vroeg hij.

Ze probeerde niet te gretig te antwoorden. Aan welke regels hield ze zich? Ze kon zich niet herinneren die ooit geleerd te hebben. 'Lijkt me leuk.'

Ze spraken af op een terras aan een gracht. Van een afstand zag ze hem zitten, zelfverzekerd, bruin, zijn ogen nog steeds jongensachtig. Welke kleur ook weer? Lichtbruin. Er was direct een broeierige warmte tussen hen, ze straalde en baadde hem in haar aandacht. 'Hoe was je vakantie?' en dan lang luisteren, lachen, hummen, knikken, kijken met haar grote groene ogen.

Kort na haar aankomst kwam er een man naar hun tafeltje en vroeg een vuurtje. Er was iets aan zijn manier van doen dat haar bevreemdde, maar ze kon het niet benoemen.

'Dat was die vriend met wie ik op vakantie was,' vertrouwde WJ haar later toe in het bed van Esthers ouders, waar hij met minder moeite bezit van had genomen dan zij. 'We hadden afgesproken dat hij het tien minuten aan zou kijken en als hij zag dat het oké was zou hij gaan.'

'Mooi is dat.' Ze slikte een onaangenaam gevoel weg, maar was ook in verwarring gebracht door zijn eerlijkheid. 'Dus ik heb zonder dat ik het wist auditie gedaan,' grapte ze. Hij lachte en kroop tegen haar aan.

Het was een warme, innige nacht, zonder dat ze Het echt deden, wat haar opluchtte. De volgende ochtend maakte ze ontbijt. Toen ze de borden uit de kast pakte, stond hij ineens achter haar en hield haar vast, zoals de twee stenen beelden op de kaart die hij haar gestuurd had. Heel even voelde ze zich diep bevredigd door de koestering van zijn omhelzing.

Mannen laten zich makkelijker verwennen dan vrouwen, constateerde ze, toen ze het ontbijt serveerde terwijl hij op een luie stoel in de zonnige tuin lag. *Ze hebben in ieder geval geen schuldgevoel of de drang direct iets terug te doen.*

Later die ochtend bracht ze hem naar de trein. In de hal van het Amstelstation zei hij: 'Weet je dat je heel lekker kunt vrijen?' maar Esther wist niet zeker of hij 'je' of 'ik' had gezegd. Ze antwoordde neutraal: 'Nee, dat wist ik niet.'

'Het leek me nu echt de plek voor dit soort ontboezemingen,' lachte hij.

'Ik kan morgenavond langskomen.' Ze zei het zo snel dat het altijd nog kon lijken alsof ze iets anders had gezegd. Hij keek haar even aan en zei: 'Oké.'

Thuis ruimde ze op en verschoonde het bed van haar ouders.

Zes

Mei 1992

Henk Kattengat was onder de indruk geweest van Esthers screentest en wilde haar graag voor de hoofdrol van zijn film. Hij had gehoord dat ze de auditie zo vervelend had gevonden dat ze er eigenlijk liever van afzag. Uitvoerige excuses en een opsomming van wie er allemaal nog meer meededen aan de film, maakten dat Esther een aantal dagen later overstag ging. Ze accepteerde de rol, ook al had ze een zwaar theaterseizoen achter de rug dat nog niet eens helemaal beëindigd was. 'Dat is je arbeidsethos, dat je zo moeilijk nee kunt zeggen tegen werk dat je krijgt aangeboden,' zei Job, die haar bleek door de supermarkt had zien hollen om in haar spaarzame vrije tijd wat boodschappen te halen. 'We moeten weer 's samen een overlevingsproject maken,' riep hij haar na. 'Ik heb mooie muziek geschreven.' Arbeidsethos of niet, Esther had ja gezegd tegen de film en nu waren er geen halve maatregelen meer mogelijk. Waar ze ook naartoe ging, Esther nam altijd het script mee om zich elke vrije minuut in Dana te verdiepen, de vrouw die Kattengat in zijn script had beschreven. Zonder al te veel verstand van vrouwen, overigens, merkte ze al snel. Er zaten zoveel leemtes in de logica van het gedrag van Dana, dat het personage vanzelf een verloren indruk maakte. Verloren en zoekende. Uit een ongelukkig nest en met een relatie die geen inhoud bleek te hebben. Eigenlijk had ze maar één goede band: die met haar viool.

'Een paar kleine stukjes, maar die moeten perfect zijn,' had Kattengat gelachen toen hij Esther de viool overhandigde die ze moest leren bespelen.

De zon glinsterde op het water van de Rijn, dat snel en soepel onder de Nelson Mandelabrug door stroomde. Moeiteloos gleed het water voorbij de obstakels langs de oevers. Esther zat tegen de warme kademuur. Ze knipperde nog met haar ogen tegen het felle licht van de namiddagzon, want ze had de hele dag in de donkere ruimte van de betonnen openbare bibliotheek doorgebracht om materiaal te verzamelen rondom het personage van Dana. Citaten, psychologie, beschreven fenomenen. Voor het opbouwen van haar rollen zocht ze altijd naar wortels in de realiteit. Naar bestaansrecht. De laatste weken was de gedachte bij Esther opgekomen dat ze ook haar eigen bestaan alleen overeind hield door te lezen. Als het maar ergens stond, als ze het maar ergens terugvond. Iets wat dan waarschijnlijk toch zoiets als haar eigen mening was. Dan kon ze dat tenminste verdedigen. Mooie citaten van mensen die veel hadden meegemaakt. Of wetenschappelijk onderzoek. Of de wet. Bijna niets beters dan de wet. Al stond daar niets in over hoe vaak kindjes geknuffeld moesten worden.

Het was een van haar spaarzame vrije dagen, de laatste voor de week van de première van de laatste grote zaalproductie van het seizoen. Gretig inhaleerde ze de buitenlucht, zurig van het rivierwater. De wereld trok aan Esther voorbij, beroofd van zijn eigen geluid en gedompeld in de vioolmuziek die ze hoorde door de koptelefoon van een walkman.

Waarom dwaalt die vrouw? Waarom neemt ze een pakket aan van een vreemde? Waarom neemt ze niet gewoon een hotel? Is ze naïef? Is ze leeg? Is ze kapot?

Dana. Ze moest een bodem hebben, een psyche. Als ze die niet van de schrijver had meegekregen, dan moest Esther die bodem maar zelf leggen, terugredenerend vanuit haar gedrag, haar handelingen, waarvan het alle schijn had dat de consistentie en de identiteit erachter waren opgeofferd aan de voortgang van het verhaal. Het was niet de eerste keer dat Esther dit in scripts en stukken tegenkwam. Ze vond dat zelfs Ophelia, de wereldberoemde jonge-vrouwenrol uit Shakespeares *Hamlet*, hieraan leed. Ze was een aantal maanden geleden voor de rol benaderd door Onno de Wijs, regisseur bij een groot gezelschap en voelde zich vereerd dat ze deze legendarische rol mocht spelen. Hoewel ze pas het volgende seizoen gingen repeteren, had Esther zich onmiddellijk op het stuk gestort en zich voor het eerst in de mythe van Ophelia verdiept.

Als eerste verbaasde het haar dat Ophelia slechts in zes scènes optrad van het zo'n vier uur durende stuk. De tweede verrassing kwam toen Esther alle tekst van Ophelia achter elkaar, als een monoloog, op haar tekstverwerker had ingetoetst, zoals ze altijd deed met de teksten van de rollen die ze speelde. Het paste op anderhalf A4-tje; bijna de helft betrof de twee beroemde waanzinscènes: raadsels voor een twintigste-eeuws publiek, dat niet was ingewijd in de betekenis van de kruiden die door Ophelia ritueel werden uitgedeeld, en van de verzen die ze zong. Op zoek naar het wezen van Ophelia kreeg Esther ook in de andere vier scènes geen antwoord. Ophelia bleek de luisteraar, de vragenstelster, de gehoorzame. De schaduw van haar broer, haar vader en Hamlet. Een spiegel waarin anderen zich profileren konden, maar waarvan de reflectie wel telkens een katalysator was die het stuk verder bracht. Het drama ontrolde zich voor de voeten van Ophelia. Hoe zij zich zelf voelde, wat zij dacht als stille deelgenoot van deze tragedie vernam men nooit anders dan in de raadsels van de waanzin. *Het stuk heet nu eenmaal geen* Ophelia, *het stuk heet* Hamlet, zou Esther vele avonden denken, waarop ze als Ophelia huilend en overstuur het toneel verliet, geramd en platgewalst door de andere personages. Hadden de stille wateren van de papieren Ophelia diepe gronden, die tot een volledig mens van vlees en bloed reikten, vroeg Esther zich af. Of had ze in het stuk alleen de sjabloonfunctie van de onschuld die te gronde was gericht? Er werd geen uitsluitsel gegeven – een onuitgesprokenheid die ruimte liet voor ieders projectie en fantasie. De reden wellicht waarom de rol zo beroemd geworden was. Esther vroeg zich af of men evenveel moeite zou hebben gedaan om het personage van Ophelia te begrijpen en haar eigenschappen toe te dichten die in het stuk niet terug te vinden waren, als een hedendaagse schrijver een dergelijke rol had geschreven en niet een klassieke grootheid als Shakespeare.

Niet dat het script van Kattengat zich ook maar in de verte kon meten met het werk van Shakespeare. Maar Esther zou wel op zoek moeten naar een identiteit, een basis voor het bestaan van Dana.

Het afslaan van het cassettebandje bracht een kleine schok teweeg in Esthers jaszak en in haar hoofd. Einde van de reis naar Ophelia's wereld, die ze onwillekeurig was begonnen. Een doffe stilte.

Ze zette de koptelefoon af. Scherp drongen de geluiden in haar oren van het verkeer achter haar, het geruis van het water en de vogels die boven de rivier vlogen en af en toe door het spiegelende wateroppervlak doken om met zilveren snavel weer op te duiken.

Identiteit. Ze had in de bibliotheek eerst maar eens opgezocht wat men daar in de psychologie in feite onder verstond. Iemand die een identiteit ervoer, moest zichzelf, volgens de boeken, door de tijd heen beleven in een continuïteit, een plek ervaren in een sociale context en op die plek herkend en erkend worden door anderen. Een vaste kern gewaar zijn, die een referentiepunt vormde voor alle ervaringen. *Continuïteit.* Esther kon zich herinneren dat ze zich lange tijd, eigenlijk al vanaf haar eerste herinneringen, vergezeld voelde door een bewustzijn. Een aanwezigheid binnen in haar die was gekoppeld aan haar denken, zonder dat deze zich op de voorgrond drong. Heel af en toe viel ze helemaal met dat bewustzijn samen. In zijn kleinste vorm ervoer Esther die aanwezigheid, die kern, de "Ik" zoals ze het uiteindelijk toch noemde, alleen nog maar achter haar ogen, als een balletje waarin ze zich geconcentreerd voelde. Haar lichaam was voor haar op dat moment even ver weg als de buitenwereld. Maar de laatste tijd leek zelfs die kleinste vorm bij vlagen afwezig. Het verwonderde haar op die momenten dat haar lichaam nog bestond en functioneerde en dat er toch nog gedachten kwamen, al was ze volstrekt los van alles en iedereen. Van God verlaten, als die alomtegenwoordige God er zou zijn.

Niet weer afdwalen. Met een onrustige zwaai van haar hoofd stond ze op van de harde kade en haastte zich naar huis om de aantekeningen uit de bibliotheek door te nemen. Onderweg gingen haar gedachten terug naar het verhaal van Ophelia. Ongemerkt vond elke gedachte in het fijnmazige net van associaties steeds opnieuw een vertakking naar hetzelfde verhaal, dat daardoor telkens uitgebreider werd. Steeds meer argumenten, een betoog, klaar om te worden uiteengezet, maar voor wie eigenlijk? Zo lagen er nog stapels uiteenzettingen in Esthers hoofd opgeslagen, vaak als gevolg van een discussie of een niet gevoerde ruzie, een weerwoord dat nooit was uitgesproken. Het uitwerken van deze verhalen gaf Esther, als ze het vaak genoeg herhaalde, wat rust in haar hoofd. Nieuwe informatie, liefst ergens gelezen, die daarmee in de bestaande gegevens werd geïntegreerd, gerangschikt tot een nieuwe vorm, tot nieuwe denkbeelden. Consciëntieus.

'Ha, daar hebben we de intelligentste vrouw van Nederland.' De gestalte blokkeerde de stoep. 'Loop je weer te dromen?'

Esther keek op. 'Hé Sonny,' lachte ze tegen de blokkade, waarin ze de breedgeschouderde, rijkbehaarde Sonny herkende. Hij was een jaar eerder dan Esther afgestudeerd en had een eigen groep opgericht, waarbij hij het liefst regisseerde. Sinds ze elkaar kenden, voerden ze nu en dan intensieve gesprekken over theater, die er altijd mee eindigden dat Sonny zei: 'Ik ken niet één vrouw die zoveel denkt. Volgens mij ben jij de intelligentste vrouw van Nederland.'

'We moeten weer eens afspreken,' zei Sonny terwijl hij Esther stevig omhelsde.

'Ja, zeker.' Esthers ogen keken net boven de bruine biceps van zijn linkerarm uit, terwijl haar wang tegen het ruwe katoen van zijn witte shirt lag. Ze voelde zich anoniem en gekoesterd door dit lichaam waarvan ze geen hoofd kon zien. Zijn vluchtige afscheid betekende het einde van het korte moment dat eeuwig had mogen duren. Halfvijf. *Je moet werken*. Esther rende naar huis.

Identiteit. Wat was het eigenlijk dat je identiteit uitmaakte? Esther bladerde door haar aantekeningen. Ze las begrippen als fundamenteel vertrouwen en fundamenteel wantrouwen, autonomie, schaamte, twijfel, schuld, initiatief, minderwaardigheid, constructiviteit en identiteitsverwarring. Lagen alle positieve mogelijkheden ergens in de mens besloten en was er slechts een goed nest voor nodig om ze uit te broeden? En als dat goede nest er niet was?

Wat is er van mijzelf terecht gekomen? Een vraag die ongevraagd in haar gedachten opdook. Esther schudde met haar hoofd. *Dana. Dána*. Ze pakte een pen en schreef: *Heeft Dana fundamenteel vertrouwen? Heeft ze nog hoop?* In gedachten dwaalde ze door het script. De succesvolle jonge violiste, die in de grote stad Londen woonde, ontdekte dat ze zwanger was en naar haar vriend in Rotterdam vertrok om hem dit te vertellen. Al op het vliegveld raakte ze in duistere zaken verwikkeld, omdat haar een pakket met onbekende inhoud werd overhandigd. In Rotterdam aangekomen bleek haar vriend niet thuis te zijn. Er volgde een onaangename ontmoeting met haar moeder, die ze gedesillusioneerd weer verliet. Daarna bleef Dana de nacht en het weekend door de stad zwerven. Prooi voor beroving, achtervolgingen en ontmoetingen die haar leven veranderden. Waarom deed ze dat?

Fundamenteel vertrouwen, schreef Esther in een groot schrift. *Iemand die zich zo naïef gedraagt, kan geen fundamenteel wantrouwen hebben. Of is het geen naïviteit? Is het onverschilligheid voor wat haar kan overkomen? Doodsverachting? Als Dana in haar nest geen fundamenteel vertrouwen had verworven, dan ontbrak de eerste bouwsteen van een heel leven. Wat was het vervolg? Een huis op palen? Of voorgoed in de steigers? Onzelfstandig is ze niet, deze carrièrevrouw. Het doorlopen van zo'n zware opleiding en het veroveren van werk, kan ze alleen maar door middel van enorme wilskracht hebben volbracht. Misschien wel té autonoom, los van anderen. Onvermogen om iets van zichzelf te laten zien? Nee. Ze staat avond aan avond op het podium, het diepste van haar ziel te musiceren. Of is dat geen communicatie? Moet het altijd via práten? Via relaties, waarbij je steeds opnieuw moet uitleggen wie je bent?* Ze dacht aan haar discussies met Arnoud en Werner, over de kunst van het verbergen. Een journalist had tijdens een interview eens om uitleg gevraagd. 'Ik geef mezelf bloot, maar onder pseudoniem,' had ze geantwoord. En het verbergen? Was dat schaamte? *Nee, geen schaamte, bescherming, natuurlijk.* Een plotselinge wrevel kwam op. *Ik heb geen zin om altijd alles uit te moeten leggen,* dacht Esther, *mezelf te moeten verklaren aan anderen. Dat is toch niet abnormaal? Ik doe honderd verschillende dingen en moet ík daarna uitleggen hoe die honderd dingen één mens vormen en wie die mens dan is? Moet ik dat weten?* Abrupt stond ze op en schonk zichzelf in de keuken een glas wijn in. *Twijfel?* Terug op haar matras schreef ze snel en slordig: *Ja jezus, wie twijfelt er nu niet aan zijn eigen waarde? Je moet als kunstenaar verdomme toch twijfelen. Kritisch zijn en steeds iets nieuws zoeken.* Ze draaide zich met haar rug op het matras en vocht tegen een haast onbedwingbare behoefte te gaan slapen. Zonder te kijken greep ze haar schrift. *Initiatief en schuld,* stond er. Die begrippen hadden te maken met de stem van het geweten, had ze gelezen. *Initiatief is wat je nog doet na de vorming van het geweten door de opvoeding van je ouders, waarschijnlijk.*

Het is 1972. Avond. Haar vader is beneden. Ze schrijft een briefje aan haar moeder, die weg is en haar misschien nog even wakker maakt als ze thuiskomt. Er kriebelt iets aan haar been. Ze wrijft gedachteloos. Een scherpe pijn, ze kijkt en ziet een wesp op de grond liggen. Geschrokken huilt ze, hard genoeg in de hoop op troost van beneden.

De voetstappen op de trap, haar hart dat bonst, net als de rode bult op haar been.

'Wat is er?'

'Een wesp.'

De man in de deurpost taxeert de situatie: het meisje buiten haar bed, het briefje, de pen, de dode wesp op de grond. Het oordeel. 'Je had ook allang in bed moeten liggen.' De deur gaat weer dicht. Straf van de wesp. De wereld geeft gelijk aan wat juist is, de grote waarheid die altijd uitkomt met de wesp als uitvoerende macht. Als ze in bed had gelegen, was ze niet gestoken. Eigen schuld, geen vergeving. Wie bestaat, moet pijn lijden. Je aan de regels houden. Plicht. Geen recht. Uitvreter, consument van de aarde, doe wat je gezegd wordt, je mag blij zijn dat je er bent.

Ze schrok wakker en keek op haar horloge. Het was maar vijf minuten, maar ze was ver weg geweest. *Doorwerken, zoveel tijd heb je niet.* Ze stond op van het matras en legde haar spullen op het kleine bureau. Ze ijsbeerde door de kamer en zette een cd op. *Die woorden: identiteit, schuld, schaamte. Geslaagde ontwikkeling of gemiste kans. Gemankeerd leven.* Hard zette ze Händels *Concerti grossi opus 6* op, gedirigeerd door Von Karajan. ('Met deze cd's koopt u een Mercedes,' had de verkoper gezegd.) Ze ging zitten op haar bureaustoel. *Is Dana bekwaam?* schreef ze. Met op de achtergrond de gloedvolle uitvoering van Händels muziek, die voor haar niets weg had van een Duitse auto. *Ja, uiterst bekwaam, waarschijnlijk, gedisciplineerd, als je een instrument als een viool onder de knie wilt krijgen. Dana is bekwaam, capabel, competent. Gelukkig?* Ze sloeg een bladzijde om. *Identiteitsverwarring. De gewaarwording je ik kwijt te zijn. Crisis. Vervaging van de ik-grenzen. Verliezen van de realiteit.* De woorden cirkelden door Esthers gedachten. *Niet meer weten wie de hoofdpersoon is in het verhaal dat je zelf leeft.* Esther liet zich opnieuw op haar matras vallen.

Alles herkennen en denken dat je het zelf ook hebt. Dat noemen ze co-assistentenziekte, Esther! Ieder mens heeft weleens last van twijfel, schaamte, gevoelens van schuld en minderwaardigheid, denken dat je niet meer bestaat. Verwarring. Identiteit. Heb geen crisis.

Ze schrok wakker van haar kamerdeur die openging.

'Hoi,' zei WJ, met zijn hoofd om de hoek van de deur. 'Lekkere vrije dag gehad?'

Ze schreef Broekhuizen twee brieven, gedurende het reizen naar de repetities, in de kleedkamer tussen het repeteren en de try-outs, en 's avonds laat op het matras op de grond van haar kleine kamer.

'Ik heb hem meteen maar een paar van de naarste dingen die ik me kon herinneren geschreven,' vertelde ze Claudia door de telefoon. Vanwege het werk zag ze haar vriendin niet zo vaak, maar ze hadden bijna dagelijks telefooncontact, waarin ze de gebeurtenissen van die dag uitwisselden, zoals Esther zich voorstelde dat gezinnen dat deden om een uurtje of vier bij de thee met koekjes. Esthers leven was actiever en grilliger dan dat van Claudia, vooral op het gebied van werk en relaties. Niet lang na haar afstuderen aan de toneelschool een paar jaar eerder was Claudia's leven min of meer stilgevallen en was ze bijna altijd thuis als Esther belde. Met haar ranke gestalte, die ze zelf veel te breed vond, haar ravenzwarte haar, dat ze zelf liever blond had gezien, grote ogen die – 'helaas', smachtte ze – niet smaragdgroen maar goudbruin waren, leek Claudia een prinsesje uit een sprookjesboek, wachtend tot Prins Werk en Prins Relatie zich aandienden. Ideaal gesproken zouden deze teerhartige macho's onder haar raam komen aangalopperen nadat de nauwkeurig uitgewerkte plannen voor neus- en lippencorrecties, borstverkleining en liposuctie waren uitgevoerd. Al zou het voor de verwezenlijking van die cosmetische ingrepen praktischer zijn als Prins Rijk zich alvast zou hebben gemeld. Tot die tijd omringde Claudia zich op haar kleine kamers met zorgvuldig uitgekozen beeldjes, stenen, gedrapeerde lappen, een kat, twee konijnen en twee vogels, en spiegelde ze zich aan het leven van Esther, leefde een deel van haar leven mee via informatie uit de eerste hand. Esthers eigen Ophelia.

'Vind je het niet eng om al die persoonlijke dingen op te schrijven?' vroeg Claudia, terwijl het gespin van de kat in haar nek door de telefoon te horen was. 'Je kent die man toch nog nauwelijks?'

'Ik dacht niet aan hem toen ik schreef. Ik schreef meer voor mezelf.'

'Maar hij krijgt die brieven wel en als je hem straks terugziet, weet je dat hij het allemaal gelezen heeft.'

'Ja. Dat is waar. Misschien is het goed.'

'Hoezo?'

'Ik hoop dat het op die manier sneller gaat met die gesprekken. Als het nodig is dat ik m'n levensverhaal vertel, zoals zij dat noemen, voordat ze tot de kern van de zaak kunnen komen, dan maar zo snel mogelijk. In die brieven kan ik meer informatie kwijt dan in die gesprekken van vijfenveertig minuten.' Ze leunde met haar hoofd tegen het glas van de telefooncel voor de schouwburg van Hoorn en keek uit over het IJsselmeer. 'Ik ben zo moe. Het is alsof ik een marathon gelopen heb. Er moet nu snel iets gebeuren, want ik ben buiten adem.' Het bloed vloog haar naar het gezicht bij de woorden die ze voor de eerste keer van haar leven uitsprak: 'Ik geloof dat ik het niet meer alleen kan.'

6

Juni 1990

Hoewel ze had aangekondigd dat ze langskwam, vertrouwde Esther die maandagavond niet zo op WJ's 'oké' in de hal van het Amstelstation, dat ze de honderd kilometer naar zijn huis durfde af te leggen in de zekerheid hem daar ook aan te treffen. *Ik heb niet het idee dat hij zich aan wat wij samen hebben zo gebonden voelt, dat hij niets meer met een ander zou doen,* schreef ze in een van haar dagboekschriften. Daarom belde ze hem na het eten op, maar de lijn was bezet. Tot elf uur legde ze een route af door het huis, van beneden, waar ze met haar vader televisie keek – of in elk geval deed alsof – naar de slaapkamer om zijn nummer te bellen, dat maar in gesprek bleef. Nadat haar vader naar bed ging, haar moeder was thuisgekomen en plaatsnam achter de tv, verplaatste haar wanhopige telefonade zich naar de werkkamer van haar vader. Op niets anders kon ze zich meer concentreren. *In gesprek. Met wie? Zo lang? Ligt de telefoon ernaast? Vanwege mij?* Om elf uur ging de telefoon ineens over.

'Je was in gesprek.'

'De hoorn lag er niet goed op. Waar ben je?'

'In Amsterdam.'

'Waarom?'

'Zal ik nog komen logeren?'

'Ja.'

'Wanneer?'

'Nu.'

Haar moeder was ongerust vanwege haar plotselinge vertrek, zo laat op de avond. ('Ga dan morgenochtend.') Haar vader, slaperig in pyjama onderweg naar het toilet, was zoals altijd als het om dergelijke dingen ging juist verbazingwekkend laconiek: 'Het is toch vakantie!'

En ik ben 27, dacht Esther in de auto. *Te laat voor bezorgdheid. Te laat voor toestemming.*

Ze had haar reistas zo gepakt dat ze eventueel een aantal dagen kon blijven, maar niet zo vol dat WJ zich wild zou schrikken. Haar werk en het zoeken van een huis moest nog maar even wachten. *Het is toch vakantie.*

'Ik moet wat werken deze weken, want ik moet m'n vakantiereis afbetalen,' zei WJ de volgende morgen, vlak voor zijn telefoon ging met het bericht dat hij de volgende dag kon beginnen.

'Geen probleem. Dan ga ik weer.'

'We maken er eerst nog een leuke dag van, samen,' zei WJ.

Die avond, aan tafel, kwam hij tegenover haar op haar stoel zitten, zijn smalle maar gespierde benen aan weerszijden van haar schoot. Mannelijk borsthaar onder het jongensgezicht met de diepe stem. 'We hebben het nooit over ons, hè?' zei hij.

'Nee.' Haar groene ogen keken door hem heen. *Wachten.*

'Goed, hè?' zei hij tevreden.

'Ja.'

De volgende ochtend bracht ze hem naar het station. Door de sluitende treindeuren heen zei WJ: 'We bellen, schrijven. Ooit.' Zijn lachende gezicht achter wegrijdend glas.

Dit is de laatste keer dat ik op het perron sta, dacht ze. *Ooit.* In die pijn had ze geen zin meer. *Hij hoeft me De Vrijheid niet onder de neus te wrijven.*

Met haar volle reistas liep ze naar Claudia's huis, die thuis was en bijkwam van een kort, slecht betaald theaterproject en het afscheid van een onmogelijke verliefdheid op een regisseur die gebonden was en nooit voor haar zou kiezen. De onbereikbaarheid en de onmogelijkheid tot handelen over te gaan verfraaide Claudia's beeld van 'hoe het eens zou kunnen zijn'. Het troostte Esther soms om het te horen: het geloof in een betere toekomst. Voor de relativerende werking van Esthers ervaringen was Claudia niet ontvankelijk. Niets weerhield haar ervan zich altijd tot op het ondergoed pico bello te kleden en nooit onopgemaakt het huis te verlaten, want 'zelfs in de snackbar van Lutjebroek kun je een belangrijke regisseur of je grote liefde tegenkomen'.

Tegen de middag reisde Esther af naar Amsterdam. Hoewel haar ouders terug waren van vakantie, begonnen haar dagen met een eenzaam ontbijt, net als vroeger, toen iedereen op zijn eigen tijd opstond, ontbeet en het huis verliet, om elkaar pas 's avonds bij het avondeten weer te treffen. Esthers vader werkte niet meer, maar het patroon bleef hetzelfde. Hij scharrelde wat door het huis, wandelde met de hond of zat achter de computer. Esther ontbeet alleen, lunchte alleen, werkte, als ze zich kon concentreren, aan het project met Job of spitte woonkranten door. Daarna deed ze boodschappen voor het avondeten, dat ze als vanzelf, net als vroeger, was gaan verzorgen. Dit keer ook uit eigenbelang, omdat er thuis niet meer gekookt werd. Haar moeder was te laat thuis van kantoor, haar vader at uit de magnetron. Nu kookte Esther, at samen met haar vader, bewaarde een bord voor moeder. Afwasmachine. Koffie. 'Loveboat' op de televisie brak de moeilijke tijd tussen zes en zeven uur, waarna de 'echte' televisie begon en de avond sprongsgewijs via films, documentaires en het nieuws kon worden weggekeken.

Op donderdag schreef ze in haar dagboek hoe sterk ze was dat ze WJ sinds dinsdag niet had gebeld, maar ze moest toegeven dat ze niet kón bellen, omdat ze het telefoonnummer van zijn ouders niet had, waar hij logeerde tijdens zijn vakantiebaantje. *Maar ik heb ook niet om dat nummer gezeurd,* schreef ze. *Ik wacht rustig af. Dat kan ik. Het moet.*

Dat weekeinde zou 'Christine uit Leeuwarden' bij hem logeren, had WJ gezegd. Uit het gesprek had Esther begrepen dat WJ een verhouding met haar had gehad, een driehoek, want Christine had een vriend. De huidige status van hun relatie was Esther niet duidelijk. *Als ze bij hem slaapt en iets wil, zal hij het niet laten, schat ik. Ik moet me zelfstandig opstellen. Dat doet hij ook. Hij gaat zijn eigen gang, laat zijn agenda niet door mij bepalen en dat moet ik ook niet doen. Tenslotte weet ik zelf ook nog niet of ik wel een vaste relatie met hem wil. Aan de andere kant is die vrijblijvendheid moeilijk. Het maakt je kwetsbaar, alsof je met een open wond loopt.* Ze kwam overeind van haar bed en besloot maar eens systeem aan te brengen in de rotzooi in haar kamer. Iets wat ze nog niet gedaan had in de optimistische verwachting dat ze daar toch niet lang zou blijven. Na wat vruchteloos stapelen van half uitgepakte verhuisdozen, viel ze opnieuw op bed en schreef: *Paradoxaal gevoel, dat dit juist de leukste tijd van een relatie hoort te zijn, terwijl ik in de gaten moet houden dat ik de juiste strategie volg, waardoor ik er helemaal niet van geniet. Schrik ik hem bijvoorbeeld af als ik veel geef of juist als ik terughoudend ben? Ik raak er zo op gericht het goede te doen, dat ik niet meer weet wat ik zelf wil. Ik reageer alleen, in dienst van de taak de ander voor mij te winnen. En wil ik dat eigenlijk wel? Naarmate ik verder van mezelf afdrijf, wordt ook het reageren moeilijker. Dan laat ik óf de situatie steeds meer door de ander bepalen, óf, en dat lijkt een noodkreet van mijn verkommerende ik, ik laat het aankomen op een extreme situatie, waardoor ik mezelf wakker schud met de panische schrik bij het gevaar dat ik heb opgeroepen.* Ze schreef in haar dagboek om haar gedachten te ordenen, maar het gaf niet vaak de opluchting waarnaar ze verlangde. Esther bedwong de neiging nog tien keer hetzelfde op te schrijven maar dan in andere woorden. Ze trok een doos uit de stapel die ze net had gemaakt en groef de boeken en aantekeningen op die waren bestemd voor het project met Job. Uit de reistas, die ze nog maar half had uitgepakt, haalde ze een boek dat WJ haar voor het project had meegegeven. *Het verstoorde leven*, een uitgave van dagboeken die een joodse vrouw, Etty Hillesum, in de oorlog geschreven had. Esther had in het verleden al meermalen met het boek in haar handen gestaan, in verschillende winkels, omdat ze altijd geïnteresseerd was in boeken over de oorlog. Waarom wist ze niet, maar ze had dit boek nooit gekocht. Nu het uiteindelijk voor haar lag, las ze in het voorwoord van de samensteller dat het hier de geschriften en dagboeken betrof van een vrouw van zevenentwintig.

En dat was Esther ook. Het zou haar minder sterk hebben getroffen als ze niet daarna de tekst gelezen had, die Etty schreef op 3 juli 1942: 'Ik zou lang willen leven om het later tóch nog eens uit te kunnen leggen, en als me dat niet vergund is, welnu, dan zal een ander het doen en dan zal een ander mijn leven verder leven, daar waar het mijne is afgebroken, en daarom moet ik het zo goed en zo volledig en zo overtuigd mogelijk leven tot de laatste ademtocht, zodat diegene die na mij komt niet helemaal opnieuw hoeft te beginnen en het niet meer zo moeilijk heeft.'

Niet helemaal opnieuw hoeft te beginnen – verder leven daar waar het hare is afgebroken.

Het was alsof Esther haar hart onderin haar buik voelde kloppen.

Vrijdag. Bijna weekend. De dag dat WJ van zijn vakantiewerk weer naar huis zou gaan. *Maar hoe laat?* 's Ochtends al was Esther onrustig bij het idee hem mogelijk 's avonds te kunnen bereiken, op zijn eigen telefoonnummer. Het liefst zou ze de hele dag hebben overgeslagen, maar ze dwong zichzelf iets te doen. *Wat normale mensen ook doen. Je moet een innerlijke rust vinden, een evenwicht van binnen, die je los van alles reden geeft om te leven,* schreef ze. *Niet je geluk afhankelijk stellen van allerlei voorwaarden van buitenaf.* De dag werd gebroken door een controlebezoek aan een huidspecialist. Om een of andere reden had ze meer pukkels dan ze tijdens haar hele puberteit gezien had. Ze had een bacteriedodend medicijn gekregen dat een royaal bondgenootschap had gesloten met de schimmels in haar lichaam, tegen het welig tieren waarvan ze nu weer andere medicijnen kreeg. Ze vroeg zich af welk organisme er nog overbleef om de lijken af te voeren.

Het was een hete zomer. Al weken straalde de zon van 's ochtends vroeg tot ver in de avond. Met haar lichte huid en rode haar kon Esther het in de zon en de warmte met moeite uithouden. Ze zocht die middag verkoeling in het dichtstbijzijnde openluchtzwembad, in het door flats omringde Bijlmerpark, waar het haar opviel dat de enigen die net als zij alleen zaten ook van die puisterige types waren. Gelukkig had ze een excuus om niet lang na aankomst weer weg te gaan, want de bijsluiter van de medicijnen die ze slikte, schreef voor het zonlicht te mijden. Ze deed wat boodschappen op de markt, in het rustige, gelaten tempo dat de melange aan mensen daar aanhield. Ze las in Etty's dagboeken in de koelte van het huis, kookte en na 'Loveboat' gaf haar hele lichaam het sein dat ze WJ moest bellen. Dat deed ze, maar ze kreeg geen gehoor. Terug op haar kamer ijsbeerde ze tussen de dozen. *Ga aan het werk.*

Etty's openhartigheid trof Esther. Er stond veel tussen de regels, maar voor die tijd schreef ze tamelijk vrijmoedig over liefde, verhoudingen en seks. Uit wat Etty schreef, maakte Esther op dat ze een vrije relatie had met Han, een man met wie ze samenwoonde. Op een dag ontmoette ze Julius Spier, een chiroloog die zich ook als psycholoog presenteerde. Hij maakte direct diepe indruk op haar en riep haar bewondering op. Etty bezocht hem regelmatig, soms in groepsverband, soms alleen, en liet hem in de handleessessies en gesprekken haar overvolle ziel blootleggen. Diepgaande en filosofische gesprekken wisselde Spier af met partijtjes worstelen: 'Lichaam en ziel zijn één.' Niet lang na hun eerste ontmoeting worstelden Etty en Spier alleen, met gesloten

gordijnen en gesloten deur, en las zij aan zijn lichaamsbewegin-
gen een sensualiteit af waar ze onwillekeurig op reageerde, maar
die tegelijk haar afkeer opriep en haar hevig in verwarring
bracht. Vanaf dat moment ontstond er een moeilijk te omschrijven verhouding met deze al gebonden, onbereikbare man. Etty
vroeg zich keer op keer af wat er nu eigenlijk aan de hand was,
of ze verliefd op hem was of niet, of ze dit nu werkelijk wilde, of
ze niet voornamelijk naar een diepgaande geestelijke verbinding
met Spier verlangde, waarbij de fysieke spanning die was ontstaan alleen maar storend was.

*Ik heb ook (maar is dit misschien een geheim dat ik niet op moet
schrijven?) altijd weer moeite met het idee dat je in je leven maar één
keer voor iemand kiest en verdere ervaringen ontbeert. Tegelijkertijd
verlang ik soms juist waanzinnig naar het kiezen voor die ene en het
voor altijd met hem samen zijn,* schreef Esther in haar dagboek. *Is
dat menselijk verlangen niet onvervulbaar? En projecteer je dat zo nu
en dan op een ander? Wanneer er dan werkelijk een verbintenis ontstaat, is de ontluistering des te groter, want dan ontdek je dat dat spe-
cifieke verlangen niet door een ander kan worden vervuld. Het vereist
een onbaatzuchtigheid van de andere partij, waar die niet toe in staat
is. Dat is inherent aan het menszijn. Misschien dat moeders ertoe in
staat zijn, tot op zekere hoogte. Sommige moeders.*

Ze stond op van de kleine schrijftafel die ze bij het raam had
neergezet, hoewel dit eigenlijk nergens uitzicht op bood. Ze nam
zich voor een kop thee te zetten, maar liep in plaats daarvan naar
de telefoon en belde WJ. Nog steeds geen gehoor. Om het zelf-
bedrog vol te houden zette ze toch een ketel water op. *Kun je als
het water kookt, voordat je verder gaat met je werk, mooi nog een keer
zijn nummer proberen,* sprak een stiekeme stem monter, geheel los
van de theezettende, autonome vrouw.

Merkwaardig verlangen, dacht Esther, toen ze haar vingers het
telefoonnummer van WJ zag intoetsen en haar oor de eindeloze
reeks lange piepsignalen registreerde, die ten slotte overging in

een serie snelle tonen. Hij was er niet. *Enerzijds helemaal niet iemand voor jezelf willen hebben, weten dat het niet kan. Maar toch, steeds komt het weer terug: dat droevig stemmende verlangen naar die ene. Kwellende onrust. Gebonden tegen wil en dank. Alles doen om niet te verliezen waarvan je niet eens zeker bent of je het wel hebben wilt.* Ze droeg de hete theepot voor zich uit, de trap op, naar haar kamer. Sloot de deur. *Is het iets universeels, die angst de ander kwijt te raken als je iets voor jezelf wilt, of als je grenzen stelt?* WJ had er in elk geval geen last van. Die zou ze later bewonderen en haten om zijn vermogen voor zichzelf op te komen. Om te nemen, zonder enig schuldgevoel, in de overtuiging dat de ander wel 'ho' zou roepen als het nodig was.

Die hele avond kon Esther hem niet bereiken. Pas de volgende ochtend kreeg ze contact. Hij was vriendelijk aan de telefoon, bereid tot een gesprekje van beperkte duur, want: 'Christine komt zo.'

'Ja... ja, dat wist ik, dat had je verteld.' Esthers wangen gloeiden op als droog hout, dat door vlammen werd verteerd. Ze liet zich achterovervallen op het koele bed van haar ouders. Terwijl WJ vertelde over zijn vakantiewerk, sprak ze zichzelf in gedachten toe: *Je wist het en toch ben je in je hoofd naar hem toe gereden, in plaats van het weekend voor jezelf te plannen. Eigen schuld.*

'Ik heb mijn ouders over je verteld,' zei hij.

'O. Wat heb je gezegd?'

'Ik zei dat ik een vrouw heb ontmoet. Mijn vader vroeg: "Wat is ze: een vriendin of een speciale vriendin?" Hij begrijpt niet zo veel van hoe dat zit met mij en vrouwen. Ikzelf meestal ook niet, trouwens. M'n vader zei: "Het probleem is dat je te makkelijk vrouwen kunt krijgen." Maar hij heeft daar geen kijk op.'

Esther ging rechtop zitten. 'Sinds ik met jou omga, krijg ik ongevraagd van mensen te horen hoeveel meisjes je gehad hebt op school.'

'Drie, volgens mij. Ze overdrijven. Iedereen denkt dat ik een verhouding heb met Wanda, bijvoorbeeld, maar dat is helemaal niet zo.'

'O.'

'Ik wil alleen geen vaste relatie. Vroeger dacht ik altijd van wel. Ik wilde het ook wel, maar nu niet meer.'

'Hoe komt dat?' Ze koos een neutrale, geïnteresseerde toon, alsof ze geen belang had bij de vraag.

WJ zei dat hij niet wist of de mens wel in staat was om een relatie te hebben met maar één persoon. Esther zei dat ze zich dat ook wel afvroeg, maar dat iedere uitspraak die ze ooit over relaties had gedaan altijd door de praktijk onderuit werd gehaald. 'De tijd moet bewijzen wat het is, wat je er vooraf ook over zegt. Je voornemens worden altijd ingehaald door de werkelijkheid. De kunst is de natuurlijke loop van de dingen te volgen. Wat je nu eigenlijk wilt en in hoeverre je dat moet sturen of laten. Het heeft zijn voordelen om vrij te zijn, maar met losse relaties moet je wel steeds opnieuw beginnen, het gaat nooit de diepte in. Je vermijdt wat je met een vaste relatie wel kunt doen: steeds nieuwe wegen zoeken om verder te komen met elkaar.'

Hij luisterde, ze spon haar wijze woorden uit, rustig en vol begrip voor zijn standpunt en zijn twijfels. Ze ronden het gesprek af ('Veel plezier met Christine!'). Esther hing op en barstte in tranen uit. *Wees zelfstandig, het zal moeten. Je bent alleen. Altijd.*

Zeven

Mei 1992

De première van het laatste theaterstuk van het seizoen. Esthers ouders, Claudia en Wim waren naar de schouwburg gekomen. Esther wist zich niet goed te gedragen tussen deze mensen die zulke verschillende werelden vertegenwoordigden, vooral omdat ze voor het eerst met anderen over haar ouders had gepraat.

De voorstellingen die Esther met Wim had gespeeld waren al enige tijd afgelopen. Af en toe zagen ze elkaar een paar uurtjes. Eilanden in de tijd, die voor het grootste deel in beslag werd genomen door werk of de confrontaties en wapenstilstanden met WJ; werelden waar Wim geen vanzelfsprekende plek meer in had. Ze spraken er niet over. Hun afspraken hadden geen verleden en geen toekomst en daar zochten ze ook niet naar. Het was goed zo, voor zo lang het duurde.

'Jij zei toch in een van de scènes dat je door je vader werd geslagen?' vroeg Wim, toen haar ouders waren vertrokken. Esther kauwde nog op haar schuldgevoel, over het idee dat ze hun te weinig aandacht had gegeven.

'Ja,' zei ze. 'Vreemd om zoiets tijdens een voorstelling te zeggen, terwijl je weet dat je eigen vader in de zaal zit.'

'Wij zaten schuin achter hem,' zei Wim en Claudia knikte. 'Op het moment dat je die tekst zei, zág ik hem schrikken. Een authentieke schrikreactie.'

'Hij schrok en keek even naar je moeder,' zei Claudia op de

terugreis in de auto.

'En toen?'

'Zij reageerde niet en daarna zag je niets meer aan hem.'

*Zijn schokkerige manier van lopen, als hij diep, diep in gedachten is,
de handen in vuisten op de rug of wrijvend over zijn gezicht, gespannen, alsof hij in gedachten hard aan het schreeuwen is, zijn
hoofd vooruitgestoken. Schokkende nekspieren.*

*Op zijn stoel, gekromd, buikspieren die zich af en toe onwillekeu-
rig aan lijken te spannen, benen die over elkaar geslagen zijn en die
hij dan plotseling verwisselt als om zich te herstellen.*

*Voor de televisie, met zijn vinger op afstand de contouren van het
toestel volgend. Vierkantjes, heen en terug. Rechts-naar beneden-
links-naar boven, naar beneden-rechts-naar boven-links.*

Zijn luidruchtige zwijgen, zonder te reageren op de buitenwereld.

Twee brieven vielen met een doffe klap op tafel.

'Wilt u ze terug hebben?' vroeg Broekhuizen, terwijl hij zich
installeerde op de bank tegenover haar.

'Nee,' zei Esther, lichtelijk uit het veld geslagen. *Wat een rare
vraag,* dacht ze. *Ik heb ze toch aan hem geschreven? Hebben ze daar
geen archief voor? Een dossier?* Ze was gespannen naar het tweede
gesprek gegaan, ook vanwege de brieven. 'Je gooit jezelf te grabbel,' zei haar moeder altijd als Esther iets persoonlijks aan een
vriend of vriendin verteld had. 'Vertel het liever aan mij.' Deze
Broekhuizen kende ze nauwelijks. Had ze zichzelf of, erger, het
gezin met haar brieven te grabbel gegooid?

'U maakt vandaag een heel ernstige indruk.'

'Hmm,' zei Esther en staarde naar de twee enveloppen die
voor haar lagen.

'Waarover heeft u zich voorgenomen te praten?' Hij zat nu
rustig op zijn leren bank, de armleuning onder de ene en een stapel kussentjes onder zijn andere arm, een houding die hij nog

vaak aan zou nemen. Zo af en toe sloeg hij zijn korte benen over elkaar, maar die waren daar eigenlijk niet geschikt voor, zodat ze meestal weer snel naast elkaar terechtkwamen.

Het werd stil in Esthers hoofd. Ze had zich niets voorgenomen, omdat ze zo veel geschreven had dat ze daarop wel een reactie verwachtte, maar, omgekeerd, keek hij haar nu verwachtingsvol aan. 'Niets,' zei ze ten slotte.

'Zullen we voortgaan op de brieven?'

Eindelijk. 'Ja.'

'Maar hoe doen we dat dan, want ik was van plan u daar grote vrijheid in te geven.'

Vrijheid. Ze wilde helemaal geen vrijheid. Ze wilde dat hij de leiding nam en dat ze doelgericht op de problemen af gingen, zoals ze daar in haar brieven mee begonnen was. Was het niet duidelijk genoeg geweest wat ze had geschreven, of vond hij de inhoud niet belangrijk?

Het bleef een tijdlang stil tussen hen.

De gestalte in de stoel antwoordt niet. Het is haar vader en zijn zwijgen brengt haar ineens aan het twijfelen. Doet haar aan alles twijfelen. Bestaat ze eigenlijk wel, zij die daar staat, die gepraat heeft, zonder dat er iets in de zwijgende gestalte is veranderd? Rode haren sluik langs haar gezicht, de grote groene ogen neergeslagen. Droomt ze?

Haar denken in tweeën verdeeld: een gedeelte dat alert en waakzaam is op alles wat hij doet of kan gaan doen, het andere deel dat niet meer hier is en ook zijn aanwezigheid uit haar gewaarwording kan bannen. Daar staande beweegt ze zich heen en weer tussen deze twee bewustzijnstoestanden, als een van slag geraakte bloem die niet meer weet of ze openen of sluiten moet, of er sprake is van zonlicht of duisternis. Weggaan of blijven staan. Komt er een antwoord? Is er ooit een vraag geweest? Steeds meer moeite de stilte te doorbreken, niet meer kunnen kiezen uit de gedachten die eventueel moeten worden uitgesproken, handelingen die moeten worden gedaan. Wachtend op de ander.

Ten slotte nam Broekhuizen het woord en vroeg naar haar dagindeling, vrijetijdsbesteding, vakanties. Ze beantwoordde zijn verjaardagsfeestjesvragen met moeite. Het voelde plichtmatig en gaf haar de indruk te praten over dingen die er niet echt toe deden, hoewel ze probeerde met haar antwoorden diepte te geven aan de onderwerpen die hij aansneed.

'U hebt weer wat kleur,' zei hij, terwijl hij opstond om de kamer uit te gaan naar Bierens, die hem via de huistelefoon had opgeroepen. 'De angst brengt leven in u.'

Geniet hij daar soms van? 'Hmm,' zei Esther. Toen hij weg was, dacht ze: *Welke angst eigenlijk? Ben ik bang? Is dat het dan?* Ze keek door de grote ramen achter Broekhuizens bank. Ze gaven uitzicht op een wilde tuin, ongeordend, vol onbestemde planten. *Ook raar om tijdens zo'n sessie weg te lopen, of was het zo dringend? Ik kreeg niet de indruk. Wij lopen toch ook niet het toneel af tijdens een voorstelling, tenzij het decor in de fik staat. Dit gaat niet goed. Waar hebben we het eigenlijk over gehad?* Het was stil in de grote kamer, nog stiller nu hij weg was. Ze hoorde voetstappen in de gang en realiseerde zich dat ze, ondanks haar roerige gedachten, onbeweeglijk stil had gezeten.

'U geeft dus de voorkeur aan Aristoteles boven Plato?' zei Broekhuizen zodra hij binnenkwam. Ze keek hem niet-begrijpend aan. Op de achtergrond evalueerden haar gedachten zijn gedrag. *Dat is dus de techniek als je de kamer hebt verlaten: net doen of er geen onderbreking heeft plaatsgehad en je met je volle aandacht bij het gesprek bent gebleven.*

'Aristoteles hecht meer waarde aan de materie. Plato aan de ideeën en de gedragingen.' Broekhuizen nestelde zich in zijn vertrouwde positie en keek haar aan of hij haar immers gisteren nog studiemateriaal over Plato en Aristoteles had overhandigd. 'U zei dat u twijfelt aan de waarde van iemands liefde voor u, als die liefde minder wordt wanneer u niet het gedrag vertoont dat die ander graag ziet.'

Esther knikte. Ze had gedoeld op WJ.

'Waarom vindt u het ene een goede en het andere een slechte vorm van liefde?' vroeg Broekhuizen.

'Van iemand houden als hij zich op een bepaalde manier gedraagt, is manipulatief.' Het viel haar in terwijl ze het zei.

Het was even stil.

'Daar hebt u gelijk in. Maar zou manipulatieve liefde niet ook eerlijke en zuivere kanten kunnen hebben?'

Wat bedoelt hij? Welke vorm zou dat aannemen? Of is 'that all there is'? Probeert hij dat te zeggen?

'Het is best gevaarlijk als wij de strijd aangaan met elkaars wereldbeeld, mevrouw Blindeman, want ik denk er niet zo over als u, of had u dat nog niet gemerkt?'

Ze keek op van haar handen. Hij keek haar recht in de ogen en zei: 'U bent een idealist. Ik ben een strateeg, een politicus.'

Hij kent me nauwelijks, dacht Esther op de terugreis. *Kennelijk heb je als je ongelukkig bent per definitie een fout wereldbeeld. Maar wie is hij eigenlijk, dat hij denkt dat hij gezond is en de juiste visie heeft?*

Esthers werkzaamheden regen zich aaneen nu ook de repetities en voorbereidingen voor de film van Kattengat waren begonnen. 's Avonds reisde ze door het land met de theaterproductie, waarover Esther in de krant mocht lezen dat zij als enige in de voorstelling de plank had misgeslagen. Vlak na haar afstuderen had Esther nog het vertrouwen gehad dat je spel zo intens en waar kon zijn, dat iedereen dat zou zien en herkennen. Dat die absolute herkenning nooit plaatsvond, leerde ze al snel. Zelfs mensen die een voorstelling fantastisch vonden, konden er uitspraken over doen die wat haar betrof niets met die essentie te maken hadden. Gewend geraakt aan dit verschijnsel was ze er enigszins tegen gehard, maar de stelligheid waarmee sommige recensenten uiteen konden zetten hoe een stuk in elkaar zat en hoe het gespeeld diende te worden, bleef Esther verbazen. 'Het personage moet over-duidelijk een femme fatale zijn, maar Blindeman kan kennelijk geen femme fatale spelen,' informeerde de recensent het publiek. Er sprak geen enkele twijfel uit zijn woorden, gevoed door het besef dat Esther, de regisseur en de medespelers wekenlang intensief aan dit stuk hadden gewerkt. Hoewel het voor de hand lag waren zij tot de conclusie gekomen dat de vrouw die Esther speelde juist geen femme fatale moest zijn, omdat het geen recht zou doen aan de intelligentie van de hoofdpersoon, die voor haar viel. Het was dus een keuze, voortgekomen uit grondig studeren en repeteren, en niet een gebrek aan het vermogen om een cliché op te voeren, waar iedere dommekracht zelfs een vrij aardige gooi naar kon doen, maar wat iemand met een beetje opleiding toch al snel goed zou kunnen spelen.

'Kunnen we ons niet beter bezighouden met waar de scène over gaat?' vroeg Jules Graan. Hij was een van Esthers tegenspelers in Kattengats film. De hele ochtend had Esther met Jules en andere spelers op aanwijzing van Kattengat om tafels heen en tussen stoelen door van links naar rechts gelopen langs metro's, door stationsdeuren en -hallen, in restaurants en over straten, die er niet waren.

'Ik wil liever de mise-en-scène nog een keer doen,' zei Kattengat nerveus. Hij reorganiseerde voor de vierde keer wat stoelen en tafels om in het lokaal van wijkgebouw De Gier de luxueuze kamer van Graans personage na te bootsen.

'Weet je zeker dat het op de locatie waar we het filmen precies zo is?' vroeg Jules.

'Já hoor, jaaa,' verzekerde Kattengat lachend, terwijl hij met verhit gezicht nog wat stoelen tot art deco-schemerlampen verbouwde.

'Oké,' zei Jules, met een blik op Esther. 'Dan doen we nog eens de mise-en-scène.'

Ze kon het Jules niet kwalijk nemen dat hij er niet op aandrong op een inhoudelijke manier te repeteren. Ze had het zelf
meermalen ter sprake gebracht, zonder resultaat.

'Oké,' lachte Kattengat. 'Jij staat bij de schemerlamp, en zij
komt binnen. En: actie!'

Uit een korte duik, 's avonds, in wat boeken die meer duidelijkheid over Aristoteles en Plato konden verschaffen, kon Esther niet
zomaar opmaken wat de essentie was van waar deze filosofen
voor stonden. Maar dat Broekhuizen in zijn uitleg een sterke sim-
plificatie had aangebracht waarvan de juistheid te betwijfelen
viel, stond al snel voor haar vast. Plato geloofde nota bene in een
volmaakte wereld van ideeën, los van de onvolmaakte zintuiglij-
ke wereld waarin wij leven, heel anders dan Aristoteles, de we-
tenschapper, bioloog; een beschrijver, systematicus en waarne-
mer. Plato was scheppend, dichterlijk. Hoe kon Broekhuizen haar
een idealist noemen en haar toch meer met Aristoteles dan met
Plato vergelijken?

De maand mei was al bijna ten einde toen Esther het derde
gesprek met Broekhuizen voerde, vier maanden na haar eerste
gesprek met Bierens. Uitputtende maanden.

Het was een babbelgesprek, schreef Esther na afloop in haar
nauwkeurig gestenografeerde verslag. Steno had ze geleerd toen
ze op kantoor werkte in de tijd dat ze audities deed om toegela-
ten te worden tot een van de toneelscholen. De hiëroglifische
schrijfwijze beviel haar goed als ze in gezelschap zat te schrijven,
zoals in de pauzes op haar werk. *Ik heb veel verteld, er waren minder stiltes, ik was minder gespannen, maar erg diep ging het niet.
Broekhuizen was van het begin af aan luchtig. Hij tutoyeert me inmiddels. Ik hem nog niet. 'Dus je hebt een neus gekregen voor driftige
mensen,' zei Broekhuizen. Ik had iets over mijn vader verteld. 'Ja dat
denk ik wel,' zei ik. 'Ben ik driftig?' vroeg hij. Weerzin bij die vraag,
die me dwong me bezig te houden met hem als persoon. Misschien wil-*

de hij er iets mee uit de weg ruimen. Dus ik keek hem aan. Die ogen,
dat gezicht, gesloten en gespannen, en ik wist het: 'Ja,' zei ik.
    'Dat is ook zo,' zei hij toen.

Het schrijven van de verslagen na haar gesprekken met Broekhuizen riep herinneringen op, die bij vlagen Esthers gedachten
overspoelden op de momenten dat ze niet door haar werk in beslag werd genomen. Net als de producent van de film had Kattengat inmiddels geprobeerd de steeds slechtere communicatie
tussen Esther en hem te verklaren uit haar persoon. Had ze misschien problemen? Maar op haar werk viel niets aan te merken.
'Je werk is je redding,' had Vince Point altijd geroepen, die ermee vertrouwd was dat de creativiteit van kunstenaars, zoals hij
zelf, gebed was in ingewikkelde en soms moeilijk draaglijke ge-
dachte- en gevoelsstructuren. Het werk was haar rots in de bran-
ding, niet in therapeutische zin, daarvoor was het te veeleisend,
maar doordat ze het karakter ervan herkende. Juist de moeilijkheid van de werkprocessen, het steeds opnieuw moeten beginnen,
iedere rol, elke creatie op het leven te moeten veroveren, was
haar vertrouwd. Duizend geboortes. Nooit hetzelfde. Het was in
de veel minder vertrouwde stilte tussen het werken door dat de
herinneringen bovenkwamen. Voor het eerst in negenentwintig
jaar scherpe beelden. Details. Voor het eerst de aankondiging van
emoties die daaronder verscholen bleken.

Het is 1976. Haar ogen tegenover die van haar broer. Haar voorhoofd
tegen het zijne. Ze willen elkaar niet aankijken, ze zien elkaar toch. De
hoofden die heen en weer worden bewogen door één paar handen. Die
van hun vader. Ieder hoofd één hand, de vingers geklauwd in de ha-
ren: het donker krullende van Rob, het hare dun en rood. Twee hoof-
den uit elkaar getrokken en tegen elkaar geslagen. Ritmisch.
'Als jullie nog één keer… dan sla ik jullie met de koppen tegen elkaar!'
Surrealistisch dreigement is werkelijkheid geworden.

De eerste opnamen voor Kattengats film waren 's nachts. Er was een logeeradres voor Esther geregeld in Amsterdam. Die avonden moest ze eerst een voorstelling spelen. Na de nacht filmen ging ze 's ochtends vroeg naar bed, sliep tot de namiddag, at iets en vertrok weer naar het theater, waarmee de nieuwe kringloop begon, die twee weken duurde. Ze zag geen andere mensen dan degenen met wie ze werkte. Een enkeling sprak ze door de telefoon die voor haar op het logeeradres was geïnstalleerd.

Esther schoot overeind bij het doordringende geluid van de telefoon die overging. De kamer was donker, maar buiten straalde de zon, zag ze door een kier in het gordijn. *Het is donderdag, straks eten, daarna voorstelling.* Haar gedachten organiseerden zich tegen de achtergrond van de stem van Wim. Wat hij tegen haar zei, drong pas tot haar door toen ze de telefoon had neergelegd. *Het is onlogisch. Houd ermee op,* zei ze tegen zichzelf, terwijl ze overspoeld door een onbestemde paniek, achterover op het bed viel. *Ga gewoon weer slapen.* Ze sloot haar ogen, maar felle kleuren, figuren raasden achter haar oogleden terwijl haar gedachten onhoudbaar door haar hoofd stormden. Ze lag plat op het bed alsof ze met kracht werd neergedrukt. Eén arm verhief zich, schijnbaar automatisch, en tastte naar de telefoon. De rij cijfers waar niet meer over nagedacht hoefde te worden.

'Wim heeft het uitgemaakt, terwijl het niet eens aan was,' riep ze zodra Claudia had opgenomen. 'En toch ben ik overstuur. Ik wil niets met hem, ik hoef niets met hem, maar ik ben in paniek.'

'Bel Bierens.' Claudia's stem klonk kordaat. 'Die heeft toch gezegd dat je altijd mocht bellen?'

Wat ga ik in 's hemelsnaam doen, dacht Esther. Ze tikte het nummer van Bierens in, terwijl een deel van haar er niet over piekerde iemand te bellen, uitsluitend en alleen met de boodschap dat ze niet meer wist hoe het verder moest. Maar ergens op de berg van haar gevoelens was een steen losgeraakt die niet meer ophield met rollen.

'Bierens.'

Het geluid van zijn stem veroorzaakte een diepe stilte in haar hoofd. Ze probeerde te vertellen over vallende stenen, maar ze lieten zich niet vangen in woorden. Er was geen uitleg, alleen een droge conclusie: 'Ik hou het niet meer uit. Ik wil het bijltje erbij neergooien.'

'Niets,' zei ze even later tegen Claudia, die ze na haar gesprek met Bierens had teruggebeld. 'Hij zei eigenlijk niets. Hij gaat proberen de afspraak met Broekhuizen te vervroegen, maar dat kan toch niet vanwege mijn werk. Dat heb ik hem al gezegd.'

'En nu?'

'Ik ga proberen te slapen.'

Slapen, dromen, er niet zijn. Reddende engel.

'Als ze niet meer slaapt, gaat ze dood, zegt ze altijd, dus u zorgt maar dat ze slapen kan!'

Haar moeder met een verhit gezicht tegen de ziekenhuisarts, terwijl ze hem wegtrekt van de kamerdeur waarachter haar moeder, Esthers joodse oma, ligt. Zwart-grijs kopje in een wit bed.

'Rustig maar, mevrouw. We doen wat we kunnen.'

'Wat u nu doet is in ieder geval niet genoeg,' zegt haar moeders roodglimmende gelaat. Haar sterke en tegelijkertijd breekbare gestalte loopt weg, de ziekenkamer in. Haar handen die over het voorhoofd van haar moeder strelen, voor de deur zich langzaam sluit.

'Misschien moeten we medicijnen overwegen,' had Bierens gezegd, 'want het kan nog wel even duren voordat de therapie op gang komt. Ik hoop dat je het volhoudt. Bel vanavond nog even naar de praktijk.' *Het kan nog wel even duren.* Ze duwde de woorden uit haar bewustzijn en dook diep in de duisternis.

Vlak voor de voorstelling belde ze, in het hokje van de technici. Ze kreeg niet Bierens maar Broekhuizen aan de lijn. Dat had ze niet verwacht. 'Kan ik je vanavond nog terugbellen?' vroeg hij. Zijn stem klonk zacht en vriendelijk, vertrouwelijk, zo direct in haar oren. Ze probeerde zich te verdedigen tegen dit rechtstreekse binnendringen, dat haar raakte. Er prikten tranen achter haar ogen die ze hier achter de licht- en geluidmengpanelen niet wilde laten stromen.

'Ik moet een voorstelling spelen en daarna film ik de hele nacht,' zei ze zo zakelijk mogelijk.

'Gaat dat lukken?' Weer die zachtheid.

'Ja. Werken lukt altijd,' zei ze met gedempte stem, omdat er iemand voorbijliep.

'Voluit?'

'Ja, juist. Halfslachtig acteren kost meer energie dan voluit spelen.'

'Alles of niets, dus?' vroeg de warme stem van Broekhuizen in haar oor.

'Ja.'

'Je bent wel een taaie, hè? Wat zou je het liefst willen?'

'Het liefst zou ik in een korte periode waarin ik niets anders te doen heb weer op de been komen. De komende twee maanden kan dat nog niet, vanwege mijn werk, maar daarna heb ik tijd.'

Broekhuizen beloofde met Bierens te spreken over de mogelijkheden van dagbehandeling of een klinische opname en daar maandag, bij hun volgende afspraak, op terug te komen. Hij gaf haar zijn telefoonnummer in geval van nood en beloofde haar ook nog de volgende dag terug te bellen op haar logeeradres. 'Ik heb met Bierens over medicijnen gesproken. Dat kunnen we maandag regelen. Houd je het uit tot die tijd?' Hij vroeg het zacht en serieus.

'Ik heb veel werk deze dagen. Dat houdt me wel bezig en de andere uren zal ik proberen te slapen.'

'Veel sterkte.' De stem op zijn warmst, de pauze, de klik van de hoorn die aan de andere kant op de haak ging.

'Je bent ziek.' Haar moeders koele hand ligt op haar voorhoofd. Haar stem klinkt zacht, warm, krachtig. Zachte bewegingen om en naast haar bed. Een natte, koele washand veegt het koortszweet zorgvuldig van haar gezicht, verkoelt haar hete nek. Een groot glas frisdrank met blokjes ijs wordt haar voorzichtig aangereikt.

Frisdrank. Duur. Eigenlijk alleen voor feestjes. Maar nu is ze ziek. Een schoon, fris ruikend nachthemd voor het slapengaan. Het strelen door haar natte haar.

Dat ze maar nooit weg zal gaan. De echte moeder die daar zit. Altijd ziek te mogen blijven. Koestering.

De volgende ochtend knipt het licht aan. Haar koortsige lichaam wordt snel aangekleed.

'Ik breng je naar oma.'

Duizeligmakende autorit, oma's logeerbed. Moeder naar haar werk. Beter worden.

Esther was als verdoofd toen ze ophing, licht in haar hoofd. Een kort moment. Toen haastte ze zich naar de donkere coulissen voor haar opkomst.

Ik ben opgelucht, schreef ze de volgende ochtend in bed, na thuis te zijn gekomen van de nachtelijke filmopnamen. *Blij dat ik weet hoe lang ik het nog vol moet houden. Nog twee maanden. Ik wil me best laten opnemen als dat de oplossing is. In een afgebakende periode laten uitrazen wat het dan ook mag zijn, dat zich in me afspeelt. Dat niet langer tegen hoeven houden. Het laten komen en dan weg ermee.*

Ze staarde minutenlang door de kleine kier in de pikzwarte slaapkamergordijnen, die een smalle streep licht wierp op haar schrift en uitzicht bood op het geïmproviseerde dakterras van de buren en hun wasgoed. Beddengoed. Ondergoed. *Duur, zo te zien.* Een lichtrood, wapperend rokje. *Er moet iets veranderen in mij, maar ik weet niet waar die verandering me zal brengen. Ik ben bang dat er iets voorgoed kapot zal gaan van binnen, dat ik gedwongen word dingen te doen waar ik niet achter sta, mezelf kwijt zal raken om 'beter' te worden. Dat het 'beter' worden leegte en oppervlakkigheid met zich meebrengt en onderwerping aan de grote gemene deler. Misschien hebben mijn collega's gelijk, is er geen 'beter' en draag je dit met werk en drank.*

7

Juni – juli 1990

Na WJ's bevestiging dat hij het weekeinde met Christine zou doorbrengen, besloot Esther de rest van de zaterdag en de hele zondag vol te plannen. Zaterdag ging dat vanzelf door de afleiding die de aanwezigheid van zowel haar vader als moeder met zich meebracht en de boodschappen en klusjes die haar te doen stonden. Zondag ontvluchtte ze het huis en de overbekende sfeer van landerigheid en eenzaamheid op de dag dat er niet gewerkt werd en de winkels gesloten waren, en reisde ze af naar Claudia.

'Ja hoor, kom maar langs. Ik ga toch nergens heen, want ik heb geen geld,' had ze door de telefoon gezegd. 'Ik heb alleen niet zoveel in huis, want Josefien heeft mijn halve voorraadkast weer eens geplunderd.' Josefien bewoonde de twee andere kamers op de vierkameretage. Samen deelden ze keuken, toilet en douche. Vóór Josefien was er Michiel, daarvoor Marja en Esther twijfelde er niet aan of er zouden na Josefien anderen zijn, die ervoor zorgden dat Claudia toiletpapier, douchecrèmes en allerhande eetbare reformartikelen verstopte in haar linnenkast, onder haar bed en achter de boeken in haar kast; allemaal dure artikelen, want al kon ze het zich niet veroorloven, ze kon de luxe zelden weerstaan en stak zich ervoor in de schulden. Vandaag zou Claudia Josefien niet kunnen uitstaan en alle mogelijkheden de revue laten passeren om haar – ditmaal toch écht voor eens en voor altijd – te verstaan te geven dat ze van haar spullen af moest blijven. Volgende week of de week daarop of misschien wel morgen zou Claudia haar mening herzien, omdat ze zomaar, op enig moment een goed gesprek met Josefien zou hebben, dat uitmondde in het uitwisselen van vertrouwelijkheden en een roezige vriendschappelijkheid. Het had er meerdere malen toe geleid dat Marja, Michiel, Josefien of andere mensen dingen van Esther wisten, die ze hun niet zelf had verteld.

'Je moet mij maar geen geheimen meer vertellen,' had Claudia verzucht, nadat ze een aantal keren beterschap had beloofd. 'Als je écht wilt dat niemand anders het weet, vertel het mij dan niet, want soms overkomt het me gewoon.'

'Als het nu één persoon was aan wie je het vertelde omdat je het kwijt moest...' had Esther gezegd. Haar vriendin had hulpeloos haar schouders opgetrokken, haar liefste lach op haar gezicht.

Die wisselvalligheid van wie er in de gratie was en wie niet zou altijd wel blijven en speelde ook tussen hen zelf. Van het begin af aan was het contact tussen Claudia en Esther gekleurd geweest door momenten van hechte vriendschap en periodes van afstand. Beiden waren bang dat de ander ineens tóch niet degene bleek te zijn die ze dachten. Een indruk die de een of de ander kon opdoen door iets wat gezegd of juist niet gezegd was, door de interpretatie van een blik of een gebaar. Een waarneming, al dan niet reëel, die kon leiden tot de ingebeelde overtuiging dat de vriendschap een lege huls was. Iets wat later altijd weer werd rechtgezet, maar wat de momenten van verwijdering nooit helemaal deed vergeten. Het was een zwakke plek die ze in elkaar boven haalden.

Die zondag kletsten ze hartstochtelijk en wandelden door de stad. De stad van WJ, maar ze kwamen hem en Christine niet tegen. Toen Esther 's avonds tegen twaalf uur thuiskwam, zat haar moeder in badjas voor de televisie. 'Er is voor je gebeld.' Ze wees op een briefje bij de telefoon. WJ. Esther slikte heldhaftig een opkomende misselijkheid weg en bedacht dat het wel goed was dat hij merkte dat ze niet thuis op zijn telefoontje had gewacht. Die redenering werkte precies een halfuur, daarna sloegen de ellende, verlatenheid en onrust toe. Hem zo laat nog bellen durfde ze niet en de volgende dag zou hij weer vroeg naar zijn ouders vertrekken voor het vakantiewerk. Nog steeds had ze van hen geen telefoonnummer of adres en er bleken wel tien Van Kralingens in Deventer te wonen.

De volgende twee dagen hoorde ze niets van hem. Met moeite ging ze nu en dan het huis uit als ze dacht dat hij op dat tijdstip toch niet kon bellen. Ze herinnerde zich dat hij de laatste keer had verteld dat hij die dinsdagochtend in Amsterdam moest zijn vanwege een afspraak met een regisseur. Een paar uur stond ze op het Centraal Station, afwisselend in de hal en op perrons waarvan ze dacht dat daar zijn trein zou kunnen aankomen.

Na de uren op het Centraal Station kwam er een omslag. Er leek een mes gezet in haar band met WJ. Ineens kon ze zich weer concentreren.

Ze las vele boeken tegelijk voor het project met Job. Het ene boek lokte haar na het andere. Ze bekeek televisiedocumentaires die haar moeder op video had opgenomen.

'Was mijn leven in Buchenwald een droom, of was mijn leven na Buchenwald een droom?' vroeg Jorge Semprun zich af. Het herinnerde Esther eraan dat ze rond haar veertiende de stellige overtuiging had dat het leven dat ze leefde niet echt was en dat ze ergens in een andere werkelijkheid lag te dromen. Haar overtuiging was zo groot dat ze het haar moeder vertelde, die het onderwerp direct sloot met 'ach welnee', zoals ze later ook 'ach welnee' zei toen Esther uitsprak dat ze liever dood wilde.

De gedachte trof haar dat lijden een zekere intensiteit aan haar leven gaf. Een staat van zijn die haar helemaal kon vervullen. De boodschap was: *Nu heb je het helemaal door: zo is de wereld.*

Hoe zwaar dat lijden ook kon zijn, het feit dat ze er helemaal door in beslag genomen werd, gaf bij vlagen troost. Verder nam namelijk nooit iets haar volledig in beslag. Werk, dagelijkse klusjes, boeken lezen: ze deed altijd meerdere dingen tegelijk om haar onrustige bewustzijn te vullen, dat zich anders als een zwart gat aan haar kon opdringen. De zuigende kracht van het niet-zijn.

Ze had gelezen dat oorlogsverslaggevers steeds terug moesten naar de oorlog. Terug naar die intensiteit van bestaan. Was 'overleven' niet een woord dat in tegenspraak was met zichzelf? Omdat het na het overleven niet meer over leven ging, maar over leegte? Omdat geen levensstrijd de doodstrijd evenaarde? Omdat naast de zin om te vechten voor het leven zelf, alles verder zinloos leek?

Het is 1969. De bel gaat. Ze schrikt wakker uit een slaap die haar net had overvallen. Hoe laat is het? In de gang doffe stemmen. Ze kijkt door een kier van haar kamerdeur. Twee politieagenten. Haar vader en moeder. Ze lopen in de richting van haar kamer. Snel in bed. Haar hart kan heel snel kloppen. Ze komen niet. Ze lopen langs. Wat is er aan de hand? Gevaarlijk de situatie niet te kennen. Haar broer wordt erbij gehaald. Zijn stem klinkt hoog. Gedempt praten in de huiskamer. Correcte afhandeling in de gang. Woorden: 'in het vervolg' en 'voor deze keer'.

Ze ruikt de scherpe lucht van woede in de huiskamer. De woede die wacht. Wacht tot De Buitenwereld weg is. Het duurt lang. Eindelijk gaan de uniformen naar de voordeur. O nee! Blijf toch liever, blijf hier voor altijd. De voordeur gaat dicht. Haar lichaam heeft ineens brandende koorts. De hitte drijft haar opnieuw uit bed, naar de kier van de deur.

Oplaaiende vaderstem, golvend en trapsgewijs omhoog. Mama, waar ben je? Ik dacht dat ik je hoorde, maar ik zie je niet. De steeds hoger wordende stem van haar broer: 'Hij wist hoe... het slot ging zo makkelijk open... we hebben er maar heel even op gereden.'

De kier toont een broer die valt, de vader die hoog boven hem uit

torent, een bezem die steeds korter wordt, de stukken steel talrijker. Op-
voeding.

De koorts die omslaat in koud zweet, ze warmt haar lichaam snel
in bed. Zij, de zesjarige, die denkt: Gelukkig heb ík niks fout gedaan,
en zich dat later niet vergeeft.

Esther staarde over de boeken op haar schrijftafel uit het raam.
Ze zag het betonnen huizenblok aan de overkant, met de kleine
tuintjes. De gesloten vitrages. De overbuurman liep met zijn
hond voorbij. Dit was de wereld die overleefd had. Ergens in wat
er te zien was, moest de zin van het bestaan besloten liggen, want
overleven zonder meer kon toch niet het hoogste goed zijn en zeker niet iets wat álles, ieder gedrag rechtvaardigen kon.

Ze realiseerde zich dat het een luxe was dit te kunnen denken
terwijl ze terugkeek op een geschiedenis waardoor ze niet op de
proef was gesteld. Ze hoopte dat als het ooit zover zou komen,
ze aan haar eigen maatstaven kon voldoen. Dát het ooit zover
kon komen: haar wereld in oorlog, was een gedachte waaraan ze
gewend was geraakt. Waarom zou de mens als het erop aankwam
nu anders zijn dan veertig, vijftig jaar geleden? De geschiedenis
leerde wat mensen kon overkomen. Esther leerde het in de loop
der jaren uit boeken en documentaires. Niet van haar ouders.
Niet van haar oma. In de familie was de Tweede Wereldoorlog
een beklemmende, mysterieuze gebeurtenis, die totdat Esther kon
lezen vooral had bestaan uit losse mededelingen.

Het is 1969. Vier mei, acht uur 's avonds. Het gezin voor de televi-
sie. Stilte. Haar vader en moeder ieder in een stoel, hun gezichten ern-
stig en geconcentreerd. Dat van haar vader strak, dat van haar moe-
der droevig, verbeten. Haar oudere broer plechtig stil. Ze concentreert
zich. Nu ze zes is, voelt ze des te meer de verantwoordelijkheid zich in
te leven in wat er herdacht wordt. Doden en slachtoffers.

'Waarom huil je?' vraagt haar moeder als het herdenkingspro-

gramma is afgelopen.

'Om opa,' snikt ze.

'Opa is niet in de oorlog doodgegaan. Die is pas veel later overleden.'

'Maar er was toch iets met opa?'

'Opa heeft gevangen gezeten en hij is op transport gezet naar Duitsland. Maar hij is samen met een vriend van de trein gesprongen en naar Nederland teruggelopen.'

'Waarom heeft ie dan gevangengezeten?'

Esthers vader staat op en mompelt onder het weglopen: 'Omdat ie werkte.'

'Ze mochten niet meer werken, die vriend dan. Ze gingen toch met een handeltje de straat op. Een vrouw uit Bussum heeft ze verraden,' zegt haar moeder, terwijl ze Esthers tranen droogt en opstaat. 'Je moet naar bed.'

4 mei 1970.

'Je oma is joods, je moeder is joods, jij bent ook joods. Oma haar hele familie is in de oorlog vermoord.'

'Maar opa was er toch nog en jij en…?'

'Ons gezin was er nog. De meesten zijn na de oorlog geboren.'

'Welke familie is er dan vermoord?'

'Oma's vader en moeder, haar broer, zijn vrouw, hun kind, haar zuster, haar ooms en tantes, op één na.'

'Heb ik die weleens gezien?'

'Nee, oma en zij zien elkaar niet. Die kunnen niet praten.'

'Kan die tante niet praten?'

'Ze… Ja, natuurlijk kan ze wel praten, maar ze wil niet.'

Flarden, grote lijnen, soms een detail. Meer dan wat er gezegd werd, hield het ongezegde Esther van jongs af bezig. In de loop der jaren kreeg ze ondanks het gebrek aan precieze informatie over haar eigen familie, een scherp beeld op haar geestesoog. Niet alleen van foto's en films over de oorlog, maar ook eigen beelden gevormd door wat ze las, hoorde, droomde, wat ze zag met haar ogen dicht. Het maakte grote indruk op haar, als ze zich voorstelde dat de buren er op een dag ineens voor zouden zorgen dat zij en haar ouders werden afgevoerd, terwijl hun huis en alle spullen werden afgepakt.

De zon trok zich voor het eerst die woensdag terug achter de wolken, zag Esther. De overbuurman kwam teruggelopen met zijn hond. Hij werd aangesproken door een vrouw van een paar huizen verderop. *Wat gaat er in ze om? Wat denken ze achter hun ogen?* Die man in hun geroofde huis, op hun tweezitsbank, in hun keuken, hun bad, op hun toilet.

Ja, dacht Esther, *je moet er van leren. Maar wat? Dat je nooit iemand moet vertrouwen? Waar leef je dan voor?* Ze had het op het terras aan de gracht nog tegen WJ gezegd: 'Ik leef niet voor mezelf.' Hij had het maar een wonderlijke uitspraak gevonden: 'Waar leef je dan voor?' Esther had geantwoord dat ze leefde voor idealen, voor dingen waar ze nog in wilde geloven of die ze ooit verwezenlijkt wilde zien, maar inmiddels was ze in verwarring gebracht. Voor wie moesten die idealen verwerkelijkt worden als het niet voor haarzelf was? In hoeverre waren anderen belangrijk in haar leven? Ze kon er geen antwoord op geven. *Even weg.* Ze ging naar beneden, trok een dunne jas over haar blote schouders en liep het huis uit voor een wandeling in het kleine park in de buurt. Voor de zingeving nam ze de hond van haar ouders mee. Ze slenterde over de grindpaden en keek hoe haar metgezellin het park en de andere honden verkende. Hun ontmoetingen leken allemaal zo simpel en duidelijk.

'Om te getuigen, verslag te doen. Opdat het nooit weer gebeurt,' antwoordden veel overlevenden op de vraag wat hen gemotiveerd had het concentratiekamp te doorstaan. *Dat zou het dan moeten zijn,* dacht Esther. *Als je dan niet voor jezelf kunt overleven, omdat er daarna eigenlijk geen leven meer mogelijk is, dán overleven om de wereld te laten weten wat er gebeurd is en om te zor-*

gen dat het nooit weer gebeurt. Esther wierp een stok, maar de echte rashond gedroeg zich niet als de onvermoeibare vuilnisbakjes. De hond keek het vliegende voorwerp na en rende een stukje die kant op als om te zeggen: 'Ik begrijp wel wat je bedoelt en ik wil je niet teleurstellen.' Maar het gebrek aan impulsieve gretigheid maakte dat ze de stok niet meer terug kon vinden toen ze hem uiteindelijk schoorvoetend ging zoeken. *Mazzel voor jou dat je zo'n slechte neus hebt, stinkerd,* dacht Esther.

Ze pakte een verfrommelde krant van een bankje, gooide hem in de afvalbak en ging zitten. Ze keek uit over een kleine plas met een vogeleiland, rood in de ondergaande zon. *Die krant hoef ik niet te lezen om te weten dat 'opdat het nooit weer gebeurt' nog steeds een utopie is. Dát nieuws en de onverschillige omgang met de berechting van oorlogsmisdadigers komt je van over de hele wereld tegemoet.* Geen zin om voor jezelf te overleven, te overleven voor het leven erna, en geen zin om te overleven ter verbetering van de wereld. Dan moest de zin van het overleven zich toch ergens verschuilen in de zin van het lijden dat daaraan voorafging? Esther kreeg het plotseling koud en stond op om naar huis te lopen. Daar had ze zich altijd tegen verzet: de zin van het lijden.

Juist op het moment dat ze binnenkwam ging de telefoon. Het was WJ. Hij klonk vriendelijk. Zijn weekeinde met Christine beschreef hij oppervlakkig als 'gezellig'.

'Wat doe je komend weekend?' vroeg WJ.

'Dan kom ik naar jou toe, als je het leuk vindt,' zei ze.

Ze spraken af voor vrijdagavond.

'Om een uur of tien, dan ben ik wel thuis,' zei hij.

'Ben je dan erg moe?'

'Hoezo?'

'Verrassing.'

'Spannend.' Het klonk gereserveerd, vond ze.

Nadat ze had opgehangen, zat Esther enige tijd stil op de bank. Ze was verbaasd door haar belofte hem te verrassen en nog verbaasder dat zich ergens op de achtergrond van haar gedachten daarvoor kennelijk ook al een plan had gevormd. Opeens kreeg ze nieuwe energie bij het vooruitzicht hem dat weekend te zullen zien. Ze gebruikte deze hernieuwde vitaliteit om die avond nog tot in de nacht door te studeren.

De zin van het lijden. Niet te verwarren met de zin van het leven.

Naarmate de tijd vorderde in de dagboeken van Etty Hillesum en de maatregelen tegen joden steeds talrijker en verregaander werden, las Esther dat Etty een tegenbeweging maakte: ze schreef liefdesverklaringen aan het leven en aan God. Esther speurde haar hart en ziel af naar identificatiemogelijkheden met deze lichtgevende gedachten in een situatie van duisternis. Ze vond ze merkwaardig genoeg alleen tussen de donkere behoeften aan dood en vernietiging. Want met de overgave aan een dergelijk lot leek het erop dat je je van je aardse bestaan ontdeed. Stevende Etty niet recht op de dood af, toen ze ervoor koos vrijwillig naar Westerbork terug te keren? En was die keuze niet een vorm van verlossing en bevrijding, van licht zoeken in de dood? 'Doodgaan, slapen, wie weet dromen...' verlangde Shakespeares Hamlet ook.

Maar wie wist in Westerbork waar die treinen heen gingen? schreef Esther. *Bestond het woord gaskamer wel, voor de oorlog uitbrak? Was er iemand die zich daar iets bij kon voorstellen?* Er was wellicht een grens aan het voorstellingsvermogen van de mens, misschien zelfs een grens aan het lijden dat je kon ervaren.

Esther herinnerde zich de opmerking van Veronica, een klasgenote op de toneelschool toen tijdens een van de theoretische lessen de jodenvervolging ter sprake kwam: 'Ze hebben zich ook zo makkelijk laten wegvoeren, hè?' Nooit vergat Esther de wijd opengesperde, vragende ogen achter de fletse bril. Het bleke gezicht, door het witgouden haar omkranst, dat zich van geen kwaad bewust leek en de kleurloze lippen die deze woorden spraken.Het was toen al zo'n veertig, vijfenveertig jaar geleden – de oorlog. De feiten waren genoegzaam bekend, onder andere dankzij Pressers uitgebreide verslaglegging. Maar stelde Veronica zich daar ook iets bij voor? Het politiek correcte standpunt was de meeste mensen wel bekend en werd door hen ook uitgedragen: de joodse mensen waren slachtoffer geweest van een groot onrecht en er bestond geen twijfel over wie hen dat had aangedaan: de Duitsers. Maar wat aan Veronica's mond was ontsnapt, verried nog een heel andere laag van het menselijke bewustzijn. Alles wat de mens angst inboezemde, zoals slachtofferschap, kreeg vanuit dat bewustzijn een aparte status toebedeeld. De status: anders. Met name: niet zoals ik. Veronica had ook kunnen zeggen: 'Dat zou mij nooit zijn gebeurd.' Want als je de juiste dingen deed, dan zou je geen kwaad overkomen. Wie goed doet, goed ontmoet. Zo'n gezegde was toch niet voor niets gezegde geworden?

Ironisch, schreef Esther, *dat de ene groep mensen joden tot Untermenschen maakte, terwijl iemand als Veronica kennelijk van ze verwachtte dat ze Übermenschen waren. Anders dan de meeste Nederlanders, die zich in een paar dagen door de Duitsers onder de voet lieten lopen, hadden de joodse mensen kennelijk beter moeten weten, hun fiets en radio moeten verpatsen en naar Engeland moeten vertrekken. Of heldhaftiger moeten zijn dan iedereen en moeten vechten. Ze hadden meer inzicht moeten hebben dan de overheid, die zelfs na de Kristallnacht nog Duits-joodse vluchtelingen aan de grens terugstuurde omdat men vond dat voor erkenning van het vluchtelingenschap wel meer nodig was. Gezien het voorbeeldgedrag van de overheid was het niet zo vreemd dat er zovele passieve omstanders waren. Waarvan Veronica er waarschijnlijk een was geweest. In plaats van haar onderdanen tegen de agressor te beschermen, werden de joodse mensen op Duits verzoek door de overheid uit de samenleving verwijderd alsof het de reguliere vuilophaaldiensten betrof. Wat moest je dan als individu?*

Een harde klap. De boeken van Presser, Levi, Hillesum en Wiesel, die op Esthers schrijftafel hadden gelegen, volgden gehoorzaam de wetten van de zwaartekracht, toen Esther ze in een machteloze beweging van het tafeloppervlak veegde. In een van de opengevallen boeken staarde een donker geklede vrouw haar vanaf een zwartwitfoto aan. Haar gezicht transformeerde tot het gezicht van haar oma, zwart-wit, keurig gekleed en gekapt, lachend naar een onbekende fotograaf. Op een dag was een flard van de geheimzinnige waas rond de oorlogsgeschiedenis van de familie opgetrokken en was er een fotoalbum te voorschijn gekomen. Pagina na pagina toonde de zwart-witgestalten die samen de vermoorde familie vormden. Gewone mensen, verzorgd maar eenvoudig gekleed, met brillen, moedervlekjes, een grappige dikke buik, een pronte boezem, kinderbeentjes op een moederarm, een strakke kuif, een watergolf. Zij behoorden niet tot de gelukkigen die geholpen werden door een enkeling die de moraal had die de gemeenschap miste, en die tegen het onrecht vocht door hen te helpen vluchten. Ze behoorden ook niet tot de gelukkigen die deze moraal, indien afwezig, konden oproepen met de afgifte van geld of goederen.

Ach, wat zou ik zelf gedaan hebben? Als joodse vrouw. Op welk moment zou ik 'nee' hebben gezegd? Als ik in een rij naar de trein werd gestuurd, zou ik dan uit die rij stappen? Om wat te doen? Of als ik niet joods was geweest, zou ik dan geprotesteerd hebben als mijn buren werden afgevoerd? Ze bladerde in Pressers boeken. *Het was een uitputtingsslag van vele kleine maatregelen die uiteindelijk tot het afvoeren leidde. Bij elke maatregel probeerde men zo goed en zo kwaad als het ging er het beste uit te komen. Het was bij de allereerste maatregel begonnen. Daar was het fundament gelegd voor iets wat absoluut fout was, niet een beetje fout. Als je de eerste keer geen nee zegt, wordt het daarna steeds moeilijker.*

Esthers oma was niet ondergedoken. Ze had zich niet gemeld en ze had geen ster gedragen. Dat was haar verzet. Verzwijgen.

Ze leefde in bezet Nederland met haar niet-joodse man en haar kinderen, in het openbaar, terwijl ze hoorde hoe haar familieleden werden opgepakt en weggevoerd. Niemand wist waarheen. Wat ze daar ook bij gevoeld en gedacht moest hebben, ze kon niet het risico nemen ten overstaan van anderen uiting te geven aan verdriet en zorgen om een joodse familie. Zo goed had ze het verborgen gehouden dat ze door de reactie van haar eigen kind aan deportatie ontsnapte. Dat was na het bombardement op hun huis in Rotterdam. Oma wachtte met haar oudste zoon Jaap en Esthers moeder, die toen een kleuter was, voor het station op haar man, die treinkaartjes zou kopen. Ze zouden tijdelijk bij zijn zuster gaan wonen. Opeens verschenen van verschillende kanten mannen in uniform, Duitsers en Nederlanders. Ze kwamen voor haar staan en vroegen iets. Ze was slechthorend en ze hadden geen geld voor een hoorapparaat, dus ze verstond het niet, maar haar zoon Jaap was al hard aan het lachen. 'Ze vragen of we joden zijn,' riep hij naar zijn moeder, 'hahahaha!' Jaaps reactie was overtuigend genoeg om hen te laten gaan.

Het was al laat geworden. Ze had nog niet gegeten die avond. Het was stil in huis. Ze wist niet waar haar vader was en of die nog van plan was iets te eten. Esther stond op en stelde zich met moeite in op het contact, hoewel er nooit veel woorden hoefden te worden gewisseld. Ze trof hem aan achter zijn computer. 'Wil jij nog eten?'

'Is goed. Maak maar wat,' zei hij na een korte stilte, zonder op te kijken.

Tijdens het koken kon ze de gedachten die haar studie had opgeroepen niet van zich afzetten.

'Je ziet er soms uit alsof je het leed van de hele wereld op je schouders draagt,' zei Kees Laken, een docent op de toneelschool, een keer tegen Esther. *Daar kun je je over verbazen. Je kunt je er ook over verbazen waarom niet iedereen er zo bijloopt,* had ze in gedachten geantwoord. Die avond na het eten las ze een uitspraak van Steiner, die precies formuleerde wat er in haar omging op de dagen dat ze er zo uitzag. 'Mensen zijn medeplichtig aan wat hen onverschillig laat.' Maar hij had ook geen oplossing. Geen andere dan zo goed mogelijk proberen te leven en het beste te doen voor je omgeving.

Weten en niets doen. Niets weten te doen. Bijna onverdraaglijk, schreef Esther. *Is het leven makkelijker als je als onmachtige gelooft in een almachtige god? De rol die God speelt in de wereld is onbegrijpelijk, en alleen bedenken dat Gods wegen ondoorgrondelijk zijn, is geen goed antidepressivum. Rituelen die voor gelovigen belangrijk zijn, zoals het vragen om vergeving van de zonden en het vasten, zijn in het licht van de uithongering en het slachtofferschap in concentratiekampen toch inhoudsloos en ridicuul? Mijn oma geloofde niet. En bij ons thuis wordt ook niet geloofd. Grappig. Nu ik dit schrijf merk ik pas dat het woord op deze manier behalve met religie ook met prijzen te maken heeft. En ook dat klopt. Bij ons thuis werd en wordt niet geprezen. Geen god en geen mensen. Ik denk dat het voortkomt uit de diepe overtuiging dat je alles zelf moet doen, dat je nooit van iemand iets hoeft te verwachten. Sterker, mijn ouders hadden het liever niet dat je aan iemand iets te danken had. Wie weet wanneer de ander de schuld die daarbij ontstond, ineens zou komen innen. Dus geen schulden maken en nooit de vuile was buiten hangen. Alles moest binnen het gezin worden opgelost. Waarom waren Rob en ik dan toch zo alleen?*

'Je kunt altijd bij ons terecht, voor alles, altijd.' Esthers moeder had het vele malen gezegd, al sinds Esther heel jong was. In feite was dat ook een geloof, want haar ouders waren net zo afwezig als God, als het erop aankwam. Ze moesten alle vier maar genoeg hebben aan zichzelf: haar vader, haar moeder, haar broer, zijzelf. Je bestond nu eenmaal, alleen een dramatisch besluit zou daar iets aan kunnen veranderen. De reden van het bestaan – Esther had die nooit buiten zichzelf aangetroffen, dat wil zeggen geen enkel teken gezien, dat er zoiets bestond als predes-

tinatie of een god die zich in haar levensloop mengde of haar be-
schermde. Ze had het haar hele leven al zonder gedaan: zonder
geloof, zonder 'zekerheid' dat er iets was na de dood, of dat er
iemand was die uiteindelijk altijd voor haar zorgde. Het leek
moeilijker te verdragen de laatste tijd, waarom wist ze niet.

Acht

Juni 1992

'Het is tóch anders dan op de repetitie, hè?' zei Jules Graan goed verstaanbaar op de locatie waar ze die nacht filmden.

'Ja, haha,' lachte Kattengat.

Esther dacht vermoeid aan de zinloze 'linksaf-rechtsaf'-repetities en zocht bescherming voor haar personage in zichzelf. Voor de rest van de dag gaf ze het op inhoudelijke aanwijzingen van Kattengat te verwachten. Ze had zich grondig voorbereid en probeerde zich zo min mogelijk in haar spel te laten storen door allerhande technische aanwijzingen die ze van hem opgelegd kreeg, omdat hij bang was dat hij de film anders niet goed kon monteren. ('Tel maar tot tien en dan loop je verder.' 'Ik tel niet tot tien! Dana is net achtervolgd door een groep vandalen, ze is ternauwernood ontsnapt en op zoek naar hulp. Die vrouw telt niet tot tien. Die heeft wel wat anders aan haar hoofd en ik wil graag dat de kijker dat straks kan zien en niet denkt: je ziet er niet aan af dat ze gemolesteerd is, ze zou net zo goed tot tien kunnen staan tellen.' 'Ja, maar ik heb een aanloop nodig om te snijden.' 'Geef dan maar een seintje wanneer ik kan beginnen te lopen.' 'Ja, maar dan kom ik in de problemen met het geluid.' 'Het kan toch ook een geluidloos seintje zijn?')

In haar vrije uren in de kleine pied-à-terre in Amsterdam schreef Esther korte, aaneengeregen stukjes aan Broekhuizen, waarmee ze rust bracht in haar geest. Ze las *Ver heen*, een boek van een hoogleraar psychiatrie, Kuiper, die onder andere verslag deed van zijn depressie. *Ik ben niet de enige met mijn sombere gedachten over de wereld. Kuiper schrijft dat hij het niet verbazingwekkend vindt dat veel jonge mensen geen toekomst zien, gezien de plundering van het milieu, de kernwapenwedloop, het geweld en de schendingen van de mensenrechten. Hij zegt zelfs dat het werk van een psychotherapeut of een maatschappelijk werker betekenisloos is als er aan de maatschappij, waarin het opgelapte individu verder moet leven, niets verandert,* schreef ze. *Ik ben niet gek. Is het niet veel onnatuurlijker in deze wereld wél te kunnen leven, dan hiertoe niet in staat te zijn?*

'Prachtig, prachtig. Mooi, dat huilen,' lachte Kattengat die avond tijdens de opname van de scène die ze ook voor de screentest had gedaan. 'Het was helemaal goed. Nog één keer en dan met meer tranen, zoals daarstraks in de repetitie. Kan dat?'

Het was helemaal goed, maar nu met meer tranen. Esthers vochtige ogen, waarboven één wenkbrauw omhoogschoot, keken Kattengat aan. Ze had tijdens die repetitie al niet willen huilen om de frisheid van de scène te bewaren en zichzelf en haar emoties te sparen voor de opnamen. 'Ze komen echt wel,' had ze Kattengat proberen gerust te stellen, maar hij rustte niet voordat hij ook bij de repetitie al tranen zag. Dus huilde Esther. 'Meer tranen?' vroeg ze.

Onbevangen lachte Kattengat haar toe. 'Ja, net als bij de repetitie daarstraks. Kan dat?'

Esther wendde zich af. 'Ja hoor, tuurlijk.' Ze slikte haar tranen weg, terwijl Chanel, de vrouw van de make-up, de zoute sporen van de vorige *take* wegwerkte.

'Oké, camera klaar?' hoorde ze Kattengat vrolijk roepen, toen Chanel klaar was.

'Ik heb even voorbereidingstijd nodig,' riep Esther. *Zou hij denken dat ik ergens een verborgen kraan heb? Ik kan hier toch niet zomaar wat gaan staan huilen? Die scène gaat toch ergens over?*

'O ja. Ja, zeg maar wanneer je klaar bent,' lachte Kattengat genereus. 'Neem je tijd!'

Het was ten slotte toch maandag geworden, de dag waarop ze een nieuwe afspraak had met Broekhuizen. Ze hoefde niet te werken. De brief die ze hem geschreven had, deed ze toen ze zaterdag-avond laat naar huis ging bij hem in de brievenbus. Misschien kon hij die nog voor maandag lezen. Zijn adres bleek niet al te ver van haar huis, een half uurtje rijden, en was vlak bij een psychiatrisch ziekenhuis, waar ze na het bezorgen van de brief naartoe reed. In het donker was ze het terrein opgelopen. Hier en daar brandde nog licht in de ouderwets uitziende, grote gebouwen, verdeeld over een groot terrein met grasvelden, bankjes, paadjes, bosschages en een hertenkamp. *Kun je hier van de wereld genezen?* Welke gehei-men bewaarden de muren van deze gebouwen? Ze telde in ge-dachten. Het was al zo'n zes maanden geleden dat ze Bierens voor het eerst bezocht. Ze vond niet dat ze al meer wist over wat er in de wereld van de psychiatrie gebeurde, over wat ze kon verwach-ten van een therapie. Door een glazen deur zag Esther twee men-sen lopen in de schaars verlichte gang. De ene zag eruit als een pa-tiënte: ze liep met gebogen hoofd, stapjes voor stapjes, als over een evenwichtsbalk, traag. De man naast haar stak twee koppen boven haar uit en sprak tegen haar, ondersteunde een elleboog. Esther draaide zich om en liep terug naar haar auto. Hoe zou zo'n dag-behandeling of opname verlopen? Het zal praten worden, had Bie-rens gezegd. *Praten, huilen, slapen, tot inzicht komen, beter worden?* Ze kon geen antwoord vinden. Ook die zondag niet, in het boek van Kuipers, niet in zijn leerboeken over psychiatrie, die ze tege-lijk met *Ver heen* had gekocht. Hij beschreef ziektes en mogelijke oorzaken van ziektes, maar niet hoe een behandeling verliep.

Ze sliep het grootste deel van die maandag, tot het tijd werd om te gaan.

'Hoe gaat het?' vroeg Broekhuizen, nadat hij zich had geïnstalleerd. Hij klonk formeel. De serieuze, zachte betrokkenheid die hij door de telefoon had laten horen, was uit zijn stem verdwenen. Esthers wachtte af. 'Het gaat,' zei ze vlak.

'Geen gedachtes over de diepte van het leven?'

Esther haalde haar schouders op. Klonk er spot in zijn stem? Een doffe stilte in haar hoofd, als na het harde dichtslaan van een deur. Ze wachtte op het moment dat hij terugkwam op hun gesprek en inging op de momenten van paniek die haar regelmatig overrompelden als ze alleen was. Om de doodsgedachten die ze opriepen te kunnen trotseren, had Esther er behoefte aan van iemand te horen wat ze mankeerde en wat ze eraan kon doen. In de verte hoorde ze hem praten over overwerktheid. *Overwerkt?* Hij overhandigde haar een recept voor tranquillizers, uitgeschreven door Bierens. *Die kan ik nooit innemen als ik moet werken.*

'Wat heb ik nu eigenlijk?' vroeg Esther, toen het stil geworden was.

Broekhuizen keek haar verbaasd aan. 'Wat je hebt?'

'Ja. Ik neem aan dat Bierens en u een diagnose hebben gesteld, of moet dat nog gebeuren?'

Hij verschikte de kussentjes onder zijn arm. 'Wat jij hebt, volgens mij, en Bierens bevestigt dat, is een neurotische depressie.'

Esther wachtte nog even op een uitleg, maar die bleef uit. *Dat zoeken we op,* dacht ze vermoeid.

'Ik kan je aanraden die tabletten te nemen om uitputting tegen te gaan. Niet alleen de uitputting door je werk, ook door het vele denken dat je doet,' zei Broekhuizen.

'Ik wil me liever niet verdoven,' zei Esther.

'Waar komt dat idee van jou vandaan dat het leven alleen zinvol is als het zo intens mogelijk geleefd wordt? Wanneer heb je dat besluit genomen?'

Besluit? Datgene leven wat je te leven hebt, er geen schijnleven van maken. Dat was geen besluit dat ze genomen had, dat deed ze gewoon.

'Het leven bestaat nu eenmaal voor een deel uit schijn, omstandigheden die je creëert om het leven leefbaar te maken,' zei Broekhuizen.

'Dat vind ik heel erg,' zei Esther.

Broekhuizen leek even wakker geschud te worden. Voor het eerst die avond keek hij haar echt aan. Echt, zoals Esther vond dat echt was. 'Waarom dan toch?' vroeg hij.

'Omdat de werkelijkheid dan kennelijk zo erg is dat je er alleen in kunt leven door deze geheel of gedeeltelijk te ontkennen.' *Dan is er geen toekomst.*

Het was lange tijd stil.

'Ben je er nog?' klonk het vanuit de andere kant van de kamer.

Esther keek op.

'Je keek zo wazig,' zei Broekhuizen.

'Dat is mijn blik naar binnen. Ik ben hier, maar ik spreek ook met mezelf,' legde ze uit.

'Je bent op twee sporen tegelijk bezig?' Hij zei het plagerig verwijtend.

Esther negeerde zijn toon. 'Dat ben ik altijd.'

'Het ene spoor is het contact met mij, het andere spoor is binnen in jezelf en daar maak ik geen deel van uit?'

Ze knikte.

'Ben je bang dat je je identiteit verliest als je direct de confrontatie met mij aangaat, dat ik je in beslag neem?'

Esther was alert. Iets had haar zenuwcentrum geraakt. *Wie is deze man die mij observeert? Vanuit welke gedachten interpreteert hij? Vanuit welke kennis?* Vaag wist ze dat ze haar tanden moest laten zien, als een roofdier dat zijn territorium verdedigde en een flinke beet moest uitdelen, maar de kracht ontbrak haar. De leegte van het niemandsland lonkte en omsloot haar met een ver-moeide inactiviteit. 'Nou?' drong Broekhuizen aan.

'Dat zou me kunnen overkomen, in ieder geval zolang ik hier ben, bij u in de buurt.' Het was even stil. Ze had moeite zijn gezicht goed te zien in het tegenlicht van de grote ramen achter hem.

Broekhuizen boog voorover en pakte zijn agenda van tafel. 'Ik zal er goed mee omgaan,' zei hij. 'Het is tijd. Zullen we een nieuwe afspraak maken?'

Drie kwartier. Je krijgt drie kwartier, daarin moet iets gebeuren. En wat er ook gebeurt, daarna moet je naar huis. Kan ik het niet beter helemaal zelf doen?

Hij was niet meer teruggekomen op de mogelijkheid van een korte, intensieve behandeling, realiseerde ze zich toen ze de praktijk verlaten had. Ze besloot er maar van uit te gaan dat het, als ze met haar werk klaar was, gewoon zou gebeuren.

Ik weet niet waarom ik mijn leven zo intens mogelijk wil leven, schreef ze hem toen ze thuis was, gedreven door de behoefte die vijfenveertig minuten alsnog zo goed mogelijk uit te buiten en de volgende drie kwartier optimaal voor te bereiden. Ze maakte een overzicht van haar leven. *Misschien heb ik me willen oefenen,* schreef ze nadat ze haar tijdbalk met verhuizingen, scholen, verbroken vriendschappen en relaties had voltooid. *Als je het ergste hebt gehad, dan kun je alles aan. Het blijkt niet zo te werken, maar toch kan het een drijfveer zijn geweest. Ik heb wel ontdekt dat als je kwetsbaar kunt zijn, dit betekent dat je sterk bent.*

De volgende dag zat Esther in de bibliotheek achter een stapel boeken over psychiatrie en psychopathologie. Het eerste wat ze had opgezocht was het begrip 'neurotische depressie'. Depressie waarbij intrapsychische conflicten de belangrijkste oorzaak zijn, las ze. Ze schreef de kenmerken op van een depressieve stoornis, zoals die waren opgesteld in het diagnostische systeem dat door psychiaters en psychologen werd gehanteerd: depressieve stemming gedurende vrijwel de hele dag, bijna iedere dag; dui-

delijke vermindering van interesse voor of genoegen aan activiteiten, vrijwel de hele dag, bijna iedere dag; onopzettelijke toe-
name of afname van het gewicht of van de eetlust; slaapklachten
– te veel of te weinig slapen; gejaagdheid of geremdheid van de
psychomotoriek; zware vermoeidheid of verlies van energie; gevoelens van waardeloosheid of grote schuld; pessimistische beoordeling van de eigen situatie, de lichamelijke gezondheid of de
toekomst; vermindering van het vermogen te denken, zich te concentreren; besluiteloosheid; wanhoop, gedachten of fantasieën
over zelfmoord. Vele bladzijden met uitleg volgden. Esther
schreef als in een roes: verlatingsreacties, passiviteit, afhankelijkheid. Het verlangen spontaan te sterven. Verlangen naar verlossing uit de wanhoop. Stemmingswisselingen. Een intelligentietest
tijdens een depressie laat een flinke intellectuele inperking zien.
Als kind negatieve denkbeelden over zichzelf aangeleerd en deze
steeds opnieuw in het leven bevestigd zien. Moedeloosheid, stress.
Anesthesie van het gevoelsleven. Het idee door niemand te zullen worden gemist. Naar binnen gekeerde woede. Rouw, angst.
De vakantie van de psychiater of psycholoog is berucht in verband met de verlatingsangst die deze situatie bij de patiënt kan
opwekken. Suïcide. Esther sloeg de boeken dicht, bracht ze terug
naar de balie en liep naar huis met benen waaraan zandzakken
leken te hangen. Ze voelde zich ziek.

'Waar breken we de scène af?' vroeg Esther. Het was avond, juni, maar toch koud, vochtig. Een verlaten plek aan de rand van
Amsterdam.
    'Speel maar gewoon door,' zei Kattengat en verschool zich
tussen het clubje *crew*leden achter de camera. Zij draaiden zich
al een beetje af bij het vooruitzicht van mogelijk een nieuwe discussie, maar Esther liet het er deze keer niet bij zitten. 'Het zou
zo eenvoudig kunnen zijn. Als jij weet wat je doet en ik weet wat
ik doe, dan moet daar toch een gesprek over mogelijk zijn?' had

Esther tegen Kattengat gezegd, toen hij haar, een aantal dagen eerder, op aandringen van de productieleiding mee uit eten had genomen voor een werkbespreking en een uitsmijter voor haar bestelde. Alles wat ze gezegd had, beaamde hij, maar een gebakken ei was het werken met hem daarna niet geworden en Esthers geduld raakte op. 'Het is *mijn* hoofd straks op dat filmdoek, *ik* moet die vrouw zijn,' raasde ze elke dag na het werk tegen Claudia. 'Ik doe niets meer waar ik niet zelf achter sta, anders is het godsonmogelijk om te spelen.' Vince Point had haar ook weleens gevraagd iets te doen wat ze niet helemaal doorgrondde, maar dat verzoek lag ingebed in de visie die hij uitdroeg. Voldoen aan een dergelijke vraag was varen op een kompas zonder de horizon te zien maar je kende de koers. In Kattengats verzoeken kon Esther geen leidend principe ontdekken waarbij noord, oost, zuid en west betekenis hadden.

Speel maar gewoon door. Esther liep achter Kattengat aan. 'Wat wil je dan dat we spelen? Wat bedoel je met 'speel maar gewoon door'. De scène eindigt met de kus, maar snij je in de kus over naar de volgende scène of wil je dat we het *shot* uitlopen?'

'Speel maar gewoon door.' Kattengats lach bleef, maar was in de afgelopen dagen minder breed en soepel geworden.

'Het moet toch aansluiten op de volgende scène, neem ik aan, waarin ze naar zijn huis gaan?'

'Ja. Je gaat dan met hem mee naar huis, jullie komen vrijend binnen, hij gaat…'

'Dat weet ik, die scène hebben we vorige week opgenomen. Ik bedoel, als je zegt: speel maar door, hoe zie je die overgang dan voor je? Hoe wil je hier eindigen?'

Hulpeloos keek Kattengat naar de cameraman en de productieassistente, die de afgelopen dagen steeds vaker als regisseur waren opgetreden, maar die eigenlijk vonden dat Kattengat het zelf moest oplossen. Ze zeiden niets. 'Speel maar gewoon door,' zei Kattengat nog eens. Zijn gezicht was inmiddels donkerroze.

Esther draaide zich abrupt om, liep naar haar positie voor het begin van de scène. 'Laten we maar beginnen.'

'We doen eerst een repetitie,' riep Kattengat opgelucht.

Esther en haar tegenspeler speelden de scène. Een hernieuwde ontmoeting tussen twee verliefde mensen, nadat ze eerder die avond met ruzie uit elkaar gingen. Voor de kus brak Esther de scène af. 'Die hoeven we niet te repeteren. Dat komt wel goed.'

'Ik zou het toch graag willen zien,' zei Kattengat.

Wát zou je graag willen zien? Twee mensen die tongen op jouw bevel?

'Je *krijgt* het ook te zien, zodra de camera draait. Zet die camera maar aan, het komt heus goed. Ik heb toch een screentest gedaan?' snauwde Esther. *Of was je dat alweer vergeten, dat gelebber op die audities? Het is toch verdomme niet de eerste draaidag.* Ze zuchtte diep om de stroom gedachten te doorbreken. Ze sprak zichzelf moed in: *Als je ergens bent waar men niet begrijpt wat spelen is, moet je voor jezelf opkomen. Ik en ik alleen bevecht hier het verschil tussen actrice zijn en hoer zijn.*

'Oké, dan gaan we hem opnemen,' zei Kattengat met zijn lach op z'n smalst, zijn gezicht nu vochtig en dieprood van de ingehouden irritatie.

Esther dook in de koele zee van haar fantasie, de zilte wereld die ze voor Dana had uitgegraven en gevuld had met leven. Een wereld vol activiteit, maar onder water, het geluid gedempt. Zonder de mogelijkheid van taal, van direct contact. Een duiker die haar gewaar werd, vroeg haar om boven te komen en deel te nemen aan de andere wereld, waar lijf op lijf, mond op mond kon worden gesproken.

'En we zijn gestopt,' zei Esther aan het eind van de scène, toen haar tegenspeler na de kus, al 'gewoon-doorspelend', bijna boven op haar was beland.

Kattengat stoof achter de camera vandaan, waar hij eigenlijk 'stop' had moeten zeggen. 'Waarom brak je af?'

'Als Dana er in de volgende scène van afziet om met hem te vrijen, lijkt het me niet logisch als ze hier op straat gaan neuken, denk je niet?' Esthers groene ogen keken hem aan vanuit een kalme, grote zee.

Kattengat gaf toe dat daar logica in zat. 'Verder was de scène heel mooi,' zei hij en droop af. 'Volgende shot.'

'Hij begon weer over mijn vrije tijd en vakantie,' vertelde Esther aan Claudia, naar wie ze direct na haar volgende afspraak met Broekhuizen was toegegaan. 'Ik kon er niets meer op zeggen. Er vielen hele lange stiltes. Aan het eind vroeg ik wat eigenlijk de bedoeling van deze gesprekken is. "We verkennen de menselijke natuur," zei hij. "De jouwe en indirect ook de mijne, maar dat laatste is minder belangrijk."' *De jouwe en de mijne. De zijne. Ik wil niets weten. Aan de mijne heb ik genoeg, meer dan genoeg.* Esther liep onrustig door Claudia's kamer, kat Cassandra in haar kielzog. Ze keek naar de trossen oranje ballonnen en de rood-wit-blauwe slingers aan de gevel van het café aan de overkant. Ze bewogen zachtjes op de zomeravondbries. Er klonk geroezemoes en het geluid van glazen.

'Heeft hij helemaal nergens anders naar gevraagd?' vroeg Claudia.

'Alleen maar onzin. Hij vroeg naar mijn kettinkje met davidsster, natuurlijk omdat ik over mijn oma heb geschreven. Plichtmatig, ongeïnteresseerd vond ik het. Ik gaf antwoord en toen was het weer: einde gesprek. Begon hij erover dat ik in het zwart gekleed was. Ik zei het niet, maar dat had ik expres gedaan om hem te testen.'

'Hoezo dan?' lachte Claudia.

'Ik had iets opgezocht over depressies en als een van de mogelijke symptomen werd "somber gekleed gaan" genoemd, wat ik nogal simpel en subjectief vond als criterium. En ja hoor, of mijn donkere kleding niet duidde op somberheid, vroeg ie.' Esther liet zich op de kleine bank vallen, Cassandra sprong op haar schoot.

'Ik heb de indruk dat hij niet echt ingaat op wat je zelf inbrengt.'

'OOOOEEEEWWWW,' klonk het door het open raam.

'Soms doet hij dat wel, maar in dit gesprek helemaal niet. We hebben de hele vijfenveertig minuten over niets bijzonders gepraat. Ik kan dat niet. Dus vielen er stiltes. Vervolgens ging hij me in die stiltes bestuderen. Dat voortdurende kijken, waarbij hij dan af en toe zijn houding veranderde om te zien of ik op hem reageerde.'

Ze schoten gelijktijdig in de lach. Cassandra sprong met vier poten tegelijk van haar schoot en rende de kamer uit.

'Niet schrikken, Cassandra,' lachte Claudia en lokte de kat met trommelende vingers. 'Misschien dacht ie dat je stemmen hoorde!'

'Ik weet het niet, maar met zo'n rare sfeer als hij liet ontstaan, kun je iedereen gek krijgen. Waarom zegt hij niet waar we aan moeten werken, dan doen we dat toch gewoon?'

Het was even stil in de kleine kamer. Een gedempt gejuich aan de overkant. *Doelpunt,* dacht Esther. Ze zuchtte diep.

'Misschien is dit het wel wat hij op wilde roepen,' puzzelde Claudia. Cassandra vleide zich tegen haar buik.

Thuis schreef Esther Broekhuizen een woedende brief, die ze nog diezelfde avond in de brievenbus deed, hoewel die pas een dag later geleegd zou worden. Ze sliep onrustig die nacht. Telkens als ze wakker werd wist ze niet waar ze was, terwijl ze nu toch eindelijk thuis was, zij het op een matras op de vloer.

'Met mij. Fijne vakantie,' zei Esther tegen haar moeder. Ze belde haar omdat haar ouders een maand weggingen en hoewel ze de laatste tijd niet meer wist hoe ze zich tegenover hen moest gedragen, vond ze het toch geen prettig idee om geen gedag te zeggen.

'*Als er iets met ons gebeurt, dan gaan jullie bij tante Judith wonen en oom Abram wordt toeziend voogd,*' zegt haar moeder als ze negen is. '*Alles is vastgelegd bij de notaris.*'

'*Als er iets met ons gebeurt, dan moet jij maar in het huis gaan wonen. Rob heeft al een huis. En ik wil dat jij mijn sieraden krijgt, niet iemand anders. Er liggen ook brieven in mijn la, die moet je maar verbranden,*' is de versie als ze meerderjarig is.

'Zullen we samen iets gaan eten en langs oma gaan?' stelde haar moeder voor.

Esther stemde in en reed naar Amsterdam.

'Je ziet er moe uit, je bent gespannen. Je maakt je te druk, ik zie het aan je,' begroette haar moeder haar in het restaurant.

'Hmm,' zei Esther.

Ze installeerden zich aan een klein tafeltje aan het raam.

'Waarom praat je er niet met mij over,' vroeg haar moeder toen het voorgerecht was geserveerd.

'Ik praat al met iemand anders.'

Haar moeder roerde in de soep. Ze zocht naar woorden, bang het verkeerde te zeggen. 'Ik hoop echt dat het helpt. Annie Jansen had een psychiater en haar hele huwelijk ging eraan kapot. Die mocht ze brieven schrijven tijdens haar vakantie en...'

Esther brak de stroom af, die haar hart samenkneep. 'Ik heb geen huwelijk, dus dat scheelt.'

Haar moeders lepel rommelde wat tussen de vermicelli. 'Je vader had ook zo'n vervelende psych getroffen. Die vent zei eerst: "Het zit in de aard van het beestje," maar later gaf hij mij de schuld.'

Esther at zwijgend van haar salade, terwijl ze zich probeerde af te sluiten voor het verhaal van haar moeder, dat ze al vaker had gehoord. Altijd alleen de grote lijnen, nooit de details, meestal bedoeld om het gedrag van haar vader begrijpelijker te maken.

De lepel plonsde in de soep. Het bord werd driftig naar voren geschoven. 'Ik weet wel dat je niet met mij wilt praten. Je bent bang dat ik je dan raad zal geven.'

'Daar was je net al mee begonnen,' zei Esther.

'Nee... nee... dat...' Het soepbord werd weer teruggetrokken in zijn oorspronkelijke positie. Enkele minuten aten ze zwijgend. 'Ik wilde dat je mij gekend had toen ik jong was. Ik was precies als jij.'

Ik heb geen identiteit voor haar, dacht Esther. Ze zweeg, maar voelde zich schuldig omdat ze zag hoezeer haar moeder haar best deed om haar te benaderen op een manier waarvan ze dacht dat Esther dat zou willen, om contact en intimiteit tussen hen te bewerkstelligen.

Esther legde haar bestek op haar bord zette het opzij. 'Heeft het gesmaakt?' vroeg de serveerster die onmiddellijk naast de tafel stond. Ze knikten en keken hoe de borden en het bestek werden afgeruimd.

'Ik heb laatst een televisieprogramma opgenomen,' zei Esthers moeder, toen de serveerster was vertrokken. 'Over jongeren die een zelfmoordpoging hebben overleefd.' Ze zweeg even. 'Daarna schreef ik op, in steno, hoe gelukkig ik was toen ik van jou in verwachting was.'

Esther moest bijna even lachen om haar moeders behoefte aan geheimtaal.

Haar moeder huilde, veegde verwoed haar tranen weg en weerde als gewoonlijk de troostende hand van Esther af, terwijl ze met een driftig knikje wees naar de andere mensen in het restaurant.

'Hou daar maar mee op, meid. Helpen doet het je toch niet,' zei Esthers oma later die avond, terwijl ze een vrouw op televisie wegzapte die stond te huilen bij het graf van haar broer.

'Dat zeg jij altijd, mam,' zei Esthers moeder.

'Het is toch zo,' zei oma. 'Het helpt 'r niks. Ze krijgt hem er toch niet mee terug. En híj heeft er ook niks aan, want hij weet het niet.'

Esthers moeder haalde haar schouders op.

Oma vervolgde haar betoog tegen Esther. 'Het helpt niks om te huilen als iemand dood is. Je huilt alleen maar voor jezelf.'

'Dat mag toch,' zei Esther.

'Ja, natuurlijk mag dat, maar wat heb je eraan?'

'Misschien lucht het op.'

'Mijn lucht het niks op. Ik word er alleen maar nog beroerder van, als ik gaan huilen.'

Esthers moeder stond ongeduldig op en gaf een duw tegen de grote lijst met de foto van Esthers opa die tegenover oma's stoel hing. 'Dat ding hangt altijd scheef,' mompelde ze.

'Wat doe jij dan als je je rot voelt?' vroeg Esther aan haar oma.

'Als ik m'n eigen rot voel dan gaan ik slapen. Dan denk ik er niet meer aan.'

'Ja, maar dat is ook niet normaal,' riep Esthers moeder, die de afstandbediening van de televisie greep en het toestel uitzette.

Oma keek verontwaardigd lachend naar Esther. 'Nou, dan is het niet normaal. Dat zal dan wel, maar ik gaan het liefst slapen. Nadenken heeft toch geen zin. Je ken het toch niet veranderen.'

'Kán, mam, niet ken,' zei Esthers moeder. 'Zullen we een spelletje doen?'

Traditiegetrouw werden de speelkaarten uit de grote spelletjeslade gepakt en werd er gejokerd. En traditiegetrouw werden tijdens het spelen geen belangwekkende gespreksonderwerpen aangesneden, maar maakten ze grappen. Ritsen oude, vertrouwde snedigheden en moppen. Als er zo nu en dan een nieuwe kwinkslag viel, werd er gelachen, door alledrie. Er werd net zo lang gelachen tot de tranen over oma's wangen liepen. Esther en haar moeder volgden niet lang daarna. Snikkend grepen ze gedrieën in hun handtas. Oma's grote bruine ogen en het stromende water boven de lachende mond. *Jij hoeft niet te huilen*, dacht Esther, terwijl ze keek hoe oma haar zakdoek pakte om haar ogen te drogen. *Jij lacht.*

8

Juli – augustus 1990

Een glimlachende man. Zijn bruine ogen, vochtig, keken langs de camera, de wenkbrauwen gespannen in vrolijke bogen. 'Waarom lacht hij de hele tijd?' vroeg de interviewer aan de tolk. Zij vroeg het de man. Zijn bruine ogen keken haar aan. Hij antwoordde onmiddellijk, nog voor ze uitgesproken was. 'Wat kan ik anders doen? Huilen?' vertaalde de tolk, terwijl de man de interviewer opnieuw aankeek met een lach, de lippen gespannen om de tanden die ongetwijfeld niet echt meer waren, de vrolijke wenkbrauwen trillend. 'Soms lacht een mens, soms huilt hij. Als je leeft, kun je beter lachen.' Urenlang duurde de filmdocumentaire *Shoah* van Claude Lanzmann. Esther zag vele gezichten. Gezichten van overlevenden, gesloten, bevroren, verbaasd – nog steeds – over wat niet te geloven was en niet te bevatten viel, overvallen door verdriet, en het gezicht van de lachende die niet huilen en eigenlijk ook niet praten wilde. De verbijsterde blik bij de herinnering God kwijt te zijn geweest, zoals de blik van verlamming, het plotselinge besef dat het leven en misschien wel de hele wereld eindig is, op het kindergezicht in het winkelcentrum waar moeder en kind elkaar uit het oog verloren zijn. Het ene moment een gezin, het volgende moment alles kwijt.

'Misschien praat ze wél tegen jou.' Haar moeder had het een aantal keren tegen Esther gezegd, als ze ongelukkig was over het zwijgen van Esthers oma, omdat ze zocht naar antwoorden. Antwoorden op vragen die niet eens duidelijk waren. Een antwoord op hun melancholie misschien. Op het grote waarom. De pijn van Esthers moeder als iemand oma niet aardig vond. 'Ze was na de oorlog veel harder dan daarvoor,' zei ze ter verontschuldiging. Maar een schoondochter die trots bij oma binnenkwam na een kappersbezoek begreep het niet. 'Wat hebben ze met je haar gedaan? Het lijkt wel of de ratten eraan gevreten hebben,' had oma gezegd.

'Dat kan je niet zeggen,' zei Esthers moeder later tegen oma.

Een zweem van pijn en schuldgevoel trok over oma's gezicht, maar ze zei: 'Het ís toch zo?'

Zo goed en zo volledig was het zwijgen dat het niet gezien werd als deel van haar achtergrond. Niemand zag wat achter haar lag, ze zagen alleen haar. 'Voor de oorlog kon ze heel goed zingen, heel mooi. Na de oorlog kon ze het niet meer.' Niemand heeft het gehoord. Alleen de doden. Ook tegen Esther sprak oma louter spaarzame zinnen over vroeger. Esther drong niet aan. *Ik ga straks weg en dan zit zij weer alleen,* schreef ze. *Wat niet helen kan, moet je verdragen en ieder doet dat op zijn eigen manier. De één praat, de ander zwijgt. Niet alle geschiedenis heeft een oplossing. Grote geschiedenissen transformeren niet. Ze zijn en gaan niet weg. Net als grote ziektes.*

Het was donderdag, de dag voordat ze WJ zou weerzien en verrassen. Die dag bezocht ze op advies van Claudia mevrouw Smid, een helderziende en homeopate. 'Je weet nooit,' had Claudia gezegd. 'Misschien ziet zij meteen wat er is, waarom je ongelukkig en onrustig bent.'

'Vreemd. Als je me vraagt: "Geloof je in helderziendheid?" dan zou ik waarschijnlijk "nee" zeggen. Maar toen ik bij haar zat en ze zoveel dingen van me wist, terwijl ze me nooit eerder had gezien of gesproken, verbaasde me dat niet. Ik was niet geschokt of verrast,' zei Esther later tegen Claudia.

Mevrouw Smid boog zich over een doorzichtig papier, dat ze

op verschillende bladen met patronen legde en waaraan ze aflas wat ze Esther vertelde. Op het doorzichtige papier waren potloodstrepen gekrast, als een kindertekening, en in de loop van het gesprek tekende ze er nieuwe bij, terwijl ze het papier steeds in een andere richting over de onderliggende patronen schoof.

'Dat moet je me niet vragen. Ik zou het je niet kunnen zeggen,' zei ze, toen Esther voorzichtig informeerde hoe ze nu eigenlijk al die dingen wist.

'Je hebt de neiging dingen die je overkomen op een rijtje te zetten en dan na te gaan of het allemaal wel klopt, of het wel eerlijk is wat er om je heen gebeurt, en daar heb je een goed gevoel voor.'

Even dacht Esther dat de vrouw deze situatie zelf bedoelde, maar het drong tot haar door dat ze meestal niet direct op iets reageerde, maar het meenam in haar binnenwereld om het daar te overdenken, er iets bij te voelen en een reactie te bepalen. In de tussentijd was ze in staat zich neutraal op te stellen, behalve wanneer ze zich zo direct geraakt voelde dat dit duidelijk aan haar te zien was, of ze wilde of niet. De manier waarop ze haar reactie dan nog kon uitstellen, was haar beruchte kunst van het bevriezen. 'Als iemand je dan aan zou raken, valt z'n hand eraf,' had Claudia met ontzag gezegd toen ze Esther probeerde uit te leggen welk effect ze daarmee sorteerde, want daarvan was ze zich niet altijd bewust.

Mevrouw Smid noemde nog een hele reeks eigenschappen en kwalen op en gaf adviezen, druppeltjes en tabletjes. De sessie eindigde met haast profetische uitspraken, die Esther gealarmeerd zouden hebben als het niet de eigenschap van profetieën was om pas achteraf als zodanig herkend te kunnen worden. 'Je hebt een argeloze kant,' zei mevrouw Smid. 'Je gelooft iemand snel. Als iemand expliciet iets belooft, dan geloof je dat. Enerzijds omdat je zo bent opgevoed, anderzijds omdat je sterk het verlangen hebt dat het ook zo is. Je bent gevoelig, snel gekwetst en hebt er veel voor over om conflicten tussen jou en anderen te vermijden. Je gaat ervan uit dat iedereen dat streven heeft, maar daar vergis je je in. Sommige mensen willen kwaad. Je hebt een heel zelfstandige kant, maar je breekt je nek over je aanhankelijkheid. Als mensen aardig zijn, vlieg je er met weinig reserves in. Dat gaat nooit over. Het hoort bij je persoon. Voor jou kan het niet anders. Alleen: tegengestelden trekken elkaar aan. Je kunt mensen op je af krijgen die er misbruik van maken. Probeer een gerechtvaardigde vorm van wantrouwen aan te kweken.' Bij de deur gaf ze Esther een ferme handdruk. 'Gestaag doorwerken, niet te veel tegen dingen opzien of te veel nadenken. Gewoon dóén. Onder tijdsdruk werk je het best.'

Gewoon doen, dus. Thuisgekomen belde Esther Job over hun project. Hij had iemand gevonden die zou helpen met de productie, de publiciteit en de verkoop, en de schouwburg had de voorstelling blind gekocht voor duizend gulden. Daar moest het mee gebeuren.

Esther had haar verrassing, een 'ontvoering', zorgvuldig voorbereid. Met een campinggasbrandertje, een pannetje, water, koffie, een koffiepot met filter, bekertjes, twee kleine flesjes likeur, glaasjes, zelfgebakken appeltaart, wijn, olijven, een deken en een cassetterecorder met bandjes ging ze in haar met bloemen versierde auto naar Claudia, die vlak bij WJ woonde, en trok daar een elfjesachtige witte jurk aan. Ze schreef een briefje dat ze voor zijn deur wilde leggen zodra ze had aangebeld: 'Trek je jas aan, neem je sleutel mee en stap in de groene auto om de hoek.'

Lacherig liep ze Claudia's trap af. 'Zou hij het wel leuk vinden?' 'Hij is gek als hij het niet leuk vindt.'

Iets na tien uur, het tijdstip waarop ze hadden afgesproken, kwam Esther aan bij het huis van WJ, maar zag geen licht branden. *Misschien de trein gemist,* dacht ze en ze keerde de auto en reed terug naar Claudia ('Ik zag je auto en dacht: o nee toch, hè?'), wachtte een halfuur en vertrok opnieuw. Nog steeds geen licht. Weer reed ze terug naar Claudia. Rond elf uur vertrok ze voor de derde keer met een iets minder bonzend hart, dat echter meteen weer wat levenstijd versneld wegtikte, toen ze WJ's straat in reed en zag dat er dit keer wel licht brandde in zijn huis. Ze zette de auto om de hoek, stapte uit, legde het briefje met een bloem op zijn stoep, belde aan, draaide zich om, om terug te gaan naar haar auto en liep regelrecht in zijn armen.

'O, dit mag helemaal niet!' riep ze in verwarring.

Hij wees naar het café op de hoek. Op het terras zwaaide zijn klasgenote Geertje naar haar vanachter een tafeltje met een fles wijn en twee glazen. 'Ik had je al twee keer voorbij zien rijden, toen ben ik het licht maar aan gaan doen,' zei hij en kuste haar.

'Je moet op je stoep kijken,' zei Esther, wuifde gegeneerd terug naar Geertje en liep naar haar auto. Ze stapte in en zette de muziek aan. Even later kwam hij aangelopen, stapte lachend in. Ze spraken niet, dompelden zich onder in het roesachtige afrodisiacum dat tijdens de zwijgzame rit ontstond. Ze reed naar een open plek, even buiten de stad aan de rand van het bos en parkeerde de auto een klein stukje verderop. Ze liepen er heen met hun armen vol spullen, terwijl Melanie hen vanuit de cassetterecorder toezong: *Babe Rainbow, keep your glow on*. De uitgekozen nacht bleek een van de warmste zomernachten van het decennium. Maan, sterren, alles was er. In kaarslicht brachten ze uren door met eten, drinken, het lezen van gedichten en van elkaars gedachten. *Babe Rainbow, oh, you got to go on.*

We vreeën en het was als in een Bouquetreeksroman, schreef Esther later. *De catharsis van de verovering, alleen is het dan meestal de man die het georganiseerd heeft, terwijl de vrouw net haar enkel heeft verzwikt in de bergen of is vastgeraakt in een sneeuwstorm. Op een of andere manier ben ik mijn gouden kettinkje met davidsster kwijtgeraakt; ik had het in mijn schoen gedaan. 'Dat is geen goed teken,' zei WJ nog. Hij zei het luchtig. Ik probeerde er niet ziek van te*

*worden. De volgende dag zijn we nog gaan zoeken. Niet gevonden. Ik
ga een nieuwe kopen.*

Na de picknick reden ze naar WJ's huis. 'Ik wil je graag iets
geven,' zei hij. Hij rommelde achter in een kast en overhandigde
haar een kartonnen koker, waarin een foto was opgerold. Het was
een grote kinderfoto van hem. Een jongetje van een jaar of drie
keek haar met wijdopen ogen aan, een kartonnen verjaardagmuts
op zijn hoofd, een vuistje gedachteloos in een slagroomtaartje gedrukt. 'Ik heb nagedacht,' zei WJ. 'Ik geloof dat ik wel een beetje
genoeg heb van al die losse relaties.'

Esther staarde naar de foto, WJ stond op en omhelsde haar van
achteren: de twee stenen beelden. 'Want jij bent een wel heel bijzonder meisje.'

*Nu gebeurde er eindelijk wel direct iets vanbinnen, precies op het
moment dat hij dat zei. Ik weet niet hoe ik het moet noemen, wat me
vervulde. Het tegenovergestelde van de teleurstelling als je bevestigd
krijgt dat iemand toch niet echt om je geeft, wat je wel én niet verwachtte. Ook de verrassing dat ik werkelijk iets bij iemand kan oproepen, dat ik iets voor hem kan betekenen zonder dat hij dat van
plan was.*

De volgende dagen steeg het kwik boven de dertig graden. Ze
slenterden door het park en door de stad, praatten met de voeten in de stadsfontein over het leven. WJ verstond de kunst van
het leven. Maakte iets bijzonders van eten, van welke maaltijd
dan ook, bedacht kleine uitstapjes en praatte veel. Ze zag hem
genieten en bekeek het verwonderd, geïnspireerd, hoewel ze niet
wist hoe ze moest doen wat hij deed.

*Het is 1972. Meisje van negen aan tafel. Alleen met een bord salade,
gemaakt van alle resten groenten, aardappelen en vlees van de afgelopen week, versierd met een paar blaadjes sla. Haar bord was net zo
groot en vol als dat van haar vader, moeder en broer, die nu al zeker
een kwartier van tafel zijn.*

'Je blijft zitten tot je bord leeg is!' Het zijn de laatste woorden die gezegd waren in het nu stille huis en ze galmen nog na. Net als de gloeiende plek op haar achterhoofd, waar haar vaders vlakke hand haar raakte, toen ze het bord voor de helft had leeggegeten en niet kon verhinderen dat ze bij elke hap kokhalsde. Een hete traan loopt langs haar wang. Geschrokken veegt ze hem weg. Zulke tranen verdienen slaag, weet ze. Je mag niet huilen om dingen die gewoon zijn. Zoals je bord leegeten. Met gesloten ogen maalt ze op een volgende hap en voor haar geestesoog barst haar buik open, golven salade en bloed uitspuwend.

'Als ik erachter kom wie er zo hufterig zit te stinken, dan stuur ik hem de klas uit.' De stem van de onderwijzer klinkt snerpend, de volgende dag. Hij doelt op de gistende strontlucht die door de klas trekt, maar waar hij gelukkig geen bleke, teruggetrokken meisjes van verdenkt.

Zondagavond. Ze zat in het huis van haar ouders, op haar kamer, achter het raam. Die namiddag hadden WJ en zij afscheid genomen. Vanwege zijn vakantiewerk ging hij weer naar zijn ouders. Ze sloeg haar dagboekschrift opnieuw open. *Hebben we nu echt iets met elkaar of niet?* Ze schreef het in grote letters. Vanaf het moment dat ze hem voor het station had afgezet en wegreed waren de goede en veilige uren waarin ze samen waren geweest weggesmolten. Onrust. Zonder het echt te willen, had ze toegegeven aan de aanhoudende drang van haar moeder om op haar kantoor te komen helpen als vakantiehulp. 'Vanaf dinsdag,' had ze beloofd. *Misschien kom ik de week dan beter door,* dacht ze. Maandag wilde ze een belofte aan zichzelf inlossen: verder werken aan haar project met Job.

Die helderziende mevrouw heeft gelijk: ik moet niet te veel denken. Mijn kracht zit in het doen. Ze verzamelde de boeken die ze wilde doornemen en sloeg als eerste Etty's dagboeken weer open. *In een steeds veranderende, vaak dreigende wereld konden liefde en* vriendschap maar van beperkte betekenis zijn en besefte Etty dat er maar één referentiepunt was dat houvast bood: zijzelf, schreef Esther in haar aantekeningenschrift. *En God. Ze noemt ook God. Ik wou dat Etty nog leefde, dan kon ik haar vragen hoeveel minder eenzaam ze was door God. Vragen wat ze met hem kon delen.*

Het is 1965. Anderhalf jaar en vrolijk die middag. Ze rent met haar broer voor haar ouders uit, de straat waar ze wonen in. Impulsief verstoppen ze zich achter de vooruitspringende portiek met de voordeur en brievenbussen, van waarachter ze te voorschijn springen met luid 'boeoeoe'-geroep zodra hun ouders eraan komen. Dan hollen ze lachend naar de volgende portiek en herhalen hun spel van verstoppen en de straat opspringen als duveltjes uit doosjes.

Met haar rossige krullen dampig en haar wangen rood van de inspanning belandt ze bij de derde sprong met glinsterende ogen voor de voeten van haar vader. Als ze zich lachend omdraait om met haar broer naar het volgende portiek te rennen, wordt ze onverwacht getroffen en belandt met een smak tegen de straatstenen. Het duurt even tot het tot haar doordringt wat er is gebeurd. Er is nog geen taal in haar hoofd, geen woordenschat om dit een plaats te geven. Slechts gestalten, rondborstige, ongepolijste emoties en felgekleurde beelden in het kinderhoofdje.

Vader. Het was haar vader.

Voorafgaand aan de schrijnende pijn van haar blote knieën op de straattegels was er iets hards tegen haar hoofd aan geslagen, haar achterhoofd, iets wat ze niet had zien aankomen. Ze ziet, terwijl ze overeind getrokken wordt door haar moeder, de hand van haar vader, die nu weer langs zijn lichaam hangt. Die grote hand, de hand die heel warm kan zijn, de hand met de vele haartjes, zwart, met witte huid daartussen. Die hand heeft haar geslagen. Nu pas voelt ze de pijn. Niet die van haar knieën. Niet de mentholachtige brand op de huid van haar achterhoofd. Een onbestemde pijn. De pijn van het niet weten. Het niet begrijpen. Het onverwachte. Het onbetrouwbare.

Wat was er fout?

Het was niet de eerste keer dat haar beelden en emoties zich moesten zien te voegen tot een begrip over waar het mis was gegaan. Een besef waar intelligentie nog geen rol in kon spelen, waar taal nog geen kader aan kon geven. Fout. Dat had ze wel begrepen. De intens droevige betekenis van fout. Fout betekent de omslag. Betekent van blij naar verdrietig, van vrolijk naar pijn. Pijn. Intussen rollen de beelden van de werkelijkheid over elkaar heen. Het haastig naar boven getrokken worden. Halverwege de trap ten slotte toch haar tranen. Het ernstige gezicht van haar moeder. Nee! Het gezicht zegt nee. Het gaat om de tranen, om de pijn. Nee! Besef dat het moet stoppen, dat ze bij de boze vader niet mag huilen. Een pleister op haar bloedende knieën. De stilte in huis. Haar broer afgedropen.

Alle vrolijkheid is weer voorbij. Zoals altijd de vrolijkheid voorbijging.

Esther wreef over haar gezicht. *Iets praktisch doen.* Ze pakte haar agenda. Da Costakade, Hobbemakade, Bos en Lommer, Oranjehof, Elandsgracht, allemaal adressen die ze al bekeken had of nog bekijken moest om een huis te vinden en ze kon geen beslissing nemen. Was het verstandig om ver buiten het centrum te gaan wonen, de enige plek waar nu en dan nog betaalbare woningen werden aangeboden? Zou ze daar niet vereenzamen op een betonnen galerij? Of moest ze een van de bouwvallige tweekamerappartementjes kopen die ze midden in de stad had gezien, en proberen er zelf een douche en een keukentje in te knutselen? Of toch dat ene huis met de slaapkamer in het souterrain, waar ze niet rechtop kon lopen? Zou ze er aan kunnen wennen haar hoofd gebogen te houden als ze haar bed uit sprong als de wekker ging of als een toekomstige minnaar haar in een vlaag van hartstocht zou afvoeren naar haar sponde? Ze werd ongedurig van alle dingen die haar te doen stonden, maar die niet direct geregeld konden worden. Het sloeg van het ene gedachtegebied over naar het andere: huis, ouders, werk en WJ. Hij had nog niet gebeld. Ze zou graag zijn stem even horen. Zomaar. Hij had haar wel het telefoonnummer van zijn ouders gegeven, maar had daarbij geaarzeld, dat had ze goed gehoord en dat weerhield haar ervan te bellen. Totdat ze zich herinnerde wat mevrouw Smid had gezegd: 'Gewoon dóén.' Ze belde hem rond het middaguur, omdat ze wist dat hij thuis lunchte. Hij was aardig, tot haar opluchting. Hij dacht met haar mee over huizen en het bracht haar wat tot rust. Ze besloot zichzelf van iedere verplichting te ontslaan: als een huis haar niet aanstond, wees ze het gewoon af, net zo lang tot er een aantrekkelijk aanbod kwam. Na het gesprek liep ze het park in met de hond. De zon straalde, alles baadde in goud. *Zowaar gelukkig,* schreef ze bij thuiskomst. *Niet lang natuurlijk, maar toch.*

Voor het avondeten belde WJ. 'Ik heb m'n vinger gebroken op het werk.' Klaaglijk.

Zij sterk en met een rijbewijs: 'Zal ik je komen ophalen en je naar huis brengen?'

Ondanks zijn handicap werd het een hartstochtelijke avond. 'Weet je dat ik het vervelend vind dat ik je nu een paar dagen niet zie?' zei WJ toen Esther zich opmaakte om terug naar huis te gaan.

Ik ook, riep het binnen in haar, maar ze voorzag dat die afscheidsmomenten nog heel vaak zouden komen en ze probeerde dapper te zijn in zijn omhelzing.

'Ik weet niet wanneer ik je weer zie, want woensdag komt Anne uit Leeuwarden en over twee weken begint de school weer…' De adem van zijn woorden langs haar nekharen. Ze maakte zich los uit zijn armen. *Dezelfde stad als Christine.*

'Kom jij dan na het weekend?'

'Dat is goed,' zei ze opgewekt.

Ik ben zo droevig, schreef ze thuis, nadat onderweg haar geluksgevoel met iedere kilometer was afgenomen. *Tegelijkertijd ben ik boos op mezelf. Je moet toch weten dat je leven niet gevuld kan zijn door één ding. Soms denk ik: ik kan het gewoon niet. Ik kan al die on-*

zekerheid niet aan. Maar ik kan het ook niet aan om een regelmatig en keurig leven te leiden. Met andere woorden: ik kan niet leven. Ik ben er gewoon niet geschikt voor. Woensdag. Dan moest hij eigenlijk werken. Dat betekent dat hij Anne nadat hij zijn vinger gebroken heeft, meteen heeft gebeld om af te spreken.

Ze sloeg haar schrift dicht, stapte in haar oude meisjesbed, knipte de bedlamp uit en keek naar de schimmen in de kamer, die ooit van haar geweest was en nu volgepakt stond met kleren en dozen, steeds meer, naarmate haar verblijf langer duurde.

De volgende ochtend stond ze vroeg op. Ze vond het ironisch dat ze was gaan vakantiewerken omdat WJ het deed en dat hij nu thuis zat en zij naar haar werk ging, maar toen ze de auto instapte schudde ze die gedachten wild van zich af.

'Waarom rij je niet met mij mee?' vroeg haar moeder.

'Omdat jij altijd laat naar huis gaat en ik heb geen zin om op je te wachten.'

'Ach welnee. De laatste tijd ga ik helemaal niet laat naar huis.'

Ze was rusteloos, de hele dag op kantoor. Ziek van rusteloosheid. Tussendoor belde ze. Naar WJ ('Hallo, zomaar even dagzeggen. Hoe is het met je vinger?'). Naar Claudia.

Er moet iets gebeuren.

Ik voel niets vanzélf, registreerde ze. Thuisgekomen was ze op haar bed gaan liggen en had gewacht tot alles weer 'normaal' werd, maar dat werd het niet. Ze lag. Kennelijk kon het lichaam gewoon doorleven, ook zonder emoties. Voor het eerst realiseerde ze zich dat het leven zonder gevoelens of uitgesproken gedachten eigenlijk geen betekenis had. Des te minder begreep ze hoe het leven desondanks door kon gaan. Het handelen. Een gevaarlijk doorgaan. Een lichaam zonder geest, zonder referentiepunt, zonder "ik" achter haar ogen. Het leek op zulke momenten niet van belang wat er gebeurde, maar als denken en gevoel weer terugkwamen, lichaam en geest zich herenigden, dan werd de verloren tijd ingehaald, maar zonder handen. De mogelijkheid om te handelen was met de werkelijke situatie voorbijgegaan. Dan kon er alleen nog geslikt, puingeruimd of een poging tot herstel gedaan worden.

(De nieuwbouwflat. Robs Afrikaanse schoonmoeder zette koffie op een vuurtje. Rob streelde de jonge hond aan zijn voeten. 'Ik hou er niet van om alleen te zijn. Dan ga ik zoeken.' Het gekroel in de nek deed de hondenoortjes flapperen. 'Het was alleen niet altijd even goed wat ik vond.' De hond draaide zich op zijn rug en stak zijn pootjes in de lucht. 'Maar daar kon ik niet altijd iets aan doen. Iemand hoeft maar even aardig tegen me te zijn, me over m'n hoofd te aaien en dan ben ik verkocht.' De roze hondenbuik bolt op en strekt zich behaaglijk uit, het geslacht kwetsbaar blootgelegd.)

Ze bladerde in haar adressenboekje. Naar wie zou ze kunnen toegaan. *Dat is het vreemde met die toneelschool. Je leert elkaar zo intensief kennen, maar tegelijkertijd heb je niemand. Niet echt iemand voor jou. Je hoorde er een beetje bij, doordat je in dat gebouw mocht rondlopen, de lessen mocht volgen en nu is dat voorbij en gaat iedereen zijn eigen weg.*

Ze stond op en belde Claudia.

'Ik begrijp het niet, ik zou gelukkig moeten zijn.'

'Kom maar gauw hierheen.'

Ze fatsoeneerde zichzelf, zei haar vader luchtig gedag, die groette en geen vragen stelde, stapte de auto in en reed de honderd kilometer naar Claudia's huis.

Negen

Zomer 1992

'Ja... Ik zou zeggen: je bent blij! Blij!' zei Kattengat in het café
waar hij Esther en haar tegenspeler bij zich had geroepen om hen
te inspireren voor de eindscène van de film, waarin de geliefden
na een scheiding die definitief leek, elkaar in een drukke winkel-
straat in Londen onverwacht zouden weerzien. Er was geen geld
om de straat af te sluiten en vervolgens te vullen met figuratie,
dus fungeerden de 'echte' mensen die het straatbeeld bevolkten
als figuranten. Zij konden echter niet, als ingehuurde figuranten,
worden geïnstrueerd de camera te negeren en niet naar de acteurs te roepen of te wijzen, dus de scène moest regelmatig opnieuw beginnen en stukje bij beetje onder hoogspanning worden
opgenomen.

'Blij, blij,' had Kattengat gezegd en gezien de grimassen die
hij trok naast de over een rail rijdende camera, waar Esther langs
moest kijken naar haar denkbeeldige geliefde (want haar tegenspeler was na het filmen van zíjn *shots* al weer naar Nederland
vertrokken), en zijn brede grijns en de handen die hij bij herhaling naast zijn mond in opwaartse richting bewoog, dacht Kattengat blijkbaar dat Esther zonder zijn hulp geen idee zou hebben wat de instructie 'blij, blij' betekende. Aangezien het moeilijk
was om te doen of je naar je geliefde keek met een zwaaiende en
grijnzende figuur in je blikveld, vroeg Esther aan de productieassistente of de persoon die naast de camera met zijn armen liep

te maaien, daar misschien weg kon gaan zodat ze haar werk kon doen. Dat kon.

Haar tegenspeler, die 's avonds moest werken, was met het vliegtuig teruggegaan. Vanwege het beperkte productiebudget was de terugreis voor Esther per auto en boot gepland. Na het slopende theaterseizoen en het uitputtende werken met Kattengat had ze geen zin in die lange reis en kocht ze van haar eigen geld een vliegticket naar huis. Ze kwam tot rust in de anonieme menigte op het vliegveld, waar ze onopgemerkt, door niemand lastiggevallen of bekritiseerd, haar ticket ophaalde, incheckte, koffie dronk en op vertrek wachtte.

U zei over alleenzijn dat dit mij, vroeger en nu, de gelegenheid bood alles te denken en te voelen wat ik wilde, schreef ze in het vliegtuig aan Broekhuizen. *Wat het denken betreft, klopt dit wel. Met gevoelens was dat moeilijker, want die worden vaak pas helder als je ze deelt. Het alleenzijn betekende dat ik veel geheimen had. Situaties die ik alleen meemaakte, waarover ik thuis of elders niet durfde te vertellen, en waarbij ik niet wist hoe ik me moest voelen of niet wist of de gevoelens die ik wél had, normaal waren of niet.*

Een onderwijzer die mij zoende in de klas, een jongetje dat verliefd op me was en mij een gouden ring gaf die hij gevonden had en die ik in een put gooide omdat ik er niet mee thuis durfde te komen. Een leraar op de middelbare school die zonder dat ik het wist verliefd op mij werd, maar zijn genegenheid ging compenseren met strengheid en openbare veroordelingen toen medeleerlingen zijn verliefdheid wel in de gaten kregen. Een schooltandarts die mij onaangekondigd in de pauze met zijn Mercedes ophaalde en me behandelde, terwijl de schooltandartsenbus al bij een andere school stond. Honderden situaties die ik alleen maar kon toetsen aan mijn eigen inzicht en beleving, die daarop nog niet altijd berekend waren. Geheimen isoleren je en dat isolement maakt je een prooi voor nog meer gebeurtenissen die geheim moeten blijven.

'Ik schaam me,' zei Broekhuizen, toen Esther na twee weken weer in de praktijk kwam. Hij had verzuimd de afspraak die ze hadden gemaakt voor het begin van de avond in zijn agenda te zetten en had alleen laat op de avond nog ruimte om het consult alsnog door te laten gaan. Tijdens het gesprek liet hij zich van zijn beste kant zien. Hij ging serieus in op herinneringen waarover ze geschreven had. *De schaamte heeft hem goed gedaan,* schreef Esther bij thuiskomst. *Misschien weet hij toch wat hij doet en is dit een nieuwe fase; het echte werken.*

Een week later herinnerde hij haar eraan dat hij een maand op vakantie ging. Hij had het haar al eerder gezegd, maar het had haar nog niet beziggehouden.

'Vind je het vervelend dat ik op vakantie ga?' vroeg Broekhuizen aan het eind van het consult.

Juist nu haar werk haar niet meer in beslag nam, begonnen haar herinneringen en emoties zich nadrukkelijker te manifesteren. Ze was uitgeput, lichtgeraakt, snel uit haar evenwicht, wat werd afgewisseld met periodes van verdoving en een grote behoefte om te slapen.

Met moeite zei ze: 'Ja.'

'Ik kan het me goed voorstellen. Als je steun ontleent aan deze gesprekken is het lastig als dat wegvalt.'

Esther zweeg.

'Ik ben maar even zo baldadig te veronderstellen dat je er steun aan hebt.'

Het stoort me als hij zich zo opdringt, want dan weet ik niet meer wat ik voel, schreef ze na thuiskomst. *Enerzijds wil ik best toegeven dat ik soms steun heb aan die gesprekken en het nu vervelend vind dat hij weggaat, aan de andere kant walg ik van de afhankelijkheid die aan me vreet, elke keer als hij een beetje aardig tegen me gedaan heeft.*

'Onze gesprekssituatie is er één met heel vreemde spelregels,' had Broekhuizen gezegd toen Esther hem gevraagd had wat er nu eigenlijk van haar verwacht werd in een therapiesessie.

Het is inderdaad vreemd om intieme gesprekken te voeren met en ont-
hullende brieven te schrijven aan iemand die je niet kent, stelde ze in
de eerste van een reeks brieven die ze Broekhuizen tijdens zijn vakantie schreef. *Je ziel bloot te leggen aan een onbekende. Geen vriend*
of iemand die van je houdt, maar iemand die van zijn vak houdt (ten-
minste, dat hoop ik). Heel misschien heeft het ook te maken met liefde
voor de mensen die hij behandelt, maar dan toch een algemene liefde,
mensenliefde, niet specifiek voor de cliënt, neem ik aan. Een bepaalde
afstand moet in acht worden genomen, ter bescherming van de cliënt
en de therapeut. Dus wat voor situatie krijg je dan? Een gecompliceer-
de doe-alsofsituatie met een onvermijdelijk afscheid. Een kunstmatige
relatie waarin toch authentieke reacties van mij als cliënt worden ver-
wacht. Zoals u wilde dat ik mijn gevoel zou uiten over uw mededeling
dat u op vakantie ging. Maar wat moet ik met mijn gevoel daarover?
U gaat toch. Ik zou kunnen zeggen dat u naar mijn idee eigenlijk van
mij zou moeten houden om al deze gesprekken met mij te mogen voeren,
mijn brieven te mogen lezen, maar wat heeft dat voor zin?

Het is 1972. *Net verhuisd. Onbestemd vanbinnen na weer een dag*
op de nieuwe school. Kinderen voor wie ze niet van belang is. Onder-
wijzer die nog niet weet dat ze goed kan voorlezen, wat haar op de vo-
rige school bij de juf na lange tijd een betere positie in de rangorde ver-
schafte. Ze zit op een grote kruk in de keuken. Haar moeder heeft een
deal met haar gesloten: deze keer hoeft ze niet de groenten schoon te
maken en de aardappelen te schillen, maar dan moet ze haar wel hel-
pen haar tekst te leren voor de repetitie van die avond bij Toneelver-
eniging Maskerade. Zuster George moet sterven *heet het stuk, en ze*
leest keer op keer de rollen van haar moeders tegenspelers en -speelsters
en fluistert haar moeder, die intussen het avondeten bereidt, haar
tekst toe als ze die niet meer weet.

De tijd vordert en Esther wordt steeds ongelukkiger. Wat is er toch?
Is het de school? Is het dat auto-ongeluk in Zuster George moet sterven? *Ze wil die avond niet alleen zijn met haar broer.*

Haar moeder kleedt zich om, om weg te gaan. Het zwarte gat groeit. Zal ze het vragen. Zal ze vragen of ze voor één keer...

Ze hoeft niet na te denken hoe ze het moet doen. Zo ongelukkig is ze, dat als haar moeder haar jas en tas pakt, Esther vanzelf in tranen uitbarst. Even staat haar moeder stil. 'Wat is er?' vraagt ze indringend. De tranen en een diep verdriet. 'Kun je niet thuisblijven?' vraagt Esther. 'Ik wil niet alleen zijn.'

'Rob is er toch.' Haar moeder is weer in beweging gekomen. Ze gaat toch.

Esther bidt in gedachten om flauw te mogen vallen, hoge koorts te krijgen, een toeval, dood te mogen gaan – ten slotte valt haar huilbui stil. Overgave.

Ze gaat toch.

Ze was alleen en nu ze niet meer werkte, lag ze hele dagen op het bed van haar ouders, die met vakantie waren. In haar eigen huis was de rust weliswaar bijna weergekeerd, nu zij en WJ zich er allebei bij hadden neergelegd dat hun relatie ten einde was, maar ze hielpen zichzelf eraan te wennen door om beurten periodes van huis te zijn. Door het verblijf in het ouderlijk huis droomde ze veel. Ze ging slapen om te rusten, maar was na het dromen zo vermoeid dat ze, nadat ze was opgestaan, al snel weer naar bed ging. Ze at weinig, had de vage notie iets te moeten doen, maar er was niets dat haar interesse of concentratie kon vasthouden. Het alleenzijn benadrukte dat eigenlijk niets van belang was.

Kristal is hard. Een klein, onverwoestbaar kristalletje, dat in haar zat, was het enige wat haar af en toe in beweging kreeg. Haar dromen en de omgeving maakten dat ze onwillekeurig op zoek ging naar foto's van vroeger, waarop ze speurde naar aanwijzingen. In een la van haar moeders nachtkastje trof Esther brieven aan, die ze haar moeder in de loop der jaren had geschreven. Ze herinnerde zich er niet een van en las ze met verwondering en afschuw. Liefdesbetuigingen, schuldbekentenissen en verontschuldigingen. Ze zocht de periodes terug in de spaarzame dagboekschriften die ze uit die tijd had, en maakte daaruit op dat ze al diverse malen in haar leven depressief moest zijn geweest, maar het nooit die naam had gegeven en haar omgeving ook niet. Na haar ontdekkingen of er middenin viel ze in slaap of schreef ze aaneengeregen brieven aan Broekhuizen. Kristalhelder.

Het was een warme zomerdag toen Esther in de hete ouderlijke slaapkamer op bed lag en de telefoon ging. Ze kon zich niet meer herinneren hoeveel dagen het geleden was dat ze een menselijke stem had gehoord, anders dan op de televisie, die vaak aanstond om de stilte te verdrijven. De stem sprak over werk, of ze een screentest wilde doen voor een film. Traag kwamen Esthers gedachten op gang. Ze twijfelde. De uitputting was er nog steeds, maar van het slapen leek ze niet uit te rusten. Als ze voor de rol werd gekozen zou het werk direct beginnen. Het zou de tijd tot het einde van Broekhuizens vakantie overbruggen. Daarna zou ze spijkers met koppen slaan in die therapie of desnoods in een andere.

Grote kans dat ik die rol niet eens krijg, dacht ze onderweg naar de test, maar niet lang na de auditie werd ze gevraagd.

Gemengde gevoelens, schreef ze aan Broekhuizen. *Enerzijds heb ik werk voor een nieuwe film aangenomen, zodat mijn plannen voor intensievere therapie uitgesteld moeten worden en weet ik ook al dat er werk voor volgend voorjaar is. Anderzijds grote twijfel of ik het voorjaar wel haal. Ik heb zo'n behoefte me over te geven, een ander alles voor me te laten oplossen, en alles uit handen te geven. Een miljonair die alles regelt, zoiets.*

De regisseur van de nieuwe film, Pierre van den Akker, was het tegendeel van Kattengat: een sensitieve en intelligente man, die zeer goed in staat was te communiceren en veel over zijn script en de personages te vertellen had. Hij had stug, blond haar, dat door verschillende kruinen alle kanten op sprong, en zachte, lichtbruine ogen onder geprononceerde wenkbrauwen. Zijn hoofd leek te groot voor zijn lichaam en illustreerde zijn voortdurende denken; een innerlijke dialoog, die Esther direct bij hem herkende. Denken dat de geest in staat stelde te reizen door een grote gevoelswereld, gevoed door inlevingsvermogen en ervaring. Zijn inbreng en het filmscript appelleerden aan Esthers oorspronkelijke, grote liefde voor het filmen, aan haar behoefte zich te vereenzelvigen met een bijzonder personage, dit tot leven te wekken en daarin onder te duiken. Tijdens het werken was er niets van haar uitputting te merken, integendeel, het werk raakte een onzichtbare vitale snaar. Ze merkte wel dat ze kwetsbaarder was dan anders.

Er was van het begin af aan een aantrekkingskracht tussen Pierre en Esther, die volledig op herkenning was gebaseerd en die ontlook in sterke genegenheid en verwantschap. 'Ik geloof heilig in die verbintenis,' zei Pierre al snel over zichzelf en zijn vrouw Emanuelle, om elke schijn van andere intenties te vermijden, en dat beviel Esther goed. Zo was ze vrij zich in het contact volledig te geven, zonder zichzelf te hoeven beschermen tegen de mogelijkheid verzeild te raken in een verhouding. Hun goede verstandhouding was wel aanleiding tot clichématige speculaties op de filmset over een mogelijke affaire tussen hen: de regisseur en de hoofdrolspeelster. Pierre liet het zich goedmoedig welgevallen. Op een ochtend, tijdens een bespreking waarbij ze om het zoveelste gerucht moesten lachen, zei Pierre: 'Ik heb nooit affaires, maar juist met jou zou ik er geen beginnen. Ik heb het gevoel dat ik je daar geweld mee zou aandoen.'

Tussen het werken aan de film door zag Esther, met de energie die het werk bij haar opriep, kans om nog meer boeken over psychiatrische en psychologische onderwerpen te lezen. Ze schreef uitgebreid aan Broekhuizen, op allerlei kleuren en soorten briefpapier. *Ik zag ineens voor me hoe u terugkomt van vakantie: een hele stapel gelijksoortige enveloppen op de mat, net een berg dossiers die op u ligt te wachten. Dus ik dacht: ik fleur de boel maar een beetje op. P.S.: Daar heb ik wel over zitten piekeren, dat u dan de envelop zou zien en zou denken: wie schrijft daar zo vrolijk? En dan de teleurstelling dat die brief ook van mij is.* Ongemerkt en eenzijdig smeedde ze via het schrijven een band met die man. Een band die feitelijk niet bestond, maar Esther kon op de verwerkelijking niet wachten. Ze moest kwijt wat ze schreef. Uit lijfsbehoud. Later zag ze wel verder.

De vakantieweken van Esthers ouders en die van Broekhuizen verstreken ongeveer gelijktijdig. Esther ging terug naar haar eigen huis, minimaliseerde het contact met haar vader en moeder, wat met haar moeder een aantal moeizame telefoongesprekken opleverde. Het weerhield Esther er niet van de afstand in stand te houden.

WJ studeerde af aan de toneelschool en op het schoolfeest, eenzelfde soort feest als waarop ze elkaar hadden ontmoet, speelden en zongen Esther en Claudia een stukje voor hem, tijdens de traditionele reeks acts die voor de afstudeerders werden opgevoerd. Hij was geraakt.

'Ik hoop echt dat het gauw weer goed met je gaat,' zei hij. 'Voor jou.'

9

Zomer – najaar 1990

Claudia's deur zwaaide al open voordat Esther had aangebeld. Boven op haar kamer de troost van koffie, wat zoetigheid, het hart uit te mogen storten.

Het was er aangenaam warm en gezellig. De geluiden van de zomeravond waaiden met de lichte vitrages de kamer in.

'Ik wil eigenlijk alleen maar uitstel,' zei Esther, 'maar er is zoveel dat ik moet doen. Ik kan het leven niet stilleggen. Een woning zoeken, het project met Job, wj. Elke dag vraagt om beslissingen. Ik weet niet waar ik het vandaan moet halen.'

Claudia schonk warme koffie bij en brak een groot stuk chocolade voor hen af. 'Doe eerst eens een tijdje niets, alleen waar je echt zin in hebt.'

Ongekend. Esthers leven was altijd een aaneenschakeling geweest van dingen die gedaan moesten worden. Nietsdoen was synoniem voor er niet zijn. Voor niemandsland. *Alleen doen waar je echt zin in hebt.* Deze woorden van Claudia klonken paradijselijk en appelleerden aan een diepe behoefte aan rust. Voor ze het wist had ze Claudia's telefoon op schoot en belde ze haar moeder om het vakantiewerk af te zeggen.

'Waarom?' Haar moeders stem klonk gereserveerd.

'Ik ben te moe. Ik had het niet moeten doen. Ik moet een beetje bijkomen,' sprak Esther onvertrouwde woorden.

'En dat moet je dan zo nodig bij Claudia doen? Die zal dat

leuk vinden!'

'Ze vindt het goed. Ze heeft zelfs gevraagd of ik hier kom logeren.' Vermoeid.

'Als je dan echt tot rust moet komen, waarom ga je dan niet naar een hotel, of op vakantie?'

'In m'n eentje, zeker. En alsof ik daar het geld voor heb.'

'Dat geld krijg je wel van mij. Jij wilt alleen maar daar zijn, omdat je dan bij die knul in de buurt bent.'

'Die knul heet WJ, en ik doe het niet voor hem. Ik doe het voor mezelf.'

'Ach welnee, ik ken je toch. Het is een vlucht, omdat je niet alleen wilt zijn. Als je tot rust wilt komen, kan dat toch ook hier. *Ik* zeg niet dat je moet werken.'

'Ik kom zo naar huis, wat spullen halen.'

'We hebben het er nog wel over.' De hoorn ging op de haak voordat Esther kon antwoorden.

Haar moeder wachtte haar op, in pyjama en badjas. Het was al laat en ze had niet verwacht dat Claudia mee zou komen. Met haar standaard formele Gedrag-Tegenover-Buitenstaanders plaatste ze Claudia op een stoel, ternauwernood beleefd, en sleurde Esther nog net niet aan haar arm de trap op. In haar kamer begon Esther spullen bij elkaar te pakken, ondanks dat haar moeder wilde dat ze haar aankeek. Ze voegde Esther van alles toe, siste tussen haar tanden, wisselde tussen tranen en boosheid, wilde geld geven en keek machteloos toe hoe Esther steeds meer kleren in een tas propte, boeken meenam.

Het is 1978. 'Waar kom je vandaan?' vraagt haar moeder, zodra ze de donkere cafetaria inloopt, sinds kort het nieuwe werk aan huis van haar moeder die er niet van hield om alléén te werken en dus ook het werk van Esther en haar vader. Niet van Rob, die aan het huis ontsnapt is door niet mee te verhuizen en te trouwen. Esther schrikt van haar moeders stem, nog in de sfeer van de twee warme armen die om haar heen geslagen waren voor ze binnenkwam. 'Dat weet je toch. Ik was uit.' Ze wil doorlopen, maar moeder blokkeert de deur naar de keuken achter de winkel. De muffe lucht van gestold frituurvet, uien, ketchup, afgekoelde chocoladesaus.

    'Moest dat voor de deur?'

    'O, heb je staan gluren?'

    'Moest dat voor de deur?'

    'Doe normaal, bemoei je er niet mee.'

    'Geef antwoord.'

    'Waar bemoei je je mee. We stonden toch niet te neuken of zo!'

    Het witte gezicht van haar moeder. Badjas aan. Sissend om Esthers vader, boven, niet wakker te maken.

    'Daar heb ik het niet over, daar gaat het niet om.'

    'Waar gaat het dan wel om? We deden niets bijzonders, er zijn er zoveel die dat doen, we waren toch niet aan het neuken.'

    'Hou op.'

    'We waren toch niet aan het neuken, of wel?'

    'Als je dat woord nu nog één keer zegt...'

    Beide vrouwen versteend tegenover elkaar. Razend onder de oppervlakte.

    Esther scant haar moeders motoriek. Sla maar als je durft, denkt ze.

    Het interesseert me niets meer.

    Moeder ruimt het veld.

    Esther naar boven. Hartslag.

Nadat Esther alles had verzameld, ging ze de trap af en liet haar moeder boven achter. *Ik ben zevenentwintig, ik ben zevenentwintig,* herhaalde ze in haar hoofd en verliet samen met Claudia het huis, de stad.

    Ze sliep lang in het provisorische bed in de woonkamer van Claudia, die haar verwende met een gezond ontbijt, geparfumeerde mousse voor onder de douche, een cellulitisbestrijdende lotion en blondeerspray voor in het haar om de zomerzon te vangen. Aanmerkelijk opgeknapt liep Esther met Claudia door de stad, waar ze roekeloos en onbekommerd vier cheques uitschreef voor boeken, kleren en een nieuwe gouden ketting met davidsster. Zelfs Claudia, die toch een meester was in het uitgeven van geld dat ze niet had, kreeg het er benauwd van. Maar Esther voelde zich het opgeluchte middelpunt van gestolen tijd, van een werkelijkheid die ze voorheen niet kende.

'Ik bel even naar m'n vader, want die begrijpt niet waar ik gebleven ben,' zei ze tussen haar aankopen door. Esther ging het telefoonhokje van het postkantoor in. Ze wist niet wat haar te wachten zou staan toen ze het nummer draaide.

'Trek je er maar niet te veel van aan,' zei haar vader, toen ze uitlegde dat er niet zo'n leuke scène tussen haar en haar moeder had plaatsgevonden. 'Je moeder is overspannen, alles is te veel. Toen ze op vakantie de sleutel niet in de hotelkamerdeur kreeg, barstte ze meteen in tranen uit. Dat soort dingen. Zit er maar niet mee, jij moet doen wat je zelf wilt.'

Ze hingen op. *Hij blijft onvoorspelbaar,* dacht ze met opgeluchte verwondering en kocht een grote bos bloemen voor Claudia bij de eerste bloemenstal die ze tegenkwamen.

De volgende dag belde ze WJ. 'Ik ben gestopt met het vakantiewerk. Ik heb besloten dat het belangrijker is om vakantie te vieren voordat ik met Job ga beginnen.'

WJ nodigde haar en Claudia uit voor de thee. Anne uit Leeuwarden was er ook.

'Ze gaat vandaag weg,' liet WJ tussen neus en lippen door weten, toen ze een moment samen in de keuken stonden.

'Dan kom ik morgen wel,' zei Esther.

Hij keek verrast.

'En verschoon je bed!' zei ze luchtig, terwijl ze met een zwierige zwaai de theepot oppakte en naar de woonkamer liep. Achter zich hoorde ze hem lachen.

'Ik had geen zin om in hetzelfde bed te liggen,' zei ze 's avonds tegen Claudia. 'Je moet toch ergens je grenzen trekken.'

'Denk je dan dat hij met die Anne…?'

'Ik weet het niet, het is ook weer zo'n oude vriendin van hem.'

'Wat een zooitje, hè, die acteurs,' verzuchtte Claudia's buurmeisje, Anneke, vergenoegd. Ze was die avond op bezoek gekomen en ze keken gedrieën naar een Nederlandse soap op de televisie, waarover ze door inside-information wisten dat een van de hoofdrolspeelsters, die de vriendin was van een acteur die ze kenden, het had aangelegd met haar tegenspeler, waarmee ze in de serie op dat moment ook juist een affaire kreeg. De kussen die het stel uitwisselden werden nauwkeurig bestudeerd op echtheid, de dialogen gecontroleerd op dubbelzinnigheid en er werd een groot mededogen uitgesproken met de collega die wellicht ook achter de televisie zat en knarsetandend de teloorgang van zijn relatie bekeek.

'Het heeft toch iets ranzigs,' sprak Anneke verlekkerd.

'Het gebeurt echt niet alleen bij acteurs,' protesteerden Claudia en Esther.

'Waarom zou je ook maar van één mens tegelijk mogen houden?' vroeg Esther en vond daarmee een goede drijfveer om de oude vriendinnen van WJ als een hanteerbaar en acceptabel gegeven te zien: de goedheid van de mens om van meerdere mensen tegelijk te houden.

Het lijkt af en toe wel die film Nine-and-a-half-weeks, schreef Esther na een paar dagen logeren bij WJ. *Komt door hem, hij is zo relaxed op dit gebied en dat slaat op mij over. 'Voor het eerst had ik er eigenlijk niet zo'n zin in,' zei hij over Anne (want ik heb er natuurlijk wel naar gevist). 'We begonnen de eerste avond met vrijen,' zei hij, (waarom voelde ik niets?) 'maar ze heeft altijd al blokkades op dat gebied en toen het te fysiek werd begon ze heel hard te huilen.' Te fysiek. Wat zou dat zijn? In ieder geval, toen zij de tweede avond initiatief nam, heeft hij het afgehouden. Morgenavond gaat hij voor twee dagen naar*

Leeuwarden. Hij zal Christine ontmoeten. We hebben afgesproken elkaar te zien als hij weer terug is.

Ze haalde wat spullen op in Amsterdam, omdat ze nog een paar dagen bij Claudia zou blijven.

Haar moeder begroette haar bij binnenkomst.

'Zullen we ergens gaan lunchen?' vroeg ze, nog een beetje stug, bang om 'nee' te horen.

Esther stemde toe.

'Je vader zei tegen me: wat jij doet moet jij weten, als je er maar niet voor zorgt dat je dochter hier nooit meer komt.' De uitspraak werd haar toegeworpen, zo neutraal mogelijk.

'Het gaat er niet om dat ik je wil zeggen wat je moet doen, ik ben alleen maar bang dat jij weer degene zal zijn die aan het kortste eind trekt,' zei haar moeder nadat ze het gesprek op WJ had gebracht.

Jij weer degene. Kortste eind. De kwalificaties van haar moeder maakten Esther gevoelsmatig altijd weerloos, hoewel ze ze verbaal wel wist aan te vechten.

'Hoezo?'

'Je kent hem toch maar net.'

'Ja, hoe moet je anders met iemand iets beginnen, dat is toch altijd zo?'

'Jawel, maar het is zo snel na Simon en dan denk ik, als je het maar niet doet om niet alleen te zijn. Ik ken je, als klein meisje 'deed je er alles voor om je vriendinnetjes niet te verliezen – dan ging je voor ze door het vuur, maar uiteindelijk lieten ze jou zitten.'

Een goed deel van Esthers ingewanden en gevoel krompen naar het formaat van een klein meisje, terwijl de rest zich met hand en tand verzette tegen die regressie. 'Dat was vroeger. Ik ben hem nu eenmaal tegengekomen en ik vind hem leuk. Moet ik dan zeggen: wacht maar tot ik je beter ken? Ik lees wel een boek over je?'

'Ja. Nee, natuurlijk…' Haar moeder slikte haar wrevel weg met een flinke slok jus d'orange. 'Ik ben ook wel blij voor je dat je het leuk hebt met hem.' Ze beet een stuk uit haar broodje tonijn, kauwde en slikte, haastig op weg naar haar volgende zin. 'Nou ja, ik ben alleen bang... dan denk ik als het nou maar de goeie jongen is en als hij je maar niet laat zitten.'

Die woorden mengden zich als een gifstof in haar bloed. Alsof haar moeder het vermogen had dwars door Esthers borstkas haar hart te grijpen en dicht te knijpen. Ze probeerde zonder zich te verdedigen uit te leggen waarom ze tot rust moest komen en weg was gegaan. 'Dat staat los van wj.'

'Ik weet hoe je je voelt. Je bent precies als ik. Je kunt er met mij toch over praten.'

'Jij vertelt mij ook nooit wat.'

Prompt vertelde haar moeder dat ze overspannen was. 'Maar daar wil ik je niet mee lastig vallen,' voegde ze er snel aan toe, toen Esther erop in wilde gaan. Tranen stroomden over haar moeders gezicht. Het half opgegeten broodje vis kreeg de schuld en werd driftig naar de rand van de tafel geschoven. Snuivend grabbelde ze een zakdoek uit haar tas, veegde haar tranen weg en keek uit het raam. Esther negeerde het huilen, zoals gewenst, en wachtte tot haar moeder zich hersteld had.

Het gif was goeddeels afgevoerd toen Esther later die week met wj in een exotisch restaurant zat.

'Morgen begint de school weer,' zei hij.

'Ja.'

'Bedankt voor je mooie brief.'

'Ja?'

'Die woning gaan we meteen regelen!'

Ze was blij met zijn reactie. Voor hun ontmoeting had ze een brief bij hem door de bus gegooid, waarin ze had geschreven dat het haar beter leek niet honderd kilometer bij hem vandaan in Amsterdam te gaan wonen, maar opnieuw in haar oude woonplaats een woning te zoeken. Niet om hem op zijn lip te zitten natuurlijk, maar juist omdat het dan makkelijker zou zijn af en toe eens bij elkaar langs te gaan, zonder dat het altijd een formele en langdurige afspraak hoefde te zijn.

'Het is net zo dwaas om alles op te geven voor iemand, als om te doen of er niets verandert als je iets met iemand hebt,' lichtte ze haar gewijzigde plannen nog eens toe.

Hij hief zijn glas en sloot het onderwerp: 'Afgesproken!'

'Christine was nieuwsgierig naar je,' zei hij even later langs zijn neus weg, tijdens een pittige vissoep.

'O ja?' zei Esther neutraal, terwijl ze een weekdier uit zijn schelp pulkte.

'Ze zou je weleens willen ontmoeten.'

Esther beet het slijmerige schepsel doormidden. Zijn peperige soepjasje prikte achter in haar keel. 'Hoe zit dat eigenlijk tussen jullie?' Flinke slok wijn.

'Ik heb haar zeven jaar geleden ontmoet bij een workshop. Daarna heb ik haar opgebeld om te vragen of ze meeging naar een feest. Ze bleek al een vriend te hebben, maar wilde toch wel met me afspreken. Zo is het eigenlijk gebleven. Ik heb altijd gedacht dat ze uiteindelijk wel voor mij zou kiezen, maar toen dat na een aantal jaren niet gebeurde, heb ik wat meer afstand genomen. Dat wil zeggen, we spraken wat minder vaak af, want die afspraken waren echt eilanden van ons samen en het was steeds een schok om weer uit elkaar te gaan.'

'Wat vond haar vriend ervan?'

'Die vond het moeilijk, maar zij wilde niet kiezen.'

Natuurlijk begreep Esther alles. Ze had toch de toneelschool gedaan? Waar kon ze zich nu niet in inleven? Welk stuk, welke voorstelling ging nu over gewone relaties, waarin alles goed ging? Wat was gewoon eigenlijk?

'En wat doen jullie dan met elkaar op die eh… eilanden?'

'Tja… alles zo'n beetje, behalve echt neuken, want ze heeft een soort vliegende-sperma-angst.'

'Hmhm.' Esther gooide een tweede weekdiertje dat ze net uit zijn schelp had gehaald bij nader inzien maar naast haar bord, terwijl ze het akelige gevoel had dat haar moeders gif toch nog een rondje door haar lichaam maakte. 'Wat is dat voor angst?'

'Buitensporig bang om zwanger te worden.'

'O.'

'Christine vroeg zich af hoe ik me zou houden, nu ik zelf zo'n beetje een vriendin heb en in dezelfde situatie zit als waarin zij altijd heeft gezeten.'

'Alles goed?' vroeg de jonge, buitenlandse jongen die hun tafel bediende, terwijl hij op de lege soepkommen wees.

Geen idee, dacht Esther.

'Ja, het was lekker,' zei WJ. 'Maar ik denk wel,' vervolgde hij toen de jongen de soepkommen had afgeruimd, 'dat ik nu echt voor jou kies.' Hij pakte haar hand.

Ze keek verrast op, drukte haar handpalm op de zijne.

'Die keer aan de telefoon, toen ik zei dat ik geen vaste verhouding wilde, vond ik dat je zulke goede dingen zei en dat je zo rustig reageerde. Dat maakte mij ook rustig. Daarom wil ik het echt met je proberen.'

In een opwelling vertelde Esther dat ze dat toen aan de telefoon weliswaar gezegd en ook gemeend had, maar in tranen was uitgebarsten zodra ze had opgehangen.

'Moest je huilen?' vroeg hij verbaasd. Het was een hele tijd stil.

Esthers vroeg zich af of ze dit had moeten zeggen, en haar gedachten dwaalden weg van de tafel.

'Dat vind ik geweldig,' zei WJ.

Esther blikte naar hem op als een klein meisje. Hij gaf haar een aai over de wang. 'Jij strijdt met open vizier,' zei hij. 'Dat vind ik fantastisch.'

Alles goed, dacht Esther. *Laat het hoofdgerecht maar komen.*

Tien

Zomer – najaar 1992

'Ben je zenuwachtig?'

Het eerste gesprek na zijn vakantie. Esther had zoveel geschreven aan de vreemde die nu ineens weer tegenover haar zat en niet leek op de lezer in haar gedachten, en ze had zoveel gelezen over psychiatrie, dat de situatie haar lacherig maakte, alsof ze in een psychedelisch landschap terecht was gekomen en ook van de verboden boom der kennis had gegeten.

'Ja,' zei ze, haar lachen onderdrukkend.

'Ik heb nog niet al je brieven gelezen, maar ik ben er wel door geboeid.'

'O.'

'Ben je nog verliefd op die regisseur?'

Hij bedoelde Pierre van den Akker. Ze had geschreven dat ze na hun eerste ontmoeting een vlaag van verliefdheid had gevoeld, maar ook dat het een andere betekenis had dan wat men normaal gesproken onder verliefdheid verstond. Ze was door hem geraakt, tenslotte had hij haar als een Doornroosje uit haar zwarte sluimertoestand wakker gekust en met zijn filmscript tot leven gewekt. *Waarom wil hij dat weten,* dacht ze kribbig. Ze had geen zin om antwoord te geven.

Broekhuizen nam een andere positie in op de bank tegenover haar. 'Nou?' drong hij aan.

Ze haalde haar schouders op.

'Dat weet je niet?' vroeg hij ongelovig.

Dat had ze niet bedoeld met haar schouderophalen, maar het interesseerde haar niet dat hij haar verkeerd begreep. 'Nee,' zei ze stug.

Broekhuizen trok zijn wenkbrauwen op. Hij vroeg hoe ze haar vrije dagen had doorgebracht.

Interessant. Dat lijkt me een goeie vraag, als je een depressieve patiënt na je vakantie terugziet. De lachprikkel was weer terug. Ze haalde haar schouders een beetje op, gaf oppervlakkig antwoord. Ze bleef liever bij die lichte prikkeling in haar hoofd, dan dat ze zich die dagen voor de geest haalde.

'Hoe vind je het om mij weer te zien?' vroeg Broekhuizen.

Onwillekeurig wipte ze met haar been op en neer. *Wat een rare vraag. Of is het heel gewoon om dit te vragen?* Ze had zin om er een grote grap van te maken. Hoe ik het vind om u weer te zien, dokter? Ik ben blij dat ik in ieder geval niets aan mijn ogen mankeer.

Broekhuizen kuchte.

Ze keek op. 'Ja eh… haha, moeilijk te zeggen.'

'Je vindt toch wel *iets?*'

'Ja, maar soms eh… is dat nogal diffuus.' *Wat klets je nou? Het is helemaal niet diffuus. Het is een grote tegenvaller om hem weer te zien, want in gedachten was je al veel verder, en met een andere, serieuzere persoon dan hij die tegenover je zit.*

'Diffuus?'

Hij zou nu niet loslaten, merkte ze, dus wierp ze Broekhuizen nog een brok toe: 'Ik heb er naar uitgezien, dat wel.' Dat had ze immers geschreven. Hij kon niet weten dat dat bedoeld was voor de ander in haar gedachten.

'Nou, dat is niet diffuus,' zei hij.

'Ik heb ook gefantaseerd dat ik grote ruzie met u zou maken.'

'Waarover dan?'

'Over dat u gezegd heeft dat ik mijn agressieve impulsen te veel afrem. Ik fantaseerde dat, als we daaraan gingen werken, ik deze hele kamer in puin zou slaan.'

Hij leek niet onder de indruk.

'Je had ook iets geschreven over de vreemde spelregels van deze situatie,' zei hij.

Esther dacht direct aan wat ze geschreven had over 'houden van' en kreeg het opnieuw benauwd. 'Het staat van tevoren vast dat ik het uiteindelijk alleen zal moeten doen.'

'Staat die theorie niet iets in de weg waar jij problemen mee hebt, namelijk overgave?' Zijn stem klonk droog en koel.

Esther zweeg.

'Jij vindt dit niet de situatie om je over te geven?' Zijn gezicht verried niets van zijn gedachten.

'Ik doe het best wel bij mensen, sommigen daarvan ken ik al een tijd, maar het gebeurt me ook wel bij redelijk onbekenden dat ik me ineens – floep – overgeef.'

'En wat is dat dan: "floep"?'

Haar bulderende lach stuiterde tegen de grote ramen achter Broekhuizen en echode haar tegemoet. Het herhalen van een van de laatste woorden van de ander was een manier om iemand verder te laten uitweiden, had Esther in de boeken over therapeutische gespreksvoering gelezen. Dat Broekhuizen dit onnozele woord zo serieus herhaalde bezorgde Esther de slappe lach. Ze probeerde tussen het hikken door, dat hij maar nauwelijks kon waarderen, zag ze, toch nog te antwoorden. 'Nou… ineens, haha, een geheim van mezelf vertellen of met iemand, hahaha, slapen.'

'Een nacht naast iemand liggen?' vroeg hij.

'Ook wel vrijen, soms, haha.'

'Wat is dat dan dat iemand in je raakt, of wat jou in iemand aanspreekt dat hij je daartoe aanzet?'

Haar lach was ineens verdwenen, ze haalde haar schouders op. 'Ik weet het niet.'

Ze zag hem naar zijn horloge kijken en vervolgens zijn blik op iets anders richten.

Het was een tijdje stil. Esther keek op haar handen.

'Wat denk je?' vroeg hij, met een toon in zijn stem die zei: 'Er gaat veel in je om, hè?'

'Ik denk, hahaha, dat het zo wel tijd zal zijn,' hikte Esther.

Een week later zag ze de bruine pony golvend achter het oude raam van de wachtkamer, terwijl zenuwen door haar lichaam golfden. Ze hield haar blik rillend gericht op de klink van de deur. Tegelijk met een echtpaar dat binnenkwam, verscheen Broekhuizen met zijn knikje. Hij liep voor haar uit, hield de deur van de spreekkamer open en zei iets. Esther had direct een black-out. Op weg naar de bank probeerde ze te recapituleren of hij nu 'Dag koningin' had gezegd, zoals ze had verstaan, of dat het misschien gewoon 'Dag kom erin' was geweest. Er was iets aan zijn houding wat meer dan de vorige keer dubbelzinnig was. Iets wat haar bewust maakte van zijn mogelijke geheime gedachten. Plagerig bood hij aan koffie te zetten in het oude plastic apparaatje achter hem, uitdagend ging hij zitten, ostentatief in het rangschikken van zijn kussentjes, het plaatsen van zijn armen en benen.

Ik wil hem zo niet zien. Zoals je je vader niet wilt zien flirten met een secretaresse, je moeder niet bekeurd wilt zien worden door een agent, je ouders niet wilt zien copuleren.

'Heb je je medicijnen nog ingenomen?' vroeg Broekhuizen.

'Ja, gisteren.' Ze had die dag niet hoeven werken en veel geslapen.

'Goed zo, brave meid.'

'Ja, heel braaf.'

'Hoe vind je het als ik dat zo zeg?'

'Kinderachtig.'

'O?'

Esther zweeg, keek hem strak aan.

'Met dat beetje spot kan ik je niet duidelijk maken dat ik niet kwaad ben als je het niet doet? En dat je je dus op die boosheid niet hoeft voor te bereiden? Je kunt je energie sparen.'

Esther zweeg. *Zeg opa! Waar gáát dit over?*

Het was even stil in de kamer, alleen het gepruttel van het koffiezetapparaat.

'Jij hebt een sterke wilskracht,' zei Broekhuizen, ineens serieus. 'Hoe heb je het voor elkaar gekregen altijd een eigen mening erop na te houden, zelfs ondanks fysiek geweld?'

Ze dacht na. 'Ik onderga het, omdat ik op dat moment niet kan reageren, en later ga ik voor mezelf na of het rechtvaardig was wat er gebeurde of niet. Als het niet rechtvaardig was, dan houd ik aan mijn eigen waarneming en mening vast. En aan mijn gevoel, maar dat komt meestal later, als het niet anders kan.'

'Hoe ben jij van je mening af te brengen?'

'Door argumenten die ik kan begrijpen.' *Net zoals ieder ander, lijkt mij. Wat wil die man nu?*

Broekhuizen stond op. Met zijn trage, bedachtzame motoriek bewoog hij zich naar het koffiezetapparaat en schonk voor hen beiden in. 'Je hebt veel voor op andere mensen,' zei hij. 'Je bent intelligent. Je scant de argumenten van anderen op echtheid en wie kan er nog wat tegen inbrengen? Je bent boeiend.' Hij zette een kop koffie voor haar op tafel en keek haar aan, terwijl hij ging zitten, koffie in de hand, benen over elkaar. 'Ik vraag me af hoe het zou zijn om met jou samen te leven.'

Wil je wat van me? dacht Esther, maar verwierp dat direct als absurd. *Op dit soort dingen doelt hij nu juist als hij zegt dat je energie verspilt door op alles voorbereid te willen zijn, ook op het onmogelijke.*

Broekhuizen roerde langdurig in zijn koffie. Er was niets. Alleen het geschraap van het lepeltje. Drie tikken tegen de rand van het kopje en het gekletter van het metaal op het schoteltje.

'Hoe zit dat bij Claudia?' vroeg Broekhuizen. Een slok koffie verdween met een zuigend geluid tussen zijn lippen. Het kopje zweefde in de lucht. 'Pas je op haar ook dat mechanisme toe van indirectheid?' Een tweede zuigbeweging.

'Dat probeer ik te vermijden,' zei Esther. Ze besloot haar koffie te laten staan.

Een laatste teug, het doffe geluid van het kopje op de schotel en het tweeledig getik waarmee het op tafel belandde. 'Dus je kunt iemand uitzonderen,' zei Broekhuizen, terwijl hij zijn lippen likte.

Esther keek weg van zijn hypnotiserende, bestudeerde bewegingen en staarde naar haar handen. 'Dat denk ik wel.' Haar stem klonk zacht, toonloos.

'Waarom mij niet?'

'Dat kan ik niet. Nog niet, in ieder geval.'

'Je omzeilt weer het probleem van de overgave,' zei Broekhuizen. Hij begroef zich opnieuw in zijn kussens.

'Ik moet het toch alleen doen.'

'Bij je ouders ben je toch ook eerst afhankelijk?'

Ouder-kindrelatie. Het wierp een licht op de emoties die Esther de laatste tijd overspoelden en die ze kindergevoelens noemde. Angst voor het donker, voor inbrekers, voor handen die uit putten en toiletpotten kwamen en, het ergste: de buitenproportionele afhankelijkheid die ze ervoer ten aanzien van Broekhuizen, elke keer dat ze wél een serieus gesprek hadden gevoerd, en de paniek van de verlatingsangst die dat met zich meebracht. *Als de therapeut de positie van een ouder inneemt en de cliënt die van het kind, dan hoort dit er dus bij.* Daar had ze ook iets over gelezen. *Een tijdlang. Daarna zal het anders moeten worden.*

'We zullen het met elkaar moeten doen,' zei Broekhuizen, 'en laten we vaststellen dat degene die het meest wendbaar van geest is, zal winnen. De neurotische defensie verliest het dus.'

Alsof het onderwerp er naadloos op aansloot, vroeg hij: 'Hoe was die nachtelijke picknick eigenlijk, die je georganiseerd had voor je ex-vriend?'

Spijt, spijt, over álles wat ze geschreven had aan deze man tegenover zich, met zijn stijve bovenlip, de korte neus met de vrijpostige gaten, de saaie bril die een goed zicht op zijn ogen vertroebelde, de groezelige huid onder het zout-en-peperkleurige haar.

Waar is mijn kristal? 'Leuk.' Ze zei het zo hard als ze kon, maar het klonk haar zacht in de oren.

'Zoiets doet niet iedereen,' zei Broekhuizen. 'Waar was het?' *Wil hij gaan spoorzoeken?* 'In een weiland.'

'Wat deden jullie?'

'Nou eh… koffie drinken met likeur en appeltaart, muziek, kaarsen, we lazen elkaar voor.'

'Verder niet?'

Haar boosheid groeide. *Hij stuurt het erop aan. Hij weet best wat ik bedoel.* 'Jawel.'

'Wat dan?'

Wat kan jou het schelen, zeg het gewoon. 'Fysieke dingen.' *Nee, het gaat hem niets aan.*

'Wat dan?'

'Daar praat ik niet graag over.'

'Jullie moesten alle twee weg voor een plasje?'

'U weet best wat ik bedoel.'

'Ik stel me nu even net zo op als jij. Ik weet van niets.'

Hij is een viezerik. Rot op, Es, hij doet gewoon zijn werk. Waarom geef je geen antwoord. Zo erg is dat toch niet?

Ze zweeg.

'Het is dat het woord niet bestaat in onze taal: pick*wip*. Anders had je je met één woord kunnen redden.' Hij keek haar afwachtend aan.

Esther verstijfde van haar kruin tot haar teennagels. IJzig keek ze hem aan. *Daar heeft hij thuis over nagedacht. Hij vindt zichzelf leuk.* 'Dat had gekund, maar ik hou daar niet van.'

'Het devalueert voor jou datgene wat jullie deden?'

'Ja. En het toont aan dat u best wist wat ik bedoelde.'

'Dat geef ik toe. Ik steek mijn nek verder uit dan jij. Ik neem risico's, door niet alles wat ik zeg van tevoren te willen bedenken.'

Dat vraag ik me af en als het zo is, zou hij dat beter niet kunnen doen. 'Ik wil gewoon begrijpen wat u bedoelt,' zei Esther koud.

'Een slimme zet, want wie zou je het recht daarop kunnen ontzeggen? En zo kun je je defensie uitbouwen.'

'Gadverdamme! Meteen weggaan daar,' zei Claudia. Direct na het gesprek was Esther naar haar toe gereden en ze probeerden het samen te analyseren, voor zover Esther het kon navertellen.

'En dan?' vroeg Esther. 'Ik heb er zelf om gevraagd direct tot de kern van mijn problemen te komen. Misschien is dat wat hij probeert, ook al staat de manier me niet aan.'

'Ja, dat kan.' Onwillekeurig zakten ze allebei tegelijk tegen de leuning van hun stoel. 'Ik weet het ook niet,' zei Claudia. 'Ik weet niet wat normaal is in zo'n situatie.'

Misschien moest het wel zo, overwogen ze. Vanuit hun beroep als actrice waren ze in spelsituaties ook wel wat vuurwerk gewend. Misschien moest Esther dit ook zien als een spel, waarbij je alles uit de kast trok en in de strijd wierp om er uiteindelijk beter van te worden.

Het enige wat Esther niet begreep was waarom ze zo heftig op Broekhuizen reageerde en zoveel moeite had om met hem te praten, dat ze bijna alleen maar via haar brieven over zichzelf vertelde. Met niemand anders had ze zo'n moeite om te praten.

Behalve met mijn vader. Ze schrok een beetje van die gedachte. *Behalve met mijn vader.*

10

Najaar 1990

Terugkijkend kwam het Esther voor dat ze, zo leek het, op alle goede knoppen had gedrukt om wj voor zich te winnen. *Het maakt me trots en leeg tegelijk,* schreef ze.

Het nieuwe toneelschooljaar van wj was begonnen, Esther logeerde bij Claudia en begon te werken aan het project met Job. Een paar keer per week spraken ze af, waarna ze thuis het bijeen geïmproviseerde materiaal ordenden en zich voorbereidden op hun volgende sessie.

'Op de vraag naar de zin van het leven antwoordt iedereen met zijn levensloop,' zei György Konrad in een documentaire. *Is dat zo?* vroeg Esther zich af. *Voor mij is mijn levensloop eerder een uitleg van de zinloosheid van het leven.* Ze maakte dit soort aantekeningen in haar schrift voor het project met Job, dat ze de paradoxale werktitel *Vaarwel, tot later* hadden gegeven. Hoewel ze meende wat ze schreef, vond ze het eigenlijk ongehoord dat ze niet gelukkig was nu wj voor haar gekozen had en ze kon werken aan een eigen voorstelling.

'Ik stuur je wel wat valium,' zei haar moeder door de telefoon, 'want je bent gespannen, hè? Ik hoor het aan je stem.'

Gedurende haar verblijf bij Claudia nodigde wj haar vaak bij zich uit, en al snel zei hij dat ze wel bij hem mocht blijven logeren tot ze een eigen huis had gevonden. Zij zorgde dat ze een goede huisgenote was door schoon te maken, te koken en te wassen. Haar persoonlijke spullen hield ze zo veel mogelijk in haar reistas, die ze zorgvuldig opborg in een gangkast, elke keer nadat ze er iets had uitgehaald. Ze liet geen dingen slingeren en hield de plank in de kast die WJ haar na een tijdje aanbood en die zij met moeite accepteerde, netjes en opgeruimd. Onderbroeken, sokken en bh's hing ze achter op het droogrek; zijn spullen altijd vooraan, zodat hij nooit onaangenaam getroffen zou worden. Ze zorgde dat ze vaak genoeg weg was, zodat hij af en toe het huis voor zichzelf had, maar ook omdat ze het na een aantal uren alleen zijn niet meer uithield in huis. Ze liep door de stad, dwaalde in winkels en door het park. Ze liep terug op een tijdstip waarop ze vermoedde dat WJ weer thuis kon zijn en als hij dat niet was, maakte ze rechtsomkeert totdat er leven in huis was, of ze rolde zich, als het buiten te koud werd, in een slaapzak voor de kachel en deed haar best te slapen.

Het is 1974. De woonkamer met open keuken. Vader ijsbeert, wrijft zijn ene hand door snor en baard – zwarte kop –, de andere in een vuist op de rug.

'Jawel, dat heb ik ergens gelezen.' Haar broer.

Ze is op een verkeerd moment binnengekomen. Nu maar doorlopen. Rechtsomkeert maken valt te veel op. Glaasje limonade pakken.

'Nou, dan zal je het wel verkeerd gelezen hebben, want er klopt helemaal geen kloot van.' De vuist open en dicht.

Zonder geluid een glas uit de kast, de flessenlade open. Rob, houd je mond.

'Ik weet het zeker.'

'Jij weet helemaal niks, axebiel, zorg jij nou maar eerst dat je dit jaar gewoon overgaat, dan praten we wel weer verder.'

Axebiel. Oppassen. Het betekent niets maar klinkt altijd erger dan ieder ander scheldwoord. Ranja. Niet te veel in het glas doen, we hebben niet de geldpest. Water.

'Ik ga heus wel over dit jaar.'

Stemmen door elkaar. Te hard, te hoog. Er valt een van die onbe-
grijpelijke stiltes, waarin de reactie van haar vader uitblijft en niet
voorspelbaar is.
Ze komt tussenbeide: 'Papa?'
Stilte. Blijven wachten. Nu kun je niet meer terug.
Hij kijkt, althans, zijn gezicht draait haar kant op.
'Wat betekent divergeren?'
Hij kijkt haar aan, nu echt, dan valt zijn blik weer weg. Even moe-
ten zijn gedachten totaal geherstructureerd worden, maar de vaderlij-
ke plicht roept. Dat weet ze. Een uitleg volgt. Rob verlaat de kamer.

'Ik schep op school over je op,' zei WJ bij thuiskomst na een lange dag op school.

Esthers gedachten moesten opnieuw worden geordend, van
haar eenzame staat naar de aanwezigheid van een levend wezen
in huis. 'Wat zeg je dan?' vroeg ze, onzeker of ze het wel leuk
vond wat hij zei.

'Onder andere dat je mijn buien zo goed weet te ontzenuwen,
bijvoorbeeld als ik gespannen ben.'

'Dat is mijn antenne,' zei ze.

Zijn stemmingen werden mede beïnvloed door het harde, pessimistische stuk waaraan hij op school werkte. De sfeer die hij mee
naar huis bracht, was soms zo sterk, dat Esther in tranen uit-
barstte zodra hij binnenkwam. Het bracht haar in verwarring. WJ
reageerde er meestal goedmoedig of luchtig op. Zijn stemming
was na het drogen van haar tranen aanzienlijk beter. Beter dan
de hare. 'Moet jij niet eigenlijk huilen?' vroeg ze op een dag, toen
ze opnieuw een golf op voelde komen, nadat hij binnenkwam.

WJ dacht na. 'Misschien wel ja, maar dat doe ik nooit. Ik denk
altijd dat je pas moet huilen als er iets heel ergs is, iets met ziekte of dood. Hoe zit dat bij jou?'

'Soms heb ik er gewoon zin in en dan voel ik me daarna beter, maar af en toe gebeurt het zonder dat het iets oplost.' Ze slik-

te nog steeds tegen de prop in haar keel. 'Maar ik doe het niet meer voor jou,' zei ze stellig. 'Je moet maar voor jezelf huilen.'

'Ik weet niet hoe,' zei WJ.

'Hoe doe je dat dan met spelen?' vroeg Esther.

Hij haalde zijn schouders op. 'Soms lukt het, soms lukt het niet.'

'Het is eigenlijk net als bij elke emotie die je opbouwt tijdens het spelen: je moet je concentreren op het gevoel dat de aanleiding was en dat blijven voeden.'

'Dat klinkt zo onnatuurlijk.'

'Het wordt vanzelf anders als je het geleerd hebt. Als je er voor jezelf niets aan hebt, is het in ieder geval nuttig voor je vak.'

'Misschien heb je gelijk,' zei WJ.

'Ja,' zuchtte Esther. Het water spatte van opluchting uit haar ogen.

WJ omhelsde haar en likte een traan van haar wang.

Esther kuste hem. 'Als we verdwaald zijn in een woestijn, zal ik voor je huilen, goed?'

Elf

Zomer – najaar 1992

In een brief aan Broekhuizen probeerde Esther te verwoorden hoe ze het laatste gesprek had beleefd.

Ik weet niet of ik er goed aan doe dit te schrijven. Het zijn klodders, grof, ongenuanceerd. Dingen die je meestal niet zegt. In ieder geval kunt u niet meer zeggen dat ik mijn nek niet uitsteek.

Als het maar helpt, dacht ze, toen ze de brief op de bus deed. *Alles. Als het maar helpt.*

Tijdens het werken aan de film van Pierre voelde ze zich goed, energiek, was ze praatgraag en zat ze vol grappen. Hoewel ze geen kleine rol had, waren de dagen dat ze moest werken zo verspreid over de opnameperiode, dat ze de vrije dagen niet met de energie die ze van het werken kreeg, kon overbruggen. Ze zocht haar redding in het schrijven en in haar gesprekken met Claudia. Op een dieptepunt belde ze, tegen al haar voornemens in, Broekhuizen op. Het nummer dat hij haar gegeven had bleek zijn privé-nummer te zijn en toen zijn vrouw opnam, viel het haar zwaar door te zetten en hem te spreken te vragen.

'Ik weet niet goed wat ik moet zeggen,' zei Broekhuizen nadat hij haar had aangehoord.

Ze nam zich voor nooit meer te bellen.

Vijf jaar. Verhuizing. Woningruil. De andere mensen hebben de woning niet schoongemaakt. Nieuwe kamer, maar ouders boos.

Zes jaar. Rob, twaalf, geeft haar het aardappelschilmesje: 'Ik doe het al zes jaar langer dan jij. Nu is het jouw beurt.'

'Ik weet niet hoe het moet.'

'Dan leer je het maar.'

Zeseneenhalf. 'Wil je met me neuken?'

'Wat is dat?'

Rob legt uit wat hij op straat gehoord heeft.

'Maar dan moet er wel een plastic zakje om,' stelt ze als voorwaarde, want dat vieze ding lijkt haar maar niets.

Zeven jaar. Sleutel om haar nek. Geen ander kind eet tussen de middag op school. Op een lage, stugge stoel in de lerarenkamer met haar zelf klaargemaakte boterhammen. Na een tijdje eet ze liever op straat. Sleutel vergeten. Aanbellen bij de buurvrouw om de centrale buitendeur in te kunnen, wachten in het trappenhuis, nog een keer bij de buren bellen. 'Mag ik naar de wc?' Het liever-niet-gezicht van de buurvrouw. Volgende keer plassen in de hal, achter de trap naar de eerste verdieping.

Acht jaar. Schoolvakantie, Rob moet op haar passen. Ze vervelen zich.

'We gaan naar tante Ina.'

Hij loopt voorop, zij op haar slippertjes erachteraan. Het blijkt een wandeling van anderhalf uur te zijn. De verbaasde tante laat ze binnen en geeft geld om per bus terug te gaan.

Negen jaar. Rob blokkeert de voordeur. 'Je mag niet buiten spelen voordat je de groenten hebt schoongemaakt.'

Rob heeft nieuwe judogrepen geleerd. Hij houdt haar klem tegen de grond. Ze spartelt, maar voelt zich slap en machteloos tegenover zijn kracht.

'Laat me los. Je doet me pijn.'

'Dan moet je niet tegenwerken. Als je je overgeeft, doet het ook geen pijn meer.'

Tien jaar. Avond, samen alleen. Rob komt haar slaapkamer in en flitst haar wakker met zijn nieuwe elektronenflitser. Gaat op haar zit-

ten en houdt de dekens die ze over haar hoofd getrokken heeft aan de
bovenkant dicht. Ze worstelt tot hij loslaat en kan net op tijd weer
adem halen.

Elf jaar. Ze hangt over de rand van het hekje langs het trapgat.
Ondersteboven, haar hoofd boven de trap. Robs armen houden haar
benen vast. Ze gilt en probeert de spijlen van het hek vast te houden.
'Ik laat je niet vallen, vertrouw me nu maar, ik ben toch je broer.'

'Ik begin genoeg van die man te krijgen,' zei Claudia. 'Je bent
nog bijna nooit tevreden teruggekomen van een gesprek met
hem. Dat klopt niet.'

Het was een van de avonden waarop Esther direct na het consult bij Broekhuizen naar Claudia was doorgereden, gespannen
en gedeprimeerd door de gang van zaken.

'Misschien vat hij alles wat je schrijft wel te persoonlijk op en
weet hij niet wat hij ermee aan moet, verschuilt hij zich daarom
achter een pose.'

'Laat hij me dan doorverwijzen,' zei Esther.

'Het wordt tijd Bierens te bellen en te zeggen dat het zo niet
werkt,' zei Claudia. Niet lang daarvoor waren Claudia's eigen
angsten en de drempel om iets te ondernemen haar boven het
hoofd gegroeid en had ze besloten er iets aan te doen. Ze had zich
bij Bierens gemeld, met het vaste voornemen zich niet door te laten verwijzen. Ze had met hem, net als Esther, weliswaar korte,
maar redelijk verhelderende gesprekken. 'Hem vertrouw ik wel.'

'Vind je het goed dat ik het met Broekhuizen bespreek?' vroeg
Bierens, nadat hij Esthers verhaal had aangehoord. Ze stemde ermee in en belde hem de volgende dag terug.

'Ja, ik heb het met Gijs besproken en we zijn het erover eens
dat je juist nu moet doorzetten. Wat je ervaart ten opzichte van
Gijs is negatieve overdracht van situaties die zich in jouw leven
herhalen. Het feit dat alles altijd eindig is, dat er in relaties altijd
een punt komt waarop je dermate ongelukkig wordt dat je niet

verder wilt met iemand. Daarom vinden wij dat je juist nu moet doorgaan.'

Moet doorgaan – waar zijn we dan mee bezig? 'Wat moet ik dan dóén?' vroeg Esther.

'Blijven komen,' zei Bierens.

'Maar waarover moet ik dan praten?'

'Dat maakt niet uit. Je moet gewoon doorgaan.'

Toen ze de hoorn neerlegde, sloeg de vermoeidheid onmiddellijk toe. Het was Broekhuizen die haar een paar uur later wakker belde.

'Heb je Bierens gesproken?'

'Ja.'

'En?'

'Hij vindt dat ik moet doorgaan. En jij ook, schijnt het.'

'En jij?'

'Ik hang in het luchtledige.'

'Ik heb je vast en ik laat je niet vallen. Vertrouw me maar.'

Alles in mij zegt: ik wil niet, schreef Esther. *Maar ik heb geen alternatief. Zij zeggen dat ik juist nu moet doorgaan, verder moet gaan waar ik anders voortijdig afbreek. Wat dat dan ook mag zijn. Ik zie het niet. Zin om tegen hem te schreeuwen: 'Zet die bril af, dan kan ik u slaan.' Waarna ik de spreekkamer uitstorm en plat op mijn buik midden in de gang ga liggen. Iemand moet iets doen, want voor de andere cliënten is het niet prettig als daar een vrouw in de gang ligt. Dan komt Bierens uit zijn kleine kamertje en praat tegen me. Dat die dikke, sterke man me in zijn armen neemt, troost en beschermt. Ik moet zo huilen.*

De stem van Pierre klonk door de portofoon, die onder het bankje van het bushokje was weggemoffeld. Esther en Johan, haar tegenspeler, stonden tegen het glas.

'Johan en Esther,' kraakte Pierres stem, 'kunnen jullie even je positie innemen?'

Ze gingen tegen elkaar staan.

'Even doornemen wat jullie precies doen. Hoe is jullie houding? Kunnen jullie het even doen? Ja, een beetje meer naar de camera draaien met jullie linkerkant. Ja. Nu de beweging. Ja. Iets heftiger.'

Mensen liepen heen en weer langs het bushokje, verplaatsten lampen, statieven. Iemand stelde de verborgen microfoons bij.

'Ja, nog even de beginhouding aannemen voor het licht. Oké. Dan de eindpositie voor de scherpte.'

Pierre kwam even langs. 'De camera staat nogal veraf nu, dus het mag wel wat heftiger, anders zie je niet zoveel gebeuren. Dus eh... eerst gepassioneerd zoenen en...'

'Neuken we dan al?' vroeg Johan.

'Ja, dan neuken jullie al. Daarna wordt het heftiger totdat jij eh...' Hij zocht het beste woord binnen het scala aan synoniemen en eufemismen voor het krijgen van een orgasme. 'Nou ja, totdat jij je hoogte... klaarkomt... En de scène eindigt met een voorbijrijdende vrachtwagen.'

De laatste aanpassingen aan het licht werden gedaan. De camera ging draaien. Twee silhouetten zoenden gepassioneerd, neukten, bereikten een hoogtepunt, in de stromende regen in een bushokje. Een vrachtwagen passeerde en toeterde.

Ze deden de scène vier keer.

'Oké, we zijn gestopt. Blijf nog even in positie voor een foto,' kraakte de portofoon.

Pierre kwam naar hen toe. 'Deze was goed, Johan. Hij staat erop.'

'Dan ga ik er maar van uit dat het van mijn kant ook goed was?' vroeg Esther.

Pierre keek even verrast op. 'Van jou krijg ik altijd kwaliteit.'

'Ja, een echte vakvrouw, ons kalfje,' zei Johan.

Het was Esthers laatste werkdag voor de film. Met spijt nam ze afscheid van iedereen, die ze, hoe intensief ze ook met elkaar waren omgegaan, voorlopig niet meer zou zien, wist ze. Zij hadden nog veel werk te doen aan de film en daarna was er weer ander werk, met andere mensen. Alleen met Pierre zouden de gesprekken doorgaan, tussen de bedrijven door, met dezelfde vriendschappelijkheid.

'Ha, ha, ik moest wel lachen om wat je schreef over mijn bril,' zei Broekhuizen bij het volgende consult. Het zwijgen in de spreekkamer loste hij niet op. 'Je hebt recht op je weerstand.'

Tijdens de consulten vielen nog altijd lange stiltes. Broekhuizen zweeg ook of vulde de tijd met prietpraat, verhalen over zichzelf of grappen waarvan hij zei dat hij haar daarmee uit haar tent wilde lokken. Ze hadden een averechts effect. Het enige levensteken dat ze nog wist te geven waren de brieven die ze schreef. Aan de abstracte lezer die hij voor haar was. Soms was de spanning van het zwijgen in de spreekkamer zo groot, dat ook de indirectheid van het schrijven geen opluchting meer bood. Dan belde ze hem na veel innerlijke strijd toch op. Zijn stem aan de andere kant van de lijn bleek een andere abstractie. Ze zag hem niet, sprak in de hoorn, waarna een antwoord volgde. Het waren gesprekken waarin Broekhuizen plots een andere, serieuze toon aansloeg. Dit deed hij ook als Esther meldde dat ze dacht beter met de therapie te kunnen stoppen. Hij toonde zich dan zo behulpzaam en betrokken, dat Esther de keer daarna toch weer terugkwam, waar Broekhuizen haar niet zonder gevoelens van triomf op wees.

Nadat het werk voor de film van Pierre was afgerond, was er niets anders dan oningevulde tijd. De ruimte voor haar depressie nam toe. De noodzaak dat de therapie een verbeterende werking kreeg werd gestaag groter. *Ik raak steeds meer op die gesprekken gericht, omdat ik de mensen om mij heen niet altijd hetzelfde verhaal wil vertellen als ze vragen hoe het met me gaat. Het helpt niet echt, maar therapie is wel de enige plek waar ik durf te zeggen hoe vaak ik wens dat ik er niet meer zou zijn. Omdat er geen vordering is, zijn er bijna geen mensen meer aan wie ik vertel hoe het werkelijk met me gaat. Ook Claudia en Pierre niet. Tijdens het laatste gesprek zei Broekhuizen: 'Ik ben zelf ook niet echt gelukkig.'*

Wat kan mij dat schelen! 'Wat doe je daaraan?' vroeg ik hem, boos, want wat heb ik aan iemand die mij vertelt hoe ik moet leven maar het zelf niet kan?

'Niet zoveel,' zei hij. 'Het leven hoeft niet één groot hoogtepunt te zijn. Ik hou niet van uitzinnigheid. Ik ben weleens verliefd geweest en dat is niet altijd leuk. Geluk zit ook in kleine dingen. Soms neem ik risico's. Ik ga bijvoorbeeld alleen op de motor naar Hongarije. Mijn omgeving is er inmiddels aan gewend dat ik van die gekke dingen doe.'

Die man leeft in het jaar nul! Als hij op de motor naar Hongarije gaan al 'gek' vindt, hoe moet hij zich dan ooit iets kunnen voorstellen bij mijn leefomgeving? Hij is weleens verliefd geweest. Nou én, god nog aan toe!

Broekhuizen vond dat ik maar eens wat moest ondernemen.

'Ik heb geen motor om gekke dingen te doen,' zei ik. Mijn sarcasme scheen hem te ontgaan.

'Dan kom je maar bij mij achterop,' zei hij.

Ik heb thuis het hele gesprek uitgetypt, alles wat ik me herinnerde. Ik heb het aan Bierens gestuurd met de vraag waarom deze onderwerpen belangrijk zijn voor mijn therapie. Ik kreeg geen antwoord.

Ik weet het niet meer. Hij vindt me vast een vervelende zeur. Ik moet misschien ophouden vragen te stellen en me er desnoods maar met geweld instorten. Je gaat tenslotte niet naar een professional om het zelf beter te weten.

'Er gebeurt niets in onze gesprekken en het gaat niet beter met mij,' constateerde Esther een aantal weken later.

Broekhuizen verraste haar met zijn antwoord. 'Ik vind dat het goed gaat met ons. Jouw probleem heeft tijd nodig. We zijn bezig met een basisrestauratie van de samenhang in je gevoelswereld. Dat proces kan wel zo'n twee jaar beslaan.'

Basisrestauratie van de samenhang in mijn gevoelswereld? Twee jaar? Hier werd ineens een heel nieuw dossier opengeslagen.

'Er is een duidelijke voortgang. De thematiek gaat in de juiste richting,' zei Broekhuizen.

'Welke thematiek dan? We praten bijna nergens over,' zei Esther vermoeid.

'Er is meer intimiteit gekomen tussen ons, ook in je weerstandsuitingen, meer vertrouwen.'

Het was als lopen met gesloten ogen, op aanwijzing van een ander. Ze zag niet wat hij zag, maar moest op zijn gezag doorgaan. Kon dat? Dat ze zich ontwikkelde zonder dat ze daar zelf enig zicht op had, zonder enige beleving? De enige intimiteit die zij kon vaststellen was dat ze hem inmiddels ook tutoyeerde.

'Zitten we nog steeds in een negatieve overdrachtssituatie?' vroeg Esther.

'Hoe kom je daarbij?'

'Dat zei Bierens.'

'Als er al sprake is van overdracht, dan geen negatieve, maar positieve. De moeilijkheid is juist dat je mij wél aardig vindt. Het komt je te nabij.'

'Ik heb helemaal niet het idee dat er meer vertrouwen is,' zei ze.

'Ook dat hoort bij het proces. Procesmatig zit het goed. Alleen al het feit dat je dit aankaart.'

WJ bereidde een korte vakantie voor, liep de eetkeuken in en uit, waar Esther bezig was met het uitknippen van krantenartikelen, die ze in een map plakte.

'Waarom knip je dat uit?' vroeg WJ.

'Zomaar. Dat doe ik wel vaker.'

'Waarom dan?'

'Als ik niet meer gedreven, niet meer essentieel genoeg bezig ben, of als ik even niet meer weet waar spelen over moet gaan, dan kijk ik in die map.'

WJ bladerde door de knipsels.

'Man verdacht van ontucht met zestien jonge kinderen. Vijf jaar wegens doden willekeurige voorbijganger. Vader slaat kind dood. Regenwater bevat bestrijdingsmiddelen. Ozonlaag dunner dan ooit. Dokter Moerman stelde joden gelijk aan kanker. Milieuraad vindt verzuring alarmerend,' las hij de krantenkoppen te midden van foto's van twee Britse soldaten die gelyncht werden, een gewonde vrouw tussen bloedende lijken in een Haïtiaans stemlokaal, een man in India die door de politie werd neergeknuppeld, het lijkje van een kind naast het kadaver van een rendier in Bangladesh.

WJ sloeg de map dicht. 'Andere mensen verzamelen postzegels.'

Esther raakte uitgeput en hoewel ze nog steeds geen verbetering voelde, probeerde ze op te houden vragen te stellen over de voortgang van de therapie. Naarmate haar investering groter was geworden, werd het moeilijker nog serieus aan stoppen te denken. Zoals iemand die al veel geld verloren heeft bij het gokken blijft inzetten met de hoop niet met lege handen naar huis te hoeven. Bovendien had ze al haar energie nodig om zich te handhaven onder de zware druk van de depressie. Perioden van intens felle melancholie en fletse onverschilligheid wisselden elkaar af. Nadat Bierens gezegd had dat ze moest volhouden, spande ze zich dubbel in om op Broekhuizen te vertrouwen en de afstand die er tussen hen was te overbruggen. Ze zocht naar houvast in vakliteratuur, maar vond het niet. Op een dag las ze *De glazen stolp* van Sylvia Plath, een schrijfster die in Esthers geboortejaar, op dertigjarige leeftijd, een einde aan haar leven gemaakt had. De verstikkende eenzaamheid die in het boek werd beschreven troostte Esther wel. Ze was eindelijk iets tegengekomen dat ze herkende en daardoor erkenning gaf aan wat ze meemaakte. Bij Broekhuizen beleefde ze dat weinig, te weinig, en hoe lief Claudia en Pierre ook waren en hoezeer ze hun best deden haar te begrijpen: zij kenden de stemmingen niet waarin Esther verkeerde. Het was niet mogelijk ze dat in woorden duidelijk te maken en Esther wilde dat ook niet. Ze was bang dat de gitzwarte blik die haar ogen vertroebelde hun levenslust zou aantasten. Ze waren te gezond. Hun buitenstaander-zijn toonde hun gezondheid en ze hadden de natuurlijke neiging die te beschermen. Maar juist het buitenstaanderschap maakte dat ze minder troost te bieden hadden dan het pijnlijke relaas van Sylvia Plath.

Tegen het einde van het jaar drong Esther bij Broekhuizen aan op een andere vorm van therapie, omdat ze het gedurende de dagen dat ze alleen thuis was, tussen de wekelijkse gesprekken van vijfenveertig minuten in, niet meer uithield. Broekhuizen beloofde dat hij erover zou denken en Bierens schreef haar antidepressiva voor. 'Het duurt wel een aantal weken voordat ze beginnen te werken,' zei hij. Het recept dat hij meegaf mocht drie keer worden herhaald. *De meeste zelfmoorden bij depressie worden gepleegd met antidepressiva,* had Esther in een psychiatrieboek gelezen.

'Gaat het nu wat beter in de gesprekken met Gijs?' vroeg Bierens.

Haar goede voornemen indachtig zei ze niet ronduit nee, maar antwoordde: 'Eh… dat wisselt.'

'Je hebt ook wel veel weerstand, hè,' echode hij Broekhuizens regelmatige verwijt dat volgens hem niet verwijtend bedoeld was. 'Je bent een moeilijke patiënte. Dit soort problemen heb jij in relaties en met Gijs heb je ook een relatie. Het is een therapeutische relatie, maar toch.'

Broekhuizen gaf te kennen dat hij het niet verstandig vond haar naar een andere therapie door te verwijzen. 'Het zou erop lijken dat ik je losliet en ik had beloofd je niet in de steek te laten.' Hij bood aan om naast het wekelijkse gesprek aan het begin van de week, ook een keer te bellen aan het einde van de week.

'Het ligt toch echt aan jou als we niet praten,' zei Broekhuizen. 'Het is net of de therapie niet mág lukken van je. Herken je dat?'

'Nee.'

'Je denkt toch niet dat als je in therapie komt, de therapeut tegen je zal zeggen: "Zoals jij het ziet, is het goed, alle andere mensen hebben ongelijk?"'

Na verloop van tijd raakte Esther gewend aan de gedachte dat het aan haar moest liggen dat het proces zo moeizaam verliep en forceerde ze zichzelf om zich over te geven, dat althans iedere keer opnieuw weer te proberen. Ze verloor steeds meer grip en Broekhuizen moedigde haar aan houvast bij hem te zoeken.

'Ik kan je toch niet steeds bellen?' zei Esther.

'Je mag me altijd bellen. Je hoeft, anders dan bij je vrienden en vriendinnen, met mij geen rekening te houden.'

'Ik stoor je gezin.'

'Dat is mijn probleem. Jij kunt ook zeggen: kun je niet een zakelijke telefoonlijn nemen!'

'Ik kan toch niet vierentwintig uur achter je aan blijven lopen?'

'Misschien een tijdje.'

Ik kan niet meer goed denken, schreef ze in een dagboekschrift. *Alsof ik met de dag kinderachtiger word, onvolwassener in plaats van ouder en wijzer.*

11

Najaar – winter 1990

Het waren niet altijd potentiële huilbuien waarmee WJ thuis-kwam. Soms was het gewoon een slecht humeur. *Is dat dan het beroemde 'jezelf kunnen zijn bij je partner'?* vroeg Esther zich af, want als zijn klasgenote Wanda langskwam, ook een vriendin, maar dan echt alleen een vriendin volgens WJ, dan verbeterde zijn stemming. *Met Simon had ik daar ook moeite mee. Ik blijf het vreemd vinden: de hele dag sloof je je voor iedereen uit, geef je het bes-te van jezelf op school, je werk, eromheen, en als je dan thuiskomt bij je geliefde, bij degene voor wie je gekozen hebt, dan weet je niets anders meer te doen dan uitgevloerd op de bank te zitten en beroep je je erop dat je eindelijk 'niets hoeft'. Nu gaat het bij WJ redelijk snel over, soms ga ik ook gewoon even weg. Nu, op dit moment, is die Wanda er weer, voor de zoveelste keer. Ze zit te huilen en WJ troost haar. Waarom moet ik daarbij zijn? Ze had gebeld voor ze kwam en ik wilde weg, maar WJ vond dat niet nodig. Ik ga nu alsnog.* Ze sloot haar schrift, borg het op, trok haar jas aan en liep de trap af, het huis uit.

WJ rende haar na, trof haar nog op de stoep. 'Wat ga je doen?'
'Naar Claudia.'
'Waarom?'
'Ik hoef hier niet bij te zijn.'
'Je had kunnen zeggen: ga maar naar haar toe.'
'Het is jouw huis.'
'Jij woont hier nu ook.'

'Het doet er niet toe. Ga maar naar boven, naar haar toe, als ze zoveel verdriet heeft. Ik zie je wel weer.'

Was ze kinderachtig? Te gevoelig? *Waar is je goede voornemen hem te kunnen delen?*

'Wanda zei dat ze de afgelopen vakantie juist tegen een vriendin had gezegd: "Misschien moet ik er meer voor openstaan om verliefd te worden op WJ." Ze was helemaal ontdaan toen ze terugkwam en hoorde dat ik verliefd was op jou,' zei WJ toen hij Esther een uur later opzocht bij Claudia, die opstond en thee ging zetten bij het horen van deze woorden.

Esther liep mee de gang op: 'Moet ik even helpen?'

'Wat een *bitch*!' fluisterde Claudia op de gang.

'Het is niet aardig van haar, hè?' zei Esther.

'Niet aardig? Het is een vals kreng!' Ze duwde Esther terug de kamer in en liep de trap af naar de gemeenschappelijke keuken.

Esther ging op de bank tegenover WJ zitten. 'Maar ze wist toch al vóór de vakantie dat wij iets met elkaar hadden?'

'Jawel, maar we waren nog zo aan het begin, dat kon nog alle kanten op.'

'Ik heb haar eigenlijk op een idee gebracht?'

'Nou… dat weet ik niet. Het maakte haar er misschien bewust van. Het riep bij mij ook even de gedachte op, dat we mogelijk over een paar jaar zeggen: waren we maar iets met elkaar begonnen.'

De vrieskou. Spiegelend ijs waarin de ander nog slechts zichzelf gereflecteerd zag.

'Als je dat echt denkt: hadden we het maar gedaan toen het nog kon,' zei Esther, 'dan moet je dat doen. Want dáár kan ik geen gevecht tegen leveren, tegen het onbekende. Dat blijft altijd aantrekkelijk.'

WJ stak zijn hand uit naar Esther, maar stootte onthutst op haar ijspantser. 'Maar ik ben niet verliefd op Wanda,' zei hij, geschrokken van de plotselinge reflex waarmee ze haar arm terugtrok.

'Ik wil best vechten, maar dan moet ik wel weten waarmee of met wie.'

'Je hoeft niet te vechten, ik heb voor jou gekozen. Tot nu toe heb je alle gevechten zelfs gewonnen,' zei hij warm. 'Als het gaat om mijn leven delen en kinderen, dan denk ik aan jou.'

Het smelten begon. Alles goed. Geen conflicten.

Die middag gingen Esther, Claudia, WJ én Wanda zwemmen in een meertje. Alle vier in hetzelfde water.

'Misschien ben je zwanger,' zei WJ.

Er was iets met Esthers gezondheid. Als ze niet met Job werkte, was ze snel vermoeid, ze had een slechte conditie en weinig incasseringsvermogen. *Last van m'n onderlijf,* had ze al een paar weken daarvoor in haar dagboek gemeld. *Ik weet dat het een eufemisme is, maar je hebt er alleen van die kutwoorden voor. Ik heb erge pijn en ben over tijd. Ik heb bloed laten prikken (natuurlijk weer flauwgevallen door die brutale zilveren indringer), maar ze zeiden dat alles goed was. Dat zal dan wel.*

Zwanger. Een hele nieuwe wereld ging voor haar open. Vioolmuziek, een zee van bloemen, knuffelbeesten en zachte donzige haartjes.

'Dat zou niet best zijn,' vervolgde WJ, maar in de daaropvolgende dagen maakten ze samen steeds meer grapjes over hun mogelijke toekomst met een kind.

Waarom niet, dacht ze, *we vinden wel een oplossing. Een huis, geld, ik blijf werken. Dat heeft mijn moeder ook altijd gedaan en nu is dat veel gewoner en gemakkelijker dan toen.*

Wat gisteren nog toekomst was, is nu verleden en heden en is duidelijk van inhoud, schreef Esther een paar dagen later aan WJ. *Wat de feiten betreft, tenminste. Ik zit nu in het V&D-restaurant achter een kop thee, een kop koffie en een kwarkpunt en het had niet veel gescheeld of er had ook nog een apfelstrudel bij gestaan – ik kon niet kie-*

173

zen – op zo'n nepleren bank naast een bak met kunstplanten. Daarstraks heb ik je gebeld in een telefooncel op het stationsplein. Huilend voor het station. Gevoel voor drama. Ik weet het niet zo goed, gevoel en verstand wringen. Het is ook een raar fysiek gebeuren, er is van alles aan de hand in mijn lichaam en dat is verwarrend: huil ik nu of zijn het mijn hormonen? Wilde ik een kind of wilden zij dat? Je bent toch gewend je karakter als iets heiligs te zien, zodat je eigenlijk niet wilt dat een paar chemische verbindingen, aminozuren of wat dan ook, een onderdeel van je persoonlijkheid zijn, of dat ze daar invloed op hebben. Maar misschien is het onlogisch om te willen scheiden wat je bent en hoe je je gedraagt. En toch, soms herken je jezelf niet in je gedrag. Ooit zal ik het wel graag willen: een kindje, al ben ik door deze gebeurtenis plotseling bang dat ik helemaal niet zwanger kan worden. Je hoort altijd verhalen van vrouwen die het na die ene keer direct werden.

Ondertussen heb ik de kwarkpunt, de koffie én de thee al naar binnen gewerkt. Wat ben ik toch banaal.

Toen ik net voor me uit zat te staren, kwam er een kinderwagen voorbij. Ik keek naar de moeder en dacht: Wat heb jij voor bijzonders dat jij het wel kunt?

Doe jij ook altijd zo je best om doorgekraste zinnen te lezen, als zou daar de grote openbaring schuilen?

Ik stop maar met schrijven, want ik kan nog wel uren doorgaan: woorden uitbraken op papier (ben nog steeds misselijk). Misschien moet ik maar misselijk blijven en schrijfster worden.

Als je me zoekt, ben ik bij Claudia.

Esther

Ze schoof het dienblad met de lege kopjes van zich af en trok haar aantekeningen voor *Vaarwel, tot later* uit haar tas.

'Citaten,' mompelde ze. *Citaten. Het bestaansrecht van het project? Word ik daarom niet zwanger – omdat ik zelf niets kan maken dat bestaansrecht heeft?* Ze pakte haar spullen bij elkaar en gooide haar tas over haar schouder. Voor een tweede keer liep ze naar de toonbank, pakte een dienblad, een kop koffie, een kop thee en een apfelstrudel. *Onzin,* dacht ze. *Alles wat gemaakt wordt, heeft zijn wortels in wat al bestaat. Het gaat om de vorm die ík eraan geef – die is van mij en met recht of niet: hij bestaat.* Ze schoof opnieuw op de nog warme bank onder de plastic palmbladeren. *Als ik een kind krijg, heeft het net als iedereen vier ledematen en een hoofd, maar de vingerafdrukken zijn uniek.* Ze wrikte haar vork in het vochtige gebak. *Dat hoop ik tenminste – dat het vier ledematen en een hoofd zal hebben.* Haastig duwde ze haar twee wijsvingers in haar ooghoeken, plette de eerste druppels en zuchtte de volgende weg. *Nee!* beantwoordde ze de kritische gedachte die in haar opkwam. *Ik lijk niet op mijn moeder. Ik lijk op niemand. Op niemand.*

Twaalf

Najaar – winter 1992

De camera gleed er keer op keer langs in honderden nieuwsitems: de hekken waarachter graatmagere, hologige mannen stonden, die zich vervreemd en gelaten lieten filmen. Het waren geen zwart-witbeelden, het was kleur. Het ging niet over een nieuwe film die de Tweede Wereldoorlog tot onderwerp had. Het was geen documentaire. Het was geen geschiedenis, het was nu. Ze bestonden opnieuw: concentratiekampen. Ze stonden in het uiteengevallen Joegoslavië.

Herhaling. Het enkele feit dat de mens leert door herhaling is ook een houvast om te hopen dat er uiteindelijk tóch geleerd wordt, schreef Esther. *Je ziet het overal terug: het kind dat keer op keer de driewieler bestijgt, de trap op en af klautert, net zo lang tot het geen kleerscheuren meer oploopt. Het kind dat honderdmaal een ziekenhuisingreep nabootst met steeds meer verminkte poppen. Het kind dat ouderlijk geweld dagelijks uitleeft op zijn speelgoed. Net zo lang totdat de oorspronkelijke ervaring – het insult, de kwetsuur, de frustratie iets nog niet te kunnen of niet te beheersen of de vernedering van de machteloosheid – net zo lang tot die ervaring door de herhaling nieuwe contouren heeft gekregen. Een nieuwe structuur, waardoor ze, al dan niet tijdelijk, toch gaat passen in de puzzel van de beleving, in de ruimte van wat verdragen kan worden. De volwassenen die steeds opnieuw ruzie met hun superieuren maken. De volwassenen die altijd weer een partner uitkiezen die overgaat tot geweld, net* zo lang tot ze uit de groef van de herhaling geraken door een nieuwe invalshoek, uitzicht op de mogelijkheid tot veranderen, ontwikkelen of zich verweren.

Het is 1969. Een kleine, rode fiets. Ze zijn naar buiten gestuurd. 'Ga je zuster nou eindelijk eens fietsen leren.' Haar boze broer. Een plein. Ze moet opschieten. Hup opstappen, hup zitten, hup rijden. 'Niet loslaten,' zegt ze. 'Ik laat niet los,' zegt hij ongeduldig en rent achter haar aan, terwijl hij de fiets in balans houdt. Dan ineens een duw. Gillend houdt ze de fiets overeind, rond- en rondfietsend op het plein, niet wetend hoe ze het rijwiel tot stilstand moet brengen zonder te vallen. Het huilen en het schreeuwen. Een voorbijganger grijpt in. Haar broer nog bozer als de verontwaardigde passant is vertrokken: 'Opnieuw!' Het wordt koud. Niet eerder naar boven mogen komen dan wanneer zij fietsen kan.

De vrouw van Rob vertrok voor een aantal maanden naar haar geboorteland en het viel hem zwaar alleen te zijn.

'Ik... ik vind het moeilijk contact te hebben,' bekende Esther, nadat hij haar een aantal keren gebeld had. 'Ik ben nu zoveel met vroeger bezig.'

Nu Esther het woord 'vroeger' eenmaal had laten vallen kwamen vanzelf de herinneringen en Rob kon Esthers emoties erbij wel begrijpen. Haar besluit om naar een therapeut te gaan, was voor hem iets ondenkbaars. Hij had daar geen vertrouwen in en gezien het verloop van de gesprekken met Broekhuizen wist Esther ook niet hoe ze haar keuze moest verdedigen. Ze kon niet uitleggen waar ze met Broekhuizen aan werkte en kon geen positieve mededelingen doen over de vorderingen in de afgelopen maanden.

Dat ze met Broekhuizen nauwelijks over vroeger had gesproken, begreep Rob nog het minst. Het enige wat hij zich in een therapie als mogelijk zinvol kon voorstellen, was daarvoor een uitlaatklep te vinden. Esther had niet de indruk dat Broekhuizen begreep wat het verleden voor haar en Rob betekend had.

'We hebben weleens over papa gesproken,' zei Esther, 'en Broekhuizen zei: waarom vraag je niet aan je vader: "Ben je soms ziek, dat je die agressie van je nooit kan beheersen?"'

'Ja, háhá,' lachte Rob, 'moet je tegen die therapeut van jou zeggen: "Ga jij het mijn vader zelf maar eens vragen, en als je dan al je tanden nog hebt, dan maak je ook een goeie kans in de staatsloterij!"'

Ze moesten hard en lang lachen samen, in tegenstelling tot Broekhuizen, die duidelijk beledigd was toen ze het hem vertelde. Voor de tweede maal kwam hij op de proppen met het trotse verhaal hoe hij in zíjn jeugd zijn moeder een klerenhanger had afgepakt. Hij smeet hem over de balkonrand en dreigde met haar hetzelfde te zullen doen als ze hem nog een keer zou slaan.

Esther haalde haar schouders op bij Broekhuizens ongeloof dat er niets tegen haar vader in te brengen was. Hoe moest je mensen ook duidelijk maken dat die kleine man zo indrukwekkend driftig kon zijn, dat je daar niet tegenin ging? Zoals je ook niet de lont van een staaf dynamiet zou aansteken om daar eens rustig mee in je hand te gaan zitten? Dat je niet in het ziekenhuis hoefde te hebben gelegen om het uit je hoofd te laten je te verzetten? Integendeel, dat het feit dat je niet in het ziekenhuis gelegen hád, veel met het gebrek aan verzet te maken had?

Broekhuizen weigerde niet alleen te geloven dat er geen verzet mogelijk was, maar hamerde er ook op dat Esther haar boosheid moest uiten, ook al voelde ze die niet.

Zou het zo simpel zijn dat hij redeneert: depressie is naar binnen gerichte woede, dus het medicijn is: de woede naar buiten richten en klaar is Kees? schreef ze. *Depressie heeft toch ook met verdriet te maken? Met rouw?* Rouw om het verlies van idealen, die ze ondanks alles gekoesterd had en rouw bij het besef dat ze het nooit zou kunnen overdoen. Het gesprek met Rob, die zes jaar ouder was dan zij,

had veel bevestiging opgeleverd van ook heel vroege herinneringen. *Liefde voor het leven moet je helemaal aan het begin leren, zomaar
zonder reden, vanuit het vertrouwen dat er liefde en warmte is in de wereld om je heen, want het is geen rationeel gegeven. Integendeel, rationeel beschouwd zijn er veel meer redenen om het leven niet lief te hebben.
Ergens bij aanvang van je leven moet je die redeloze liefde opdoen, want
je kunt haar later nooit op logische gronden verwerven,* schreef Esther.

'We horen zo weinig van je.' Esthers moeder belde vaak, nu ze
had begrepen dat het niet goed ging met haar.
  'Hmm,' antwoordde Esther.
  'Ik heb het gevoel dat ik tekortschiet.'
  'Ik verwacht niets van je,' antwoordde Esther. *Niet meer. Het
is te laat daarvoor.*
  'Komt het door vroeger?'
  'Ook. Ja.'
  'Wat dan van vroeger?'
  'Ik heb niet zo'n zin om erover te praten.'
  Het was een tijdlang stil.
  'Ik snap het wel,' zei haar moeder. 'Tegen m'n eigen moeder
vertelde ik ook nooit wat ik rot vond. Ik voelde me vaak alleen.
En ik moest voor al die jongens zorgen. Tante Judith was veel
jonger, die hoefde nooit wat te doen. Die denkt altijd dat ze...'
  Esther liet zich de gestage stroom jeugdherinneringen van
haar moeder zwijgend welgevallen, terwijl ze vierkantjes tekende
op het postcodeboek dat naast de telefoon lag.
  *Ze vindt altijd dat Rob en ik het beter hebben gehad dan zij en
mijn vader,* schreef Esther later. *Je merkt ook dat ze al hun energie
nodig hebben om te overleven en te doen wat ze zich hebben voorgenomen. Nooit meer honger hebben bijvoorbeeld en zich daarom opwerken
op de maatschappelijke ladder en zorgen dat ze het materieel goed krijgen. Dat is ze gelukt (de hele voorraadkast staat vol blikvoer, pakken
en flessen met van alles en nog wat, waarvan de helft de uiterste*

179

houdbaarheidsdatum al is gepasseerd) en natuurlijk hebben wij daar
ook de vruchten van geplukt. Als het enigszins kon, probeerden ze ons
op onze verjaardag altijd het cadeau te geven dat we het liefste wilden.
Zeker de laatste jaren zijn ze heel vrijgevig: computers, bijdragen aan
auto's, kinderkamers. Ze geven veel. Ik denk dat het hun manier is
om hun liefde te laten blijken. Zo hebben wij dat alleen nooit gevoeld.

'Waarom heb jij zo'n moeite met afwijzen?' vroeg Broekhuizen
in zijn ontspannen positie tussen de kussens op de lederen bank.
    'Het lijkt altijd zo definitief,' zei Esther.
    'Definitief in die zin dat dit het einde van de relatie of het con-
tact kan betekenen?'
    'Ja.'
    'Maar je hebt soms wel de behoefte om af te wijzen?'
    'Ja.'
    'Je zou dus wel tot het besluit kunnen komen om nee te zeg-
gen, maar de angst voor de reactie van de ander weerhoudt je
ervan?'
    'Vaak wel.'
    Ze spraken erover dat ze een afspraak had met iemand van
wie ze bang was dat hij 'meer' wilde en dat ze ervoor gekozen
had een smoes te bedenken om niet te gaan.
    'Je kan toch zeggen: "Je bent m'n type niet,"' zei Broekhuizen.
    'Voor veel mannen is dat de aanleiding om des te harder ach-
ter je aan te gaan om het tegendeel te bewijzen,' zei Esther.
    Broekhuizens gezicht verstrakte. 'Voor mij niet,' zei hij stug.
'Iemand hoeft dat maar één keer tegen me te zeggen en dan is
het voorgoed afgelopen.'
    Een blik op zijn ego, dacht Esther onwillekeurig, terwijl het be-
haagzieke kind in haar de boodschap zorgvuldig optekende.

'Het gaat goed met je,' zei Bierens tijdens een van de korte consulten, waarin hij de werking van de medicijnen beoordeelde. 'De

crisis is voorbij.'

'Zo voel ik dat helemaal niet,' zei Esther.

'Je moet het maar van mij aannemen, ook al merk je het zelf niet,' zei Bierens. 'De medicijnen werken.'

Esther kon niet begrijpen hoe zijn observatie zo strijdig kon zijn met haar eigen gevoel over de situatie, maar de herinnering aan de vorige keren dat ze haar twijfels tegenover hem had geuit, weerhield haar ervan dit te zeggen. 'Het is niet makkelijk,' protesteerde ze alleen zachtjes.

'Ja, dat komt omdat je je moet overgeven. Je zult toch naakt moeten komen te staan in de spreekkamer.'

Met de beperkte energie die ze nog had, richtte Esther zich steeds meer op Broekhuizen en ze prentte zich in dat de weg van Bierens en Broekhuizen de juiste was. In toenemende mate vond ze ook dat ze het verplicht was aan Claudia, Pierre en zelfs aan wj en haar familie om er alles aan te doen zich uit deze depressie te werken. *Het is moeilijk je omgeving uit te leggen dat je niet sneller kunt lopen, dat je het echt niet kúnt. Dat je wel naar de zon en de bloemen kunt kijken maar er niets bij voelt en dat je dáárbij, bij dat besef, wel weer iets voelt, namelijk minderwaardigheid, schuld en falen. Dat je je bijna niet verstaanbaar kan maken omdat je adem je stem niet wil steunen. Dat je je bed liever niet uitkomt en af en toe niet kan stoppen met huilen en dat het geen gemakzucht is of een manier om aandacht te trekken.*

'Je mag er heel trots op zijn dat je niet uit de therapie bent weggelopen,' zei Broekhuizen tijdens een telefonisch consult. 'Waarom doe je dat eigenlijk bij mij?' vroeg hij met zachte stem. 'Waarom ben je bij mij zo ver gekomen, wat heeft dat met mij te maken? Is dat omdat ik toevallig therapeut ben of heeft het ook iets met mijn persoon te maken?'

Een leeg, leeg hoofd, Broekhuizen achter glas, ver weg.

'Ik weet het niet,' zei Esther en greep naar haar borstkas. 'Er komt geen antwoord. Ik heb er nooit bij stilgestaan.'

'Ik sta er ook niet bij stil. Ik sta mezelf toe directer te zijn,' zoemde zijn stem. 'Je hoeft toch niet alles te bedenken? Zou je je er beter bij voelen als je er wel bij stilstond?'

'Ik weet het niet.'

'Waarom zou je het dan doen?'

'Om iets voor te zijn.'

'Wat dan?'

'Wat ik nu nog niet zie.'

Ze schreef Broekhuizen een brief. Het kon niet goed zijn dat hij en Bierens zo positief waren over de vorderingen terwijl dat in hevig contrast stond met hoe ze zich voelde. Het zou de zoveelste keer zijn dat ze zich bloot gaf, besefte ze, maar wat kon ze anders? Om zich voor haar gevoel enigszins te beschermen schreef ze over zichzelf in de derde persoon, om er halverwege het schrijven achter te komen dat deze abstractie er juist voor zorgde dat ze veel meer prijsgaf dan ze in de ikvorm zou hebben gedaan, in Broekhuizens aanwezigheid.

Ze ligt op bed, schreef ze. *Lang, want ze kan pas laat slapen. Wakker met dofheid in het hoofd. Geen enkele impuls om op te staan, iets te gaan doen. Alles is grijs, aan alles ontbreekt glans en zin. Het hele scala van zelfmoordmogelijkheden trekt weer aan haar geest voorbij. Rust, alleen maar rust willen. De telefoon gaat. Ze laat het antwoordapparaat het werk doen. Het is Pierre, ze voelt zich schuldig dat ze niet opneemt als hij zijn boodschap inspreekt.*

Toe nou maar, sta nu maar op, niet meer nadenken alsjeblieft. Wil je ophouden met nadenken, alsjeblieft?

Ze staat op, water opzetten voor thee, krant van de deurmat pakken. De telefoon gaat. Deze keer neemt ze wel op. Het is haar broer. Hij belt veelvuldig de laatste tijd en altijd lang. Met haar rug tegen de muur zit ze met de telefoon in de keuken, het gas laag gedraaid. Ze laat hem praten over het verhaal dat hij bezig is te schrijven. Het zijn eigenlijk alle nare dingen die hij zich herinnert. Hij weet zelf ook niet waarom hij het doet en of hij er beter van zal worden. Tijdens het schrijven heeft hij vaak de behoefte te bellen. Zijn vrouw is nog steeds niet terug. 'Wanneer kom je langs?' blijft hij vragen. 'Het enige wat ik kan, is zorgen dat mijn kinderen het beter krijgen dan ik en daar kunnen ze best een lieve tante bij gebruiken.'

'Ik ben niet lief.'

Ten slotte gaat zijn andere telefoon, hij neemt op. Het duurt zo lang dat ze neerlegt.

Ze vult een emmer met water en sop. Die keukenvloer is smerig, had ze al zittend geconstateerd. Eerst stofzuigen, dan dweilen. Maar de zwarte golf doorspoelt haar opnieuw. Ze gooit de dweil in de emmer, draait het gas onder het bijna verdampte theewater uit en valt opnieuw op bed. Gonzen en verlamming. Beelden van messen, pillen en een vrouw die de zee in loopt.

Zou ze Br. bellen? Om wat te zeggen?

Je moet toch maar bellen. Maar de spieren doen niets, willen niets. Liggen. Tijd verstrijkt.

Dan gaat de telefoon naast haar bed, ze raapt de hoorn van de haak. Het is haar broer, hij vervolgt zijn verhaal. Langzaam dringt het tot hem door dat ze wel erg stil is. Geluidloos vallen hete tranen langs haar gloeiende hoofd, terwijl de stem aan de andere kant doorpraat. Hij is voorzichtig overgegaan tot het zoeken naar wat ze zou kunnen doen. 'Lichaamsbeweging. Ga fietsen of zo.' Een verhandeling over de wetenschappelijk bewezen werkzaamheid van lichaamsbeweging bij stress. Lief bedoeld. Ten slotte hangt hij op nadat ze beloofd heeft dat ze op zal staan.

'Ja?'

Ja.

En ze doet het. Ze staat op. Naar buiten, storm en regen in, tenminste een beetje moe worden om later te kunnen slapen. Stad, winkels, kopen. Zelfs iets voor het avondeten. Teruggekomen toch te moe om te koken. De vier of vijf boeken die ze tegelijk leest, trekken haar geen van alle aan. Ze doet het Amerikaanse zelfhulpboek dat ze heeft gekocht in een envelop en schrijft haar broers adres erop. Ze kleedt zich uit en gaat naar bed. Gedachten razen, beelden trekken voorbij, opnieuw en opnieuw, door en door. Soms kijkt ze op de klok en is er ineens tijd verstreken. Zou ze dan toch geslapen hebben? Na een paar uur staat ze op, maakt iets te eten, belt Claudia die komt koffiedrinken. Uit de diepte komt langzaam activiteit. Nadat ze Claudia een tijdlang geantwoord heeft vanuit een donkergrijze kleimassa wordt het langzaam wat lichter, terwijl het buiten donkerder wordt. De stroeve motor begint iets beter te lopen. Dat betekent dat het nog een aantal uren gaat duren voordat de slaap komt. Dat is dan maar zo.

En nu ze weer alleen is en achter haar tekstverwerker gaat zitten, vraagt ze zich af waar ze bang voor is.

Opgesloten in een plastic bol, haar handen krabbend langs de wanden om ergens haar nagels in te kunnen zetten en hem open te breken. Geschreeuw dat niemand lijkt te horen.

Esther

Hij belde haar na het lezen van haar brief. 'Ik laat het misschien niet altijd merken, maar ik begrijp heel goed wat je doormaakt,' zei Broekhuizen warm. 'Geef het niet op. Je hebt ook een verantwoordelijkheid naar mij toe.'

'Welke dan?'

'De verantwoordelijkheid voor iemand die... eh... om... je geeft. Die van je houdt.'

Ze schrok van zijn woorden. Hij rondde het gesprek zo snel af dat ze zich afvroeg of ze het wel goed gehoord had.

Was het gemeend wat hij zei? Kan zoiets bestaan? dacht Esther. Dat iemand iets wezenlijks voor je gaat betekenen, zonder straf, teleurstelling, zonder dat je er een prijs voor moet betalen die je eigenlijk niet wilt betalen?

Het is 1973. Aan tafel. Haar vader zit tegenover haar, Rob aan haar linkerzijde. Haar moeder is niet thuis. Ze is druk aan het vertellen. Over meisjes met wie ze een verlaten hut heeft gevonden. Uitgelaten, want ze wonen nog niet zo lang in deze plaats en eerst had ze geen vriendinnen. Dat ze deze meisjes toevallig was tegengekomen en hoe het toeval hen geholpen had bij het vinden van de hut.

Haar vader eet zwijgend.

Er is iets mis, merkt ze, al vertellend. Ze maakt snel haar verhaal af, maar kan de stilte niet aan en druppelt aldoor zinnen na, die haar nog invallen.

En toen de uitbarsting, het schreeuwen en het slaan. 'Je liegt!' roept haar vader. Haar broer die later zegt: 'Je zei ook zo vaak: toevallig.'

Tijdens het volgende consult was hij actief, afstandelijk en dubbelzinnig.

'Kijk niet zo,' zei Esther, geïrriteerd dat hij aan het begin van het gesprek opnieuw de stemming dusdanig bepaalde dat het haar blokkeerde om te spreken.

'Hoe kijk ik dan?' vroeg Broekhuizen, terwijl hij nadrukkelijk keek.

Broeierig, dacht ze. *Hij lijkt wel verliefd.* Ze gaf hem geen antwoord en vroeg of de gesprekken tijdens de kerstvakantie door zouden gaan of niet.

'Wil je zeggen dat je het erg vindt als ik lang wegga?'

'Dat vraag je wel erg vaak,' zei ze.

'Nou en?' zei hij onverschillig.

'Wat wil je ermee, met zo'n vraag?'

'Geef jij eerst antwoord.'

Esther slikte haar ergernis weg. 'Het antwoord is ja, nu jij.'

'Ik hoor het in je vraag,' zei Broekhuizen voldaan, 'en ik vind het ook voorstelbaar gezien de relatie die we nu hebben.'

Esther haalde haar schouders op. *Hij geeft dus gewoon geen antwoord*, dacht ze, *en hij legt het weer bij mij. Het voorrecht van een therapeut is om op ieder gewenst en ongewenst moment te vragen of te duiden wat er in je omgaat.*

Hij stond op om koffie te zetten, babbelde tijdens het koffie-drinken over wat hij tijdens de kerstvakantie zou gaan doen en daarna was het stil.

Esther spoorde zich aan het gesprek toch nog productief te maken. Met een groot gevoel van schaamte vertelde ze dat ze de neiging had zichzelf te beschadigen, gedrag dat ze onbegrijpelijk van zichzelf vond.

Hij gelooft je niet, dacht ze, terwijl haar mond de laatste zin-nen sprak. *Hij vindt je een aanstelster. Hij denkt dat je nu toch echt gestoord bent en neemt afstand.*

Ze zag zichzelf vanuit vogelperspectief op de bank zitten, schuin tegenover hem, terwijl ze vertelde, inging op één, twee vragen die hij gedachteloos leek te stellen. Ineens zag ze, al pra-tend, dat zijn linkerarm zich uitstrekte naar een tafeltje naast de bank, als een onderdrukte geeuw. Lusteloos speelde zijn linker-hand met een schelp die op de tafel lag.

Hij luistert niet eens, ging het door haar heen en ze schoot in de lach. Ineens wakker wilde hij de reden van haar lachen we-ten. Ze kon het hem niet uitleggen. Daarna was hij opnieuw ge-dachteloos, zij verdoofd.

WJ was gedurende de kerstvakantie regelmatig in huis. De sfeer tussen hen was op veel momenten gemoedelijk, zolang ze geen moeilijke onderwerpen aansneden.

Ze gingen op kerstavond naar een nachtmis. De kerstdagen zelf zou WJ er niet zijn. Esther zou thuisblijven, de familie sloeg ze dit jaar over. 'Ik wist niet dat ze op zo'n kerstmis al die be-kende liedjes zingen,' zei Esther na afloop tegen WJ, als volwaar-dig atheïst.

"Oooh Broek-hui-zén, ooooh Broek-hui-zén, waa-rom heb jijijij nieieiet op-ge-beld?" zongen WJ en Esther tijdens het koken van het kerstavondsouper tweestemmig nadat Broekhuizen voor het eerst zijn afspraak niet was nagekomen om aan het eind van de week te bellen.

Hoe hard ik ook op hem kan afgeven, kennelijk betekent hij iets voor me, schreef Esther in haar dagboek naar aanleiding van haar teleurstelling. *Het is erin geslopen en ik verzet me ertegen. Ik vind het moeilijk iets voor hem te voelen, onzinnig, op niets gebaseerd, maar ik kan niet ontkennen dat het er is. Het is projectie. Projectie van verlangen, een kindverlangen dat iemand er echt voor je is, voor je zorgt. Ik begrijp deze wereld zo slecht. Waarom heeft een mens verlangens die nooit vervuld kunnen worden? Wat het geloof predikt, is niet minder utopisch dan waarnaar ik verlang. Ook de kerstrede van de koningin verlangt. Verlangt naar 'een betere wereld'.*

'Wat doe je met oud en nieuw?' vroeg Esthers moeder. Haar stem klonk zacht door de telefoon.

'Weet ik nog niet,' zei Esther.

'Ik hoef zeker niet te vragen of je komt?'

'Nee.'

'Ik heb tegen je vader gezegd dat Rob het boek heeft gelezen dat jij hem gestuurd hebt en dat hij daarna drie dagen heeft gehuild.'

'O.' De gebruikelijke via via berichtgeving, begreep Esther.

'Je vader zei dat we misschien allemaal in therapie moesten.' Esther schoot in de lach. 'We leven toch niet meer samen?'

'Ik ben bang dat hij het anders weer terugkrijgt, je weet wel, dat van vroeger, die overspannenheid, zeg maar, die angsten. Niemand mocht het weten. Hij slikte eerst librium, maar daar werd hij nog veel angstiger van. Daarna nam hij valium. Zelfs met valium 10 werkte hij nog gewoon door. Hij werd er wel rustiger van, net of hij een borreltje op had, alleen als het uitgewerkt was, werd hij achterdochtig. Dan was hij bang dat we misbruik van hem gemaakt hadden.'

'Mmm. Ik moet zo ophangen, want ik moet naar een première van een collega.'

'Zal ik meegaan?' vroeg haar moeder, toen ze vertelde hoe vermoeid ze was en hoe weinig zin ze had om naar de vrolijke familievoorstelling te gaan. Ze spraken af in de stad. 'Dan lopen we nog even de Bijenkorf in,' had haar moeder gezegd. In de winkel stond haar moeder erop kleding, boeken en het avondeten te betalen. 'Dat kan ik tenminste,' zei ze.

Na de voorstelling wilde haar moeder naar huis.

'Ik blijf nog even. Ik moet nog een paar mensen spreken,' zei Esther. Ze zag haar moeders teleurstelling bij de gedachte alleen terug te moeten lopen naar de auto die ver weg stond.

'Neem dan een taxi,' zei Esther.

'Nee. Dan word ik maar neergestoken. Ben ik meteen van alles af.'

12

Winter 1990

Esther intensiveerde haar werk met Job aan *Vaarwel, tot later* en
bande daarmee tegelijk de Wanda's, de Christines en de Annes
uit haar hoofd. Inmiddels had ze met Christine Mens-erger-je-
niet en Hoedje-wip gespeeld en Anne aan de telefoon gesproken.
Na de spelletjes waren WJ en Esther met Christine in het exoti-
sche restaurant gaan eten ('Neem de vissoep,' had Esther Christine aangeraden) en na het telefoongesprek was Esther op uitnodiging van Anne naar Leeuwarden gereisd om daar te
overnachten. Ze bleken het goed met elkaar te kunnen vinden,
tot tevredenheid van WJ, die vanaf de zijlijn toekeek hoe de vrouwen in zijn leven hun best deden met elkaar op te schieten. Het
was goed afgelopen, maar tijdens het nuttigen van de vissoep en
in het logeerbed van Anne kon Esther er nog niet helemaal uitkomen of ze nu een *loser* was of een vrouw met een ruimhartige
geest.

In de repetitieruimte was er geen thema dat Job en Esther niet
met intensieve muziek en spelimprovisaties te lijf gingen. Heftige
trommelsessies als mitrailleurinslagen, de marteling van hoge,
snerpende geluiden en disharmonie, de fysieke uitputting van lichamelijke oefeningen die in kampen op de appèlplaats werden
gedaan, het schroeien van vlees, het stikken in water, het worstelen met taal en het onbegrip voor wat onder mensenhanden had

plaatsgevonden. De grote vraag: 'Waarom?' dreigde hen te ver-
pletteren en ze vroegen zich af waar ze eigenlijk mee bezig waren en waarom ze deze voorstelling maakten. Steeds opnieuw be-
zonnen ze zich op hun uitgangspunt: niet het verbeelden of
uitbeelden van voorbije geschiedenis was hun doel, maar zich
keer op keer verhouden tot de geschiedenis. Ze herhaalden de gebeurtenissen tot ze een verschuiving aanbrachten in hun vermogen te begrijpen wat er was gebeurd, en ook in hun beleving. Een
verschuiving die de naald van de tijd uit de groef zou doen lopen
en een ander geluid mogelijk maakte.

Op een avond dat Esther weer intensief gelezen had en WJ
thuiskwam, lokte zijn vraag: 'Hoe gaat het?' bij Esther een stort-
vloed van woorden en tranen uit. Hij begreep deze tranen om de
grote wereld beter dan Esthers eigen onbestemde stemmingen
waarover ze een paar weken eerder verteld had, maar waarover
ze nu niet meer sprak. *Hij kon heel goed luisteren,* schreef ze de
volgende ochtend, *al wist ik niet wat hij dacht, maar hij straalde op
dat moment iets groots uit. Uiteindelijk was ik niet eens meer droevig,
maar het werd me allemaal heel helder. Dat je alles in eigen hand moet
nemen, want die zwarte diepte is er in mensen en er is niets dat ga-
randeert dat die nooit weer bovenkomt. Het enige wat telt en wat je
dan nog leiden kan, zijn je eigen normen van waardigheid. Jouw beslissingen, waarmee je bepaalt wat het minimum is aan omstandigheden waaronder je wilt leven. En verder: leven, risico's nemen, waarom niet? In feite heb je niets, helemaal niets te verliezen. Alles is winst.
Uitgaande van die zwartheid is alles wat je meemaakt in je leven dat
daar niet mee te maken heeft, winst en een geluk.*

*Het valt niet mee om naar het grote gedachtegoed te leven als zich
weer een lullig voorval voordoet,* schreef ze een paar dagen later.
Claudia was een vroegere schoolgenoot tegengekomen, die Wanda en een aantal andere klasgenoten van WJ ongezouten over Esther had horen roddelen. Ze hadden haar werk en persoonlijkheid
uitvoerig en met genoegen afgekraakt. Overstuur had ze WJ ver-

slag gedaan van wat ze gehoord had. Deze had niets gezegd, had na haar relaas zijn jas aangetrokken en was de deur uitgegaan, naar Wanda. Na een uur kwam hij terug. 'Ik heb met haar gesproken. Zij heeft niets gezegd. De anderen hebben het kort over jou gehad, maar niet zo negatief als wat jij gehoord hebt.' Twee tegenstrijdige verhalen en WJ geloofde Wanda. 'Gewoon, op haar woord,' zei hij, de discrepantie negerend. Esther zweeg er verder over en stortte zich op haar werk.

De zin van alles? Misschien ligt die uitsluitend in de wijze waarop je je verhoudt tot wat je overkomt. Alleen kom ik er maar niet achter wat er gebeurt als je die 'test' met goed gevolg aflegt.

Ik heb me altijd heftig verzet tegen zingeving aan lijden en zeker aan lijden van een omvang als in de Tweede Wereldoorlog. Mensen die zin geven, redeneren terug. Ze zeggen: 'Dit moest gebeuren.' En wie dat hierover durft te zeggen, mag van mij onderwerp worden van een dergelijke 'zinvolle gebeurtenis'. Uiteindelijk telt alleen het referentiepunt binnen jezelf, de zuiverheid van je kern, de eerlijkheid van je intenties, wat al je scheppende daden rechtvaardigt ongeacht wat dan ook, denk ik, schreef Esther, nadat Job en zij die dag na tientallen telefoontjes hun toekomstige voorstelling maar aan een klein aantal theaters hadden verkocht. *Nu het gevoel nog.*

Al je engagement, integriteit en kwetsbaarheid in de voorstelling steken. Maar het zijn maar een paar voorstellingen en wie zitten er in de zaal? In dit circuit, zonder geld voor goede publiciteit, zijn het misschien twintig, dertig mensen per avond, waarvan meer dan de helft bestaat uit familie, kennissen en collega's. Wat overblijft, zijn theaterliefhebbers en misschien een enkele toevallige passant. Dus voor wie vreet je je hart uit? Voorlopig doen we het voor onszelf. Onze eigen noodzaak.

'Blijven jullie nu ineens bij elkaar wonen?' vroeg Esthers moeder, toen ze had gezegd dat ze het te druk had om een huis te zoeken.

'Ik wil niet meer dat je zo vaak belt,' zei Esther vanwege de onrust die de telefoontjes veroorzaakten en ze vocht tegen haar schuldgevoel toen haar moeder teleurgesteld zei: 'O, best hoor, als jij dat wilt. Je weet dat je altijd bij me terecht kunt. Voor alles, altijd.'

'Ze is er helemaal niet altijd voor je,' had WJ gezegd. 'Dat beeld dat je ouders er altijd voor je zijn, klopt niet.'

Het was moeilijk om dat denkbeeld los te laten, vond Esther, ook al was het niet op de werkelijkheid gebaseerd. Het kwam hard aan, omdat ze daardoor meer alleen op de wereld was. Zonder ouders die er altijd waren, zou er minstens een god moeten zijn die er altijd was of iets of iemand anders.

Het is 1973. Tien. Verbouwing. Overal in huis stof, ladders en trappen, emmers, verfblikken en kwasten, gereedschap. Gevloek.

Zwijgend wordt er gegeten die avond. Ze ruimt snel de tafel af en doet de afwas. Rob helpt haar ongevraagd. Eén voordeel van de spanning in huis. Daarna zo snel mogelijk naar hun eigen kamer. De deuren zijn nog maar nauwelijks gesloten of er komt een groot tumult van beneden. Ze doet haar kamerdeur op een kier, ziet Rob in de deurpost van zijn kamer staan. Luistert. Geschreeuw, holle klanken waarvan soms een paar woorden hard en helder de bovenverdieping bereiken: toneelavond, jij bent altijd weg, nu eenmaal, hier blijven, je zegt maar af, we moeten vanavond juist... Dan plots een dof geluid als het vallen van een zandzak, ijselijk geschreeuw onderbroken door harde metalen klappen. Spierwit sluipt Rob de trap af om te kijken. Esther gaat plat op haar buik liggen en kijkt tussen de treden van de open trap door. Robs passen bevriezen als ze allebei door het raam van de hal zien wat er op de keukenvloer gebeurt. Daar ligt hun moeder, het ijselijke gegil is van haar. De metalen klappen komen van de koekenpan, die Esther nog zo-even afgewassen had. Haar vader, voorovergebogen, boven en rondom haar moeder, ramt de pan tegen de keukenvloer. Beng, beng, beng. De kleine krulletjes

waaronder zich haar hoorapparaat verschuilt, wapperen onschul-
dig. Esther voelt haar hart bonzen tegen de vloer, Rob die langs haar
stuift en vertwijfeld in zijn kamer naar iets zoekt om zijn vader mee
knock-out te slaan. Dan de geschreeuwde belofte van beneden: 'Ik ga
niet weg vanavond.' En de stilte. Deuren die worden gesloten. Alle
vier alleen.

Een paar weken voordat ze de voorstelling af moesten hebben,
hadden Job en Esther een advertentie geplaatst en reden ze een
paar dagen in een oude bestelbus door de stad. Ze gingen naar
rommelmarkten, liefdadigheidsinstellingen en bejaardenhuizen
om een grote hoeveelheid schemerlampen op te halen, bedoeld
om de toneelvloer te verlichten. Er was geen geld voor theater-
lampen, laat staan voor een technicus, geen geld voor een decor
ook en ze sprokkelden wat ze nodig hadden bij elkaar, waarbij ze
inhoudelijke ideeën probeerden te verenigen met het beperkte
budget.

Ik weet wat ik vertellen wil, schreef Esther 's nachts, niet meer
in staat na deze lange dagen goed te slapen. *In ieder geval één ding*
dat belangrijk is. Het is iets wat ik al een tijd geleden bedacht en door
het werken aan deze voorstelling komt het terug. Een aantal van de
teksten waar we mee werken, maakt duidelijk dat het voor mensen
mogelijk was om door te leven onder de slechtst denkbare omstandig-
heden en terwijl ze getuige waren van de afschuwelijkste gebeurtenis-
sen. Ze waren daartoe in staat omdat de mens het vermogen heeft het
bewuste denken stop te zetten, zijn gevoel uit te schakelen of zich op iets
anders te concentreren, zodat de situatie verdragen kan worden. Een
vorm van ontkenning die lang kan worden volgehouden en ook na
het overleven van een calamiteit nog een doel dient: het leven verdra-
gen. Kennelijk heeft het vermogen ergens niet aan te denken en er niet
over te praten eenzelfde verdovende werking als drank en pillen. Wat
de waarde van het leven dan nog is, is weliswaar niet duidelijk, maar
er kan geleefd worden. Er kan geleefd worden in een wereld waarin

nog steeds vreselijke dingen gebeuren. Je vraagt je af waarom. Mijn conclusie is nu, dat hetzelfde mechanisme dat mensen in staat stelt onder de meest extreme omstandigheden te overleven, die omstandigheden ook in stand houdt. Ik heb het niet noodzakelijkerwijs over dezelfde groep mensen. Mensen die zelf ellendige gebeurtenissen hebben meegemaakt, willen vaak maar al te graag dat er iets verandert. Maar ook de mensen die niet een levensbedreigende situatie hebben doorleefd, zijn toegerust met het mechanisme niet te hoeven denken en niet te hoeven voelen en dat maakt één en hetzelfde gegeven zowel nuttig als tragisch. Immers: als de mens ergens mee kan leven, dan kan het blijven bestaan. Als we er niet mee konden leven, met ellende en onrechtvaardigheid in de wereld om ons heen, als het op geen enkele wijze draaglijk kon worden gemaakt, dan zou de urgentie om er iets aan te doen veel groter en veel gezamenlijker zijn. Dan kwamen we er niet met het invullen van acceptgirokaarten. Als we er niet mee kónden leven, zoals we zonder adem niet kunnen leven, dan zou er sprake zijn van zelfbehoud en dan zou de mens ervoor zorgen dat er in de wereld werkelijk iets veranderde.

Dertien

Winter – voorjaar 1993

De therapie kent geen troost, alleen hardheid, schreef Esther na de eerste consulten in het nieuwe jaar. *Als hij inderdaad mijn ouders vertegenwoordigt, dan houdt hij zich in ieder geval ook aan de afwezigheid van troost en begrip. Laatst dacht ik: Wat is therapie dan? Net zo lang op jezelf en je mechanismen stuklopen tot je wanhopig en dodelijk vermoeid je overgeeft aan het doet er niet toe wie, het doet er niet toe wat?*

Sita is terug. Rob belt nu minder vaak. Daardoor praten we ook minder over vroeger. Hij wil het liefst vergeten. Uiteindelijk besef je dat het verleden tijd is.

Lijden, leed, verleden.

Ik heb Broekhuizen gevraagd waar zijn tweede nota voor de eigen bijdrage blijft. De eerste keer had hij ook al zoveel sessies opgespaard. Ik vind dat niet prettig omdat het bedrag dan zo hoog wordt. 'Ik stuur je geen nota's meer,' zei hij. 'Waarom is dat?' vroeg ik. Ik dacht dat het misschien administratief anders geregeld was, maar hij zei dat hij het niet nodig vond me die nota's te sturen. Wat betekende dat? Een of andere schenking? Daar had ik helemaal geen zin in. 'Ik wil toch dat je me een nota stuurt,' zei ik. Hij gaf geen antwoord.

Ze keek op de klok: 03.00 uur. Geen slaap dit keer, geen verlossing. Ze zette haar computer aan en typte een brief aan Broekhuizen. Niet zonder schrik zag ze aan de reeks opgeslagen documenten dat het haar vijfenveertigste brief aan hem was. Een korte aarzeling. Moest haar dit niet iets duidelijk maken? Het feit bleef dat ze niet kon slapen en dat schrijven het enige was waarmee ze iets aan haar situatie leek te kunnen doen.

'Wat ik het meest waardevol vond, was de constatering dat je met gedrag zoveel verschillende motieven kan hebben,' zei Broekhuizen tijdens het wekelijkse telefoongesprek dat volgde. 'Als ik je vraag: "Wou je ruzie maken?" en jij wilt in plaats daarvan bij me komen zitten, kan dat betekenen dat het ook in algemenere zin je streven is om te behagen. Een leuke toevoeging is dat als je het gedaan had, bij me was komen zitten, ik me dan gevleid zou voelen en dat had me inderdaad milder gestemd.'

'Hmhm,' zei Esther.

'Houd je nu je lippen stijf op elkaar?'

Ze negeerde zijn provocatie. 'Ik denk eraan hoe ver ik van mijn doel zou afraken als jij je gevleid zou voelen.'

'Jíj van je doel zou afraken?!' lachte Broekhuizen met gespeelde verontwaardiging.

Esther liet niet los. Ze wilde weten wat er achter zijn woorden schuilging. 'Ja,' zei ze. 'Ik denk dat alles wel heel gecompliceerd zou worden.'

'Hoe lijkt je die complexiteit?'

Weer een vraag aan mij in plaats van een antwoord. 'Díe complexiteit lijkt me vervelend,' zei ze koel.

'Alleen vervelend?' vroeg hij.

Zijn brutaliteit bracht haar van de wijs. In plaats van het op te vatten als een bewijs van zijn dubbelzinnige gedachten, maakte het haar aan het twijfelen of hij het toch niet uitsluitend therapeutisch bedoelde. Ze nam de proef op de som. 'Nee,' zei ze.

Hij lachte: 'Ik suggereerde het antwoord al: er zit ook iets aantrekkelijks in complexiteit. Je kunt er veel van jezelf in kwijt. Het is avontuurlijk.'

Ik voel me heel wankel, schreef ze later. *Alsof Broekhuizen macht over me heeft, ik op uiteenvallen sta en maatregelen moet nemen om me te wapenen.*

'In toenemende mate voel ik dat er iets naar buiten moet. Er staat van binnen een vulkaan op uitbarsten,' zei Esther in de volgende sessie.

'Wat kunnen we daaraan doen?' vroeg Broekhuizen.

Een huisarts die elke keer vraagt: 'Wat denkt u zelf dat u heeft?' Je zou toch direct een andere nemen, dacht Esther. 'Weet ik niet,' zei ze.

'Een strandje langs de Waal opzoeken of zo?'

Een strandje langs de Waal? Ze kreeg het benauwd bij het idee. Ze mompelde dat het haar geen goed idee leek vanwege de druk dat het dan ineens zou moeten gebeuren, die vulkaanuitbarsting. In gedachten vroeg ze zich af wat hij er zich bij voorstelde. Geboorteschreeuwen aan de rand van het water?

'Je krabbelt terug,' zei Broekhuizen. 'We kunnen toch ook tien keer gaan.'

'Iemand vertelde me iets over Speijertherapie. Die zou een korte intensieve periode beslaan,' zei Esther.

'Jij hebt het over een hele andere therapeutische setting? Hoe denk je dan dat het daar gaat?' lachte Broekhuizen.

De berg vragen die hij opwierp, deed haar antwoorden verstommen. Ze ging naar huis met de afspraak voor een volgende sessie.

Broekhuizen werd ziek. Twee weken zag, belde en schreef ze hem niet. Ook schreef ze niet in haar dagboek. De eerste week lag ze veel op bed, zonder te kunnen slapen. Ze slikte tranquillizers om het donderende geraas van de depressie wat te verstommen. De tweede week stond ze op, ging naar buiten, begon weer te lezen en zich voor te bereiden op de rol van Ophelia.

De film van Pierre ging in première. Op twee minuten afstand van Tuschinski stapten Pierre, Esther en de andere hoofdrolspelers in limousines om voor de ingang van de bioscoop een grootse entree te maken. Er stond een haag van mensen, fotografen en filmploegen. Ze stapten uit. Alle ogen waren gericht op Johan, een bekende Nederlander vanwege een televisieserie, en Esther kon ongemerkt doorlopen naar de hal van de bioscoop.

Na de film en het applaus, waarbij ze op het podium werden uitgenodigd, was er een VIP-party.

Pierre stelde haar voor aan de aanwezige prominenten: 'Dit is Esther Blindeman.'

'Heeft u ook iets gedaan voor deze film?' vroeg een driedelig grijs.

'Ik speelde de vrouwelijke hoofdrol,' zei Esther.

'O, neem me niet kwalijk,' zei het pak.

'Het geeft niet,' zei Esther. 'Ik ben blij met mijn mogelijkheid tot transformatie.'

'Hé Michael, jongen,' riep de man naar een ander kostuum. 'Excuseer.' Zijn hand met cognacglas op haar schouder bij het passeren.

Esther keek rond. Pierre was meegenomen door de cameraploeg van een programma waarvan de presentator eigenlijk zélf het middelpunt was. Hij was duidelijk teleurgesteld dat Pierre geen Paul Verhoeven was. In zijn eenvoudige broek met jasje en halfopen overhemd zag Pierre er niet glamourachtig uit, en de uitstraling van een beest die er ranzige verhoudingen op nahield, had hij ook al niet.

Esther probeerde een rondje te lopen, maar daar was het te druk voor. Eigenlijk kende ze bijna niemand. De bekenden uit de film waren niet terug te vinden in de menigte die zich liet fêteren. De meeste genodigden waren aanwezig op grond van een politieke of andere invloedrijke status, bekend Nederlanderschap of geld.

Plotseling voelde ze een felle lamp op zich gericht. Het was de cameraploeg van de populaire presentator, die tegen zijn zin door de producent van de film werd meegetroond. 'Dit is de vrouwelijke hoofdrolspeelster!'

Esther kreeg een slap handje en een flauwe glimlach aangeboden.

'Zo… dus u speelde… eh….'

'De moeder, de vrouwelijke hoofdrol,' zei de producent nog een keer. 'Ze is een goede actrice hoor!' Na deze bemoedigende woorden liet de producent hen alleen.

De presentator zuchtte diep en knikte naar zijn cameraman. 'Zet maar aan.'

Het rode lampje van de camera begon te branden en met gespeelde joligheid stapte de presentator voor de camera en zei tegen het denkbeeldige publiek: 'En dan hebben we hier de vrouwelijke hoofdrolspeelster, Esther… Esther…' Nors liet hij de microfoon zakken. 'Stop maar.' Het rode lampje doofde. Hij draaide zich om naar Esther. 'Hoe heet je?'

'Esther Blindeman.'

Hij gaf de cameraman een teken, het rode lampje ging weer aan. 'En dan hebben we hier de vrouwelijke hoofdrolspeelster, Esther Blindeman.' Opnieuw draaide hij zich om naar Esther en vroeg: 'Esther, waar kennen we jou van?'

De presentator kende haar nergens van. De serie van Vince had hij niet gezien en hij had er nog nooit van gehoord. De serie had prijzen gewonnen? Welke prijzen dan? Gouden kalveren? 'Ja, ja.'

Het zou wel iets te maken hebben met de calvinistische beschetenheid waarmee in Nederland prijzen werden uitgereikt en in ontvangst werden genomen, dacht Esther. ('Denk je dat je gaat winnen?' 'Néé hoor… neeeeee, daar houd ik helemaal geen rekening mee.' 'Zou je willen winnen?' 'Mwoâh… Uiteindelijk is de prijs natuurlijk niet belangrijk. Het belangrijkste is dat het publiek mijn werk waardeert.' 'Ben je blij dat je gewonnen hebt?' 'Ach, het is leuk dat de jury mijn werk goed vond. Verder zegt het natuurlijk niet zoveel.') De enige soort prijzen die de presentator kende, waren de prijzen die op grote, door entertainmentbonzen georganiseerde gala-avonden werden uitgereikt op grond van het stemgedrag van mensen die de hele dag elk telefoonnummer belden dat op radio of televisie werd omgeroepen, om hun mening te geven, een gratis T-shirt te winnen of ergens op te stemmen.

'Verder werk ik veel in het theater.'

'Teejater... ja ja.'

Gelukkig viel het oog van de presentator, dat steevast over Esther had heengekeken, op Johan en zijn vriendin en hij rondde het interview snel af.

Esther liep door de drukke menigte naar de garderobe. Een slanke vrouwenhand pakte haar bij de arm. 'Door jouw spel begréép ik die vrouw,' zei de vrouw, die Esther niet kende.

Op weg naar huis was ze vermoeid, maar tot haar eigen verbazing niet gedeprimeerd.

Het zou niet lang duren voor ze ging repeteren voor *Hamlet*. Na vanavond riep deze gedachte geen tegenzin meer bij haar op. *Misschien is dat de oplossing*, dacht Esther. *Gewoon weer aan het werk gaan, de therapie afbouwen en het zelf doen, zoals ik alles altijd zelf heb gedaan.*

Voor de veertigste keer nam ze plaats op de bank in de spreekkamer. Ze had het aantal consulten geteld dat ze had gehad in de ruim elf maanden dat ze bij Broekhuizen in therapie was. *Veertig keer niets, elf maanden depressie en toch zit ik weer hier*, dacht ze op het dieptepunt van haar stemming. Ze schoof de kussentjes van de leren bank opzij, zette haar grote tas naast zich en trok haar winterjas over zich heen.

'Je ziet wit. Ben je een beetje ziek?' vroeg Broekhuizen. Het was hun eerste gesprek nadat hij zich beter had gemeld. Op weg naar de praktijk had Esther zich zwaar en vermoeid gevoeld, in contrast met de dagen ervoor.

'Nee,' zei ze tegen Broekhuizen. 'Ik ben moe. Alles lijkt alleen maar energie te kosten.'

'Duidt dat niet op een zekere tegenzin?'

'Ja.'

'Waartegen? Tegen het leven?'

'Ook.'

'Waarom ben je toch zo depressief, Esther. Wat is dat toch?' Zijn warme, zachte, serieuze stem. Ze had hem een tijd niet gehoord. Het was alsof hij met zijn vraag de depressieve stemming in haar activeerde totdat deze zich volledig had ontplooid tot het niveau van het moment voordat hij zich had ziek gemeld. 'Ik kan me soms ook zo rot voelen van het ziek-zijn, jôh,' zei Broekhuizen. 'Van echte influenza kun je depressief worden, wist je dat? Het werkt ontregelend op je persoonlijkheid.'

Esther zweeg, geïmponeerd en teleurgesteld door de terugkeer van haar depressie.

Broekhuizen stond op en bood haar een glas bronwater aan. Ze sloeg het af.

'Wil je echt niet? Er zitten zoveel gezonde dingen in!' Hij zakte met de fles en een glas in de leren bank en noemde alle stoffen die op het etiket stonden. Steeds keek hij even naar haar op, over de rand van zijn bril, om te zien of de opsomming haar van gedachten deed veranderen.

O, nee.

'Terug naar jou,' zei Broekhuizen, nadat hij voor zichzelf een glas water had ingeschonken. 'Heb je me gemist?'

Ik ben bezig geweest te overleven, dacht ze, *en dat is me gelukt. Zonder jou.* 'Eerst heb ik geprobeerd veel te slapen. Daarna heb ik geprobeerd hard te werken,' antwoordde ze. 'Dat is een goede vluchtbezigheid.'

'Dat betekent dat je me gemist hebt,' zei Broekhuizen en nam een flinke teug water. Hij keek haar aan en hield het glas naar haar op. 'Je hebt jezelf verraden met dat antwoord.'

Ze keek hem moe en onverschillig aan. 'Mijn eerste reactie op je ziekmelding was overdreven,' zei ze.

Hij nam een slok. 'Hoezo overdreven?' Het zuivere bronwater borrelde op zijn lippen.

'Heftig.'

'Waarom zou dat overdreven zijn?' Hij slikte een oprisping weg. De spencer spande zich over zijn bolle buik.

'Omdat het zinloos is.'

'Hoe voelde je je toen ik afbelde?' Hij zette zijn glas neer, leunde tegen de bank en spreidde zijn beide armen wijd uit over de rugleuning. Zijn rechteronderbeen legde hij op de knie van zijn linker.

Esther keek hem niet langer aan. Haar hele wezen trok naar binnen.

'Heb ik toch gezegd,' zei haar stem toen Broekhuizen bleef aandringen. Een hoog, ijl geluid, waarvoor ze zo vaak op de toneelschool berispt was als ze weer eens te introvert was. Een beweging van de stembanden, een geluid dat er lang over deed om door haar oren geregistreerd te worden.

'Je hebt níets gezegd,' zei Broekhuizen. Ook zijn stem legde een grote reis af door de ruimte, zoals je vanaf de hoogste verdieping van een flatgebouw aan de andere kant van de stad een heipaal de grond in zag verdwijnen en het doffe getik je ten opzichte van het beeld syncopisch bereikte.

'Ik zei dat ik een heftige reactie had.'

'Dat zegt niets.'

Langzaam en ongearticuleerd sprak ze: 'Ik zie er de zin niet van in om er meer over te vertellen. Ik zou niet weten wat ik erover moet zeggen.'

'Los van de zin, wat zou je wíllen vertellen?'

Esther gaf geen antwoord meer. Ze zat diep onderuit gezakt, verborgen onder haar jas.

'Nou?' hield Broekhuizen vol.

'Niets. Ik weet het niet.'

Het was een tijdlang zo stil dat ze even opkeek. Hij trok zijn wenkbrauwen vragend op.

'Ik weet het niet.' Ze keek weer op haar handen. 'Ik weet het niet.'

'Je hebt nu al in drie variaties "ik weet het niet" gezegd, maar...'

'Ik voel me niet prettig,' fluisterde Esther.

'Komt het omdat ik met woorden te dichtbij kom?'

'Ik weet het niet.'

De kamer draaide twee scherpe kwartslagen voor haar ogen. De geur van ether.

'Wat is er aan de hand?' Zijn stem hard en indringend.

'Ik ga flauwvallen.'

'Waarom ga je niet even liggen?'

Even was er veel activiteit in haar lichaam, dat zich bijna van het bewustzijn had ontdaan. 'Nee!' zei Esther, waarna de over-spoelende flauwte weer de overhand nam.

Broekhuizen stond op. Opnieuw was het of Esthers lichaam even onder stroom stond. Hij liep langs de salontafel naar de bank waarop zij zat, legde een aantal kussentjes tegen de arm-leuning en zei: 'Maak het jezelf nou gemakkelijk.' Hij wachtte naast de bank.

Esther aarzelde, duwde met haar teenpunten haar schoenen uit, zette haar tas – haar baken – op de grond, ging met haar hoofd op de kussentjes liggen, trok haar benen onder de grote winterjas en begon meteen te huilen. *Wat is dit?*

Broekhuizen ging vlak bij Esthers hoofd zitten, op de lage ta-fel.

'Ben je verdrietig?' vroeg hij.

'Niet verdrietig, maar ellendig.'

'Waarom?' Zijn stem klonk vlak bij haar oor, terwijl ze van-achter haar verwarde haren die ze beschermend voor haar ge-

zicht liet hangen, zijn knieën zag.
'Omdat ik in deze situatie ben.'
'Welke situatie?'
'Nou hier. Zo.'
'Op de bank liggend?'
'En met jou.'
'Wat dan met mij?'
'Wat er gebeuren gaat.'
'Ben je bang dat ik met je ga vrijen?'
Ze was als door de bliksem getroffen. Haar tranen en de dingen die ze gezegd had, waren voortgekomen uit een heftige onrust die ze niet had kunnen plaatsen. Nu hij deze vraag stelde, wist ze direct, alsof haar hersenen ineens de oplossing van een gecompliceerde puzzel leverden, dat de spanning daarvandaan kwam. Waar ze bang voor was, ongelooflijk bang. Panisch. Ze schrok ervan, dat hij iets, wat voor haar nog zo buiten haar verbale bereik had gelegen, zomaar kon benoemen. Daarna was er een kortstondige opluchting, dat er woorden voor waren gevonden, ook al kwamen ze van hem. Die opluchting werd echter onmiddellijk weer verdrongen door de angst dat hij dezelfde woorden zou gebruiken als inleiding om het ook daadwerkelijk te doen.
'Hmmm?' drong hij aan op een antwoord.
'Ja,' zei Esther, vanachter haar inmiddels natte haren. 'Daar ben ik bang voor.'
'Wat zou je dan doen?'

Het is 1972. Negen. Ze kijkt televisie. Een natuurfilm. Rendieren op een zanderige vlakte. Twee jonge herten scharrelen voortdurend rondom hun moeder. Het geluid van de televisie is afgezet, haar moeder moet studeren voor haar horeca-examen. Er wordt gegraasd. Een paar dieren liggen in de zon. Een jong wil drinken. De moeder loopt bij hem vandaan, de kop vooruit, en hij krijgt haar niet te pakken. Esther

slikt een onbestemd gevoel in haar keel weg. De oren van het moeder-
dier zijn gespitst, draaien naar alle kanten. Plots gaan alle oren van
de kudde omhoog, neusgaten en ogen wijdopen. De plotselinge vlucht
komt te snel voor het jong, dat stuurloos in alle windrichtingen
springt. Het jachtluipaard heeft geen moeite het jonge dier tegen de
grond te krijgen. Zo weinig moeite dat hij het hertje niet doodbijt in de
nek, maar zijn maaltijd aan het achterlijfje begint, terwijl de kop van
het jong wezenloos voor zich uit staart.

'Waarom huil je?' vraagt Esthers moeder van achter haar boeken.
'Een tijger pakt een hert,' snikt Esther.
'Daar hoef je toch niet om te huilen. Dat is de natuur.'

Broekhuizen herhaalde zijn vraag: 'Wat zou je dan doen?'
'Niets,' zei Esther.
'Je zou me m'n gang laten gaan?' vroeg Broekhuizen.
'Ja.'
'Waarom?'

Iemand hoeft maar één keer te zeggen: 'Je bent mijn type niet,' en
dan is het voorgoed afgelopen. De opgeslagen boodschap van
Broekhuizen werd bereidwillig door haar hersenen aangeleverd.

'Omdat ik je anders kwijt zou raken, denk ik.' Het klonk als
gebabbel van een klein meisje. *Dit ben ik niet.*

'Hoe zou je je voelen als je naar huis zou gaan en we hadden
gevreeën?'

Even zag Esther ruimte. In zijn vraag zag ze de mogelijkheid
een waarschuwing te geven.

'Ik denk dat ik er dan echt een eind aan zou maken,' zei ze.
'Durf je aan mij te vragen of ik wil nalaten met je te vrijen?'

Waarom moet ik dat vragen? dacht ze wanhopig. *Hij moet het*
gewoon niet doen. Ze bleef lang stil. Waar was hij nu mee bezig,
vroeg ze zich af. Wilde hij inderdaad iets voor zichzelf of probeerde hij een probleem van haar te ontrafelen? Ze deed haar
best om te doen wat hij wilde en de vraag toch te stellen. Hem

te zeggen: 'Ik wil dat jij degene bent die niets terug wil,' maar ze wilde het woord 'vrijen' niet uitspreken, bang dat ze zou overgeven als ze dat woord in de mond nam waar hij bij was.

'Ik weet niet,' begon ze.

'Kan het ermee te maken hebben dat je er ergens ook naar verlangt?'

Als ík maar gewoon volhoud dat het therapie is, dan is het dan, ook. En als het therapie is en ik moet me uitspreken of ik weleens verlang naar samenzijn, naar het hebben van een echte relatie met iemand, dan moet ik daar eerlijk in zijn. Het is volkomen normaal dat ik dat op hem zou projecteren. Esther zuchtte verholen achter haar haren en slikte. 'Misschien,' zei ze. Ze trok haar jas dicht tegen zich aan.

'Hmmm,' zei Broekhuizen. Hij leunde met zijn ellebogen op zijn knieën. 'Mensen hebben soms tegenstrijdige gevoelens die moeilijk te begrijpen zijn. Ik kan je geruststellen.' Hij lachte. 'Ik weet niet óf het een geruststelling is, maar ik denk dat het niet goed is onze tijd hier te gebruiken om verlangens te bevredigen die we nog niet helemaal doorgronden. Ik zou nooit met iemand vrijen die daar niet volledig en eerlijk mee instemt en ten tweede zal ik ook dan niet met je vrijen. De eerlijkheid gebiedt me te zeggen dat het in die volgorde is.'

Esther zweeg.

'Je gaat toch niet vrijen met iemand die er niet zeker van is of ze dat wil?'

Het was stil. Broekhuizen schuifelde met zijn zitvlak over de tafel, zocht steun met een arm en leunde wat ongemakkelijk naar achteren. 'Hoe komt het toch dat als iemand voor jou zorgt, dat je dan meteen het gevoel krijgt dat die met je wil vrijen, en dat jij het moet laten gebeuren?' vroeg hij, terwijl hij zich weer voorover in Esthers richting boog. Zijn geur kwam langzaam achter zijn beweging aan. Esther tastte in de zak van de jas die op haar lag. Ze drukte de zakdoek die ze vond beschermend tegen haar neus.

'Ik weet het niet,' mompelde ze.

'Toen ik belde dat ik ziek was, wilde je me volgens mij het liefst komen verplegen,' zei Broekhuizen.

Lucht. Esther ging overeind zitten en trok zich terug in de andere hoek van de bank.

'Zal wel,' zei ze vermoeid. Met het tanen van haar energie, leek de zijne te groeien. Baldadig liet hij zich naast haar op de bank vallen en speelde met de kussentjes waarop ze gelegen had.

'Niet gooien,' zei Esther onwillekeurig, haar broers venijnige kussengevechten indachtig.

Broekhuizen tilde een kussen op en maakte een schijnbeweging. 'Ik zal niet gooien.'

Ze onderging de plagerijen die hij nog een paar keer herhaalde. Steels keek ze op haar horloge.

'Geloof je dat ik niet met je zal vrijen?' vroeg Broekhuizen plotseling.

'Ik weet het niet,' zei Esther.

Hij stak een kussen in de lucht en zei: 'Ik beloof je: ik zal niet met je vrijen.' Het kussen vloog met een boog naar de bank aan de andere kant van de tafel. 'Ik gooi geen kussen naar je en ik ga niet met je vrijen.'

13

Eind 1990, 1991

Het was de dag van de première van WJ's voorstelling op school. Esther zou er die avond heen gaan. Bovendien had ze beloofd uitgebreid te koken voor een souper met een paar vrienden van WJ, ook al had ze het druk met haar eigen voorstelling, die twee weken later in première zou gaan.

Ze stond op met een knallende hoofdpijn.

'Een eerstejaars is verliefd op mij,' had WJ de vorige avond tegen Esther gezegd.

Ze had een kleur gekregen. 'En jij?'

'Ik vind haar wel heel leuk.'

Datgene in de ander waar je verliefd op wordt, is heel vaak wat je later het meeste ergert, had Esther ooit gelezen. Ze keek naar WJ's gezicht en wat ze eerder een aantrekkelijke jongensachtige openheid had gevonden, vond ze nu gemakzuchtig, onverantwoordelijk en puberaal vrijblijvend. 'Je moet zelf weten wat je ermee doet, maar verwacht niet dat ik er iets over zeg,' zei ze.

'Nee,' zei WJ, 'dat verwacht ik ook niet. Ik vond alleen dat je het moest weten.'

'Dat stel ik op prijs.' Met deze woorden had ze het onderwerp gesloten, maar vandaag ging het niet goed met haar. Ze wist niet of het daardoor kwam of dat ze haar lichaam serieus moest nemen.

Het is nu al tijden zo, die wisselende stemmingen van jou, het moet maar eens afgelopen zijn, dacht ze na het ontbijt en nam twee van de valiumtabletten die haar moeder had gestuurd. Ze ging de deur uit met een flinke boodschappenlijst, waarvoor ze naar verschillende winkels moest, maar halverwege begon de hele wereld om haar heen te draaien. *Ik wist niet dat die pillen zo sterk waren.* Ze had er toch weleens eerder een genomen. Ze probeerde haar route af te maken, maar toen het zweet haar uitbrak en ze serieus dacht de tocht naar huis niet te zullen halen, koos ze de snelste weg terug, kocht vlug bij de drogist aan de overkant een thermometer en ging met haar laatste krachten de trap op en het bed in. Vijf dagen bleef ze daar met rond de veertig graden koorts. Tussen de koortsdromen door zag ze WJ na zijn première, met de vrienden en een vriendin, die zich om haar bed hadden geschaard. 'Anders lig je daar zo alleen!' klonken de uitgelaten stemmen, nadat ze zich aan haar verhitte zintuigen hadden voorgesteld. Een arts stelde vast dat ze een ernstige blaasontsteking had. Het verschijnen en verdwijnen van Claudia met koele handen, water, vlierbessenthee, bouillon. Op een avond dat Claudia noch WJ bij haar konden zijn, werd Wanda gevraagd de wacht te houden. Met haar hond en gitaar nam ze plaats in de woonkamer, die direct naast de slaapkamer was en zong ze nummers met de televisie mee. *Net als in die film waar een non voor een ziek meisje zingt. Heel geestdriftig. Alleen, ze blijft met haar gitaar achter het infuus haken, waardoor het kind bijna crepeert.* Het beeld zweefde hardnekkig door Esthers half bewusteloze hoofd.

Na vijf dagen nam de koorts net zo plotseling af als ze gekomen was. Nu moest ze voor haar werk met Job weer snel op de been zien te komen.

'Bel mevrouw Smid,' adviseerde Claudia.

Ze kreeg meneer Smid aan de lijn. Zijn vrouw was er niet, maar hij was net als zij helderziend en homeopaat.

'Wat voor stuk doe je dan?' vroeg hij, toen ze vertelde dat ze binnenkort première had.

'O god, echt waar?' vroeg hij nadat Esther had uitgelegd waar ze mee bezig was. 'Ik heb tweeëneenhalf jaar in een kamp gezeten. Bij terugkomst wilde niemand praten over wat er gebeurd was en ook niet over de mensen die onder hun ogen waren afgevoerd. Het werd doodgezwegen. Eigenlijk was er niets veranderd, de rijke NSB'ers in het dorp waren er nog, sommigen nog rijker dan voor de oorlog, en ik had niets, geen cent en ik was zwaar ziek.'

'Werden jullie dan niet opgevangen?' vroeg Esther.

'Door wie?'

'Hulpverleners, de overheid.'

'Ha, hulpverleners. Waar je ze voor nodig had, deden ze niet en waar je ze niet voor nodig had, daar bemoeiden ze zich tegenaan. Mijn vrouw heeft ook in een kamp gezeten. Vóór haar deportatie – haar toenmalige man hadden ze al eerder afgevoerd – had ze haar baby van drie maanden via het verzet onder kunnen brengen bij een gezin op het platteland. Wat dat voor een moeder betekent! Ze dacht dat ze gek werd toen ze het kind had meegegeven. Toen het kamp eindelijk bevrijd werd, was haar enige gedachte: ik moet terug naar m'n kind. Met hulp van Amerikanen is ze naar Nederland gereisd. De Nederlandse overheid die zag je daar niet, hoor, om hun mensen op te halen. Eindelijk bij de grens sloten ze haar eerst nog op in een of ander wijkgebouw. Ze wilden controleren of ze voor de oorlog wel in Nederland gewoond had, want d'r mochten 's te veel mensen Nederland in willen. Tienduizenden joden waren er voor ze opgeruimd, maar die paar die terugkwamen, die werden opgesloten voordat ze terug naar huis mochten. Weer ontluizing, weer veldbedden, weer in de rij voor een stukkie brood. Toen ze eindelijk weg mocht, is ze onmiddellijk naar het huis van die mensen gegaan. Wat ze daar aantrof. Het kind kende haar niet meer. Dat was logisch. Maar die mensen hadden ook nooit verteld dat het nog een moeder had en een vader. Integendeel, ze hadden het kind geadopteerd. Zelfs haar voornaam hadden ze veranderd. En ze hadden het laten dopen, godbetert. Hemel en aarde heeft m'n vrouw moeten bewegen om die adoptie ongeldig te laten verklaren en haar eigen kind met zich mee te krijgen. Die zogenaamde hulpverleners die zich daar tegenaan bemoeiden, die waren alles behalve behulpzaam. Of het niet beter voor het kind was om het bij dat echtpaar te laten, zeiden ze steeds. Alsof mijn vrouw vrijwillig was gedeporteerd! De hele ellende heeft ze alleen weten te doorstaan met het idee dat ze ooit haar gezin weer bij elkaar kon krijgen. Dat haar man in een ander kamp was vermoord, daar kwam ze pas achter toen ze al maanden terug in Nederland was. Toen ze met mij wilde trouwen, twee jaar na de oorlog – wij kenden elkaar al lang, ze was een jeugdvriendin van mij – toen werd haar nog gevraagd of ze maar even een bewijs van het overlijden van haar eerste man wilde overhandigen. Ze heeft die ambtenaar bijna door het loket heen getrokken. "Denk je dat de moffen een kaartje afgaven als ze iemand vergast hadden?" vroeg ze. Wacht even, ik pak even een glas water.'

Hij legde de hoorn naast de telefoon. Esther zat ademloos op het bed, haar ogen brandden. Ze hoorde gestommel, het geschraap van zijn keel, voetstappen die weer dichterbij kwamen.

'Sorry hoor,' zei meneer Smid. 'Een heel verhaal. Het zit me nog steeds hoog.'

'Dat begrijp ik,' zei Esther. 'Was er helemaal niemand waarop u terug kon vallen toen u weer thuiskwam?'

'Thuis, tja, thuis, dat is nog zoiets. Ik was vrij jong toen we met ons hele gezin naar het kamp werden afgevoerd. Ik woonde nog bij mijn ouders. Ook mijn zus, die zwanger was, met haar man. Dat was in die tijd zo, mensen spaarden eerst een beetje geld voordat ze op zichzelf gingen wonen. We hadden een aardig groot huis, voor de begrippen van toen, dus het ging best. Maar het was een huurhuis en toen ik, als enige van ons gezin, terugkwam, woonden er andere mensen. Van onze spullen was niets terug te vinden. Ik heb bij de gemeente aangeklopt. Ons ei-gen huis zou ik sowieso niet terugkrijgen, zei die ambtenaar, en voor een zelfstandige woning kwam ik ook niet in aanmerking, want, zei hij: "U bent nu alleenstaand." Ja, dat hoefde hij mij niet te vertellen: dat ons gezin er niet meer was, maar moest ik daar-om op een kamer van drie bij vier gaan wonen? In een grotere ruimte hield ik het al haast niet uit tenzij de deuren en ramen openstonden, zodat je wist dat je naar buiten kon. Een joodse hulporganisatie heeft me een tijdje onderdak verschaft. Het was de enige instantie die wat geld aan de teruggekomen joden wilde uitgeven. De overheid had ineens bedacht dat ze vooral niet moesten discrimineren en wilde daarom niks extra's doen voor die paar joden die uit de kampen terugkwamen. Dat ze er een beetje laat mee was om geen onderscheid te maken tussen joden en niet-joden, en dat we graag hadden gewild dat ze zich voor en tijdens de oorlog zo had opgesteld, daar luisterde ze natuur-lijk niet naar. Op een gegeven moment ben ik wat familie gaan opzoeken, wat ervan over was, dus van de niet-joodse kant. Ik dacht: nu kan ik eindelijk praten en vertellen wat er gebeurd is. Maar niemand wilde het horen. Bij andere Nederlanders hoefde je er helemaal niet mee aan te komen. "Wij hebben het ook niet makkelijk gehad," zeiden ze dan. Ze hadden natuurlijk net die hongerwinter achter de rug en ze hadden kennelijk geen idee dat het geen vakantiekampen waren geweest waar wij hadden geze-ten, ook al hadden ze ons met z'n allen uit onze huizen wegge-voerd zien worden. Waarom er maar zo weinigen van ons te-rugkwamen, daar dachten ze liever niet over na, zeker niet als ze nog een hoop joodse spullen in bewaring hadden of al hadden verpatst. Uiteindelijk viel het ook niet mee om erover te praten. Mijn vrouw en ik hebben er in het begin veel over gepraat, maar nu niet meer.' Hij zweeg. Esther hoorde een onderdrukt gesnuif aan de andere kant van de lijn.

'Maar toen ik eenmaal weer in Nederland terug was en merkte hoe men zich opstelde, dacht ik: jullie barsten maar met je eten en je woonruimte. Ik laat me door jullie niet opnieuw op m'n knieën krijgen, het is mooi geweest. Het was natuurlijk onnozel van ons om te denken dat we nu ineens beschermd zouden worden door dezelfde mensen die ons zonder slag of stoot aan de vijand hadden uitgeleverd. En nou moet ik erover ophouden,' zei meneer Smid, 'anders ben ik morgen ziek.' Hij adviseerde Esther twee elixers om aan te sterken en besloot het gesprek met: 'Ik ben blij dat jij die voorstelling gaat maken. Vertel het ze maar!'

Job en Esther hadden vóór haar ziekte veel materiaal verzameld: muziek, teksten, partituren, scènes, maar het was hen tot dan toe niet gelukt om ze in een goede samenhang te brengen en er een geheel van te maken. Na het telefoongesprek met meneer Smid zocht Esther haar aantekeningen bij elkaar en schreef koortsachtig een complete verhaallijn uit, die de basis moest vormen voor de voorstelling. Er werd niets meer aan gewijzigd. Er was geen enkele twijfel meer over het belang van het maken van de voorstelling. Esthers lichaam was door de koorts schoongebrand, haar geest was lucide. De nieuwe energie begeleidde haar en Job naar de première voor een zaal vol mensen die na afloop hartgrondig applaudisseerden. In de foyer van de kleine zaal trof Esther haar moeder. Haar vader bleef op de achtergrond. 'De Gevoeligheid' over de oorlog lag duidelijk in haar moeders ogen en tekende haar vaders motoriek. Het maakte hen zacht en kwetsbaar. Het was even stil. 'Ja,' zei haar moeder. 'Heel goed.' Ze haalde diep adem, draaide haar hoofd weg en knipperde met haar ogen. De ogen van haar vader die de emoties van zijn vrouw zagen, werden groot en zachtbruin, zijn hoofd bewoog onwillekeurig van voor naar achter zoals een poezenhoofd wanneer het aarzelend aan een onbekende grootheid snuffelt. Esthers moeder zuchtte en greep haar stevig bij de arm. 'Die klotemoffen,' fluisterde ze. Ze dronken een sapje, in stilte. Esther bracht ze naar de uitgang van de schouwburg en keek door de glazen deur hoe haar ouders naar de parkeerplaats liepen. Twee kleine gestalten die met één beweging van het lot konden worden weggevaagd.

In januari startten WJ en Esther allebei met een nieuw project, hij op school en zij in Amsterdam, waar ze elke dag naartoe reisde. ('Je hebt hier toch ook een kamer,' probeerde haar moeder.)

'Ik zou het wel prettig vinden om samen een ander huis te zoeken,' zei Esther op een dag. 'Dan kan ik ook mijn eigen spullen weer eens uit de opslag halen.'

'Geertje en André willen waarschijnlijk uit hun huis weg,' zei WJ. 'Ik zal het weleens aankaarten.' Er werden plannen voor een verhuizing gemaakt, maar het werk had als altijd voorrang. Ze repeteerden lange dagen, aten, slapen en keken 's nachts en 's ochtends naar de verbijsterende live-beelden van bombardementen op Irak tijdens de Golfoorlog, en de gespannen interviews vanuit het door Scud-raketten beschoten Israël. 'Voor ons is het geen goede morgen,' beantwoordde de verslaggever met donkeromrande ogen de standaardbegroeting van de Hilversumse televisiepresentator, voor wie de werkelijkheid van de plaatjes op de televisie kennelijk ook moeilijk te bevatten was.

Dat voorjaar kwam Geertje, een klasgenote van WJ, hem ophalen voor een reis naar Moskou, die uitging van de toneelschool. Na de schoolreis zouden ze verhuizen.

'Pas je goed op hem,' vroeg WJ bij het afscheid. Esther zat bij het grote hok met het glanzendbruine konijntje dat ze van WJ voor haar verjaardag had gekregen. Toen Geertje de kamer was binnengekomen was het diertje rechtop gaan staan, de oren gespitst, de ogen wijdopen gesperd, de neusvleugels trillend en om onverklaarbare reden had Esther zich net zo gevoeld. Zij heeft iets in de zin, wisten het konijn en zij.

Vanochtend belde WJ. Ik miste hem al, schreef ze een aantal dagen later in haar dagboek. *Het regende in Moskou. De afgelopen*

twee dagen moesten de mannen en vrouwen apart slapen, want ze za-
ten in een jeugdherberg. Moet je net de toneelschool hebben. Nu zijn
ze daar vertrokken. Het konijn was ziek. Ik schrok ervan. Ik heb de
dierenarts gebeld, die een dieet voorschreef. Nu gaat het goed. Het
zoekt me op, ligt neus aan neus met me op de bank als ik televisie kijk.
De serie van Vince Point wordt uitgezonden en de kritieken zijn lo-
vend. Ik krijg telefoontjes over werk voor volgend seizoen.

Voordat ze bedacht had wat het allemaal in zou houden, had Esther auditie en een screentest gedaan voor drie grote zaalproducties en een kleine rol in een film en had ze al het werk aangenomen. Ze kon geen nee zeggen, mede geïnspireerd door grote gevoelens van liefde voor WJ nu ze hem miste en die haar de overtuiging gaven dat ze het allemaal wel aankon.

In de kelder van haar oma sorteerde Esther al haar spullen voor de aanstaande verhuizing naar de woning van Geertje en André, gooide veel weg en verheugde zich op een nieuw begin, samen met hem, in een huis dat ook het hare zou zijn.

De dag voordat hij terugkwam, belde WJ.

'Hallo! Hoe gaat het?' vroeg Esther enthousiast bij het horen van zijn naam.

'Ik heb niet zoveel geld voor de telefoon, maar ik moet je iets zeggen.'

Esther ging zitten. 'Wat dan?'

'Er is iets gebeurd tussen Geertje en mij.'

'O.'

'Het is niet ver gegaan. Ik weet eigenlijk niet precies waarom het gebeurde. Het zat er wel een paar dagen aan te komen op de een of andere manier.'

Niet ver gegaan.

Het was even stil. Er reden auto's in Moskou.

'Ben je er nog?' vroeg WJ.

'Ja,' zei haar stem.

'Het had eerst te maken met een verlangen naar jou, maar het werd lust, spanning. Toen ben ik bij haar in bed gekropen, ik zocht eigenlijk warmte, maar zij begon me op te vrijen. Maar het is niet ver gegaan of zo. Dat wilde ik ook niet.'

Verlangen naar jou. Lust. Spanning.

Het was stil.

'Wat denk je nu?'

'Ik weet niet wat ik moet zeggen.'

'Nee.'

Stilte.

'O ja, zij gaat het niet tegen André zeggen, dat vindt ze niet nodig, want het ging nu juist weer wat beter tussen hen. Daar kwam het ook door: zij had al een paar maanden niet meer gevreeën met André, niet meer zoiets als dit gehad.'

Zoiets als dit.

'Dus ik moet dat nu geheim gaan houden?'

'Nou, geheim, je hoeft er toch niet over te beginnen?'

'Ik kom hem regelmatig tegen. Als hij ernaar vraagt, ga ik niet liegen voor haar.'

'Nee… nee, dat hoeft ook niet.'

Het was stil, de lijn kraakte, de afstand was hoorbaar.

'Hoe voel je je nu?'

Hij vroeg het zo lief, dat het bloed tegelijk naar Esthers hoofd en naar haar voeten schoot.

'Ik weet het niet. Laat maar,' zei ze.

'Ik ben er ook niet meer zo blij mee,' zei hij, voordat een pieptoon aangaf dat het contact snel verbroken zou worden. 'Morgenmiddag zijn we terug,' riep hij nog en toen was hij weg.

Waarom is het zo pijnlijk? schreef Esther. *Ik weet toch dat ik iemand niet kan bezitten en dat zou ik ook niet willen. Ik geloof hem als hij zegt dat het niet zoveel voor hem betekende. Waarom voel ik me dan toch verraden? Ik zie Geertje voor me, voldaan, die heeft aangetoond dat onze relatie niet zo perfect is dat zij er niet tussen kan komen. Wat is de betekenis van wat er in je leven omgaat als alles zo betrekkelijk is?*

Hoe doen anderen dat? Iedere keer weer anderen binnen je relatie. Het klopt toch niet. Ik wil het niet, maar het is anders dit keer, definitiever.

'Verdomme, hoe kan hij dat nou doen?' zei Claudia.

'Het betekende niet zoveel,' herkauwde Esther. Na de eerste storm hadden verdoving en vermoeidheid toegeslagen. 'Ik kan er wel mee leven. Het gebeurt overal.'

Ze was naar Claudia toegegaan, omdat ze niet thuis wilde zijn als WJ terugkwam van de reis. Ze wilde controle over de situatie en niet verrast worden door de sleutel in de voordeur.

Tegen de middag ging de telefoon.

'Kom je naar huis?' vroeg WJ.

'Ja. Zo meteen.'

Ze kreeg een bemoedigende omhelzing van Claudia en liep de paar straten naar huis. Hij was in de kamer en draaide zich om toen ze de deur opende. Secondenlang stonden ze tegenover elkaar, omdat hij aarzelde haar trillende lichaam beet te pakken. Ten slotte omhelsde hij haar. Ze bleef rillen. *Net het konijn.*

Een paar dagen lang bracht wat er gebeurd was hen heel dicht bij elkaar en gaf WJ blijk van een ongekende zachtheid. Daarna ebde het weg en was het of er nooit iets was gebeurd. Het moest over zijn.

Een week na WJ's terugkomst verhuisden ze naar het huis van Geertje en André. Esther had haar nieuwe huis nog nooit zo goed en grondig schoongemaakt als dit keer. *Paradijs voor een smetvreespatiënt*, dacht ze, toen ze eindelijk klaar was.

Esthers voorstelling ging in première en WJ begon te werken aan een productie met Geertje. *Ineens zit ik met een probleem, schreef Esther, want ik heb geen zin om net als zij te doen alsof er niets gebeurd is. Nu ontstaat er een lastige situatie omdat ik haar regelmatig zie en weiger met haar te praten en het is net alsof WJ uit dit verhaal verdwenen is. Alsof het daar niet allemaal begonnen is. Hij ziet het als iets tussen Geertje en mij, dat zij en ik moeten oplossen. 'Ik kan haar ook wel begrijpen,' zei hij.*

Enkele weken later had Geertje voor Esther gekookt en dansten ze samen op een verjaardagsfeest.

'Wat… wat is er gebeurd?' vroeg Claudia, die het dansende tweetal verbaasd had gadegeslagen.

'Ik weet het niet,' zei Esther. 'Ik kan niet tegen conflicten.'

De zomer naderde. *Grote vermoeidheid, de laatste tijd,* schreef Esther. *Ik lijk niet uit te rusten.* Toch sliep ze veel. Meermalen lag ze al te slapen als WJ thuiskwam. Op een avond was hij vroeg het bed in gestapt.

'Kom je zo ook?' had hij gevraagd.

In de badkamer werd ze afgeleid door de verzorging van haar tanden, kleine vlekjes, pukkeltjes op haar gezicht. Ten slotte verscheen ze in bed met zeven kleine watjes verdeeld over haar neus en wangen.

'Wat is dat?' vroeg WJ.

'Pukkeltjes,' mompelde ze, terwijl ze naast hem tussen de lakens schoof.

WJ zuchtte en deed het licht uit.

Ze lagen een tijdje naast elkaar in het donker.

'Zou Sinterklaas ook allemaal puisten hebben?' vroeg WJ.

Er zijn te veel dingen gebeurd, waardoor ik alleen ben, schreef ze de volgende ochtend. *Niet meer samen. En ik wil eerst samen zijn. Bij WJ en ook bij de andere mannen die ik gekend heb, is het omgekeerd: pas als ze geneukt hebben, kunnen ze het opbrengen om samen te zijn. Dan staat er ineens de volgende dag een ontbijt op tafel of wordt de vuilniszak buiten gezet, zoiets banaals, maar dat hebben ze dan voor je over. Of er ligt een romantisch kaartje en dan zijn ze weer een aantal dagen lief en warm. Ik zou daar blij om moeten zijn, maar ik denk alleen: nu wel. Kennelijk verdien ik alleen liefde en warmte als ik me laat naaien, want vóór die tijd brengen ze het niet op om dichterbij te komen, gewoon op grond van wie ik ben en wat ze in mij waarderen. Ik wil vrijen met iemand die van me houdt. Van mij, en*

*niet van twintig anderen. Of kán dat gewoon niet? Hebben ze alle-
maal gelijk, de Werners en de Arnouds met hun cynische uitspraken
over de liefde?*

Ze hadden een paar prettige vakantieweken in Spanje en werden
direct daarna opgeslokt door hun werk. WJ liep stage en Esther
startte met de eerste grote zaalproductie en de film.

De dagelijkse gang van zaken in huis werd gewoner, routine-
matiger en eenzamer, want ze zagen elkaar weinig.

'Je bent genomineerd voor de prijs van beste actrice,' zei Vince Point op een late avond door de telefoon. Esther was verrast.
Het was sinds haar afstuderen eigenlijk de eerste keer dat ze zich
bewust was van het bestaan van het Nederlands Filmfestival en
ze wist niet dat de serie van Vince in de race was. De dag voor
de prijsuitreiking belde Esther naar het festival en vroeg of het de
bedoeling was dat ze kwam. Gestommel aan de telefoon. Wat
was haar naam? Ja. Het was de bedoeling dat ze kwam.

Met een collega – WJ moest werken – arriveerde ze bij de grote betonnen feesthal. Behalve dat ze werd binnengelaten was er
niets dat er op duidde dat men haar verwachtte. Er waren honderden mensen in de hal, die Esther niet kende. Ze doolde met
haar collega enige tijd door de menigte voordat ze Vince met
mensen van de cast en crew van de serie aan een tafeltje zag zitten. Er werd moeite gedaan om nog twee stoelen te vinden. *Ik
word het in ieder geval niet*, dacht Esther, *want ze weten niet eens
dat ik er ben.* Toen de presentator, die de winnares in de categorie 'beste actrice' onthulde, Esthers naam noemde, kwam het
haar dan ook voor of, terwijl ze televisie keek, de presentator zich
ineens tot haar richtte. Ze liep het podium op, keek in de dode
ogen van de presentator die de serie van Vince duidelijk niet gezien had en die hoopte dat hij de prijs aan de juiste persoon stond
te overhandigen. Ze sprak een paar woorden tot de massa in de
hal.

'Ik heb me altijd afgevraagd of ik als actrice wel genoeg voor de wereld kon betekenen,' zei ze, 'en of ik niet beter soep zou kunnen uitdelen in de Derde Wereld. Maar toen een western-acteur president van Amerika werd, gloorde er ook in mijn beroep hoop. Ik nam me voor om, als ik ooit een prijs zou winnen, een oproep te doen voor steun aan arme landen, voor verzet tegen geweld, kernwapens, kernafval, milieuvervuiling, oorlogen, fascisme.' Ze staarde over de roezemoezende menigte. 'Maar nu ik hier sta, besef ik dat dit niet de goede plek is.' Er klonk een vriendelijk gelach uit de zaal. Esther sloot haar dankwoord af, verliet onder het geflits van fotocamera's het podium en ging, nadat de laatste prijs was uitgereikt en ze met haar collega enige tijd door de onbekende massa had gelopen, de feesthal uit. Met de prijs op haar voorbank reed ze door de donkere nacht terug naar huis.

Esther Blindeman, winnares.

De eerste grote zaalproductie was in première gegaan, 's avonds speelde ze deze voorstelling door het hele land, de kleine filmrol was afgerond en Esther repeteerde overdag voor de tweede grote zaalproductie.

Tweede première achter de rug. De recensies zijn over het algemeen negatief. Zijn wij allemaal blind geweest? Ik kreeg nog een compliment: dat ik die serie van Vince zo mooi heb gedaan, terwijl ik in dit stuk zo lelijk speel. Voor de serie heb ik trouwens een prijs in Cannes gewonnen, de producent belde me op. Ik kan de prijs op zijn kantoor komen halen.

De voorstelling speelde een paar dagen in Limburg en er waren overnachtingen gepland voor de cast. Men keurde elkaars kamer en Esthers tegenspeler Wim vroeg onverwacht: 'Kom je bij mij slapen?'

Ze was verrast en kon niet nadenken. Intussen wachtte de man, vlak bij haar, aardig en geestig als altijd, op haar antwoord.

'Dat is goed,' zei ze, 'maar ik ga niet met je vrijen.'

'Oké,' zei hij en ze droeg haar tas naar zijn kamer.

Wj ving het redelijk goed op, schreef Esther in haar dagboek. *Dat had hij, gezien zijn vrijheidsfilosofie en de gebeurtenissen met Anne, Christine en Geertje ook beloofd, maar het valt hem niet makkelijk. Ik vind het zelf geen goed teken. Moet ik altijd weer opnieuw beginnen? Mijn leven komt me voor als een reeks onaangename ontmoetingen, die ik zou willen wegvagen. Ik zou mezelf niet in de steek moeten laten door mijn beslissingen en overwegingen uit het verleden te loochenen. En toch.*

Ze sloot haar dagboek, stond op en liep door het huis. Zijn spullen, haar spullen. Ze keek naar buiten, naar de continue stroom aan levensactiviteiten. Het eeuwige doorgaan. Ze moest misschien weer eens afspreken met mevrouw Wijnglas, die altijd de toneelschoolleerlingen met problemen begeleidde. Ze liep terug naar haar bureau, pakte een vel papier en een pen en begon te schrijven:

31 december 1991

   Beste mevrouw Wijnglas,

'Hij voert zijn praktijk in een groot huis, tussen de bomen, dus je moet er van tevoren maar even heen rijden om te zien of je het wel kunt vinden,' zei mevrouw Wijnglas een maand later tegen Esther. 'Wees niet bang voor alle honden, en zijn vrouw is een beetje excentriek.'

Veertien

Voorjaar 1993

'Hoe gaat het?'

Esther had haar moeders stem al een tijdje niet meer gehoord, maar de uitwerking was als vanouds: het viel stil in haar hoofd.

'Het gaat wel,' zei ze.

'Ben je bezig?'

'Ik ga zo boodschappen doen.'

'Gaat het goed?'

'Gaat wel.'

Stilte.

'Heb je niets te vertellen?' vroeg haar moeder, een vraag die Esther altijd vergat te retourneren als het initiatief van het telefoontje bij haar moeder lag.

'Ik weet niet wat ik moet zeggen,' antwoordde ze.

'Ik weet het ook niet,' zei haar moeder.

Opnieuw een ongemakkelijke stilte. *Dat wordt niets meer met die boodschappen.* Een diepe vermoeidheid had haar vanuit een schuilplaats overvallen. Ze pakte de telefoon op en ging op bed liggen. Nog steeds was het stil, alleen het ruisen van de verbinding.

'Kunnen we dan niet beter ophouden met contact hebben?' vroeg Esther plotseling.

Haar moeder begon te huilen. 'Ik vind het prettig om iets van je te horen, maar als jij niet…'

'Ik weet alleen niet waarover ik moet praten,' onderbrak Esther haar. 'Ik heb altijd het gevoel dat jullie van alles van mij willen horen, maar je vertelt zelf ook nooit wat er in je omgaat.'

'Dat verwijt krijg ik van je vader ook altijd.'

'Het is geen verwijt van mij, maar een constatering. Trouwens hij zegt zelf ook nooit wat.'

Gerommel aan de andere kant van de lijn, het snuiten van een neus. 'Hij schijnt het wel te willen.' De stem van haar moeder klonk gedempt in de zakdoek. 'Tegenwoordig.' Ze snoof. 'Het ligt nogal moeilijk.'

Ja, vertel mij wat.

'Waar leef je dan voor?' vroeg ze toen ze een paar minuten had geluisterd naar haar moeder die vertelde dat zij en Esthers vader ook niet zo vaak met elkaar spraken.

'Ik weet het niet,' antwoordde haar moeder. Ze probeerde haar huilen nu in te houden. 'Ik dacht voor jullie, maar daar twijfel ik nu aan.'

'Je hebt toch ook voor jezelf gekozen. Je was er haast nooit.'

'Dat is een weg die je inslaat. Vluchten, vluchten, en dan weet je niet meer hoe het anders moet. Misschien voor een deel omdat ik daar te laf voor ben.'

Het was even stil. Toen gaf haar moeder, zonder waarschuwing vooraf, de hoorn aan Esthers vader, een bemiddelingstruc die ze wel vaker uithaalde. Esther kwam overeind van haar bed.

'Hoi, hoe gaat het?' vroeg Esthers vader, zijn stem luid en de intonatie vrolijk.

Hij heeft mijn moeder toch zien huilen? dacht ze.

'Ja, wat zal ik zeggen,' probeerde Esther.

Haar vader was niet van zijn stuk gebracht door het uitblijven van de gemeenplaats 'goed hoor' en herhaalde zijn vraag in diverse variaties.

'Ik weet niet wat ik moet zeggen,' zei Esther, terwijl haar gevoel plotseling ontdooide en ze rood en zwetend aan de telefoon stond, op het punt in tranen uit te barsten. Ze vervloekte zich-zelf. *Juist bij hem, verdomme.*

'Geeft niet,' riep haar vader. 'Je zegt maar wat, doet er niet toe wat, je kletst maar een end in de ruimte.'

Het is 1969. Zes. Ze zit aan tafel. 'Wat kijk je droevig,' zegt haar va-der. Ze schrikt ervan, want het is geen vraag, maar commentaar en ze weet niet welke reactie er nu van haar verwacht wordt. Een vogel die zich stilhoudt in een kattenbek, de schade probeert te beperken. 'Wees vrolijk!'

Ze tastte de toon af. Plagerig?

Een duw tegen haar schouder. 'Kom op, een beetje lachen!'

Dit houdt niet op, tot ik lach. Het was een mechanische boodschap, de gedachte in haar hoofd.

'Hahaha,' probeerde ze.

'Kom op!'

'Hahaha.'

Ze is haar lichaam kwijt. Ze ziet het zitten op de stoel, aanschouwt hoe het vreemd, vervormd lacht. Het gaat over in gesnik, gelach en toch weer huilen.

Het huilen is niet de bedoeling, leest ze af aan de vaderfiguur.

'Laat dat kind.' Het is de moeder.

Rust.

Haar gedachten, die secondenlang ver, ver weg waren, kwamen terug bij de telefoon. Haar gevoel ontnuchterd. 'Ben ik niet zo goed in, zomaar wat kletsen,' zei ze mat tegen haar vader. 'Jij trouwens ook niet,' voegde ze er kortaf aan toe.

Eindelijk was hij even van slag. Na enkele seconden hoorde ze een lachje: 'Rob, die kan dat wel,' zei hij.

Haar broer kon uren met iemand praten, zonder dat de an-der iets terug hoefde te zeggen. Ideaal voor haar vader.

Esther zweeg.

'We vinden het fijn om iets van je te horen,' zei haar vader. 'Doet er niet toe wat.'

Esther slikte. Ze kon deze woorden niet verdragen. 'Ik weet verder niets,' zei ze. Kort daarna hingen ze op.

'Wat is er nou helemaal gebeurd,' zei Broekhuizen, toen Esther hem tijdens het telefonische consult zei dat ze zeer gespannen was door hun laatste gesprek. 'Je hebt kussentjes voor je laten klaarleggen en je bent op de bank gaan liggen, meer niet.'

Meer niet, besloot Esther. Na deze nuchtere woorden van Broekhuizen bedacht ze dat het eigenlijk wel prettig was wat er was gebeurd, omdat er was uitgesproken dat hij haar niet intiem zou benaderen. Zij had erkend dat ze er bang voor was en hij had beloofd niet met haar te zullen vrijen. Uitdrukkelijk. Meerdere malen.

Ze zette haar beste beentje voor en vertelde hem over het telefoongesprek met haar ouders.

'Waarom zei je niet gewoon wat er in je omging?' vroeg Broekhuizen.

'Het is duidelijk wat er aan de hand is. Ze reageren er alleen niet op,' zei Esther.

'Je kunt toch tegen ze zeggen: "Loop eens niet over mijn gevoelens heen."'

'Ik heb geen zin om altijd voor mezelf op te moeten komen.'

'Is dat wat je zo moe en ongelukkig maakt? Dat je geen zin hebt om voor jezelf op te komen? Hoe zou het dan anders moeten gaan?' vroeg Broekhuizen.

'Ik weet het niet. Het is ook de voortdurende herhaling, steeds opnieuw weer voor jezelf op te moeten komen.' *Waarom? Waarvoor?*

'Ja. Daar heb ik nog over nagedacht,' zei Broekhuizen. 'Heb jij zo vaak tegen je zin gevreeën?'

'Daar heb ik ook over nagedacht,' zei ze. 'Ik denk het wel, alleen was ik me daar niet altijd van tevoren van bewust.'

'Hoe doe je dat dan?'

'Wat?'

'Vrijen tegen je zin.'

Ze zuchtte. 'Gewoon. Je best doen.'

'Zo gaat dat toch niet,' zei Broekhuizen.

Dat moet je als therapeut toch vaker zijn tegengekomen.

'Als je je niet overgeeft, kun je toch niet vrijen?' zei hij.

'Met een man is dat niet zo moeilijk,' zei Esther vlak. 'Je hoeft maar te wijzen en het is al gebeurd.'

Ze hoorde hem hard lachen. Het kostte hem moeite het geluid dat hij voortbracht en zijn adem te beheersen. Snuivend, knorrend.

Esther wachtte.

Mannen die opgewonden raken van hun secretaresse, naar huis gaan met een bos bloemen en hun vrouw nemen terwijl het avondeten romantisch staat te verbranden. En dat heet dan trouw zijn. Mannen met heroïnehoertjes, die de wandelende kadavers met open wonden naaien voor een geeltje. Mannen die weken chagrijnig en onbereikbaar zijn en na een vrijpartij plots de kattenbak verschonen, de afwas doen en de kinderen voorlezen in bed.

'Eigenlijk is het helemaal niet leuk,' zei Broekhuizen geknepen toen hij zijn controle voldoende terug had.

'Nee,' zei Esther.

Hij schraapte zijn keel en hervond zijn neutrale stem. 'Als jij stopte met vrijen in je relatie, wat deden je partners dan?'

'Niet zoveel. We spraken erover.'

'Ik zou dat nooit accepteren,' zei Broekhuizen stellig. 'Als mijn vrouw dat deed, zou ik het beschouwen als verlating binnen het huwelijk.'

Blanco schreef Esther zijn woorden op. Ze schreef altijd mee tijdens hun telefoongesprekken zodat ze deze niet uit haar hoofd hoefde samen te vatten, zoals ze dat na de gesprekken in de praktijk nog altijd deed.

Het was stil. Het energiepeil waarmee ze begonnen was, was razendsnel gekelderd. Broekhuizen zuchtte. 'Wat gaat er nu in je om?'

'Het is leeg vanbinnen. Ik heb geen zin,' zuchtte Esther terug.

'Ik neem boosheid waar,' zei Broekhuizen. 'Heeft dat te maken met de vorige keer, heb je dat op een of andere manier toch niet een afknapper gevonden?'

Bedoelde hij nu of ze teleurgesteld was dat ze niet hadden gevreeën? Of had hij het over iets heel anders? Ze zweeg en wachtte tot hij zich zou verduidelijken. Het was lange tijd stil. 'Wat zou je nu het liefst willen?' vroeg Broekhuizen.

'Er niet meer zijn,' antwoordde ze naar waarheid.

'Heeft dat met mij te maken?'

Ze gaf geen antwoord. Ze wilde zichzelf niet steeds in relatie zien tot hem, zoals hij vroeg.

'Is het denkbaar dat je boos bent omdat je eigenlijk iemand die je aardig vindt alles wilt geven?'

'In dit geval weet ik toch dat het niet klopt om dat na te streven,' zei Esther.

'Hoezo niet klopt?'

'Omdat het overdrachtsgedoe is.'

'Ja, maar overdrachtsgevoelens zijn ook echt!' riep hij uit. 'Het zou wel een heel raar vak zijn als dat niet zo was.'

Wat is echt, dacht Esther. 'Misschien zijn die gevoelens op zichzelf wel echt,' verdedigde ze haar nog minimale gevoel van autonomie tegenover hem, 'maar ze kloppen niet, omdat ze niet echt voor die persoon bestemd zijn.'

'Hoe zat dat dan bij de andere relaties die je gehad hebt?'

Ze probeerde de discussie te sluiten: 'Misschien waren ook dat geprojecteerde gevoelens.'

'De manier waarop jij meestal in relaties staat; het alles aan iemand geven, kent nu eenmaal veel risico's. Voor ons beiden,' zei Broekhuizen. 'Het geeft ons allebei veel verantwoordelijkheid. Onze relatie verschilt van andere relaties in die zin dat we die verlangens bespréken. We bekijken waar ze vandaan komen.'

'Ik heb geen verlangens,' zei Esther. *En ik heb geen relatie, zeker niet met jou,* dacht ze.

'Nouououou.'

De langgerekte toon in haar oor riep een grote woede bij haar op. Ze beet op haar lip om niet te reageren, greep haar pen stevig vast en noteerde: 'Nouououououououououou.'

'Nouououou, de vorige keer kwam dat toch min of meer boven tafel,' zei Broekhuizen.

Interessante woordkeus. Ze zag hem opnieuw zitten tussen haar verwarde haren door, naast haar hoofd op de salontafel.

'Dat het een spannende situatie was,' vervolgde Broekhuizen, 'dat ik zo dichtbij zat. We zullen alles moeten toetsen aan dat verlangen van jou om alles te willen geven. En als je iets wilt of mij iets toestaat, moeten we dat eerst aan dat verlangen toetsen. Als ik zou vragen: "Mag ik je aanraken?"...'

Esther schoot overeind van haar bureaustoel.

'... dan zouden we dat ook daaraan moeten toetsen.'

Ze liep met de telefoon in haar hand de korte passen heen en weer die de kamer haar toestond. *Wanneer moet hij mij dan aanraken?* dacht ze koortsachtig. *Zou dat een latere fase in de therapie zijn, dat je dat moet uitproberen? Zoals bij haptonomie of zo?*

Het was even stil aan de telefoon. Ze realiseerde zich dat ze niets op zijn woorden gezegd had. Ze wachtte af.

'Wat bedoel je eigenlijk met "alles", wanneer je alles aan iemand wilt geven?' vroeg Broekhuizen plotseling.

'Nou, alles.'

'Wanneer jij om iemand geeft of van iemand gaat houden is het alsof je met zevenmijlslaarzen teruggaat naar heel vroeger,' zei Broekhuizen zachtjes.

Het was even stil. Esther worstelde met de bekende pijn van

verlies die Broekhuizens woorden met zich meebrachten. 'In onze relatie wil ik volstrekt eerlijk zijn tegen jou over mijn motieven,' zong zijn stem in haar oren. 'Ik voel me daar veilig bij, want ik heb niet het idee dat je me erom veroordeelt. We gaan een spannende periode tegemoet,' zei Broekhuizen mild en tevreden, 'maar ik durf het aan. Durf jij het ook aan?'

Ze was er niet zeker van wat hij haar nu eigenlijk vroeg. 'Ik denk het wel,' aarzelde ze. *Ik zie wel,* dacht ze. Ze schreef vermoeid de laatste zinnen op van hun gesprek en viel nadat ze de hoorn had neergelegd binnen een paar minuten op haar bed in slaap.

'Ik ben hier nog tot tien uur. Ik ga ervan uit dat je erop terugkomt,' zei Broekhuizen tegen Esther, toen hij haar om zeven uur de spreekkamer uit liet gaan.

Ze ging de dubbele toegangsdeur door, liep het pad naar het bos af, half hollend. *De ramen van zijn auto staan open,* registreerde ze in het voorbijgaan. Stappen, lopen, zand in haar schoenen. Stukken pad onzichtbaar door dennentakken, afgezaagd. Deels in paniek, deels onverschillig, deels schichtig in de gaten houdend of ze niemand tegenkwam, niet werd achtervolgd. Een uitzicht over stukken land, wat huizen, een weg met rijdende auto's. Boven haar vogels in de boom. Toen schreeuwde ze. Drie keer. Langgerekt. De auto's reden door. Twee mannen in een tuin, bezig. Het was niet stil geworden boven haar hoofd. Een stem in haar maande Esther tot het zoeken van een oplossing voor de vraag waarmee ze was weggegaan: hoe ze de gekmakende sessie van zwijgen en innerlijke paniek toch nog goed af kon ronden. Maar ze luisterde niet. Ze zat op de stam van een omgevallen boom en keek voor zich uit. Ze opende haar tas en pakte een nageletui. Het dunste schaartje was scherp en puntig. *Dit krassen gaat beter dan vanmiddag met het tomatenmesje.* Toch bood de huid meer weerstand dan ze verwacht had. *Als je er echt doorheen wilt, zul je met geweld moeten snijden. Een flink scherp mes. Welke winkel?* De 'ik' achter haar ogen zweefde boven haar uit, zag wat ze deed, vroeg zich af waarom, maar greep niet in. Na een aantal vlammend rode strepen, als toonde haar lichaam zijn verontwaardiging met het opstuwende bloed en het rode zwellen van het vlees dat met geweld had moeten wijken, borg Esther het schaartje op en begon ze terug te lopen. *Hier blijven zitten. Wachten tot je gevonden wordt.* Ze liep door. Bij het huis dat het dichtst bij de praktijk stond, kwam ze een vreemde man tegen. Hij keek haar aan en zei: 'Goedenavond.' Nadat hij haar gepasseerd was, draaide hij zich om en liep achter haar aan. *Hier gedood worden.* Esther verlegde haar route een beetje naar rechts, zodat ze hem kon zien vanuit haar linkerooghoek. Hij liep nog enkele meters door, keerde opnieuw en liep het pad op naar het huis. Esther liep door naar het grote praktijkhuis en ging op een bankje zitten met zicht op de voordeur. Tien voor acht. Nog geen oplossing. Zo kon ze niet naar huis. Het werd kouder. Nog twee uur. Ze zag Broekhuizens blauwe auto met de openstaande ramen. *Ik ga er niet heen,* dacht ze, terwijl ze naar de auto toeliep en zag dat de deur van het slot was. De bijrijderstoel was neergeklapt, uitnodigend. Ze trok het portier open en stapte in, probeerde rechtop te zitten ondanks de neergeklapte leuning, maar ging al snel liggen en sloot haar ogen. Wachten. 's Avonds laat, achter het raam, op de auto van haar ouders. Wachten met het avondeten in de oven. Laat, alleen thuis, wachtend tot een levend mens in huis de werkelijkheid zou terugbrengen tot tastbare proporties. Aan de telefoon als ze haar moeder belde op haar werk, het tikken van de toetsen op de schrijfmachine tijdens het gesprek en de merkwaardige pauzes daardoor in het praten, en 'wacht even, er komt een andere lijn binnen', het geluid van een dode telefoon. Wachten op Simon. Wachten op wj. Donkere huizen bij thuiskomst, wachten op de bewoners. Wachten omdat haar lichaam niets anders wilde. Vechten tegen het gevoel van afhankelijkheid.

Je wacht alleen als je samen bent, in verbinding. Als je weet dat je alleen bent, wacht je niet, dacht Esther. Dagen van haar leven kon ze doorbrengen met fantasieën dat ze degene met wie ze graag wilde zijn op allerlei mogelijke plaatsen zou kunnen tegenkomen. Soms zelfs het daadwerkelijk afreizen naar die gedroomde plek. Het telkens herhalen van fantasieën tot ze opgedroogd waren en de eenzaamheid terugkwam. *Een namaakleven. Ik ben er zo moe van, mezelf steeds te moeten voorhouden dat het zin heeft wat ik doe. Mezelf aan te moedigen met mijn eigen, verzonnen complimentjes, met valse behaaglijkheid door het fantaseren over samenzijn, terwijl als het even wegvalt de zwaarmoedigheid nog altijd aanwezig blijkt.*

Ze overwoog Broekhuizens boosheid niet te riskeren en liever buiten de auto te gaan zitten. Liggen desnoods, bij het bestuurdersportier, tegen het linkervoorwiel.

Plotseling ging het portier aan haar kant open. Ze schoot overeind.

'Blijf rustig liggen,' zei Broekhuizen, terwijl hij iets uit het handschoenenkastje pakte. Niets, helemaal niets was er aan zijn gezicht te zien of uit zijn gedrag op te maken, waaruit bleek wat hij dacht of voelde, zelfs niet dat hij verrast was dat zij daar lag. 'Slaap rustig verder,' zei hij en sloot het portier.

Niet lang daarna ging het andere portier open, hij stapte in, stak de sleutel in het contactslot en ze dacht: *Daar gaan we.*

Hij hielp haar de rugleuning van haar stoel overeind te krijgen. 'We kunnen hier niet blijven,' zei hij, 'want Bierens en zijn familie willen naar bed. Heb jij plannen?'

'Ik heb helemaal niet over een voorstel gedacht,' zei Esther, confuus over zijn gedrag.

'Dit was toch een voorstel, of niet?' vroeg hij. Hij startte de auto, reed het pad af en vroeg: 'Is dat restaurant verderop iets?'

Ze wist het niet.

Hij zag dat ze het koud had, zette de verwarming op de hoogste stand en de ventilator aan. 'Of moet je eerst nog wat opwarmen?' vroeg hij en reed het restaurant voorbij. Hij reed een rondje, naar het nabijgelegen dorp en weer terug. Esther voelde zich onwezenlijk. Ze had dit nooit voor mogelijk gehouden en hij was zo rustig alsof hij dit allemaal al wist, allemaal al een keer had meegemaakt. Hij parkeerde bij het restaurant, dat ook een hotel bleek te zijn en hij begeleidde haar naar binnen.

'Je kunt hier ook kamers huren,' zei hij.

Ze zweeg.

Even later zat ze met hem aan een tafeltje achter een kopje thee en hoorde ze zichzelf praten met te zachte stem. Ze probeerde iets te zeggen over hoe ze zich, na het gesprek met hem, in het bos had gevoeld.

Ze keek hoe hij pinda's in zijn mond wierp, ze kauwde tot een brokkelige, gele massa die hij wegspoelde met een glas bier, ontspannen, zijn korte benen over elkaar. 'Als we nu naar huis gaan, ben je dan tevreden?' vroeg Broekhuizen.

Het was een belachelijke vraag. Tevreden? Waren de problemen in haar leven opgelost na het drinken van een drankje met hem? *Zo mag je niet denken. Hij heeft extra tijd aan je besteed.*

'Jawel,' zei ze.

'Maar?' vroeg hij.

Ze haalde haar schouders op. 'Dat is eigenlijk bijna nooit zo.'

'Waar ligt dat dan aan? Wat moet er nog gebeuren?' vroeg Broekhuizen.

Hoe vaak heb ik geschreven over hoe het met me gaat? Nog maar een keer dan: 'Ik heb de neiging mezelf te beschadigen,' zei ze, 'en ik weet niet goed hoe ik daarmee om moet gaan.'

'Beschadigen?' vroeg hij.

Kijk niet zo verbaasd. Het is niet de eerste keer dat ik het zeg.

'Ja,' zei ze. 'Snijden. Krassen.'

'Krassen? Met iets scherps, tot het bloedt?'

'Ja.'

'Denk je er alleen aan of doe je het ook?'

'Ik heb het gedaan.'

'Mag ik het eens zien?' vroeg hij.

Ze liet haar onderarm zien.

Hij leek vermoeid en gelaten toen hij haar bekraste arm be-keek. 'Krassen, automutilatie doet zich voor, maar dat weet je zelf ook wel, als de spanning ondraaglijk wordt en mensen die niet verbaal kunnen uiten,' zei hij. De vermoeidheid die ze voor betrokkenheid had aangezien verdween. 'Maak er geen strijd van met je superego,' zei hij zakelijk, 'want dan roept dat weer span-ning op. En probeer het wel verbaal te uiten.' Hij wenste haar sterkte, ze betaalden ieder hun eigen drankje en gingen naar huis.

'Heb je nog nagedacht over wat ik over automutilatie heb ge-zegd?' vroeg Broekhuizen in het wekelijkse telefoongesprek.

'Ja,' zei Esther. 'Ik vind het moeilijk om ermee om te gaan, omdat er de laatste dagen erg veel uren zijn dat ik er liever niet wil zijn en ik me niet verbonden voel met wat er om me heen ge-beurt.'

'Ik vind het moeilijk om met je over doodgaan te praten,' zei Broekhuizen. 'Ik zou het erg vinden als je het deed, maar ik heb het gevoel dat ik er niets concreets voor in de plaats kan stellen.'

De moed zonk Esther in de schoenen. Hoe kon dat? Beves-tigde hij nu dat het leven niet de moeite waard was? Ga maar dood?

Er klonk wat gerommel aan de andere kant van de lijn. De hand ging over de hoorn. Gedempte stemmen. Toen zei hij: 'Naast de schouwburg heb je een motorenwinkel. Zorg dat je daar over een half uur bent, dan haal ik je op. Met de motor, dus trek iets warms aan.'

Voordat ze kon protesteren verbrak hij de verbinding.

Toen ze hem aan zag komen rijden, wist ze dat ze erover had moeten nadenken. Over zijn komst, hoe dat eruitzag en of ze dat wel wilde meemaken. Nadenken, vóórbeleven, zoals ze dat vroeger altijd deed, in plaats van gedachteloos haar kamerjas voor een spijkerbroek, een trui en een leren jack te verwisselen, haar laarzen aan te trekken en in de auto te stappen. Maar zelfs als ze er haar gedachten over had laten gaan, zou ze waarschijnlijk niets gezien en niets gevoeld hebben. De grauwsluier van de depressie had hetzelfde nivellerende effect op haar gedachteleven als mist op een landschap. Ze zag niets, totdat het pal voor haar neus opdook. Om van een horizon nog maar te zwijgen.

Na tien minuten wachten parkeerde Broekhuizen zijn motor pal voor haar voeten. Onontkoombaar gleed hij als een dikke, leren kever met een glimmende zwarte helm van het zadel.

'Hoe vind je me als motormuis?' Zijn wangen en kin werden door de riem van de helm wat naar voren gedrukt, waardoor het voor het eerst leek alsof hij ook een echte bovenlip had in plaats van de platte streep die op zijn onderlip rustte.

Esther wendde vlug haar blik af en haalde diep adem. 'Hmmm,' zei ze.

'Hmmm? Ik zie het alweer,' zei hij gespeeld nurks. 'Ik zei tegen mijn vrouw: ik zal haar vandaag eens leren wat vrolijkheid is.' Hij boog zich over een koffer aan de zijkant van de motor, pakte er een helm uit en gaf die aan haar.

En wat zei je vrouw toen?

Hoe zat je achter op een motor, zonder de bestuurder aan te raken? Dat was dus zoiets waar ze niet over had nagedacht, besefte ze toen ze achterop stapte. Ze graaide wat naar het zadel, maar zodra de motor optrok greep ze toch snel zijn leren rug vast.

De wind raasde langs haar helm. Het landschap schoot langs traag passerende auto's.

Ooit had ze een keer een afspraakje gehad met een zakenman. Ze kende hem eigenlijk niet. Ze had toevallig naast hem gezeten op de verjaardag van een vriendin. Twee dagen later belde haar vriendin om te waarschuwen dat ze hem Esthers telefoonnummer had gegeven. ('Wat moest ik dán zeggen? Ze heeft geen telefoon?') Hij was aardig aan de telefoon en hij nodigde haar uit voor een etentje. Ze hadden net hun aperitiefje besteld, toen hij zijn zilveren sigarettenkoker op de grond liet vallen. Een onverdraaglijke blunder op een eerste afspraakje. Maar de doodklap kwam op het moment dat hij van de hoge barkruk vooroverboog om hem op te rapen. Het geluid was onmiskenbaar en verried de status van zijn bilspieren: beroerd. Want een beetje getraind achterwerk kon in die positie nooit een flubberwind produceren. Zo'n flets geluid, dat alleen gemaakt kon worden door samengedrukt, week vlees. Ze had beleefd van haar witte wijn genipt en gedaan alsof ze niets gemerkt had. Terwijl hij wist dat ze het gehoord moest hebben. En zij wist dat hij het wist. Koortsachtig had ze naar mogelijkheden gezocht om het bij een aperitief te laten. Ze zou een flauwte faken, zich op een taxi laten zetten... Inmiddels had hij het gesprek met klasse ter hand genomen. Hij bleek geestig, welbespraakt. Hij at netjes. Al met al was het een prima avond, maar ze sprak geen tweede keer met hem af. Ze vond het wel lullig van zichzelf. Zo'n scheet – wat maakte dat nou uit. Maar toch. Het kwam aan op het moment. Een intimiteit, zo vroeg in de kennismaking... Sommige dingen wilde ze van sommige mensen nu eenmaal niet meemaken. Nog niet, of helemaal niet.

Zoals ze er niet aan toe was om de in klam leer gehulde zwembanden van Broekhuizen vast te pakken. Maar daar zat ze, achterop. Net weggereden, nog maar aan het aperitief van dit ritje, dat ze ook deze keer tot het einde zou uitzitten.

'Dit is moerasgrond!' riep Broekhuizen. Met hoog opgetrokken benen kwam hij teruggelopen. Hij had de motor dicht bij de waterkant geparkeerd en voorgesteld om even langs de oever te gaan zitten. 'Dit wordt niets,' lachte hij verontschuldigend. 'Kom, ik trakteer je op koffie.'

Ook hij maakte grapjes, in het café, vertelde geanimeerd ditjes en datjes uit zijn familieleven, dronk zijn koffie met een likeurtje en sprak haar vaderlijk toe over haar depressie. 'Het gaat over, jôh, echt, dat moet je geloven.'

Op de weg terug naar haar auto, joeg hij de motor met honderdzestig kilometer per uur over een stuk snelweg.

'Vond je het eng?' vroeg hij, toen hij haar bij haar auto had afgezet.

Esther haalde haar schouders op. '*Ik* ben niet bang om dood te gaan,' zei ze.

'Deugniet!' riep Broekhuizen. Hij zette zijn helm op en startte de motor.

Esther stapte in haar auto en reed weg. Opgelucht ademde ze haar eigen geur in. Het was haar nog niet eerder opgevallen dat de auto naar haarzelf rook.

Ze trof Broekhuizen opnieuw bij een stoplicht, waar hij voor het rode licht stond te wachten. Ze wist niet of hij door had dat ze achter hem stond. Ze bad dat het snel groen werd en haar gebed werd verhoord. De motor die hij ternauwernood met de punten van zijn gympjes in balans had gehouden, reed bijna zonder wankeling weg.

Dat heeft hij vast vaak geoefend.

De leren linkerhand van Broekhuizen ging kort en bedaard de lucht in.

Daaaag, wuifde ze verhit, niet zijwaarts, maar van achteren naar voren.

Broekhuizen gaf gas en verdween uit het zicht.

Esther keek op de wekkerradio: 02.30 uur. Ze opende een lade van haar bureau, pakte een briefkaart en schreef aan Broekhuizen:

Ik verwijt mezelf dat ik te bang ben om naar iets anders toe te groeien. Ik probeer omwille van de beloofde therapeutische werking het idee van een sterkere band met jou aantrekkelijk te maken, wat de angst oproept dat ik daarmee een grote fout bega. Ik heb het gevoel dat als ik je tegen m'n borst druk, deze aan rafels wordt getrokken als je je losmaakt. Overmorgen Hamlet. *Gelukkig.*

De volgende dag postte ze de kaart, slenterde door de stad, at samen met WJ een avondmaaltijd en kroop vroeg haar bed in met het script van *Hamlet,* waarvoor de repetities de volgende dag zouden beginnen.

Om elf uur 's avonds ging in de hal de telefoon. WJ en Esther openden gelijktijdig hun deur.

'Neem jij maar op,' zei WJ.

'Met Esther.'

'Met Gijs.'

'Hallo,' zei ze verbaasd. Ze gebaarde naar WJ dat het voor haar was. Hij ging zijn kamer in en Esther liep met de telefoon naar de hare. Ze nam plaats op haar matras, dat nog altijd op de grond lag, met haar rug tegen de muur. 'Wat is er?' vroeg ze aan Broekhuizen.

'Hoe laat hadden wij afgesproken voor volgende week?' vroeg hij.

Dat is een smoes, dacht ze direct, hoewel ze er geen verklaring voor kon vinden, maar deze vraag had hij ook in hun wekelijkse telefoongesprek kunnen stellen. Ze controleerde de afgesproken tijd in haar agenda en verwachtte dat hij daarna zou ophangen, maar hij vroeg hoe het met haar ging.

'Gaat wel,' zei ze, nog steeds afwachtend.

'Moet je morgen beginnen?'

'Ja.'

'Moet je nog iets voorbereiden?'

'Ik heb het script voor me liggen,' zei Esther. *Nu zegt hij: dan zal ik je niet langer ophouden.*

'Eigenlijk wel een vreemde dag om te beginnen, woensdag, zo midden in de week. En de zevende van de maand in plaats van de eerste. Vreemde datum.'

'Mijn geboortedatum,' zei Esther zonder nadenken.

'Je bent morgen jarig?' vroeg Broekhuizen.

Stom van me, dacht Esther. 'Ja,' zei ze.

'Hoe oud word je?'

'Dertig.'

'En het is nu…' ze hoorde hem rommelen, 'elf uur, dus als ik je nog een uurtje aan de telefoon houd dan kan ik je als eerste feliciteren.'

Iets in de klank van zijn stem waarschuwde haar dat hij er best eens voor in kon zijn om dat te doen: een uur telefoneren. Vanaf het moment dat ze had opgenomen en hij zijn naam had gezegd, was het alsof ze een andere Broekhuizen aan de lijn had, anders dan anders. Hij was ontspannen, goedgehumeurd, informeel, schijnbaar zonder strategie.

Hij heeft zin in een praatje, alsof hij zich verveelt en een kennis belt.

'Ja, dat zou kunnen,' antwoordde Esther hem, 'maar dan wordt het een lang gesprek.'

'Ik hou het wel vol hoor!' zei Broekhuizen. 'Ik zit hier prima, met een drankje, en als je goed luistert, hoor je ook muziek op de achtergrond.'

'Hmhm,' zei Esther. *Zijn vrouw is er zeker niet.*

'Ik zou je nog steeds een keer laten horen hoe ik hobo speel.'

'O, ja.'

Ze had hem een keer tijdens een telefoongesprek erop betrapt dat hij met iets anders bezig was, waarna hij bekende dat hij aan zijn hobo zat te frummelen.

'Maar dan speel ik wel met een cd mee.' Hij wachtte haar antwoord niet af, had zijn instrument en de bladmuziek kennelijk binnen handbereik en ze hoorde hoe hij alles klaar zette. Hij nam de hoorn weer op en zei: 'Dan zet ik nu even de cd op het goede nummer.' Hij legde de hoorn weer neer, ze hoorde hem rommelen en hardop praten. Esther wist niet wat ze ervan moest denken. Het kwam haar niet goed uit om tot middernacht aan de telefoon te blijven, omdat ze zich had voorgenomen nog wat op het script te studeren en goed uit te rusten voor de volgende dag. Er klonk een orkest door de telefoon en een hobo die hortend en stotend meeblies, onderbroken door zijn mompelende stem en door zijn lach. Esther pakte pen en papier van haar bureau en ging opnieuw op haar bed zitten, klaar om te schrijven voor het geval hij nog iets zinnigs te zeggen had. 'Idioot,' mompelde ze, terwijl ze zichzelf minutenlang zag wachten, nietsdoen, met een muziekmakende telefoon.

'Dat ging niet zo best,' lachte Broekhuizen even later. 'Kon je het horen?'

'Ja. Zeker,' zei Esther.

'Zo, nu mag jij een stukje *Hamlet* voordragen.'

'Ik was net bezig de scène te lezen waarin een groepje toneelspelers, in opdracht van Hamlet, met hun toneelstuk een bekentenis aan de koning probeert te ontlokken over de moord op zijn broer.'

'Ik ben nieuwsgierig of zo'n Shakespearetekst ouderwets klinkt. Lees eens wat of heb je mij dan als tegenspeler nodig?'

Esther negeerde de laatste vraag en zei: 'De tekst die voor me ligt is er een van Hamlet tegen Ophelia: "Ik zou tolk kunnen zijn tussen u en uw minnaar als ik de poppen kon zien dansen." Hij bedoelt: als ik jullie bezig kon zien. Niet zo ouderwets dus.'

'Dan zou ik twee rollen moeten spelen,' zei Broekhuizen.

Twee rollen. Hamlet en de minnaar. Bedoelde hij dat? Ze kreeg de tijd niet om erover na te denken, want Broekhuizen begon over de voortgang van hun gesprekken te praten. Werktuiglijk schreef ze mee, nu het toch een therapeutisch gesprek leek te worden. Een spraakwaterval van theorieën, die ze vanwege de snelheid voornamelijk in steno noteerde, de eigenaardige tekentaal met afgesproken betekenis, die woorden terugbracht tot een afgekorte, enigszins fonetische vorm, wat het noteren op spreeksnelheid mogelijk maakte.

'De behoeftebevrediging die vroeger is uitgebleven ben je gaan idealiseren,' zei Broekhuizen, 'daarom heb je het moeilijk in je relaties.' Ze hoorde hem een slok nemen uit een glas met ijsblokjes. Zijn lippen smakten. 'En ook in de therapie is het moeilijk. In feite zou ik op een vrouw als jij verliefd kunnen worden...'

Ze schreef, de hoorn in haar linkerhand, de pen in haar rechter. Vrou as j velie ka r. *Waar ben je?* Een gedachte die opsprong in een deel van haar bewustzijn dat zich kennelijk nog net realiseerde dat een reactie noodzakelijk was, zoals het vegetatief zenuwstelsel waakte over alle systemen die dienden voor de instandhouding van het individu. Maar er kwam geen reactie. Leegte, de kern van haar persoon die uit haar was verdwenen, onbereikbaar voor reflectie en kritische beoordeling. Niet thuis in een lichaam dat schreef, luisterde en reageerde, dienstbaar aan de omgeving en geschikt om te behagen. Hij sprak haar aan, het behaagzieke meisje in Esther. Hij richtte zich direct tot haar. Lang geleden al door hem geroepen en gekoesterd, steeds opnieuw teruggehaald, Esthers bewustzijn in tweeën delend. Heersend.

'... maar ik weet uit ervaring dat het niet de goede weg is,' vervolgde hij. 'We zijn bezig een hele leuke andere weg te openen. Therapie is eigenlijk een relatie, daar hoort alles in thuis, behalve doen. Zodra je gaat doen, wordt het anders, dat voel je ook aan. Ik heb het één keer gedaan en dat doe ik dus nooit meer. Daar heb ik veel van geleerd, namelijk hoe het niet moet.'

Behalve doen. Hij had het weer gezegd. *Maar waarom heeft hij het er dan steeds over?* Esther kon aan niets anders meer denken dan aan het behoud van de therapeutische relatie met Broekhuizen, waarvan ze, in schijnbare tegenstelling tot zijn toenaderende woorden, het sterke gevoel kreeg die te gaan verliezen, een dreiging die haar in een staat van primitieve paniek bracht.

Hij ging op een ander onderwerp over, babbelde en ze deed haar best mee te kletsen, zijn goede humeur in stand te houden.

Hij nam nog een drankje – wodka, begreep ze inmiddels – en moedigde haar aan ook iets te halen om te toasten op haar komende verjaardag. Ze had een fles wijn gepakt en een glas ingeschonken.

'Jij denkt dat mannen voornamelijk door hun driften worden geleid,' zei Broekhuizen. 'Denk je dat van mij ook?'

'Je hebt je tegenover mij nog niet als zodanig gedragen.' No nie as zodag edrag, schreef ze de hiëroglifische echo van haar woorden.

'Ik denk dat het in een relatie tussen mannen en vrouwen belangrijk is dat er openlijke overeenstemming bestaat over bijvoorbeeld het feit dat je over andere dingen kunt fantaseren tijdens het vrijen.' Het geluid van zijn zuigende adem in een glas. De korte tik van een ijsblokje tegen zijn tanden en het gerinkel van ijs dat terugviel in het glas. 'Van beide kanten moet je bereid zijn mee te denken en binnen het seksuele contact mee te gaan in het bewustzijnsveld van de ander.'

Ewuzijsvel v d ar.

'Ik ken relaties waarin de vrouw bepaalde voorkeuren van de man afwijst, maar zich distantieert van de interactie in de seksuele relatie. Dat vind ik niet reëel. Je bent toch medeverantwoordelijk voor het toedienen van prikkels die aanleiding geven tot seksuele opwinding.'

Esther schreef vlijtig. Als Broekhuizen dergelijke algemene verhandelingen hield, voelde ze zich redelijk veilig. Theoretische situaties, daar kon ze wel mee overweg. Ze kon er zelfs over meepraten, ook al ging het over seksualiteit. *Zie je wel,* dacht ze, *het gaat om praten, niet om doen.*

'Wat vind jij bijvoorbeeld prettig?' Zijn stem klonk neutraal, met een zekere mate van autoriteit. Alsof hij een broodje kaas bestelde, of zoals Esther aan het begin van de therapie had gedacht dat therapeutische distantie moest klinken.

'Jezus,' zei ze. Ze probeerde tijd te winnen, maar het bleef akelig stil vanbinnen. Haar reacties waren nog steeds een vage echo van wie ze ongeveer dacht te zijn, sterk beïnvloed door het belang een band te hebben met deze buitenstaander, nu haar innerlijk zo leeg was.

'Had je gedacht dat die vraag nooit zou komen?' vroeg de therapeut.

'Weet ik niet.' Haar hoge, niet ademgesteunde meisjesstem.

'Hmmm?' drong de mannenstem aan.

'Wat vind jij zelf prettig?' vroeg ze om tijd te rekken.

Het was even stil. 'Daar moet ik over nadenken, wat ik daarmee doe, als ik die vraag beantwoord,' zei hij.

'Het maakt het voor mij neutraler, dat je niet alleen uit nieuwsgierigheid dingen aan mij vraagt.' Ze krabbelde overeind met haar handige antwoord, maar had niet door waar ze zich aan vastgreep, zoals iemand die zijn evenwicht verloor op de serviesafdeling van een warenhuis er beter aan deed niet onwillekeurig de dichtstbijzijnde stellage vast te grijpen.

'Ik vind het verbodene en stiekeme opwindend,' zei Broekhuizen. 'Het liefst heb ik een rolverdeling waarbij de vrouw de kritische kant van haar ego uitschakelt. Ik wil niet dat ze me becommentarieert. Het is in feite de meest afgekeurde kant van je man-zijn: ongestoord je gang willen gaan. Maar als het een patroon in de relatie zou worden, zou ik dat natuurlijk volstrekt afkeuren.'

Ik wil dit niet weten, dacht Esther, terwijl ze natur volstrek afkeur schreef en een deel van haar innerlijk zijn woorden nauwkeurig registreerde: het meisje in haar, zangerig rangschikkend: *Dús: niet kritisch zijn tegen hem, hem dominant laten zijn en geen commentaar hebben op zijn seksuele uitingen.*

'Maar wat vind jij prettig?' vroeg Broekhuizen.

Niet bang zijn, coachte Esther zichzelf. *Deze relatie is niet echt. We praten erover en verder niet. Behalve doen, weet je nog.*

'Ach, dat geheime, dat is wel herkenbaar,' zei ze. 'Ik fantaseer ook wel over vrouwen,' zei ze met wat nadruk.

'Wat trekt je aan in vrouwen?'

'Het lichaam dat je kent.'

'Het vertrouwde. Hmhm. Je vindt de penis eigenlijk een afschuwelijk ding?'

'Nou…' zei ze, 'alleen als het zo dwingend is, hij, als hij zo dwingend is dat ik het gevoel krijg eraan tegemoet te moeten komen.' Aanraking 's ochtends in bed: 'hier ben ik' in haar onderrug; op de dansvloer, de hardheid die zich manifesteert, 's avonds bij het inslapen als hij zich opricht, terwijl ze slapen wil.

'Dat dwingende van de penis klopt niet helemaal, hoor,' zei Broekhuizen. 'Wat ik me kan herinneren is dat de lekkerste erecties niet voortkomen uit blik op oneindig en doen, maar veel meer dezelfde conditio sine qua non hebben als voor vrouwen geldt.'

Geen afkortingen voor Latijnse woorden in steno. Om het later nog terug te kunnen lezen schreef ze het helemaal uit: conditio sine qua non. *Ik zoek het later wel op in het woordenboek.*

'Uiteindelijk voelen mannen zich daar ook het prettigst bij. Eén ding is goed om te weten: als je een man tegenkomt die onmiddellijk wil, tref je hem aan in zijn meest neurotische vorm.'

Ze had een achterstand opgelopen door de Latijnse tekst en schreef snel de zinnen erna op: uinl voel man zi daa ook h pregs b.

Er viel een korte stilte.

'Ik ga wat te drinken halen,' zei Broekhuizen. 'Jij ook? Drinken in gezelschap is het leukst. Ik zou het liefst ook tijdens de therapie drinken.' De hoorn werd naast de telefoon gelegd.

Die onmil il, da j d ma in zijn mees neurot vorm teekom. Ze was net uitgeschreven toen hij terugkwam.

'Hoe vind je het om deze ervaringen uit te wisselen?'

'Ik ben blij dat ik je niet zie,' zei Esther.

'En?' vroeg hij.

'Misschien werkt het bevrijdend.'

'Jij moet altijd door een barrière heen om toe te geven dat iets prettig is,' zei hij met zijn diepe stem.

Barier m toe t gev da ies preg i. Nieuw blaadje pakken.

'Seksualiteit is een van de moeilijkste expressievormen,' vervolgde Broekhuizen. IJsblokjes rinkelden. 'Wat jij over mannen schreef, herken ik ook, dat dwingende en egoïstische, het op de meest egoïstische manier geil zijn, maar dat speelt zich bijna af op een psychotisch niveau. Ik ken ook de andere kant, van volgen en sensitief zijn.' IJsblokjes gleden langs een glaswand. Zijn keel slikte. 'De meeste moeite had ik met het feit dat ik opgewonden word als ik weet dat de vrouw nodig naar het toilet moet. Dat heb ik heel lang heel slecht en heel vies van mezelf gevonden. Ik durf het jou te zeggen, want ik voel bij jou geen veroordeling ten aanzien van dat soort dingen.'

'Nee, ik heb niet zo snel een oordeel. Ik kan me in veel dingen verplaatsen. Komt waarschijnlijk door mijn beroep,' was Esther hem ter wille. Het moment om een rem te zetten op dit gesprek was al lang voorbij, realiseerde ze zich ineens. Veel, veel eerder had ze ergens 'nee' moeten zeggen, maar ze had het moment gemist. Ze kon niet overzien waar het heen ging, noch wat dit voor de therapie met Broekhuizen betekende. Ze zat er middenin. Het enige waar haar instinct nog op gericht was, was de schade van een mogelijk verlies te beperken.

Broekhuizen schonk zichzelf nog eens bij, Esther dronk de laatste slok uit haar tweede glas wijn en wachtte hoe hij het gesprek zou vervolgen.

Ze hoorde iets ruisen aan de andere kant. 'Nog vijf minuten.'

Ze keek op haar wekkerradio. 'Ja,' zei ze. Vijf voor twaalf. Het was bijna afgelopen, het gesprek, dan zou ze slapen en vergeten.

'Hoeveel mensen zouden je nu proberen te bellen?' vroeg hij. Voordat Esther zich realiseerde dat ze deze vraag als ontsnapping kon aangrijpen, lachte Broekhuizen en zei: 'Ik begin een hekel aan mezelf te krijgen. Mijn tong wil niet meer precies uitdrukken wat ik wil. Dan denk ik: ik moet mezelf in de hand houden.'

'Want anders?'

Zijn stem gromde aan de andere kant.

Waarom vraag je dit? ging het door Esthers hoofd. *Ik moet het weten,* dacht ze. *Weten.*

'Hmmm. Het zou ergens toe moeten leiden?' vroeg Broekhuizen.

'Dat zeg ik niet.'

'Hmmm. Het is ook moeilijk, hè?' zei hij en Esther voelde dat hij bedoelde dat hij vocht tegen de opwinding die bij hem was ontstaan door al het gepraat over seks en over zijn opmerking dat hij verliefd op haar kon worden, en ze merkte dat hij ervan uitging dat zij hetzelfde gevecht leverde. Ze zweeg. Stemmen in haar hoofd: *Laat hem maar in die waan, wat kan dat nu voor kwaad? Wijs hem niet af. Hij heeft je in vertrouwen genomen. Dan mag je hem nu niet veroordelen.*

'Ik lig nu wel heel erg onderuit op de bank. Wat vind je hier nu van? Het is wel heel spannend geworden tussen ons, hè? Dit is natuurlijk een ongewoon gesprek, dat een aantal stations passeert. Je merkt dat ook als therapeut, dat voor bepaalde cliënten de afweer alleen maar groter wordt als je die stations niet neemt. Niet dat ik nu met een slimme strategie bezig ben om je van je afweer af te helpen hoor, haha. De therapeutische afstand werkt in sommige gevallen contraproductief en dat zijn die gevallen waarin je als therapeut zelf ook behoefte hebt de afstand te verminderen. Dan ga je dus de gevarenzone in, maar dat moet je dan maar voor lief nemen. Hoe komt het nu over wat ik zeg? Het is niet mijn bedoeling om het klinisch over te laten komen.'

'Dat is je gelukt,' zei Esther.

'Haha, jij hebt humor. Het begint eigenlijk steeds leuker te worden tussen ons. Het was al wel voelbaar dat een consult van vijfenveertig minuten te kort zou zijn, daarom plan ik het gesprek meestal als laatste op de avond.' Ze hoorde hem een slok nemen. 'Toch ontstaat er een sfeer van opwinding, althans bij mij. Wat vind je daarvan?'

Ch osta r e sfeer v owinin, alta b m. Het was stil en ze raffelde snel af: wa vi j dava? Hij wachtte haar antwoord niet af. 'Als ik tijdens ons gesprek zou merken dat je nodig naar de wc moest, dan zou me dat opwinden, weet je dat? Dan zou ik moeite doen om te bereiken dat je het in je broek deed, dat zou ik ontzaglijk opwindend vinden. Zou je dat doen voor mij? Je zit dus in de spreekkamer en je moet heel nodig naar de wc en je zegt dat. Stel dat ik zou zeggen: "Nee, dat kan niet?"'

'Ik zou het moeten ophouden?'

'Zou je het voor mij in je broek doen?'

'Weet niet,' zei ze.

'Het is weer bloedlink geworden, hè?' gromde Broekhuizen. 'De spanning blijft. Hoe moeten we dit oplossen?'

Hoe mt w di olos? Haar pen op het papier in een hand die week geworden was. Een hoofd in chaos. *Hou je vast, er gaat iets gebeuren. Er is niets meer aan te doen. Er was lang geleden al niets meer aan te doen. Wijs hem niet af, niet breken, nog niet. Niet alleen zijn als je ophangt, eerst controle krijgen over de situatie, je moet hier doorheen, hou vol, hou je vast, daar ga je.*

'Wat ik zou willen, is dat je het in je broek deed op een zodanige manier dat we met de therapie verder konden, maar dat zit er natuurlijk niet in. Wil je me opwinden zonder dat je er meer van verwacht?' Het klonk als een retorische vraag. Ze had geen beeld meer bij deze getransformeerde therapeut-man, bij zijn stem die diep en stroperig was geworden.

'Wat doe je dan met die opwinding?' vroeg ze.

'Als je het deed, geloof ik dat ik vreselijk klaar zou komen.'

Vrel klaar u kom.

'Vanzelf?'

'Ja. Wat zou je dan doen?'

'Weet ik niet.'

'O, wat vind ik dit moeilijk. Ik voel me wel veilig bij je, dat valt me op. Als we elkaar nu zouden zien, wat zou je dan doen? Hoe moeten we hier uitkomen, uit deze spanning van willen en niet willen? Weet jij dat? Als het een eenmalige gebeurtenis zou zijn, zou je je daar dan in schikken?'

Een katoenen rok, een T-shirt, een jasje, instapschoentjes, haar tas, de autosleutels. *Kom naar mijn huis, kom naar mijn huis,* herhaalde zijn stem zich in haar hoofd. *Dit is niet goed,* dacht ze, maar haar lichaam ging gewoon door met zorgen dat ze daar kwam, naar hem toe, om hem te zien, te zien of het waar was, te horen of die stem aan de telefoon die ze net had opgehangen inderdaad uit zijn mond kwam als ze voor hem stond. Of dat hij wellicht zou zeggen dat het een vergissing was, zich verontschuldigen zou, alles zou herstellen. Zou zeggen dat het een experiment van hem was geweest om haar duidelijk te maken hoeveel ze bereid was van zichzelf in te leveren en dat ze daar hard aan moest werken. Tenslotte was hij ook de man die steeds gezegd had: 'Altijd mag je me bellen, altijd ben ik er voor je.' De man die beloofd had: 'Nooit zal ik met je vrijen, nooit breek ik de therapie af.' *De man van de altijd- en nooit-woorden, die behalve door je ouders nooit meer door iemand gesproken worden.* En deze man sprak ze.

Het huis was helemaal donker.

Hij is er niet, ging het door haar heen. *Het gaat allemaal niet door. Als hij donderdagavond belt, is alles weer gewoon.*

Ze liep het pad op naar de voordeur van het rijtjeshuis. De straat was stil. Ze drukte op de bel en dacht dat die door de hele straat te horen was. Er klonk gestommel achter de matglazen voordeur en ze zag een gestalte. Er ging geen licht aan, de deur ging open. Hij droeg een broek met een vouw, een hemd met een spencer, kleding waarin ze hem kende. Het enige wat anders was, was dat zijn haar eruitzag alsof hij had gelegen en dat hij geen schoenen droeg.

'Hallo,' zei hij. 'Kom binnen.'

Een korte teleurstelling dat hij niet al bij het openen van de deur iets gezegd had waardoor het misverstand werd opgehelderd, maar terwijl ze langs hem heen de hal instapte, verwachtte Esther nog steeds dat hij iets zou zeggen om alles recht te zetten en haar duidelijk te maken dat ze het allemaal verkeerd begrepen had. Ze wachtte tot hij de deur gesloten had. Hij draaide zich om, liep op haar toe, duwde haar tegen de muur van de hal waar jassen hingen en greep met zijn rechterhand direct tussen haar benen.

'Ben je nog droog?' mompelde hij.

Haar hoop op een andere afloop verdween in één keer. Haar laatste gedachte was: *Dit was het dan*. Vanaf dat moment dacht ze niets meer.

Zo weinig moeite dat hij het dier niet doodbijt in de nek zijn maaltijd aan het achterlijfje begint terwijl de kop van het jong wezenloos voor zich uitstaart de hoofden die heen en weer worden bewogen door één paar handen twee hoofden uit elkaar getrokken en tegen elkaar aan geslagen ritmisch dan sla ik jullie met de koppen tegen elkaar ze ziet terwijl ze overeind getrokken wordt door haar moeder de hand van haar vader die nu weer langs zijn lichaam hangt een onbestemde pijn de pijn van het niet weten het niet begrijpen het onverwachte het onbetrouwbare wat was er fout een wesp is het dat auto-ongeluk in zuster George moet sterven ze wil die avond niet alleen zijn met haar broer daar ligt haar moeder het ijselijke gegil is van haar als je je overgeeft doet het ook geen pijn meer haar vader voorovergebogen boven en rondom haar moeder ramt de pan tegen de keukenvloer beng beng beng het is haar vader maar zijn zwijgen doet haar ineens twijfelen doet haar aan alles twijfelen bestaat ze eigenlijk wel voor haar gees-

tesoog barst haar buik open, golven salade en bloed spuwend de in-
tens droevige betekenis van fout fout betekent de omslag betekent van
blij naar verdrietig, van vrolijk naar pijn pijn er is nog geen taal in
haar hoofd geen woordenschat om dit een plaats te geven maar dan
moet er wel een plastic zakje om ze gilt en probeert de spijlen van het
hek vast te houden ik laat je niet vallen vertrouw me nu maar ik ben
toch je broer ze gaat toch daar hoef je toch niet om te huilen dat is de
natuur.

Zijn raspende kin tegen de hare, zijn onderlip die de hare op-
zoog, een harde tong die haar mond binnendrong, de druk van
zijn bovenlip die geen bovenlip was, maar eigenlijk direct dat stuk
waar zijn snorharen begonnen door te dringen. Gewaarwordingen veroorzaakt door een gezicht dat ze alleen van afstand kende; dat ze zich nooit, nooit in deze positie had voorgesteld.

Hij duwde haar de woonkamer in, alles was donker, een beetje maanlicht kwam door de grote glazen schuifpui aan de achterkant van het huis naar binnen. Daar stonden twee banken en
een salontafel.

'Ga zitten.'

Hij dirigeerde haar naar een van de banken. De rugleuning
was zo laag dat ze, toen hij haar tegen de leuning duwde, half
onderuit kwam te liggen.

'Moet je al?' vroeg hij, terwijl hij op haar onderbuik duwde.
'Wacht,' zei hij en stond op. Hij liep naar de keuken en kwam
terug met een glas, waar wodka met jus d'orange in zat, proefde
ze. Nadat hij er op had toegezien dat ze de helft leegdronk, zette hij het glas op tafel en kwam op zijn knieën voor haar zitten.
Hij deed haar T-shirt omhoog. Daar lagen haar wit met roze borsten, zag ze. Hij kneep erin. Hij trok zijn spencer en hemd uit en
knoopte zijn broek los. Daarna pakte hij haar rok vast, werktuiglijk tilde ze haar lichaam van de bank op.

'Nee, aanhouden,' zei hij, terwijl hij in zijn broek greep.

Ze keek naar het plafond, schaduwen van buiten. Ze voelde hoe hij het kruisje van haar onderbroek opzij hield en wachtte. Het zachte vlees tussen haar benen protesteerde bij de snelle binnendringing, maar eenmaal binnen week haar lichaam voor de ruimte die hij innam, alsof het zeggen wilde: 'Alles kan. Gebruik me maar zoals je wilt. Ik weet niet beter.' Broekhuizen bewoog zich in haar, ze hoorde zijn adem, het zachte stoten van zijn stem. Plots verliet hij haar, ging op de vloer voor de bank zitten en trok haar op zich. Hij greep twee kussentjes van de bank, legde die onder zijn hoofd en ging achterover liggen. Haar stroeve vlees week een tweede maal.

'Kun je nu plassen?' Zijn stem was zacht en laag. Hij duwde op haar onderbuik. 'Toe maar,' moedigde hij haar aan, 'ontspan je.'

Wild joeg de aandrang hard te gaan lachen door Esthers middenrif. Ze onderdrukte het en vanuit die verre afstand tot hem vroeg ze ineens: 'Doet je vrouw dit ook?'

Het ontnuchterde hem geenszins. 'Rosalie? O god, nee, die kan dat helemaal niet,' zei hij. 'Toe maar, laat maar gaan.' De kracht van de onderdrukte lachbui verdween even plotseling als hij gekomen was en Esther viel in misselijke slapte over Broekhuizen heen, haar hoofd op zijn schouder, die, sterk en warm, ondanks alles beschermend aanvoelde, nu ze zijn gezicht niet zag.

'Toe maar,' hoorde ze zijn stem. Ze probeerde haar plasbuis te ontspannen, ondanks zijn zwelling in haar buik. Hij coachte haar met zachte stem en terwijl, heel langzaam, wat van de hete vloeistof haar blaas verliet, voelde ze een warme druppel haar ooghoek verlaten en langs haar wang lopen. Hij spatte op zijn schouder uiteen. Minuscule druppeltjes spetterden terug op haar gezicht.

Het harde geluid van de telefoon deed al haar vezels spannen. Ze schoot overeind en stond op, haar onderbuik sloot zich direct, alsof ze vacuüm trok. Broekhuizen stond rustig op en nam de telefoon op. Ze kon niet goed horen wat hij zei. Toen hij ophing, zei hij: 'Het was WJ. Hij had je weg horen gaan en was ongerust.

Ik heb gezegd dat je terug zou bellen.'

Zonder al te veel woorden en nog altijd rustig had hij haar spullen aangereikt en was ze het huis uitgegaan. *Het is voorbij,* dacht ze, terwijl ze met haar tas over het tuinpad liep door de kilte van de vroege ochtend. Ze stapte in haar auto, startte de motor en reed weg.

Dag vijand. Daar ben je dan. Eindelijk heb je een duidelijk gezicht gekregen, nadat je je jaren verborgen hebt gehouden, versnipperd in mensen en gebeurtenissen.

Ik ben niet meer alleen. Mijn pijn is terug. Niet die vage pijn, de paniek die ontstond toen ik de dingen los moest laten die zich als zekerheden aan me hadden voorgedaan. Nee, het is de bekende pijn, de vertrouwde pijn, de pijn die voortkomt uit herkenning, die mij mijn wereldbeeld teruggeeft. Over de mensen die je nooit je binnenste moet laten zien, nooit het achterste van je tong, nooit het rood van je hart, het paars van je lever. Had maar naar je moeder geluisterd, had maar naar je vader gevoeld. Er is geen liefde die niet wordt betaald. Niets voor niets.

Haar lichaam bestuurde de auto werktuiglijk, terwijl alles in haar zo heftig bewoog dat ze niet begreep hoe stil ze zat, hoe bewegingloos ogen konden zijn die huilden. Langs haar flitsten weilanden, water, vangrail, asfalt. Een zeldzame luciditeit in haar hoofd.

Daar is je vijand. Hij heeft zich eindelijk ontmaskerd, nadat je hem, lang voordat je hem uiteindelijk kon zien, al die tijd hebt voelen aankomen. Daar is hij en prijs je gelukkig, dat je diep vanbinnen geweten hebt dat hij een vijand was, ook al ga je er haast aan ten onder. Aan die vijand, die zich in vriendengedaante heeft gewikkeld, zich in een vaderfiguur heeft gehuld, zich heeft vermomd als helpende hand, als zorgzaamheid, zich liefde heeft genoemd en die een vernietigend virus bleek. Maar nu je het als ziekte hebt herkend, kan je strijd beginnen. Ik heb mijn vijand en ik neem de wapens op. Al is het geen vader, geen moeder, geen rotmof. Ik laat me niet meer plat krijgen. Niet meer. Niet meer.

DEEL 2

Hoofdstuk 1 – 8: september 1994 – 1996

Hoofdstuk Eén – Acht: april 1993 – 1994

1

September 1994

'Gemeentepolitie.'

'Met Esther Blindeman. Ik wil aangifte doen van seksueel misbruik. Moet ik daar een afspraak voor maken?'

'Hoe oud bent u?'

'Eenendertig.'

'Ogenblikje.'

Ze zat in het kantoor van de afdeling dramatherapie in het grote psychiatrische ziekenhuis bij haar in de buurt. Ongeduldig luisterde ze naar de dode telefoon en hoopte dat er niemand binnenkwam, hoewel ze wist dat Irma een therapie gaf. Waarom was ze in vredesnaam hier gaan bellen? Het moest ineens gebeuren. Eigenlijk wist ze het vanochtend al toen ze wakker werd.

'Jeugd- en zedenzaken, met Harry van de Molen.'

Een man.

'Met Esther Blindeman. Ik wil graag aangifte doen van seksueel misbruik door een therapeut.'

'Seksueel misbruik door een therapeut?'

'Ja.'

'Wat voor therapeut?'

'Een psychotherapeut. En klinisch psycholoog.'

'Hoe oud ben je?'

Weer die vraag.

'Eenendertig.'

'Oké, we kunnen wel een afspraak maken, dan kun je er wat meer over vertellen. Ik weet alleen niet uit mijn hoofd of het strafbaar is: seks met een therapeut.'

Esther pakte de kopie uit het Wetboek van Strafrecht. Titel XIV: Misdrijven tegen de zeden.

'Artikel 249,' las ze voor.

'249?'

'Ja: *1. Hij die ontucht pleegt met zijn minderjarig kind, stiefkind of pleegkind, zijn pupil, een aan zijn zorg, opleiding of waakzaamheid toevertrouwde minderjarige of zijn minderjarige bediende of ondergeschikte, wordt gestraft met gevangenisstraf van ten hoogste zes jaren of geldboete van de vierde categorie.* En dan staat er bij 2: *Met dezelfde straf wordt gestraft:* en dan staan er de cijfers één, twee en drie met een rondje en beschrijvingen, en bij drie staat: *degene die, in de gezondheidszorg of maatschappelijke zorg, ontucht pleegt met iemand die zich als patiënt of cliënt aan zijn hulp of zorg heeft toevertrouwd.*'

Het bleef lange tijd stil. Ze hoorde hem schrijven.

'Oké,' zei Van de Molen ten slotte. 'We kunnen een afspraak maken, deze week, daar is mijn collega Bob dan ook bij.'

'Kan er ook een vrouw bij zijn?' vroeg Esther.

'Mijn collega Bob en ik zijn hier heel goed in gespecialiseerd, hoor.'

Heel goed én gespecialiseerd. Esther aarzelde.

'Je hebt natuurlijk het recht om een vrouw erbij te vragen, maar dan gaat het langer duren, want Carolien van Vuuren, die wordt het dan, die is met vakantie.'

'Hoeveel langer duurt het dan?'

'Dan kunnen we pas op 12 oktober afspreken.'

Nog twee weken, zag ze in haar agenda. Ze twijfelde. Wilde ze het snel achter de rug hebben met twee mannen of toch liever een vrouw erbij? 'Het is goed,' zei ze. Die twee weken kon ze het nog wel uithouden.

'Goed dan. Twaalf oktober om twaalf uur?'

'Dat is goed.'

'Sèèèèèksssuuuuuéééééééél mmìììììssssbrrrruiuiuiuiuik,' zei hij terwijl hij de afspraak noteerde. Hij schreef niet zo snel, had Esther al eerder gemerkt. Ze bedwong de impuls om op te hangen voordat meer details zo breed uitgemeten werden.

'Zo,' zei Van de Molen, 'het staat er. Nog één ding. Je moet er niet op rekenen dat we hem hiervoor ook echt kunnen pakken. Deze dingen zijn altijd heel moeilijk te bewijzen, dus denk er in die twee weken nog eens over na of je het wel wilt, want het is een lange weg. Zelfs als wij een onderzoek instellen is het nog niet zeker of de Officier van Justitie hem gaat vervolgen.'

Esthers hart bonkte een paar maal hard tegen haar ribben. Ze blies een haar uit haar verhitte gezicht.

'Ik wil je niet ontmoedigen, hoor,' zei Van de Molen, 'maar wij moeten dit nu eenmaal zeggen.'

Ze beëindigden het gesprek. Ze omcirkelde de afspraak in haar agenda. Ze schrok op van de telefoon. *Van de Molen,* dacht ze onwillekeurig. *Nee, dat kan niet. Die weet niet dat ik hiervandaan bel.* Ze pakte de hoorn van de haak.

'Met Fons Kaltofen.'

'Dag,' zei Esther.

'Je weet nog wie ik ben?'

'Ja,' zei Esther. *De psychiater.*

'Ik vroeg me af of je gelegenheid en zin zou hebben om een keer na het werk af te spreken?' vroeg hij.

Opnieuw sloeg Esthers hart tegen haar borstkas. *Wat gebeurt er toch allemaal?* Razendsnelle overwegingen. *Zou je dat nu wel doen? Het kan toch geen kwaad. Je hoeft niets.*

'Ergens een hapje eten?' klonk het door de telefoon.

'Dat is goed,' zei ze vlak. *Je moet er maar aan wennen, Es, dat je zo bent.* Er was een tipje van een sluier opgelicht en vervolgens was het haar onmogelijk die sluier weer te laten vallen en er niet meer naar om te kijken. *Je moet het nu eenmaal allemaal weten.* Ze zuchtte zachtjes. *Als ik Eva was geweest, had ik vast die hele boom leeggevreten.*

'Ik woon hier alleen nog niet zo lang. Weet jij een goed restaurant? Niet zo'n aanschuifgelegenheid, zodat we een beetje kunnen praten.'

Aanschuifgelegenheid? 'Ik zoek wel iets uit,' zei ze.

Ze spraken een datum af, hingen op. Esther staarde uit het raam van het kantoor. De grasperken voor het raam, het hertenkampje aan de andere kant van het pad. Drie patiënten die langzaam voorbijschuifelden met een kruiwagen, een schep en twee harken. Het was stil in haar hoofd.

Eén

April 1993

De vogels floten toen ze haar auto uitstapte. Ze had het koud, opende trillend de voordeur en liep onmiddellijk door naar de kamer van WJ, die inmiddels weer in slaap was gevallen, de telefoon naast zijn bed. Hij zag er vertrouwd en veilig uit in zijn slaap. Zijn ontspannen gezicht. Ze ging op de rand van zijn bed zitten en schudde aan zijn arm. Hij ademde diep in, opende zijn ogen en strekte een arm naar haar uit.

'Hoe gaat het?' vroeg hij. Esther wist dat Broekhuizen hem verteld had dat ze in een crisistoestand naar hem was toegekomen en dat ze hadden gepraat. Meer niet.

'Oké,' zei ze. Haar ogen schoten vol tranen. 'Het ging heel slecht, maar nu is het oké,' zei ze naar waarheid, al kon hij niet weten wat ze bedoelde.

Hij sloeg zijn armen om haar heen en trok haar tegen zich aan. De warme geur van slaap. Ze snikte. De drang om, nu ze veilig met haar hoofd op zijn borst lag, niets zag en alleen de warmte van zijn armen voelde, hem alles, alles te vertellen. Ze voelde een tikje tegen haar onderarm. Een tweede, derde, vierde. Het drong langzaam tot haar door wat het was. Ze wist dat het niet zijn bedoeling was een erectie te krijgen. *Dit is onschuldig!* Haar innerlijke stem, die haar op de terugweg in de auto had toegesproken, was er nog. Heel stil bleef ze liggen om de kracht die deze stem haar gaf niet te verjagen, niet met het opstaan terug te vallen in het zwarte gat dat haar de laatste maanden had omringd. De kracht zei haar dat deze man anders was dan die waar ze net vandaan kwam en haar instinct zei dat ze dit onderscheidingsvermogen niet moest verliezen.

Na een paar minuten maakte ze zich voorzichtig los uit WJ's armen. 'Ik ga nog even slapen.'

Hij kneep haar zachtjes in een hand. 'Slaap lekker.'

Ze sliep snel en werd een paar uur later wakker, dacht aan niets behalve haar werk, de reis ernaartoe en het kopen van gebak voor haar verjaardag.

Het was een verademing na de maanden zonder werk, waarvan ze zich nu pas realiseerde dat het een vorm van isolement was geweest, weer tussen collega's te zitten en te beginnen met de repetities voor de nieuwe *Hamlet*-voorstelling.

Aangenaam vermoeid kwam ze thuis en ze was nog maar net over de drempel toen de telefoon ging. Zonder na te denken nam ze op.

'Met Gijs.'

Haar goede stemming kelderde onmiddellijk naar een dieptepunt. Ze schold zichzelf uit omdat ze de telefoon had opgepakt, terwijl ze zich op de terugreis nog had voorgenomen niet te zullen opnemen. Ze had wel verwacht dat Broekhuizen zou bellen en al wist ze niet wat hij ging zeggen, ze had er geen enkele behoefte aan om hem te spreken. Integendeel, het teruglopen van haar vitaliteit en autonomie bij het horen van zijn stem was een Pavlovreactie die ze begon te herkennen en waartegen ze zich moest wapenen.

'Ben je goed thuisgekomen?' vroeg hij.

'Ja,' zei ze kort. *Niet dankzij jou.*

'We moeten maar proberen de draad weer op te pakken,' zei Broekhuizen.

'Wat bedoel je daarmee?'

'De therapie. Dat andere, dat moet je zien als een eenmalige gebeurtenis, waar verder ook niemand wat van moet weten. Dat zou door de buitenwereld toch niet begrepen worden. Zou te veel consequenties hebben, daardoor. Als je het wel zou vertellen, zou ik het ontkennen.'

Twee afwijzingen in een paar zinnen.

Er was niets over van de innerlijke stem die ze, die vroege ochtend, op de terugweg naar huis leek te hebben hervonden. Alleen de verpletterende pijn van een verlies dat niet te dragen viel. De verwarring dat ze wist dat ze moest ophangen, zo snel mogelijk, maar dat ze dit niet kon omdat haar leven leek af te hangen van een aardig woord, de verzekering dat alles, alles goed was.

'Hmmmm?' De stem van Broekhuizen in de realiteit.

'Je kunt het niet ontkennen,' zei Esther vertwijfeld. 'Het is gebeurd.'

Hij klonk zacht en rustig, zelfverzekerd. 'Ik zal het tegenover iedereen ontkennen, behalve tegenover jou. Tussen ons zal ik het nooit ontkennen. Laten we er even over nadenken,' zei Broekhuizen. 'Ik bel je nog.' Met een klik werd de verbinding verbroken.

Verdoofd legde Esther de hoorn op de haak, zocht houvast aan muur, deurposten, op weg naar haar kamer, het matras op de grond en viel op de dekens. Ze prikten tegen haar gezicht. 'Help me,' fluisterde ze. Opnieuw had Broekhuizen het initiatief genomen en de koers bepaald. Als ze dit gevecht op leven en dood wilde winnen, moest ze zorgen dat zij het heft in handen kreeg, al was ze uitgeput en ging deze opdracht voorbij aan haar diepe behoefte te rusten, zich veilig te weten en niets meer te hoeven doen. Een behoefte die maanden geleden al was ontstaan en onder de handen van Broekhuizen was uitgegroeid tot een terminaal verlangen.

'Hoe wist jij eigenlijk het telefoonnummer van Broekhuizen?' vroeg ze aan WJ, nadat hij haar bij thuiskomst zachtjes had gewekt en voor haar gekookt had.

'Ik heb eerst Claudia gebeld, maar die wist het nummer ook niet. Zij heeft me het nummer van Bierens gegeven.'

'Heb je eerst Bierens gebeld?' vroeg Esther verbaasd. *Midden in de nacht. Hij heeft Bierens midden in de nacht gebeld.*

'Ja,' zei WJ.

'Wat heb je gezegd?'

'Dat ik me zorgen maakte. Dat je eerst heel lang aan de telefoon had gezeten en zo laat het huis uit ging. Ik wist niet wat je ging doen.'

'En wat zei Bierens?'

'Hij gaf het nummer van Broekhuizen, dacht dat je daar misschien wel heen was.'

Hij dacht dat ik daarheen was? Koortsachtig zocht Esther naar antwoorden, maar er waren alleen maar meer vragen. Wat had die man gedacht? Waaruit had hij opgemaakt dat zij naar Broekhuizen was? Was het zo normaal om dat te doen? Deden wel meer mensen dat? Gebeurde het wel vaker? *Als je het vertelt, zal ik het ontkennen,* had Broekhuizen gezegd. Wie zou Esther geloven? Bierens in ieder geval niet, als hij haar gang naar Broekhuizens huis zo vanzelfsprekend vond.

'Ik zei tegen WJ: bel zelf Bierens,' zei Claudia toen Esther haar die avond aan de telefoon had. 'Ik geloofde niet zo dat hij ongerust was, volgens mij had hij zichzelf jaloers gemaakt toen je zo lang aan de telefoon was. Hij wilde in eerste instantie gewoon weten waar je heen ging. Dat gevoel had ik. Maar toen hij had opgehangen, werd ik natuurlijk toch ook ongerust en toen hij later terugbelde dat je bij Broekhuizen zat vanwege een crisis waren we blij dat hij gebeld had en dat je in elk geval terecht was.'

Esthers verlangen om de waarheid te vertellen werd steeds groter terwijl de mogelijkheid die ze daartoe zag al pratend kleiner werd. Dat het vooral jaloezie was die WJ had gedreven, verbaasde haar niet. Al vaker had hij opmerkingen gemaakt over de frequentie van de telefoongesprekken die Esther had met Broekhuizen en het feit dat ze zich gaandeweg beter was gaan kleden en make-up was gaan dragen voor de afspraken die ze met Broekhuizen had. Dat had Claudia ook gesignaleerd. 'Ben je verliefd aan het worden?' had ze een keer aan Esther gevraagd. Maar voor Esther waren het de middelen van haar beroep: kleding en make-up gaven haar een omhulsel waarmee ze haar kwetsbare innerlijk enigszins in bescherming nam. Gevaarlijke middelen, bleek nu, niet alleen omdat ze voor anderen een andere betekenis konden hebben, maar ook omdat ze een afsplitsing van de realiteit in de hand werkten. Het makkelijker maakten vol te houden dat het niet echt was wat ze meemaakte. Maar het was geen spel. De bergen consequenties waartegen Esther zich nu te pletter liep maakten dat pijnlijk duidelijk. Ze wist niet of WJ haar zou geloven als ze alles zou uitleggen en ze zou het niet kunnen verdragen als het niet zo was. Claudia zou waarschijnlijk wel geloven wat er gebeurd was, ongeacht of ze het helemaal zou begrijpen of niet, maar: 'Je moet mij maar geen geheimen vertellen,' had ze lang geleden al tegen Esther gezegd. 'Als je écht wilt dat niemand anders het weet, vertel het mij dan maar niet.' En Esther wilde niet dat ze het aan een ander zou vertellen. Als het ooit verteld werd, dan wilde ze dat zelf doen. Ze wilde niet het risico lopen dat ze geen grip meer had op de situatie en dat er van alles zou gebeuren, zonder dat ze zelf de koers had bepaald. Claudia was in therapie bij Bierens. Ze had zelf genoeg problemen, zonder dat Esther haar zou opzadelen met een, eventueel tijdelijke, zwijgplicht binnen een therapie waar ze alles moest kunnen zeggen.

Alleen. Ze moest het alleen doen. Genoeg kracht verzamelen om te begrijpen wat er precies gebeurd was en wat ze eraan doen kon.

'Ik heb twee dagen flink zitten nadenken,' zei Broekhuizen tijdens het telefonisch consult. 'We hebben een gekke streek uitgehaald. Aan de ene kant denk ik, je moet het maar onder ogen zien, maar het contrast is zo groot met wat ik altijd heb gezegd.'

'Daar heb ik ook over nagedacht,' zei Esther. 'Ik dacht: het kan twee dingen betekenen: of ik ben een uitzondering voor je, of je hebt een grote verachting voor me. Waarom zou ik ook een goeie treffen.'

'Dus je vindt het slecht?'

'Als het is wat ik denk, ja.'

'Dan ken je me slecht,' zei hij. 'Ik heb je heel hoog zitten. En wat we gedaan hebben… Het is zeker dat het ons meer bindt. Maar ja, als ik dan die kaart van je lees, dan slaat de schrik me om het hart, dan denk ik: jezus, daar staat het met zoveel woorden: de pijn die je altijd hebt bij het afscheid nemen.' Ze hoorde geritsel van papier. '*Ik heb het gevoel, dat als ik je tegen m'n borst druk, deze aan rafels wordt getrokken als je je losmaakt,*' las Broekhuizen voor. 'Ik vind dat wel eng, vanwege het verplichtende karakter, want ik ben een vrijbuiter hoor!'

Hoog zitten, ons meer bindt, eng, verplichtend, vrijbuiter. Heen en weer geslingerd tussen tegengestelde woorden, luisterde Esther. Niet meer in staat de waarheid onder de tegenstrijdige boodschappen te ontdekken.

Hij praatte door tot hij zich realiseerde dat ze stil bleef. 'Dit gesprek is geen afwijzing hoor. Ik wil dat het goed overkomt. Ik bedoel, je hebt afwijzing en afwijzing. Je hebt botte afwijzing en een ander soort afwijzing, daar zit een hoop tussen. Je kunt ook over dingen praten. Je hebt afwijzing waarbij je elkaar de rug toekeert en afwijzing waarbij je dichtbij blijft. Ik laat je niet los. We lopen niet weg. Een therapie wordt nu eenmaal pas echt moeilijk als iemand echt moet gaan veranderen. Intussen vechten we tegen je depressie. Neem je je medicijnen in?'

'Ja, maar het maakt niets uit.'

'Het is natuurlijk niet alleen biologisch. Je hebt nooit de ervaring gehad dat er van je werd gehouden, gewoon alleen maar
omdat je er bént. Affectieve verwaarlozing. Ik zou je graag als
klein meisje op schoot hebben genomen,' zei hij zacht. 'Dat heeft
kennelijk nooit iemand gedaan.'

Esther zweeg.

Broekhuizen zuchtte. 'Ik zie je dinsdagavond in de praktijk.'

De hoorn op de haak. Ze schreef zijn laatste zinnen in haar
aantekeningenschrift. Het was vrijdag. Het paasweekeinde volgde. De depressie sloeg heftig toe. Ze trok zich op aan het vooruitzicht aan dinsdag, een nieuwe werkdag en stuurde Broekhuizen twee scènes uit *Hamlet*: de beroemde monoloog '*to be or not
to be*', maar ook de scène tussen Ophelia en haar vader, Polonius,
waarin hij haar waarschuwde voor het mannelijk geslacht. 'Hij
heeft gezworen dat hij van me houdt,' zei Ophelia, waarop Polonius antwoordde dat ze maar van hem aan moest nemen, dat
een man bereid was iedere dure eed te zweren 'als het bloed
bruist'. Geilheid boven alles.

Broekhuizen reageerde er niet op.

2

Oktober 1994

Opmerking verbalisanten:
Het slachtoffer heeft moeite met het benoemen van de geslachtsde-
len. Ook raakt aangeefster erg geëmotioneerd over het feit dat Broek-
huizen haar in deze situatie heeft gebracht en dat zij dit nu allemaal
moet vertellen,

las Esther. Opnieuw duwden er tranen tegen haar keel en ogen.
Ze slikte een paar keer en drukte hard met haar zakdoek tegen
haar ogen voor ze verder las.

Ik stapte daarna in mijn auto en reed naar huis. Op weg naar huis
had ik het idee dat er iets onherroepelijks was gebeurd. De man die mij
nog niet zo lang daarvoor had gezegd dat hij nooit met mij zou vrij-
en was honderdtachtig graden gedraaid. Ik voelde me raar, verdoofd.
*   U vraagt mij of Broekhuizen verliefd op mij was. Iedere keer als*
ik hem sprak voelde ik me veel slechter dan daarvoor. Aan het eind
begon ik door te krijgen dat hij dat bewust deed. Hij voedde het door
de dingen die hij zei en hoe hij ze zei. Als ik dan in die put viel, stak
hij zijn hand uit. 'Kom maar langs.' Het leek of hij zou helpen, maar
de gesprekken gingen steeds vaker over hem en eindigden in seks, wat
er meestal mee begon dat hij me verbood naar het toilet te gaan. Als
het eenmaal zover was, ging het snel. Het was altijd zo voorbij en
dan ging hij vlug naar huis. Dus... hij was niet verliefd. Ik denk

niet dat je iemand waar je ook maar iets om geeft zo behandelt. Het
was doelbewust ziek houden, gebruiken en nog zieker maken, wat hij
deed. Ik denk niet dat hij tot gevoelens van liefde in staat is. Voor wie
dan ook.

Opmerking verbalisanten:
De aangifte wordt nu onderbroken en er wordt afgesproken dat wij
later de aangifte verder zullen opnemen. Slachtoffer is erg vermoeid.

Ze schoof de stapel papier naar Van de Molen. 'Oké,' zei ze.

Hij gaf haar de laatste pagina terug en overhandigde een pen.
'Dan mag je hier even tekenen.'

Esther tekende. Carolien van Vuuren kwam binnen. 'Je
vriendin zit nog beneden,' zei ze. 'Ik loop wel even met je mee
naar de lift.'

Esther stond op, pakte haar spullen bij elkaar en gaf Van de
Molen een hand. 'Tot de volgende keer,' zei ze en liep met Van
Vuuren mee naar de lift.

'Gaat het?' vroeg Carolien.

'Jawel,' zei Esther. Ze staarde door het donkere gat in de lift-
deur, totdat als een snelle zonsopgang de verlichte cabine zichtbaar werd. 'Bedankt,' zei ze en gaf Van Vuuren een hand.

'Rust maar goed uit,' zei Van Vuuren.

Met een flauwe glimlach stapte Esther de lift in. De deur sloot
met een zachte klik en ze zag hoe de schoenen van Van Vuuren
zich verwijderden, voordat de verdieping uit het zicht verdween.
Zacht zoemend daalde ze af. Door haar hoofd maalden honderden beelden, herinneringen, woorden, regels, zinnen, die de afgelopen drie uur waren vertaald in de ambtelijke taal van het
proces-verbaal. Ze had haar best gedaan haar verhaal zo goed
mogelijk te vertellen: de hele aanloop naar de therapie, de problemen waarvoor ze in behandeling was gegaan, het jaar therapie bij Broekhuizen tot en met het telefoongesprek waarmee het

net zich om haar gesloten had en ze naar zijn huis was gegaan. In de afgelopen tijd had Esther de verslagen van de therapiege-sprekken teruggelezen. Nu pas zag ze in hoezeer Broekhuizen zijn toenadering had gedoseerd. Dat het allemaal veel eerder begonnen was dan zij ooit gedacht had. Het waren harde, vermoeiende weken geweest, waarin haar keer op keer voor de geest kwam wat er was gebeurd. Ditmaal waren het niet alleen de gewaarwordingen: zijn gezicht, zijn lichaam, de auto's, de huizen, parkeerplaatsen, velden, de neutrale aanwezigheid van de dingen die hen omringden en die getuigen waren zonder commentaar, maar was het een ondeelbaar geheel: haar gewaarwordingen en gevoel herenigd.

Esther haalde het kopietje van wetsartikel 249 uit haar jaszak, vouwde het gehavende papier open en liet haar ogen rusten op de woorden: *Overige delictsbestanddelen. a) Plegen. Strafbaar gesteld is het plegen van ontucht. Het is dus onbelangrijk van wie het initiatief is uitgegaan. Ook wanneer de ontucht is uitgegaan van het slachtoffer, had de dader zich van zijn bijzondere verantwoordelijkheid bewust moeten zijn. Ook instemming van het slachtoffer staat niet aan het plegen in de weg.* De lift stopte met een ruk op de begane grond. Ze vouwde het papier op, stak het in haar zak en liep de hal in. Claudia zat nog op dezelfde bank als waar Esther haar uren eerder had achtergelaten. 'Ze kan niet bij het verhoor zijn, omdat ze mogelijk als getuige kan functioneren,' had Van de Molen gezegd.

'Sorry dat het zo lang duurde,' zei Esther.

Claudia stond op en omhelsde haar. 'Helemaal niet erg. Kom, we gaan hier weg.'

Twee

April 1993

Die dinsdag repeteerde ze intensief voor de *Hamlet*-productie, waarna ze, eenmaal thuis, haar bed instapte en in slaap viel tot het moment dat ze naar de praktijk zou gaan. Ze had zich willen voorbereiden op het gesprek, wist dat het zelfs noodzakelijk was voor iedere confrontatie met Broekhuizen, maar de slaap diende zich aan als een onontkoombare verdoving. *Ik moet een andere oplossing vinden, oma,* dacht Esther. *Jij hebt ervoor gekozen toen er niets meer te veranderen viel. Ik moet nog dingen veranderen. Ik moet wakker blijven.*

Met grote weerzin liep ze die avond het pad op naar het grote huis, door de glazen toegangsdeur, langs de blaffende honden, langs wachtende knieën in de wachtkamer, nam plaats op een kruk bij het raam, haar ogen op de deur van de wachtkamer gericht. Daar was hij, op de afgesproken tijd, zijn kleren aan, zijn haar gekamd, zijn bril, het formele knikken waarmee hij haar naar de spreekkamer noodde, de handdruk bij de ingang van de spreekkamer, de zachte klik bij het sluiten van de deur, het kraken van de leren banken. *Zijn sokken, kussentjes, wodka jus d'orange, banken van bruin ribfluweel, het hoogpolige kleed.* Ze welden op en spatten voor haar ogen uiteen, de beelden van die nacht. Zijn uitdrukking, zijn gebaren, handelingen, zijn ogen, niets bevestigde wat er was gebeurd. Kort voelde Esther de opwelling heel hard te lachen, maar ze dwong zichzelf rustig te blijven. *Jij wéét wat er ge-*

beurd is. Laat je niet gek maken, dat zou hem te goed uit komen.

Ze schrok op van Broekhuizens stemgeluid. 'Ik heb begrepen dat Bierens straks ook even langskomt in verband met de medicijncontrole?'

Esther knikte. Bierens had geen tijd voor een aparte afspraak. Een klop op de spreekkamerdeur kondigde zijn komst al aan.

Met zijn grote postuur nam Bierens de bank in beslag die de banken van Broekhuizen en Esther aan elkaar verbond en leidde het gesprek. Broekhuizen luisterde en hij ondersteunde wat Bierens zei, eerbiedig, conform een ongeschreven wet op een paar treden lager dan de dikke, orerende vaderfiguur, wiens spaarzame vragen ook nog retorisch waren. Bierens memoreerde dat ze die nacht naar Broekhuizen was gegaan. Ze was goed ontvangen, was een van de retorische vragen, waarop Esther flauwtjes knikte. Broekhuizen zat tegenover haar en wachtte zonder blikken of blozen haar antwoord af, met zijn ogen op haar gericht. Geen spoor van twijfel op het gezicht van Bierens, noch tekenen van achterdocht over de nachtelijke situatie. Wist hij dat Broekhuizens vrouw niet thuis was geweest?

Bierens zei dat het belangrijk was dat Esther haar medicijnen innam, omdat ze kenmerken vertoonde van een vitale depressie, wat haar voor een therapeut een heel moeilijke patiënte maakte. Dat werd hartstochtelijk door Broekhuizen onderstreept. Zonder in- of aanleiding zei Bierens dat de therapie een echte relatie was.

'Het is in feite oefenen voor relaties in het echte leven en het aangaan van een dergelijke band met iemand kan tot groei leiden. Het kan een ontwikkeling die eigenlijk in de ouder-kindrelatie had moeten plaatsvinden maar daar is gestagneerd, weer in gang zetten.'

Echte relatie. Het echte leven. Het onderscheid dat Bierens leek te maken tussen wat echt en onecht was, waarbij hij met het onechte het artificiële van de therapiesituatie bedoelde, veronderstelde Esther, viel samen met de tweedeling die ze zelf voelde tussen de werkelijkheid en de surrealistische droomtoestand waarin de nacht met Broekhuizen had plaatsgevonden en die zich al eerder in gesprekken met hem had gemanifesteerd.

'Het is dus een echte relatie,' zei Bierens, 'waarin alles kan gebeuren wat ook in het echte leven gebeurt, met uitzondering van twee dingen: je mag niet met Gijs trouwen en je mag niet met Gijs naar bed.'

Het was de toon die hij gekozen had, een toon waarop veel mensen tot kleuters spraken, en het feit dat hij zich met zijn woorden uitsluitend en alleen tot Esther richtte, waardoor het onmogelijk was Bierens ter plekke alles te vertellen. Dit was óf een complot waarbij Bierens uit hetzelfde hout gesneden was als Broekhuizen, óf Bierens was dusdanig door Broekhuizen bewerkt dat hij de indruk had dat Esther eropuit was geweest – en misschien nog steeds was – om méér van Broekhuizen te willen. Broekhuizen als slachtoffer, als op de proef gestelde therapeut, hard aan het werk voor een moeilijke, lastige patiënte, een hysterische, nymfomane vrouw.

Esther had haar verbijstering, onmacht en opkomende woede beheerst, had zich tegenover Bierens en ook tegenover Broekhuizen, toen ze weer met hem alleen was, op de vlakte gehouden en was zo snel ze kon terug naar huis gegaan.

Ik moet hiertegen vechten, maar hoe? schreef ze enkele dagen later. *Twee gevechten tegelijk leveren is zwaar. Het gevecht tegen Broekhuizen en de strijd die er nog altijd is om het van mijn verleden te winnen en invloed te krijgen op de toekomst.*

Vandaag zou het telefonische therapiegesprek zijn, maar Broekhuizen wilde afspreken in een of ander café, laat, want hij had eerst een muziekrepetitie. Hij speelt hobo in een amateurband. Op het moment dat Broekhuizen het café binnenkwam, zag ik al dat hij moe was. Hij liet zijn instrument zien en wat partituren en was niet te be-

wegen tot een serieus therapiegesprek. Ik had een enorme weerzin om met hem aan een tafeltje te zitten, een drankje te drinken en zijn ver-moeide gebabbel aan te horen. Als ik in een café wil zitten en zomaar wat wil kletsen, bel ik liever een vriend of een vriendin. Maar na een paar vergeefse pogingen om te praten over wat me bezighield, gaf ik het op en zat de tijd uit. Zeker na de woorden van Bierens had ik het idee dat ik dankbaar moest zijn voor de tijd die hij aan me besteedde en dat ik eigenlijk nergens recht op had. Toen hij eindelijk aangaf op te willen stappen, liepen we naar de parkeerplaats waar onze auto's stonden. Met m'n rug tegen de auto gedrukt, met zijn handen in m'n kruis en aan m'n borsten zei hij dat we het lichamelijke contact het beste konden stoppen. 'Ik wil niet met jou in een moeras terecht-komen.' Ik was verdoofd toen hij het deed, verdoofd toen ik terugreed en ik voel nu nog steeds niets. Ik zie hem alleen maar staan, die wan-staltige kleine man met zijn dikke buik, de ogen, vervormd achter zijn brillenglazen, de aflopende bovenlip boven de onderlip die pruilt. Ja-wel – ik voelde wel iets: afstand. Een afstand die grensde aan mi-nachting en walging. Maar toen hij in zijn auto stapte en wegreed, de afstand realiteit werd, kwam ongevraagd en ongewenst weer de pa-niek van de verlating. Los van hem, los van mezelf, los van alles. Waarom?

3

Najaar 1994

Met een klap gooide Irma de deur van het kantoortje op de afdeling dramatherapie achter zich dicht. Esther keek op vanachter haar bureau waar ze een paar maanden geleden voor het
eerst als stagiaire had plaatsgenomen, voor enkele dagen in de
week. Ze had twee jaar van de deeltijdstudie dramatherapie in
één jaar afgelegd, wat mogelijk was omdat ze niet, zoals de andere studenten, ook nog alles van spelen en de mogelijkheden van
spelen hoefde te leren.

Irma zuchtte. 'Ik word doodziek van al die Amerikaanse
films, boeken en soaps waarin zogenaamde therapeuten voorkomen.' Ze gooide een van de ramen open, ging achter haar
bureau zitten en wapperde met een stapel papieren. 'Ja,' zei ze
tegen de luisterende Esther, die al haar bewegingen gevolgd
had. 'Wat moet dat mensen voor idee geven: al die psychiaters
die overal therapiesessietjes houden, bij mensen thuis, bij zichzelf thuis. Ze laten cliënten in hun huis logeren, bij nacht en on-
tij bellen, oppiepen, weet ik veel. En hier kijken ze naar al die
troep op de televisie of ze lezen zo'n boek van iemand met drie-
honderd persoonlijkheden die schijnbaar dag in dag uit door
de therapeut bij de hand wordt genomen en ze denken dat die
patiënten dáárdoor beter zijn geworden. Ze beseffen niet dat al
die mensen het uiteindelijk zelf hebben moeten uitknokken en
hebben het gevoel dat ze er hier maar bekaaid afkomen omdat

wij niet dag en nacht aan hun bed zitten of hun hand vasthouden!' Ze hield op met wapperen en gooide de stapel papier op
tafel. 'Sorry hoor,' zei ze tegen Esther. 'Als iemand dit weet dan
ben jij het wel, maar er zijn zoveel mensen die het niet weten.
Die politiemensen, begrepen die nou iets van een therapiesituatie?'

Esther schraapte haar keel en haalde diep adem. Na de eerste dag dat ze haar verklaring had afgelegd bij Harry van de Molen en Carolien van Vuuren, waren er nog twee sessies van een
aantal uren gevolgd, waarin ze de rest van haar verhaal had gedaan. Er was een onderzoek gestart, er zouden getuigen worden
gehoord en ten slotte zou Broekhuizen worden aangehouden en
verhoord. Haar was verzocht Broekhuizen niet in te lichten over
haar aangifte, zodat zijn aanhouding een verrassing voor hem
zou zijn. De kopie van haar verklaring, die ze na lang aandringen had meegekregen, had ze thuis nog vele malen overgelezen
en liefst honderd keer herschreven. Esther wreef over haar gezicht en zakte diep in haar stoel. 'Het is dat er dat wetsartikel lag,'
zei ze tegen Irma. 'Een ondubbelzinnig verbod op seksuele of
ontuchtige handelingen tussen een therapeut en een cliënt of patiënt. Dat was duidelijke taal voor ze en daaraan konden ze goed
afmeten dat Broekhuizen de wet had overtreden. Althans, volgens mijn verhaal natuurlijk, het zijne moet nog komen. Maar
wat therapie allemaal inhoudt, de afhankelijkheid die ontstaat en
de machtsongelijkheid die er van het begin af aan is, dat moest
ik allemaal uitleggen. En dat was moeilijk. Zij zagen daar een
vrouw van eenendertig die blijkens de wet weliswaar een slachtoffer was, maar voor hen was het moeilijk in te zien. Ik was niet
in elkaar geslagen, ik had geen doktersverklaring van lichamelijke kwetsuren of wat dan ook. Bij iedere vraag die ze stelden, voelde ik dat ik verantwoording moest afleggen over waarom me dit
overkomen was. Hoe meer ze begrepen dat ik er vóór de therapie al slecht aan toe was en in een crisis bij een vertrouwensper-

soon te rade was gegaan, hoe meer ze zich uiteindelijk iets konden voorstellen bij de misdaad en bij het slachtofferschap. Maar daar zijn heel wat uren overheen gegaan en ik weet nog steeds niet of ze het echt begrijpen.'

'Tja,' zei Irma, 'dat had ik wel verwacht. Het is voor de meeste mensen moeilijk zich iets voor te stellen bij hoe het leven is voor iemand die chronisch getraumatiseerd is. Zeker als zo iemand op volwassen leeftijd – en dat zijn er best veel – toch een normaal bestaan heeft weten op te bouwen. Een baan, vriendschappen. Intieme relaties, dat is moeilijker, maar ja, dat vinden zoveel mensen moeilijk, dus dat valt niet op. Maar om slachtoffer te kunnen worden van zo iemand als Broekhuizen is het niet eens nodig om er slecht aan toe te zijn!'

Esther ging overeind zitten en spitste haar oren. 'Ik snap dat je in zoiets terecht kunt komen,' had Claudia tegen haar gezegd in een van de vele gesprekken die ze hadden gevoerd, nadat Esther haar verteld had wat er gebeurd was, 'maar het zou mij niet gebeuren.' Esther had haar niet tegengesproken, hoewel haar instinct zei dat iedereen iets dergelijks kon overkomen. Iedereen.

Irma stond op en schonk voor allebei een glas bronwater in. 'Tijdens de opleiding voor psychotherapeut moest iedereen ook zelf in therapie. Een leertherapie. Die had je niet voor een specifiek probleem maar om te leren, en het waren dus allemaal zogenaamd gezonde mensen die therapie volgden. Gezond of niet, iedereen in die situatie had op een bepaald moment heftige gevoelens voor de therapeut. Het zit in de aard van het contact. Jij bent als cliënt degene die alles vertelt en die zich blootgeeft. Als je dat niet doet, kom je geen stap verder. Dus je geeft je vrijwillig over aan een ongelijke relatie, waarin de therapeut de hoogste status heeft en daarmee ook macht. Daarom is niet alleen seks verboden, maar je mag als therapeut ook geen grote geschenken aannemen of een erfenis op je naam laten zetten.' Ze dronk haar glas leeg en zette het met een ferme tik op tafel. 'Iedereen kan dus slachtoffer worden en dat is misschien ook de reden waarom je zoveel weerstand ondervindt als je je verhaal vertelt. Waarschijnlijk voelen mensen instinctief wel aan dat het hun net zo goed kan gebeuren en verzetten ze zich daarom zo krachtig.'

Esther knikte. De therapeute bij wie ze sinds kort in behandeling was, Sophia Heldeweg, had Esther vanaf de eerste ontmoeting gezegd dat ze geen enkele rechtvaardiging of verantwoording schuldig was voor wat haar met Broekhuizen was overkomen, omdat de verantwoordelijkheid voor het misbruik uitsluitend en alleen bij hem lag. Toch had Esther vele boeken en artikelen nagezocht op het waarom. Een vraag waarmee ze vaak geconfronteerd werd, met name door anderen. ('Hoe kan dat nou, Es? De intelligentste vrouw van Nederland!' had Sonny geroepen.) In haar zoektocht naar een nieuwe therapeut had Esther een reeks van hulpverleners ontmoet, die zich alleen vanuit een superioriteitsgevoel tot haar wisten te verhouden. Hoe slechter het met Esther ging, hoe meer er mis was met haar ontwikkeling en persoonlijkheid, hoe beter zij met haar om konden gaan, althans in theorie, want ze voelden zich allemaal al snel genoodzaakt ofwel om Esther door te verwijzen, ofwel een gestarte behandeling na korte tijd af te breken. Opvallender was dat geen van hen haar ooit de suggestie had gedaan om stappen tegen Broekhuizen te ondernemen. Nee, aan háár moest gesleuteld worden, met haar was van alles aan de hand. Over Broekhuizen werd niet gesproken. *De problemen die ik heb, zijn geen karaktereigenschap van me,* had Esther een van deze therapeuten geschreven. *Het valt me op dat u in uw beoordeling van de toestand waarin ik verkeer, datgene wat Broekhuizen heeft aangericht, helemaal buiten beschouwing laat.* Hysterie, masochisme, hypochondrie, theatrale persoonlijkheidsstoornis. Diagnoses die in de geschiedenis van de psychiatrie veelvuldig bleken te zijn gebruikt om slachtoffers de schuld te geven van wat hen was aangedaan. De confrontatie met een slachtoffer was immers veel lastiger dan met een dader. De meeste mensen in de wereld waren geen daders en geen slachtoffers, maar toeschouwers. Het appèl dat een slachtoffer deed op een toeschouwer was veel groter en moeilijker dan het appèl van een dader. Een dader wilde in eerste instantie helemaal niets van een buitenstaander, integendeel, hij deed er zijn uiterste best voor om zijn daden aan het oog van anderen te onttrekken. Hij verlangde geen participatie of stellingname, maar zwijgen of verzwijgen. Een verlangen dat goed samenviel met de algemeen menselijke wens te geloven dat het kwaad niet bestaat. In het uiterste geval, waarin zijn daden niet te ontkennen vielen, was er het appèl van het oordeel, maar dat was geen last. Niets is prettiger dan te kunnen vaststellen dat je beter was dan een ander, dat je dit aan diens daden af kon meten en met een veroordeling kon bevestigen. Een slachtoffer daarentegen verlangde naar rechtvaardigheid, naar handelen, naar het onder ogen zien van wat er was gebeurd en het zich betrokken en verontwaardigd tonen. Zijn verhaal maakte korte metten met een vredig wereldbeeld, met gevoelens van veiligheid en zekerheid. Daarom zagen omstanders een slachtoffer het liefst als een uitzonderingsgeval, die de regel bevestigde dat henzelf niets kon overkomen. Als iemand met wie het niet anders dan mis kon gaan, die het slachtofferschap als het ware over zichzelf had afgeroepen en dat waarschijnlijk ook altijd zou blijven doen. Anders dus. Een slachtoffer met een grote s. En als het slachtoffer niet in die categorie te plaatsen viel, was er altijd nog de mogelijkheid zijn geloofwaardigheid en integriteit aan te tasten, een activiteit waarvoor de argumentatie en verdachtmakingen graag door de dader werden aangereikt en ondersteund.

'Ben je er nog?'

Esther realiseerde zich dat Irma al een tijdje moest hebben gepraat voordat haar stem weer tot haar doordrong.

Irma knikte naar het dossier dat voor Esther op het bureau lag. 'Waar was je mee bezig?'

'Het is een verslag van Fons Kaltofen over een patiënt van hem: Jeltje.'

'Hmm,' zei Irma. 'Zijn jullie destijds nog gaan eten?'

'We hebben elkaar al een paar keer gezien.'

'Ik weet nog steeds niet of dat nu wel zo verstandig is. Weer een psychiater.'

'Broekhuizen is geen psychiater en ik ben geen cliënt van Fons.'

Irma keek Esther met haar opvallend blauwe ogen een moment indringend aan. 'Maar toch,' zei ze.

Esther zweeg.

'Ik moet naar de volgende therapie,' zei Irma. Ze pakte wat spullen van haar bureau, liep de kamer uit en sloot de deur.

Het geruis van de wind door de bladeren achter het open raam. Vogels. Voetstappen over de vele grindpaden.

Het verslag over Jeltje was het eerste dat Esther van Fons Kaltofen onder ogen was gekomen. Hij beschreef hierin zorgvuldig en zelfs liefdevol, vond Esther, Jeltjes achtergrond en mogelijke motieven voor de problemen die ze nu had en tot welk gedrag dat leidde. Daarna had ze een gesprek met hem gehad over Jeltje. Zakelijk. Na dit gesprek had hij haar gebeld met de uitnodiging te gaan eten. Op de afgesproken avond had ze tegenover hem gezeten. Opnieuw was het haar opgevallen dat zijn uiterlijk volstrekt niet overeenkwam met de indruk die zijn verslag had gewekt. In tegenstelling tot de gerijpte en evenwichtige toonzetting van zijn geschrift zagen zijn lichaam en gezicht eruit als dat van een tienjarig jongetje. Alleen de huid, de ogen, de tanden en het haar verraadden dat het ging om iemand van middelbare leeftijd. Al snel kwam ze erachter dat zijn gedrag eenzelfde tweedeling vertoonde. Aan het begin van de avond had ze met een volwassen en stabiele man gesproken. Aan het eind van de avond verscheen er een glimp van een andere kant. 'Waarom vertel je dit allemaal, meteen de eerste keer?' had hij gevraagd, toen Esther hem kort geïnformeerd had over Broekhuizen en haar aangifte bij de politie. In zijn stem klonk teleurstelling door, zijn uitdrukking was klagerig. 'Ik ben toch geen therapeut van je.'

'Nee,' zei Esther, 'zeker niet. Maar als je met mij om wilt gaan, zul je ongetwijfeld met deze gegevens te maken krijgen en door het je te vertellen geef ik je de gelegenheid daarvan af te zien, als je dat wilt.'

'Het is net alsof je die keuze helemaal aan mij overlaat,' zei hij afstandelijk.

'Dat is ook zo. Mijn eigen keuze heb ik al gemaakt. Anders had ik niet met je afgesproken.'

Hij leek er niet veel van te begrijpen, maar kort na hun eerste afspraak belde hij Esther regelmatig, en wilde haar het liefst iedere dag zien. Esther was er onbewogen onder gebleven, had hem op afstand gehouden, maar weigerde niet om hem te ontmoeten. Ze had het gevoel dat ze deze weg moest bewandelen, al wist ze niet precies waarom.

Esther bekeek de laatste pagina's van het verslag van Jeltje, die ze die middag voor de derde keer zou treffen. Zelfs als stagiaire viel het Esther op hoeveel macht de positie van therapeute met zich meebracht. Het spoorde haar ertoe aan zich grondig voor te bereiden en zich te verdiepen in de dossiers van de mensen die ze ontmoette.

Het dichtvallen van de buitendeur, de gebogen gestalte die langzaam langs het raam van het kantoortje kwam. Daar was Jeltje.

Drie

Voorjaar – zomer 1993

Hamlet had een grote cast en het was niet noodzakelijk en niet wenselijk dat iedereen bij iedere repetitie aanwezig was. Sommige fases in het repetitieproces waren gediend met beslotenheid. Op de dagen dat Esther niet hoefde te repeteren, kreeg ze steeds vaker telefoon van Broekhuizen. Hij liet haar vaststellen dat het nog altijd niet veel beter met haar ging, zei dat ze in lunchtijd maar naar zijn werk op het psychiatrisch ziekenhuis moest komen, om haar vervolgens ergens mee naar toe te nemen, zonder dat er daarna sprake was van een therapiegesprek. Esther ging, al vond ze het zonde van haar tijd, maar ze had de kracht noch de strategie om een koerswijziging te bewerkstelligen. In de tussentijd liet het leven zich niet stilzetten en ging ze op zijn verzoeken in omdat ze de eventuele consequenties van een weigering van haar kant nog niet kon dragen.

Het was een warme voorjaarsmiddag. Broekhuizen had Esther die ochtend al vroeg gebeld om te vragen of ze moest werken die dag en wilde dat ze hem op zijn werk ophaalde voor de lunch. 'Het is goed voor je om niet de hele dag binnen te zitten,' had hij gezegd. Esther had gezwegen, haar script van *Hamlet* in haar tas gestoken en was al tekstrepeterend naar het ziekenhuis gereden, waar hij op het parkeerterrein op haar wachtte. Achter hem aan reed ze naar een terras. Leeg en afstandelijk keek ze toe hoe hij twee boterhammen met kroket naar binnen werkte, een koffie met een borrel dronk en een sigaret rookte, en luisterde ze naar de reeks klachten over zijn vrouw en drie dochters, die ze nu al enkele keren had aangehoord.

'Ik moet altijd het voortouw nemen in huis. Ze leunen allemaal op mij, ook al zijn m'n dochters het huis uit. Hebben ze altijd gedaan. Dat hele huis, van onder tot boven, er is geen centimeter die ik niet gezien heb om er iets te timmeren, een leiding te trekken of vloerbedekking te leggen. Ik heb nog altijd last van mijn rechteroog, dat komt omdat ik op zolder een hele staalconstructie heb gelast. En in m'n rechterbeen heb ik dat hele stuk hier opzij,' hij wees met duim en wijsvinger langs zijn broek, 'dat is helemaal doof. Zo'n gevoel alsof het slaapt. Dat is niet leuk hoor! En nu heeft m'n middelste dochter weer problemen, Ellen. Die heeft altijd wat, van jongs af aan. Nu zou ze volgens het Riagg bulimia hebben en ze willen dat ik daar kom praten. Ik peins er niet over. Ik heb al genoeg voor die vrouwen gedaan. Dat werk op de praktijk van Bierens heb ik alleen op me genomen om de hypotheek sneller te kunnen afbetalen. Het hele huis is al afgelost; ik lijk wel gek. En dan vinden ze me harteloos. Maar ik ken die lui toch. Ik heb geen zin me de les te laten lezen over wat ik allemaal fout gedaan zou hebben omdat mijn dochter bulimia heeft. Als het al bulimia is. Zijn er weer onderzoeken geweest dat patiënten met bulimia vaak een negatieve seksuele ervaring hebben opgedaan, nou, dan weet ik wel wat ze denken. Wat ga je doen?' Esther was opgestaan en hij pakte haar bij een arm.

'Even naar het toilet,' zei ze.

'Zou je dat wel doen,' zei Broekhuizen met een broeierige blik in zijn ogen, die ze inmiddels herkende.

De zonneklep van de auto was grijs, of eigenlijk tussen grijs en beige in. Er zat geen spiegeltje in. Er was wel ruimte voor een spiegeltje, voor een smal langwerpig spiegeltje. Zijn verhitte gezicht met grote poriën blokkeerde haar blikveld. De ronde open

neusgaten boven de halfopen mond met alleen onderlip. De halfopen ogen zonder bril. 'Pas op dat je er niet op gaat zitten!' had
hij gezegd. Dat zei hij altijd. Viel niet uit te leggen: een kapotge-
zeten bril. Esther verlegde haar blik over zijn andere schouder.
De kleur van de zonneklep was anders dan die van de bekleding
van het dak erboven. Lichter. Gebleekt. De zon waarschijnlijk.
Kenteken deel III geplakt achter de spiegel. De spiegel geplakt
met transparant spul tegen het raam. Eén uitstulpinkje dat op een
handje leek. Een groene streep langs de bovenkant van het raam.
Bescherming tegen de zon. Twee, drie, vier, zes, zeven krasjes zaten erin. Het stuur. Tussen haar benen was het bewegen tot stilstand gekomen. Zijn broek werd opgetrokken, ze gooide het portier open. Frisse lucht. Uitstappen.

'Wat ga je vanmiddag doen?' vroeg Broekhuizen toen hij zich
gefatsoeneerd had.

Esther haalde haar schouders op.

'Je stemming is weer diep gezakt, hè,' zei hij zacht. 'Ik zie het
aan je, elke keer als we afscheid moeten nemen. Daarstraks aan tafel lachte je even en dan vind ik het zo verdrietig te weten dat het
vanbinnen zo anders is bij je. Maar met deze uitstapjes werken we
aan de buitenkant. Iets eten, een ritje maken. Dat hoort erbij.'

Esther had intussen haar spullen bij elkaar gepakt en was in
haar eigen auto gestapt. Ze zweeg. Voordat ze het portier kon
dichttrekken, pakte Broekhuizen het beet en zei: 'Het telefoonnummer dat ik je gegeven heb, mag je altijd draaien. Altijd. Ook
als de therapie al lang afgelopen is.'

Ze trok de deur dicht, startte de motor en reed naar huis,
waar ze langdurig een douche nam en in bed ging liggen. Ze
droomde dat twee handen haar naar de keel grepen en werd
wakker van haar eigen geschreeuw.

Redding. Ze moest redding zoeken tegen deze man die op haar
ondergang uit leek. Het was immers zo logisch: hij had een mis-

stap begaan, zij moest zwijgen. Wat was een betere garantie voor hem om haar te laten zwijgen dan haar depressie zo te voeden dat ze er zelf een einde aan maakte? En het was voor hem ook nog een heerlijke weg daarnaartoe: hij hoefde alleen maar door te gaan met de voor hem opwindende inbreuk op haar lichaam en via deze geforceerde intimiteit te bewerkstelligen dat de bij ieder afscheid opgeroepen pavloviaanse, heftige paniekreactie Esther dieper het moeras in drukte, tot aan het punt van ondraaglijkheid. Daartoe orkestreerde hij elk afscheid zodanig dat Esther zich er nooit echt op kon voorbereiden en het effect van de verlating optimaal was. Hij kon ervan op aan dat zij de lichamelijke schendingen doorstond, want hij wist precies hoe kinderen zich gedroegen die te maken hadden gehad met fysiek geweld, onveiligheid en affectieve eenzaamheid. Zulke kinderen moesten, omdat er zonder ouders nu eenmaal geen wereld voor hen bestond, ervoor zorgen dat ze de onbetrouwbare volwassenen om zich heen toch konden vertrouwen. Ondanks hun jonge leeftijd wisten ze creatieve en effectieve oplossingen te vinden, die in hun volwassen leven niet alleen niet meer doelmatig waren, maar zelfs destructief: het aanbrengen van splitsingen tussen geest en lichaam en tussen werkelijkheid en verbeelding. Esther realiseerde zich dat haar hele wezen zoals het op dit moment was, de toestand waarin ze was toen ze in therapie was gegaan en waarin ze nu nog, maar dan in verergerde mate, verkeerde, dat dit één groot wapen vormde dat Broekhuizen tegen haar gebruikte. Het was van het grootste belang dat ze een manier vond om zich te verzetten en dat ze het gevecht dit keer zou winnen.

De eerste stappen die Esther zette om een bodem te leggen voor de kracht die ze nodig had, waren van praktische aard. Dwars tegen de uitputting in, tegen het depressieve verlangen in om te slapen, niets te doen, er niet meer te zijn, liet ze zich voorlichten over hypotheken, schreef ze zich in bij makelaars, en begon ze naast haar werk aan een deeltijdstudie. Na een aantal jaren intensief te hebben geacteerd, had Esther de behoefte invulling te geven aan haar gevoel dat er meer bestond tussen hemel en aarde dan dat. De subcultuur van het theater alleen bood voor haar niet voldoende voedingsbodem om nieuwe rollen en nieuwe voorstellingen te maken. Ze wilde uit het leven zelf kunnen putten en, belangrijker, zich ontwikkelen. Ze gaf zich op voor de deeltijdstudie dramatherapie, waarbij ze haar vak op een heel andere manier kon gebruiken.

En ten slotte kwam ze Job weer tegen.

'Weet je dat het alweer drie jaar geleden is dat we samen onze voorstelling maakten?' zei hij. De plannen waren snel gemaakt. Nostalgie bracht hen er bijna toe de voorstelling *Vaarwel, tot later* te hernemen, maar uiteindelijk was het de nieuwsgierigheid die won. Nieuwsgierigheid naar hoe ze nu, drie jaar later, tegenover diezelfde thematiek stonden: het overleven, de grote waarom-vraag en de zin van het leven. 'Nooit meer' was de uitspraak die hen bij het vorige project geprikkeld had. Maar was er ooit nooit geweest? Nooit in de zin van het niet bestaan van het kwaad, het niet bestaan van ellende?

'Jouw bijbelse naamgenoot had er ook al mee te maken,' zei Esther.

'Dat was een weddenschap van de duivel,' zei Job.

'Van God met de duivel,' zei Esther.

Die vaststelling was voldoende om een aantal uren te discussiëren over de vraag in hoeverre het verhaal van Job over het kwaad ging en zo ja, wie voor dat kwaad verantwoordelijk was.

'Volgens mij hebben we een goed uitgangspunt,' zei Job.

Een van de gevolgen van al de activiteiten die Esther ontplooide, was dat ze vaker nee kon zeggen tegen Broekhuizens uitnodigingen om ergens af te spreken, want haar agenda was vol. Ze had er alleen niet op gerekend dat hij daardoor de druk op haar zou vergroten en dat alle dingen die ze ondernam haar veel kracht kostten. Ze moest alle zeilen bijzetten, alleen om er te zijn.

Iets wat, zonder dat Esther het wilde, aan haar te zien was. Dat kwam Broekhuizen goed uit en het leidde tot onbegrip van mensen uit haar omgeving, waarvan sommige achter haar rug zeiden dat ze geen ruggengraat had.

4

Najaar – winter 1994

Onrustig liep ze naar het raam van de woonkamer en keek onzichtbaar van achter de vitrage naar de straat. Ze kon alleen de
overkant zien, de straatzijde waaraan ze woonde kon ze niet echt
goed bekijken. Eigenlijk moest ze een spiegeltje ophangen. Sinds
de telefoongesprekken met Van de Molen die morgen, had ze al
vier keer lange tijd verdekt opgesteld tegen het kozijn gestaan om
naar buiten te kijken.

Drie dagen eerder had Van Vuuren Esther gebeld om te vertellen dat Broekhuizen was aangehouden en dat hij een aantal
dagen op het bureau zou blijven. 'Gisterenmorgen is hij door de
politie van zijn woonplaats van zijn bed gehaald,' had Van Vuuren verteld. 'Vannacht heeft hij in een cel geslapen. We hebben
hem gisteren verhoord. Het kan nog lang duren. Een aantal dingen zal hij tot in de details moeten vertellen. Hij vertelt nu alleen
nog de grote lijnen. We maken het proces-verbaal af, misschien
horen we nog andere mensen, daarna gaat het naar justitie. Als
hij hier weggaat zullen we het je laten weten.'

Van Vuuren had een zakelijke indruk gemaakt. Esther kon er
niet uit opmaken of ze haar nog wel geloofden of dat ze onder
de indruk waren geraakt van Broekhuizen, die met een houding
van slachtofferschap ook bij anderen succes had geboekt.

Die ochtend had Van de Molen haar in het telefoongesprek
gezegd dat Broekhuizen weer op vrije voeten was. Hij was opge-

haald door zijn vrouw.

'Ze begreep niet waarom haar man zo aan de schandpaal genageld moest worden,' had Van de Molen gezegd. 'Ze zei dat Broekhuizen ook heel veel voor je had gedaan, dat hij toch al een keer spijt had betuigd en dat er procedures liepen bij beroepsverenigingen en hij dus al genoeg werd gestraft. Ze had het gevoel dat je met een wraakactie bezig was.'

Het bloed was uit Esthers hoofd weggetrokken. Wat wilde Van de Molen nu zeggen? Dat Broekhuizen het slachtoffer was? 'De beroepsverenigingen kunnen niets anders doen dan hem zijn lidmaatschap ontnemen,' had Esther gezegd. 'Dat is de hoogste sanctie. Dat verhindert hem niet zijn beroep uit te oefenen en dus zijn andere patiënten nog steeds in gevaar.'

Hij heeft ze allemaal ingepakt, dacht Esther toen ze had opgehangen. Verbijsterd had ze Claudia het verhaal verteld.

'De politie is gewoon bang dat ze met een van die valse aangiftes te maken hebben die er de laatste tijd geweest zijn, en dat ze dan voor schut staan omdat ze je hebben geloofd,' zei Claudia.

Na dit gesprek had Esther opnieuw de telefoon gegrepen en Van de Molen gebeld. 'Denken jullie nu ineens dat het onzin is wat ik verteld heb? Hebben jullie medelijden met Broekhuizen en zijn vrouw?'

'Hoezo?' vroeg hij.

'Waarom vertel je me dan dat verhaal over die wraakactie?'

'Wij moeten nu eenmaal rekening houden met alle mogelijkheden,' zei Van de Molen.

'Het moet toch duidelijk zijn dat ik geen plezier heb beleefd aan het afleggen van mijn verklaringen voor het proces-verbaal. Misschien heeft Broekhuizen het ook niet leuk gevonden, maar dat komt alleen omdat hij zich nu realiseert dat zijn daden consequenties kunnen krijgen, niet omdat hij spijt heeft! Nu doet hij zielig en zijn vrouw doet zielig, maar is dat mijn schuld? Zijn vrouw is geen bedrogen echtgenote en ik ben geen maîtresse die hun huwelijk in de war heeft geschopt. Ik heb nooit iets met Broekhuizen gewild, ik ben door hem misbruikt, dat is wel even iets anders. Die wet is er niet voor niets gekomen. Hoe lang denk je dat het geduurd heeft voordat de maatschappij besefte dat een dergelijke wet nodig was? Veel vrouwen hebben ongetwijfeld hard voor die wet gevochten en nu die er dan eindelijk is, zou ik er geen gebruik van mogen maken, omdat het zielig is voor zijn vrouw? Ze wist dat ik patiënt was en dat hij uitstapjes met me maakte. Waarom heeft ze daar nooit iets aan gedaan? Voor mij is ze net zo schuldig als hij en als ze van niets geweten heeft, wat me bijna onmogelijk lijkt, dan moet ze boos zijn op hém en niet op mij. Dan mag ze blij zijn dat ze eindelijk weet met wat voor schoft ze samenleeft.'

Ze had nog wel een uur kunnen doorgaan als Van de Molen haar niet onderbroken had: 'Rustig maar, ik geloof je wel.'

'De reactie van zijn vrouw en van de rechercheurs is tekenend voor de invloed die personen als Broekhuizen op hun omgeving weten uit te oefenen,' zei haar therapeute die middag tijdens hun consult. 'Mensen als Broekhuizen zijn daar heel geraffineerd in.' Iets geruster ging Esther na de sessie met Sophia naar huis. De afgelopen maanden had ze gemerkt dat ze keer op keer gerustgesteld wilde worden, bevestigd wilde krijgen dat het juist was wat ze zag en juist was hoe ze handelde. Die bevestiging kon ze maar bij weinig mensen krijgen, omdat maar een enkeling de complexe dynamiek van de situatie kon doorzien en Esther nog niemand was tegengekomen die zelf iets dergelijks had meegemaakt en daarvoor durfde uit te komen.

Ze liep de korte route langs het park naar huis. Plotseling zag ze uit haar ooghoek een blauwe auto, die langzaam schuin achter haar bleef rijden. *Broekhuizen!* schoot het door haar heen. De adrenaline joeg als een hete vlam door haar maag, en ze maakte een merkwaardige bokkensprong vooruit, voordat ze haar pas weer kon beheersen. Met het zweet op haar voorhoofd zocht ze de straat af naar mensen. Niemand. Ze keek door de ramen van de huizen die ze passeerde. Geen mens te zien. De auto reed er nog steeds. Met de moed der wanhoop hield ze stil en draaide zich met een ruk om. Langzaam reed de auto haar voorbij, de bestuurder zat met zijn gezicht dicht bij de voorruit en keek langs haar heen naar boven. Hij was het niet. Met knikkende knieën vervolgde Esther haar weg en probeerde met haar loden benen zo snel mogelijk thuis te komen. Bij huis aangekomen opende ze de deur, graaide de post van de mat, gooide de deur dicht en deed zo snel mogelijk de ketting erop. Vijf minuten bleef ze verdwaasd zitten op de grond van de hal, de post in haar hand. Toen viel haar oog op een ansichtkaart. *Uw navel is als een ronde beker,* las ze. *Uw twee borsten zijn als twee welpen. Uw hals is als een elpenbenen toren. Uw lengte is te vergelijken bij een palmboom en uw borsten bij druiventrossen. Ik zeide: ik zal op den palmboom klimmen, ik zal zijn takken grijpen; zo zullen dan uw borsten zijn als druiventrossen aan den wijnstok.* Als door een wesp gestoken sprong ze overeind. De post viel uit haar handen. Ze grabbelde tussen de enveloppen en keek wie de kaart gestuurd had. 'Fons!' riep ze uit. Op hetzelfde moment ging de telefoon. Ze rende naar boven om hem op te pakken.

'Heb je mijn kaart ontvangen?'

'Fons!' riep Esther nog eens.

'Ja. Heb je mijn kaart ontvangen?'

'Wat is dat voor rare tekst?' vroeg Esther.

'Dat komt uit de bijbel, hoor,' zei Fons. 'Staat er toch bij: Hooglied.'

Esther keek op de kaart. *Hooglied. Bijbel* stond tussen haakjes.

Ze hield het gesprek kort, trok haar jas uit en staarde opnieuw lange tijd door een kier van de vitrage naar de straat.

U vraagt mij of ik zag dat zijn penis stijf was. Ja, dat zag ik. Ik kan mij herinneren dat het zweet op zijn voorhoofd stond. Broekhuizen vertelde mij dat hij heel bang was omdat hij klaargekomen was. Dit kwam omdat hij tijdens zijn huwelijk een aantal jaren een verhouding had met een vrouw, een patiënte of ex-patiënte van hem, die op een gegeven moment zwanger van hem was. Volgens Broekhuizen wilde deze vrouw hem dwingen voor haar te kiezen en zijn vrouw in de steek te laten. Broekhuizen voelde zich toen erg onder druk gezet en vertelde het zijn echtgenote. Hij vertelde mij dat hij daarna net zo lang op deze vrouw had ingepraat dat ze uiteindelijk besloot tot een abortus. Broekhuizen zei er ook bij dat hij niet zeker wist of het kind wel van hem was. Hij zei het op een kribbige toon. De vrouw had volgens hem namelijk nog een andere verhouding.

Esther sloeg de map met papieren dicht. *Dit weet je nu wel.*

Ze printte de tekst voor de advertentie uit die voor haar op het beeldscherm stond. *Die vrouw moet te vinden zijn.* Ze opende een nieuw document en typte naam en adres van het psychiatrisch ziekenhuis waar Broekhuizen werkte.

Al enige tijd geleden heb ik van de heer Broekhuizen zelf begrepen dat hij zich heeft ziek gemeld, schreef Esther. *Hij vertelde me dit nadat ik hem gezegd had te overwegen een klachtenprocedure tegen hem te beginnen. Inmiddels bent u door de politie benaderd. Als de heer Broekhuizen zich tegenover u net zo opstelt als tegenover diverse andere partijen, bent u waarschijnlijk geconfronteerd geweest met een man die zegt het slachtoffer te zijn van een wraakzuchtige vrouw die een vendetta tegen hem is begonnen. Als u in uw besluitvorming de gelegenheid wilt krijgen zich een objectieve mening te vormen over die bewuste vrouw, want dat ben ik, dan ben ik graag bereid bij u langs te komen en u mijn kant van het verhaal te vertellen.*

Vermoeidheid, uitputtende emoties, twijfels, verwarring, depressie. Het was er allemaal nog steeds en het ging in golfbewegingen op en neer. Alles kostte haar moeite. Maar de kracht die dit gevecht van haar vroeg, de energie die het haar kostte, leverde vreemd genoeg een heel andere, nieuwe kracht op. De kracht van kristal. Eindelijk had ze weer contact met het kristal.

In de consulten bij Sophia Heldeweg werd Esther een methode aangereikt om om te gaan met wat niet gezegd kon worden: het zandspel. Wat in de therapie bij Broekhuizen een onoverkome-lijk probleem had geleken, vond Sophia een vanzelfsprekend ver-schijnsel. 'Het is heel logisch dat sommige dingen met woorden moeilijk te benaderen zijn,' had ze gezegd. 'Met name de ge-beurtenissen in je vroege kindertijd hebben zich niet in taal op-geslagen, want die had je toen nog niet tot je beschikking.' Zo eenvoudig. 'Tegelijkertijd is het een bekend verschijnsel dat kin-deren het vermogen hebben zich in een bedreigende situatie diep naar binnen toe terug te trekken,' zei Sophia. 'Het lijkt wel een trance of zelfhypnose.' Dit herkende Esther heel goed en het had zich ook al een aantal malen in de consulten bij Sophia voorge-daan bij moeilijke onderwerpen en herinneringen. In tegenstel-ling tot Broekhuizen liet Sophia de stilte nooit lang bestaan. 'Als je uitgaat van dat kind dat zich terugtrekt,' zei Sophia, 'zou ik je ernstig in de steek laten als ik je in die toestand liet zitten zonder een hand uit te steken.' Een deel van de praktijkruimte van So-phia was gevuld met twee ondiepe, rechthoekige bakken op ta-felhoogte. De ene was gevuld met nat, de andere met droog zand. Om de zandtafels heen stonden rekken en kasten boordevol met alle denkbare poppetjes, dieren, huisjes, stenen, schelpen, realis-tische en fantasiefiguurtjes, symbolen uit allerlei culturen, kaars-jes, bloemetjes, veertjes. De hele wereld in miniformaat. In alle rust en stilte maakte Esther hier vele sessies lang beelden in het zand, die voortkwamen uit het gebied dat niet in taal was opge-slagen. Situaties, sferen, opgravingen: ze ontstonden vanzelf en behoefden zelden een uitleg. Niet omdat de beelden zonder meer duidelijk waren, maar hun bestaan was genoeg voor Esther. Vrijwel nooit had ze de behoefte om na het maken van het beeld er nog iets over te zeggen. Soms benoemde Sophia iets van wat ze zag of vroeg ze iets, maar vaker nog was het voldoende in haar bijzijn het zandtafelbeeld te maken en er rustig naar te kijken wanneer het klaar was.

'Dat heeft geen zin,' had Fons over Esthers werk in het zand gezegd. 'Uiteindelijk moet je praten. In een therapie gaat het vooral om de relatie.'

'Nee,' had Esther gezegd. 'Het gaat om mij.'

'Hij liegt!' mompelde Esther. Direct keek ze om zich heen hoe hard ze dit eigenlijk gezegd had. Niet zo hard. Iedereen dronk nog gewoon zijn koffie, zijn pilsje, at zijn broodje. Na zes uur achter haar computer gezeten te hebben, had ze haar document uitgeprint en was ze naar café Honderd gegaan om wat mensen om zich heen te hebben en na te lezen wat ze geschreven had. Die ochtend was ze ten slotte begonnen met een reactie op het verweerschrift dat Broekhuizen geschreven had naar aanleiding van de klacht die Esther had gestuurd aan de Stichting Kwaliteitsbewaking Psychotherapie, het toezichthoudend orgaan op de NVP, een beroepsvereniging waar Broekhuizen lid van was. Ze had zijn verweerschrift al eerder ontvangen en ook een exemplaar aan de politie overhandigd, omdat Broekhuizen daarin tenminste erkende dat er sprake was geweest van seksueel contact. De redenen die hij er vervolgens voor aandroeg, waren voor Esther zo onverdraaglijk geweest, dat het haar enige tijd had gekost voordat ze het stuk ter hand kon nemen en er een reactie op kon formuleren.

Ze legde zijn verweerschrift opzij, bestelde nog een kop koffie en pakte het repliek dat ze geschreven had.

De heer Broekhuizen begint zijn verweer met de verklaring dat hij de volledige verantwoordelijkheid neemt voor het seksuele contact dat, volgens zijn zeggen 'een aantal malen' heeft plaatsgevonden en dat hij weet dat dit niet juist is in een therapeutische setting. Vervolgens doet hij uitspraken, die wat mij betreft het nemen van die 'volledige verantwoordelijkheid' tenietdoen.

1. Zo schrijft hij: 'Ik ben in therapie gegaan omdat ik buiten mezelf heb gehandeld. Ik ken mezelf zo niet en wil de reden van mijn daden onderzoeken in een therapie. Voor die tijd wil ik mijn werk, waarvoor ik mij heb ziek gemeld, niet hervatten. Ik heb mijn werk overigens al twintig jaar tot ieders volle tevredenheid uitgevoerd.'

De gedaante waarin de heer Broekhuizen mij tegemoet trad en waarin hij zegt zichzelf niet te herkennen, is niet van vandaag of gisteren. Ik was niet de eerste patiënte met wie hij grensoverschrijdende contacten had. Direct nadat ik vorig jaar zomer de therapie verbrak, heb ik er bij Broekhuizen op aangedrongen dat hij, op welke wijze dan ook, hulp of begeleiding zou inroepen. Dat heeft hij niet gedaan. Pas toen hij dit voorjaar geconfronteerd werd met mijn overweging een klachtenprocedure te starten, heeft hij zich in allerijl ziek gemeld en, mogelijk op advies van zijn advocaat, een therapeut gezocht.

Esther nam een slok koffie. Lauw. Ze rilde onwillekeurig. Iedere keer als ze een paar regels had gelezen, was het alsof er een film startte, waarvan ze pas na enige tijd doorhad dat ze ernaar keek. Beelden van honderden momenten, talloze uitspraken, ontelbare gemengde emoties. In een flits dacht ze Fons voor het raam van het café te zien staan. Ze wendde snel haar gezicht af en keek na enige tijd voorzichtig naar de plaats waar ze hem gezien had. Er stond niemand meer. 'Wat is er precies gebeurd in die therapie?' had Fons een aantal dagen geleden gevraagd. Esther voelde er niet veel voor om hem alles te vertellen, maar ze wilde wel zijn reactie zien. Van hem, psychiater. Ze dacht erover na, gaf hem de kopie van haar aangifte bij de politie en vertrok. De volgende dag stond Fons bij haar aan de deur. Hij huilde. Hij vond dat hij iets had verloren nu zij 'geschonden' was.

'Je bent je er toch wel van bewust dat het fout is wat Broekhuizen gedaan heeft?' had Esther zakelijk gevraagd.

'Jawel. Hij mocht dat niet doen. Maar wat was jouw aandeel?'
zei Fons.

'Mijn aandeel?'

'Ja, waar lag jouw verantwoordelijkheid in het geheel?'

Er volgde een felle ruzie. Witheet en misselijk had Esther hem
gevraagd naar huis te gaan.

Esther stond op en bestelde een glas wijn. *Op een dag moet je
dit soort reacties kunnen zien, horen en verdragen in het besef dat de
mensen die deze dingen zeggen niet beter weten en zonder dat het bij
jezelf nog twijfel oproept over wat de waarheid is.* Ze pakte het glas
aan en ging weer achter haar brief zitten.

2. *Broekhuizen schrijft: 'Ik heb de therapie met mevrouw Blindeman
van het begin af als zeer moeilijk ervaren. Zij was zeer depressief en
was voortdurend van plan suïcide te plegen. Zij drukte mij in een
neerwaartse spiraal, omdat ze solidariteit probeerde af te dwingen
voor haar zelfmoordplannen en voortdurend probeerde mij machteloos
te maken. Ze stelde me zelfs voor haar pillen te leveren. Ik ben ervan
overtuigd dat de mogelijkheid van een intensief telefooncontact haar
leven heeft gespaard.'*

*'Zij vroeg zich af of ik wel in staat was haar goed te behandelen.
Eerlijk gezegd twijfelde ik daar na verloop van tijd zelf ook aan.'*

'Ze had grote behoefte aan intimiteit.'

*'Van het begin af had ik een zwak voor haar. Ze was onconven-
tioneel, had levensenergie, was intelligent. Een klein vechtertje.'*

*'Het voorstel om bij mij langs te komen die avond was niet dwin-
gend.'*

*'Het ging mij niet primair om de seksualiteit, het ging mij om een
hechte band, die zij nodig had. Ik durfde er na de eerste keer niet mee
te stoppen omdat ik ervan overtuigd was dat als ik dat zou doen, zij*

zeker zelfmoord zou plegen.'

'Ik was al in januari 1993 gestopt met nota's sturen. Het was voor mij al een tijd geen therapie meer.'

'Zelfs na het eindigen van de therapie, heb ik mij nog voor haar ingespannen en heb ik tot twee keer toe een therapeut voor haar gezocht. Ik heb voorgesteld samen advies en hulp bij een derde te zoeken om alles tot een verzoenend einde te brengen.'

'Mevrouw Blindeman heeft met mij samengewerkt totdat anderen haar hebben overgehaald een klacht in te dienen.'

Zowel de gesuggereerde gevoelens voor mij als de moeite die Broekhuizen zou hebben gehad met de therapie, zijn signalen dat hij óf hulp van een collega had moeten inroepen, óf mij had moeten doorverwijzen, zoals ik ook vaak heb gevraagd.

Gevoelens van machteloosheid en depressiviteit zijn gebruikelijke klachten bij de achtergrond die ertoe leidde dat ik in therapie ging. Deze gevoelens waren niet ondraaglijk voor de heer Broekhuizen, integendeel: hij cultiveerde ze door zijn gedrag en gebruikte ze om mijn afhankelijkheid van hem te vergroten. Overigens staan Broekhuizens beschrijvingen dat het zo slecht met mij ging lijnrecht tegenover zijn verklaring dat ik 'levensenergie' had en 'een vechtertje' was. Broekhuizens versie van de werkelijkheid neemt verschillende vormen aan, al naar gelang hem dat het beste uitkomt. Dit is in de tegenstrijdigheid van zijn uitspraken steeds weer terug te vinden.

Om pillen heb ik Broekhuizen nooit gevraagd. Hij zou die overigens niet kunnen verstrekken, aangezien hij niet bevoegd is om medicijnen voor te schrijven. Bovendien had ik pillen. Ik kreeg ze voorgeschreven door Bierens, in grote hoeveelheden en hoefde ze maar op te sparen.

Uitvoerig beschrijft Broekhuizen dat ik er dermate slecht aan toe was, dat hij vond dat seks goed voor me was. Hij begon er dan ook regelmatig mee onder het motto: 'Seks maakt je vitaal,' en tegenover u beweert hij dan nu, dat ik zonder zijn seksuele aanbod 'zeker' zelfmoord zou hebben gepleegd.

Dat ik Broekhuizen niet nodig had om in leven te blijven, mag duidelijk zijn: ik leef nog. Ook in mijn huidige therapie heb ik daar seks noch onbeperkt telefonisch of ander contact voor nodig. Mijn verlangen naar de dood hoorde bij mijn ziekte. Om te kunnen genezen moest een deel van mij ook sterven: denkbeelden, gevoelens. Dat is een gezond streven.

Broekhuizen heeft mij, hoewel ik daar wel op aandrong, inderdaad vanaf een zeker moment geen eigen-bijdragenota's meer gestuurd. Dat was vier maanden voordat hij de seks initieerde. Voorbedachte rade?

Broekhuizen beweert alleen mijn welbevinden op het oog te hebben gehad en zegt om die redenen ook nog andere therapie voor mij te hebben gezocht. Niet alleen was hij daar volgens de regels van zijn beroep toe verplicht, hij zocht ook mensen uit die hem toezegden geen werk te zullen maken van zijn misstappen.

Het voorstel om samen met Broekhuizen hulp en advies bij een derde in te roepen, heb ik van de hand gewezen, omdat hij daar overduidelijk alleen mee voor ogen had tot het 'verzoenende einde' te komen, dat ook een andere naam heeft: doofpot. Voor de situatie waarin ik mij bevond was het echter hoognodig om eindelijk aan mijn eigen problemen te kunnen werken, in plaats van met mijn therapeut in therapie te gaan.

In een reflex greep Esther haar glas, dat nog net overeind bleef na een botsing van een vrouw met haar tafeltje.

'Sorry!' riep de vrouw en speurde met haar blik over de tafel. 'Is er iets over je spullen heengegaan?'

Esther ruimde haar papieren bij elkaar. 'Nee hoor, het is net goed gegaan, geloof ik.'

De vrouw sloeg een hand op haar hart. 'Gelukkig,' zei ze. De lichtzoete geur van haar parfum kwam Esther over de tafel tegemoet. Haar geprononceerde gezicht was zacht en open. De goudbruine ogen bleven rusten op Esthers gezicht. 'Ben jij niet...? Jij bent toch Esther Blindeman, de actrice?'

Het gebeurde Esther niet vaak dat ze werd herkend en ze bloosde licht.

'Dat klopt,' zei ze.

'O, wat leuk!' zei de vrouw spontaan. Ze trok aan de stoel tegenover Esther. 'Mag ik er misschien even bij komen zitten?' Met hetzelfde gebaar schoof ze de stoel weer terug. 'Of komt het niet goed uit?'

Later besefte Esther dat Rosalie, want zo heette ze, zich in die eerste minuten liet kennen zoals ze haar jaren later nog steeds kende. Spontaan, impulsief, extravert, maar tegelijkertijd zeer gespitst op de zorg voor een ander.

Rosalie. Direct nadat Esther haar aan de tafel had uitgenodigd, had ze haar naam genoemd. *Zo heet de vrouw van Broekhuizen,* was onmiddellijk Esthers associatie. Later schreef ze in haar dagboek: *Het gevecht zal pas gewonnen zijn, als er geen associaties meer zijn bij blauwe auto's, zwarte motoren, mensen die Rosalie, Gijs, Ellen heten, als ik weer door heel Nederland kan reizen zonder dat plekken mij onaangenaam herinneren aan de een of andere ontmoeting met Broekhuizen. Als ik geen dubbelbeelden meer krijg als ik een man tegen mij aan heb. Dan pas.*

Vier

Voorjaar – zomer 1993

'Als je gisteren zo'n slechte dag hebt gehad, waarom heb je me dan niet gebeld?' vroeg Broekhuizen.

Het was het wekelijkse telefonische therapiegesprek. Broekhuizen belde haar vanaf zijn werk in het psychiatrisch ziekenhuis. Hij had gewild dat Esther in zijn lunchpauze naar het ziekenhuis kwam, maar dat had ze niet gedaan met als excuus dat ze zich moest voorbereiden op haar rol van Ophelia. 'Ik wilde het zelf oplossen,' zei Esther, 'en dat is me gelukt.'

'Maar nu heb je er een hele dag over gedaan. Denk je niet dat als je mij op zo'n moment had gebeld, de opkomst van die depressie anders verlopen was?'

Anders, zeker. 'Dat weet ik niet,' zei Esther stug. 'Het maakt ook niet uit. Ik moet toch oefenen om het alleen op te lossen, want jij gaat binnenkort met vakantie en daarna ben ik voor de première van de voorstelling in het buitenland, dus...'

'Ik zou in die periode best langs kunnen komen.'

'Dat hoeft niet,' zei Esther gehaast. 'Ik wil het kunnen zonder hulp. Ik heb dat altijd gekund.'

Vanaf het moment dat Broekhuizen op vakantie was, kwam er een grote rust over haar, ook al moest ze elke dag werken voor de *Hamlet*-voorstelling. Ze zou hem zes weken niet zien en ze verlangde ernaar tot zichzelf te komen, met of zonder moeilijke stemmingen. De groep spelers, de regisseur en de technici werkten in België in afzondering aan de voorstelling. Er werd weinig geslapen, veel gerookt en gedronken. De voorstelling was bij momenten heftig en kende fysiek veeleisende en gevaarlijke scènes. Ze toonden elkaar de vele blauwe plekken, lapten gebroken vingers en verzwikte enkels op en slikten pillen. Een van de spelers kreeg medicijnen waar de Vlaamse apotheker verschrikt een sticker 'vergif' op plakte. Toch werden ze ingenomen en enkele dagen later ook nog door een ander. *Hoezo ben ík destructief? Of ongezond?* schreef Esther op haar hotelkamer in haar dagboek.

Na een vermoeiende avondrepetitie en een korte nacht werd Esther op een ochtend gewekt door de telefoon. Slaapdronken nam ze op.

'Met mij.'

Kippenvel trok over haar lichaam. Haar hart bonsde. Waarom belde hij vanaf zijn vakantieadres? Ze hoorde gerinkel van muntjes, straatgeluiden, de doffe telefooncelgalm van zijn woorden. Ze zag voor zich hoe hij stiekem, met een stokbrood onder zijn arm, op weg van de bakker naar de tent een telefooncel ingedoken was om haar te bellen, zonder medeweten van zijn vrouw.

'Ik kan je niet goed verstaan,' loog ze, dankbaar voor deze ingeving.

Broekhuizens pogingen tot een gesprek stuitten al snel op de door Esther verzonnen slechte verbinding ('Ik hoor jóú heel goed.' 'Wát zeg je?') en ze hingen snel op. De dagen erna nam Esther de telefoon niet meer op. Ze instrueerde Claudia om, als die haar wilde bereiken, de telefoon twee keer over te laten gaan en dan neer te leggen. Dan zou Esther haar terugbellen.

De première kwam. Vele collega's zaten in de zaal en worstelden op de premièreparty met het aloude, steeds terugkerende probleem: 'Hoe gedraag ik me na een voorstelling?' Esther liep rustig rond tussen het gemengde publiek. De zwijgers, de ontwijkers, de critici, de spontane positivisten, collega's die het gebouw bewonderden, de hapjes nuttigden en over andere voorstellingen spraken. 'Ja hoor, het is een hele goeie acteur.' Een zalmhapje verdween tussen de kiezen. 'In zijn genre.'

Een onbekende vrouw, die kostuumontwerpster bleek te zijn, sprak Esther speciaal aan om te zeggen: 'Jammer. Ik zag aan je dat je te veel rekening hield met je kostuum.' *Altijd blijven lachen, dan glijden ze langs je af.* Het was de lijfspreuk van Elizabeth Haltens, een oudere en door Esther bewonderde actrice, van wie ze les had gehad en die haar wijsheden had toegestopt voor haar reis door theaterland. Esther keek in het spitse gezicht met de harde, uitdagende ogen en toonde haar liefste glimlach. 'Dat is toch zo enig van publiek,' zei ze. 'Dat het altijd dingen in de voorstelling ziet die er absoluut niet in zitten.' Ze draaide zich rond haar as, pakte een glas jus d'orange van een passerend dienblad en zag de waardige aftocht die ze voor ogen had enigszins afgeremd door de woelige menigte om haar heen. Maar de vrouw was ze kwijt. In de verte zag ze haar ouders. Ze stonden dicht bij elkaar, ineens heel vertrouwd, in de massa.

De zes weken waren snel voorbij. Veel sneller dan ze had gewild. Ze had vakantie. De meeste voorstellingen van *Hamlet* zouden na de zomer worden gespeeld. Vóór haar eerstvolgende consult bij Broekhuizen had Esther zich met succes op de huizenmarkt gestort, want WJ was niet van plan te verhuizen en vond dat zij maar een andere huis moest zoeken. Ze had een woning gekocht waar ze na een paar maanden in kon trekken. Ze bereidde zich voor op de start van haar nieuwe studie en meldde zich aan voor vrijwilligerswerk in een psychiatrisch ziekenhuis bij haar in de buurt, waar ze ook een stage voor haar studie kreeg aangeboden.

Ze zag als een berg op tegen de confrontatie met Broekhuizen. Voorafgaand aan het gesprek belde hij haar om de afspraak in de praktijk van Bierens naar zijn werkruimte in het psychiatrisch ziekenhuis te verplaatsen. Hij had de sleutels van zijn afdeling, zodat hij ook buiten werktijden naar binnen kon.

Om zes uur 's avonds reed Esther het parkeerterrein op van het ziekenhuis. Het was leeg. Ze liep het pad af naar het gebouw waarin Broekhuizens werkruimte zich bevond. Het was een grote vleugel, gescheiden van het ouderwetse hoofdgebouw. Bij de glazen toegangsdeur twijfelde ze. Moest ze aanbellen of wachten? Ze wilde net op de bel drukken, toen ze Broekhuizen de hal in zag lopen. Hij opende de toegangsdeur en liet haar binnen.

'Hallo,' zei hij. Nog altijd hetzelfde stugge stemgeluid, dezelfde geremde bewegingen als in het begin. Het enige verschil was dat Esther nu duidelijk het driftmatige herkende, dat in eerste instantie nog onbenoembaar was geweest, verborgen achter het gesloten uiterlijk. Ze rilde.

'Heb je het koud?' vroeg Broekhuizen, terwijl hij de voordeur achter hen op slot draaide en de sleutels in zijn zak stak.

De deur is op slot. De boodschap ging door haar hersenen, gelijktijdig met een hete golf door haar maag.

Broekhuizen ging haar voor, hield even stil en wees op een deur aan haar linkerhand. 'Hier is de wc,' zei hij.

'Ik hoef niet,' zei Esther stug. Als voorzorgsmaatregel was ze, voordat ze naar het ziekenhuis was gereden, vlakbij in een café naar het toilet gegaan.

Broekhuizen liep verder. 'Wil je dan iets drinken?'

Esther bekeek de stijve rug die voor haar uit liep. *Klootzak.* Ze liepen naar een ruimte die eruitzag als een grote, ongezellige woonkamer, met een open keuken. Een gemeenschappelijke ruimte voor mensen die in dagbehandeling zaten, wist Esther. Zulke ruimtes waren er ook in het psychiatrisch ziekenhuis waar ze vrijwilligerswerk ging doen.

Ze ging zitten op een van de stoelen aan de grote eettafel, die vanaf de open keuken de woonkamer in stak. Traag liep Broekhuizen langs Esther naar de keuken, opende langzaam en bestudeerd een van de kasten, pakte een glas, zette het op de aanrecht, wandelde naar de koelkast, opende de deur, pakte een pak jus d'orange en sloot de koelkastdeur. Hij draaide zich om naar Esther, hield het pak omhoog en zei: 'Weet je het zeker?'

'Ja,' zei Esther kortaf. Ongeduld en onrust zetten haar benen in beweging. Ritmisch bewoog ze haar knieën heen en weer.

Broekhuizen schonk zijn glas vol, zette het pak terug in de koelkast, liep dezelfde weg langs haar terug naar een lage stoel en ging zitten. Het bleef enige tijd stil.

'Gespannen?' vroeg hij.

Esther stopte met haar onwillekeurige gewiebel. 'Nee, ongeduldig,' zei ze kribbig.

'Daar is ie weer, hè,' zei Broekhuizen, 'die boosheid van je. Laat je nou 's gaan, jôh. Hè. Zeg dan eens wat er nu eigenlijk aan de hand is.'

'Ik zou niet weten waar ik het over moest hebben,' zei Esther.

'Nee?' vroeg hij koud.

'Nee,' zei zij kouder.

Hij leunde achterover in zijn stoel, sloeg met enige moeite zijn ene korte been over het andere en zocht een uitweg voor zijn armen om de brede pose aan te nemen die hij altijd op de leren bank aannam. Hij zuchtte. 'Je neemt weer afstand, Esther. Daar ga je weer. Elke keer als we iets bereikt hebben doe je dat.'

Esther trok haar wenkbrauwen op.

'Ja. We hadden iets bereikt voor de zomer. Toen waren we heel dicht bij elkaar. Nu zien we elkaar weer en dan saboteer je de zaak. Moeten we weer helemaal opnieuw beginnen. Weet je wat het met jou is?' vroeg Broekhuizen.

In een korte flits trokken verschillende fragmenten uit Esthers leven aan haar voorbij. Momenten waarop haar broer, leraren, schoolleiders net zo tegenover haar hadden gezeten. Al hun kracht inzettend om in te hakken op het meisje, dat daar waarschijnlijk net zo uiterlijk onaanraakbaar voor hen had gezeten en dat ze desnoods met agressie wilden breken.

'Jij wílt gewoon niet dat de therapie zal lukken,' zei Broekhuizen. 'Je zit alleen maar vol wrok. Dat dood willen van jou is alleen maar een straf voor je omgeving. Ouders willen een kind dat gelukkig is en dat hebben ze nu niet.'

Esther stond op. 'Is dat je diagnose?' vroeg ze. Ze wachtte het antwoord van Broekhuizen niet af. 'Nou, dat weten we dan.' Ze liep de gemeenschappelijke ruimte uit en zei: 'Wil je de deur even voor me openmaken?' Ze liep met bravoure de gang in, maar hij kwam niet achter haar aan. *Godverdomme.* Opnieuw felle flitsen uit haar herinnering. Haar broer die de deur blokkeerde, omdat ze van hem eerst aardappelen moest schillen voordat ze naar buiten mocht. Haar broer, verdekt opgesteld onder de trap, die naar haar benen greep als ze de trap afliep. Haar broer die haar vanaf de trap besprong als ze uit het toilet kwam. Zij met haar rug tegen de kamerdeur, haar benen gestrekt tegen het bed tegenover haar, de enorme kracht weerstaand waarmee haar broer haar kamer wilde binnendringen, die ze niet op tijd op slot had kunnen doen. Honderden zweetdruppeltjes leken tegelijk uit haar hoofd te spatten, daar waar haar haren begonnen. Ze draaide zich om en liep terug naar de ruimte waar Broekhuizen rustig zat te wachten. *Rust. Rust. Beheers je. Als hij dan de macht wil, goed. Dan zitten we de tijd maar uit.* Ze zakte op een stoel naast de ingang, sloeg haar armen over elkaar en wachtte.

Het was even stil.

Broekhuizen keek haar aan en lachte. 'Ik vind het vaak ook zo moeilijk om mijn boosheid te uiten, jôh.' Zijn stem en zijn houding waren honderdtachtig graden gedraaid. Begripvol, zacht. 'Deze week heeft mijn vrouw iets van de computer gewist. Ze zei niet dat ze het gewist had, maar dat moet wel. Dan komt ze mij om een oplossing vragen. Dan kan ik niet uitstaan dat ze niet toegeeft dat ze iets fout heeft gedaan. Dat ze niet vraagt of ik wil helpen, maar een smoes verzint en stiekem hoopt dat ik het oplos.'

Zijn verhaal kabbelde voort. Terwijl hij met zoemende stem voortpraatte voelde Esther dat ze haar hardheid verloor, dat de stress die kort daarvoor heet en vloeibaar door haar lichaam was gegaan, stolde en als een dik bezinksel in haar buik en benen neersloeg. Hij praatte door, ontlokte knikjes en 'hmhm' aan haar en juist op het moment dat Esther dacht dat er, tegen alle verwachting in, misschien toch nog een echt gesprek mogelijk was, keek Broekhuizen op zijn horloge en zei: 'Ik moet gaan.'

Ze had het kunnen weten. Het was haar nu al vele malen overkomen, in allerlei variaties. De macht die hij uitoefende omdat hij de baas was over de tijd. Met geweld verdrong Esther haar emoties, klauwde terug naar de staat van bevriezing en had een dunne ijslaag tot haar beschikking om schijnbaar onaangedaan op te staan en naar de voordeur te lopen.

Dit keer kwam Broekhuizen wel achter haar aan. 'Of wilde je nog iets bespreken?' vroeg hij in de gang.

'Nee,' zei Esther kort, terwijl ze naar de voordeur liep en wachtte tot hij deze zou openmaken.

Traag kwam hij achter haar aan. 'Zullen we dan even een afspraak maken voor de volgende keer?'

'Nee,' zei Esther.

'Waarom niet?' vroeg Broekhuizen.

Esther had spijt. Had ze maar pro forma een afspraak gemaakt, dan had ze nu weg gekund. 'Onze gesprekken leveren niets op. Het lijkt me beter om te stoppen.'

'Daar ga je weer,' zei Broekhuizen. 'Is het omdat je boos bent dat ik weg moet?'

'Nee, het is omdat de gesprekken niets opleveren.'

'Waarom vraag je me niet gewoon waarom ik dan weg moet, Esther?' hield Broekhuizen vol.

'Maak je de deur even open?' zei Esther.

Hij kwam tegenover haar staan in de hal, pakte de sleutels uit zijn zak en gooide ze op de grond. 'Pak ze dan, als je zo nodig weg wilt.'

Ze peinsde er niet over om zich voorover te buigen, zo vlak voor zijn voeten.

Broekhuizen liep op haar af. 'Uit je boosheid dan. Vraag dan waarom ik weg moet!'

'Ga wég!' riep Esther tegen de dreigende gestalte, die rustig stap voor stap op haar afkwam, terwijl zij terugdeinsde, de hal uit, de gang in, tot stilstand kwam in de uiterste hoek, Broekhuizen op een meter afstand. Ten einde raad gilde Esther zo hard als ze kon. 'Stoppen!'

Broekhuizen draaide zich om en lachte. 'Tjeetje, wat kan jij gillen zeg.' Hij liep haar voor naar de entreehal, opende de deur met de sleutel en zei: 'Ik bel je vanavond voor die afspraak.'

Huilend en woedend zat ze in de auto, zoals ze honderden keren huilend en woedend haar vernedering had weggekauwd na de confrontaties met haar broer, die ze nooit kon winnen.

Thuis hoorde ze dat WJ bezoek had op zijn kamer. Ze nam een snel besluit, pakte wat spullen bij elkaar in een reistas, reed naar een motel en boekte voor een nacht.

In de anonieme kamer kwam ze tot rust. Nam een douche, verzorgde zichzelf, keek naar niet-alarmerende televisieprogramma's en ging naar bed in de wetenschap dat ze niet alleen was in dit gebouw vol mensen. Vlak voor ze insliep, herinnerde ze zich dat Broekhuizen haar zou bellen. Als WJ opnam, zou er misschien paniek ontstaan over waar ze was gebleven en dat wilde ze niet. Ze dacht snel na, toen belde ze Broekhuizen en meldde hem kort dat ze buitenshuis overnachtte.

'Hoeveel tabletten heb je ingenomen?'

'Daar ben ik helemaal niet mee bezig,' zei ze geïrriteerd.

'Ik ben een deel van het weekend weg, maar zondag ben ik weer thuis. Vind je dat een prettige gedachte?'

'Daar ben ik ook niet mee bezig.'

'Ga je nu slapen?' vroeg Broekhuizen.

'Dat weet ik nog niet,' zei ze kortaf.

'Waar hangt dat van af?'

'Hoe ik me voel.'

'Dat is een te precaire manier om een beslissing te nemen.'

'Wie zegt dat ik een suïcidale stemming heb?' vroeg Esther strijdlustig.

'Heb je die dan niet?'

'Ik voel me best.'

'Je wilt me echt een tijdje buitensluiten, hè?' Zijn begrijpende, zachte stem. 'Morgen moet ik naar het ziekenhuis vanwege dat dove gevoel in mijn been. Dan bekruipt me de angst...'

Esther zweeg.

'Dus ik begrijp je zo goed,' zei Broekhuizen.

'Ik bel je zondagavond wel voor een afspraak,' zei Esther, om het gesprek af te breken. Ze legde de hoorn op de haak en viel op het bed. *Voor een afspraak.*

5

Najaar – winter 1994

Twee koppen koffie werden op tafel gezet. Geanimeerd pratend roerden ze in hun kopjes. Rosalie was schrijfster. Ze had Esther al vaak zien spelen maar was vooral getroffen door de voorstelling *Vaarwel, tot later* die ze met Job had gemaakt.

'We gaan weer een nieuwe voorstelling maken, samen,' zei Esther.

'Spannend!' De ogen van Rosalie schitterden. 'Waarover? Of is dat nog geheim?'

Esther lachte. Ze herkende de continue stroom van dubbelgedachten, die Rosalie net als zij leek te hebben. Zij zei ze alleen vaker hardop. Voorkomend. Iemand die het niet herkende, zou het misschien aanzien voor onzekerheid, maar Esther niet. Het was toch geen onzekerheid om alle mogelijkheden open te houden? Eerder realiteitszin.

'Nee hoor,' zei Esther, 'het is geen geheim.' Ze had maar een paar zinnen nodig om Rosalie enthousiast te maken over het *Job*-project.

'En ben je daar nu voor aan het schrijven?' vroeg Rosalie, met een blik op de papieren die voor Esther op tafel lagen.

Hoe het precies gebeurde, kon Esther later niet meer terughalen. Het was zo'n vloeiende beweging geweest: het vertellen van haar verhaal over Broekhuizen aan deze onbekende vrouw, die haar zo bekend voorkwam zonder dat ze wist waarom. Later die avond waren de redenen voor herkenning zo talrijk, dat ze zich geen van beiden nog konden voorstellen dat ze elkaar niet eerder hadden ontmoet. Esther kon haar verhaal dit keer heel anders vertellen. Niet alleen had ze veel minder woorden nodig, maar ze werden onmiddellijk herkend en begrepen. Niet alleen verstandelijk, maar in het wezen, de vezels, de zenuwuiteinden, beeldvullend. Een volledigheid van begrip die Esther Rosalie tot haar spijt niet kon bieden toen die kort het verhaal van haar ziekte vertelde. Betrokken, maar geroutineerd, soms bijna onnatuurlijk opgewekt, zoals een chronisch zieke dat geleerd heeft, zonder de verwachting dat de ander echt kon begrijpen wat het leven met die ziekte inhield en zonder teleurgesteld te zijn over dit onvermogen.

'Ze konden er heel lang niet achter komen wat het nu eigenlijk was,' vertelde Rosalie. 'Het komt ook niet zo vaak voor dat je het als jong kind al hebt. Meestal komt het wat later, vanwege de rol die hormonen daarin spelen. Maar bij mij was het er dus al rond m'n vierde, vijfde jaar en het sprong door m'n hele lichaam. De meesten hebben een paar symptomen, die dan om de zoveel tijd opleven en behandeld worden. Bij mij was het iedere keer weer op een andere plek actief. Maar goed, toen ze eenmaal wisten dat het lupus was, wisten ze ook beter wat ze met die verschijnselen aan moesten. Voor die tijd heb ik ik-weet-niet-hoeveel onderzoeken gehad. Weken in het ziekenhuis gelegen, en in die tijd was er geen plek voor ouders om bij hun kind te blijven, dus ik ben een held geworden in dokters animeren, verpleegsters goed gezind houden en ook in mijn ouders en iedereen gelukkig te maken door dapper te zijn. Ik liet nooit een traan.' Ze lachte onbevangen naar Esther en haalde haar hand door haar lange, korenblonde haar. 'Jij nog een glaasje?' Ze schonk hun glazen vol uit de fles wijn die ze inmiddels hadden besteld en nam een hap van een knapperig stokbroodje.

Rosalie at met smaak, een kort moment geconcentreerd op het eten. De klank van haar stem klonk nog na in Esthers hoofd. *Oma.*

Ze lijkt op oma, dacht ze ineens. De stevige metaalklank van hun stem, die geen pijn en geen aarzeling verried en waarmee ze het leven een stukje van de grond tilden, ongeacht het gewicht. Alsof het een voldongen feit was dat je het leven nu eenmaal een stukje van de grond moest tillen en dat dat kracht kostte. Veel kracht.

'En je komt er nooit meer van af, van die eh…'

'Lupus,' zei Rosalie en legde haar broodje neer. 'Nee. Het kan altijd weer opflakkeren.'

'Omdat ze niet weten wat de oorzaak is?'

'Het is een vorm van reuma en een auto-immuunziekte. Ze weten alleen dat er medicijnen zijn die de klachten doen afnemen, maar hoe die ziekte veroorzaakt wordt… nee. Daarom krijg je soms rare medicijnen, tenminste ze lijken raar. Ik slik al jaren antimalariatabletten. Af en toe stop ik ermee, want dan krijg ik last van m'n ogen; al die medicijnen hebben natuurlijk hun bijwerkingen. Maar als ik met de chloroquine stop, dan komen de ontstekingen terug.' Ze boog zich naar voren over de tafel en wees op verschillende plekken op haar gezicht. 'Kijk, dit is m'n vlinder. Die hebben meer mensen met lupus.' Onder een laagje make-up zag Esther een rode huiduitslag. Ze volgde de beweging die Rosalie over haar gezicht maakte en zag dat de uitslag die over de neus naar de wangen liep, inderdaad de vorm van een vlinder had. 'Het heet lupus omdat die tekening op je gezicht ook iets wegheeft van een wolf,' zei Rosalie.

De wolf bleek zich ook schuil te houden in haar gewrichten, nu en dan een aanval te doen op haar longen en nieren, op haar bloedcellen en zenuwstelsel, met ontstekingen, pijn, depressie en miskramen tot gevolg. Grote hoeveelheden pijnstillers, cortisonepreparaten en andere medicatie leverden aan de ene kant verlichting en aan de andere kant slapeloosheid, botafbraak, bloedingen en andere problemen op, zodat haar leven een voortdurende circustoer was om symptomen, medicijnen en bijwerkingen met elkaar in een draaglijk evenwicht te houden.

'En zo hebben al die pijnstillers me een andere wolf opgeleverd. Een echte, net als Broekhuizen,' vertelde Rosalie. 'Ik had het natuurlijk moeten weten. Peter de Wolf heet ie nota bene. Die schilder, ken je hem?'

'Nee,' zei Esther, 'ik geloof het niet. Is er niet een wethouder die ook zo heet?'

'Ja!' riep Rosalie. 'Dat is hij ook! Eens in het jaar exposeert hij in een grote hal van een advocaat, een vriend van hem, maar hij kan er zijn geld niet mee verdienen, hij verkoopt bijna niets. Daarom is hij ook wethouder. En omdat hij wethouder is, kan hij altijd wel wat publiciteit organiseren voor zijn tentoonstellingen. En nu en dan eens een schilderij slijten aan het gemeentehuis.' Ze lachte, zuchtte, nam een slok uit haar glas. 'O god, wat jij vertelt over die Broekhuizen, dat herken ik zó goed! De situatie was anders, ik was natuurlijk geen cliënt of patiënt van Peter, maar de manipulaties, het raffinement, de leugens… Heb jij ook zin in iets warms?'

Ze bestelden een grote kop soep. Het was ongemerkt later geworden, het publiek in het café was getransformeerd van koffiedrinkers en broodjeseters naar uitgewinkelde vakantiegangers en kantoor- en zakenmensen die naborrelden.

'Ik ben een tijdlang verslaafd geweest aan de pijnstillers,' vertelde Rosalie boven de dampende Italiaanse minestronesoep. 'Ik was vaak zo murw van de pijn en ik kon het niet uitstaan dat ik niet kon doorwerken. Ik had zoveel verschillende specialisten en mijn huisarts is een vriendin van me; ik kreeg altijd wel van iemand recepten losgepeuterd. Dan nam ik een mix van medicijnen, net zo lang tot ik me goed voelde of tot het me niets meer kon schelen. Daar was valium dan weer goed voor. Soms hielp gewoon niets tegen de pijn. Met een paar valiums kon ik me tenminste ontspannen. Niet veel mensen wisten dat, sowieso niet dat ik chronisch ziek ben, maar Peter wist het op een of andere manier. Hij had er een neus voor. Hij zal het wel herkend hebben.

Hij is zelf een zware drinker. Eigenlijk werkt dat hetzelfde als met die pijnstillers: de ene keer verdooft het vooral en ben je er niet helemaal goed bij en de andere keer stijg je boven jezelf uit, bijna euforisch. Misschien kwam die euforische stemming af en toe ook voort uit de pure opluchting even van die pijn verlost te zijn. Hij vond het fantastisch, die uitersten. Ik kende hem oorspronkelijk van een afstand. Er was een grote groep vrienden en kennissen, waar ik een beetje in verkeerde en waar hij vaak mee omging. Hij en zijn vrouw, want hij was getrouwd. Op een avond was er een feest en tegen het einde van de avond kwam hij plotseling naar me toe. Hij was zo ontzettend aardig en vol aandacht. Ik weet niet hoe het kwam. Binnen een half uur had ik over m'n ziekte verteld, hij was een en al oor en bewondering voor wat ik allemaal had doorstaan. Hij maakte van die vlinder op mijn gezicht iets heel bijzonders en vroeg of ik voor hem wilde poseren. O, jezus. Zullen we nog een flesje wijn bestellen?'

Esther lachte. Ze deed de bestelling en wachtte aan de bar, terwijl Rosalie de soepkommen en de vuile glazen van tafel ruimde. 'Zo,' zei ze, toen ze zich opnieuw hadden geïnstalleerd. 'Tjonge jonge,' blies ze. 'Volgens mij heb ik dit nog nooit aan iemand verteld. In ieder geval niet met een begin, midden en een eind.' Ze nam een slok uit het nieuwe, volle glas. 'Ik zou wel een sigaretje lusten, maar ik ben gestopt.' Ze keek verlangend om zich heen, lachte en keek naar Esther. 'Ik doe het niet hoor, ik ben er met zoveel moeite van afgekomen!' Ze was even stil. 'Nou ja, dat poseren. Het is verschrikkelijk cliché, maar zo voelde dat toen helemaal niet. Het liep eigenlijk vanaf de eerste keer al uit de hand. Ook al had ik me voorgenomen nooit iets te beginnen met een gebonden man, we hadden binnen de kortste keren een verhouding. Hij zei dat hij voor mij zou kiezen áls eerst de kerstdagen voorbij waren, áls eerst zijn tentoonstelling achter de rug was. Nou ja, je begrijpt het wel. Hoe het precies begonnen is weet ik niet, maar het werd al heel snel onaangenaam. Hij stond er op dat ik 's ochtends kwam poseren, omdat hij dan de meeste inspiratie had, zei hij. Ja, nou, geïnspireerd was ie wel, maar niet om te schilderen. Ik was er 's ochtends eigenlijk altijd het slechtst aan toe, omdat ik vaak 's nachts pijn in mijn gewrichten had en moeilijk kon slapen. Als ik het niet meer hield, nam ik slaaptabletten. 's Ochtends moesten die gewrichten weer helemaal op gang komen, had ik een soort kater van die slaappil en pijn van de stijfheid. Als hij me dan belde of ik langs wilde komen, slikte ik een flinke cocktail met medicijnen om me beter te voelen, maar dan was ik ook helemaal van de wereld.' Ze zuchtte en keek Esther aan. 'Esther – ik sla die hele aanloop maar over, dat kan ik bij jou wel doen – het kwam erop neer dat hij me naakt fotografeerde in allerlei standen – het was soms net alsof ik weer op een onderzoekstafel lag, want hij was daarbij erg creatief met z'n kwasten en penselen…'

'Gadverdamme!' riep Esther.

'Ja… hij vond het fantastisch en voor mij was het eigenlijk een peulenschil: wil je mijn lichaam onderzoeken? Je bent de eerste niet. Ik dacht niets, ik voelde niets, ik zwom weg in de roes van pijnstillers en valium. Op een gegeven moment nam ik ook altijd een paar doses mee in mijn tas, kon ik tussendoor nog wat innemen. Hij dronk, ging z'n gang. Hij had natuurlijk ook seks met me, maar dat was meestal aan het eind, want daarna was het rap afgelopen. Een hele snelle ontnuchtering. Dan moest ik op een holletje m'n kleren pakken en maken dat ik wegkwam. Hoe vaak ik niet op het punt heb gestaan om het contact te verbreken, maar op een gegeven moment ben je ergens in terechtgekomen, en kom er dan nog maar eens uit.'

'Hoe is het gestopt?' vroeg Esther.

'Ik heb het zijn vrouw verteld.' Schuldbewust keek Rosalie haar aan. 'Ik vond het heel zielig voor haar, maar het was de enige manier om de cirkel te doorbreken. Iemand moest het doen trouwens, want ik was de enige niet met wie hij rotzooide, al duurde het nog een tijdje voordat ik daar achter was. Heel veel mensen wisten ervan. Maar omdat ik degene was die het geheim doorbrak, was ik uiteindelijk de gebeten hond.'

'In plaats van dat hij de gebeten wolf was,' zei Esther.

De cafégasten keken even op bij hun gelach. Het was een voorrecht van de 'ervaringsdeskundigen': grappen maken. Rosalie mocht zeggen dat Esther 'vast pisnijdig was geweest' op Broekhuizen en Esther kon zeggen dat Rosalie 'pijnlijk uit de verf was gekomen'.

'Het begon allemaal met z'n keelamandelen,' lachte Rosalie. 'Hij had al jaren achter elkaar keelontstekingen en op een gegeven moment moest hij zijn amandelen eruit laten halen en daar maakte hij een groot drama van. Ik kon natuurlijk niet bij hem op bezoek in het ziekenhuis en hij kon niet bellen met die keel. Dat was eigenlijk een heerlijke, rustige periode, als ik er nu aan terugdenk. Maar op een dag kwam hij natuurlijk dat ziekenhuis uit en ik weet nog dat hij hier op de stoep stond met een ding onder een zijden doek, heel gewichtig. 'Ik heb iets voor je,' zei hij. 'Iets heel bijzonders.' Hij loopt met dat ding naar binnen, zet het op tafel. Hij trekt die doek eraf en ik zie een pot met een doorzichtige vloeistof, net water, en daarin dreef een klein rood flubbertje, een viezig stukje vlees, leek het. Het drong eerst helemaal niet tot me door, maar toen zei hij iets van: 'Voor jou, een stuk van mezelf.' Op dat moment begreep ik dat het een van zijn keelamandelen was!' Gierend sloegen ze dubbel, hun gezichten vlak boven tafel. 'Op sterk water!' riep Rosalie. De mensen in het café lachten flauwtjes mee bij de aanblik van de twee bulderende vrouwen. Rosalie kwam overeind met een diepe inademing. 'Ik zei: "Goh, ik dacht dat je alletwee je amandelen eruit had laten halen." Werd hij nog boos ook. Dat ik toch wel kon begrijpen dat dat niet esthetisch was: twee amandelen geven. Eén, dat was een mooi symbolisch gebaar. Dat was kunst! Maar twee…! Die andere amandel had hij gewoon laten vernietigen, zei hij. Vlak daarna belde een van die vrouwen uit de kennissenkring mij op. Ze wilde me weleens vertellen wat ik allemaal had aangericht. Een alleenstaande vrouw, iedereen zat altijd achter haar aan, maar ze had nooit een relatie, tenminste, niemand zag haar ooit met iemand. Eerst wilde ik niet, maar later dacht ik: laat maar eens horen wat je te vertellen hebt. Dus ik kwam daar, ik werd op de bank neergezet en ze begon me daar een lezing over wie en wat ik was, in haar ogen. Midden in het gesprek, in die donderpreek, ging de telefoon en zij liep naar de achterkamer. Ik stond even op, ik had het er heet van gekregen en ik probeerde te bedenken hoe ik zo snel mogelijk weg kon komen. Ik liep naar de spiegel boven de schoorsteen om te kijken of het erg aan me te zien was hoe aangedaan ik was, want dat gunde ik haar niet. Zag ik uit mijn ooghoek iets wat ik herkende. Ik liep naar een kastje, naast de schoorsteen. Zag ik daar een weckpotje…'

'Nee!' riep Esther.

'Ja,' riep Rosalie, 'met die andere amandel!' De cafébezoekers keken niet meer op bij het nieuwe lachsalvo. 'Ik ben naast dat kastje blijven staan tot ze terugkwam,' lachte Rosalie. 'Ze zag meteen wat er aan de hand was toen ze binnenkwam en ze wist niet hoe snel ze me het huis uit moest dirigeren.'

Ze wreef over haar ogen. 'Hèhè. Daarna heb ik het dus zijn vrouw verteld. Maar hij heeft zijn wraak nog wel genomen hoor.' Ze pakte een zakdoekje uit haar tas en snoot haar neus. 'Hij had natuurlijk hele series foto's van mij gemaakt en die wilde hij me niet geven. Op een gegeven moment had hij een nieuwe tentoonstelling. 'Vrouwelijk naakt' heette die. Heel origineel. Ik voelde de bui al hangen en vroeg eerst iemand anders om te gaan kijken. Die kwam helemaal bleek en timide bij mij thuis en zei dat ze niet wist hoe ze het moest zeggen. Toen ben ik zelf gaan kijken, op een middag dat hij er niet zou zijn. Nou… Esther. Zoveel vulgaire schilderijen heb je nog nooit bij elkaar gezien. En ik was duidelijk herkenbaar. Op allemaal. Bijna ieder doek had het *beaver-shot*-perspectief en dan ik met mijn hoofd zo naar de lens of een stuk van mijn gezicht nog onder een arm door... Ik begrijp niet dat hij zich met zo'n tentoonstelling niet onmogelijk heeft gemaakt in de kunstwereld, maar kennelijk vonden mensen het nog gewaagd ook.'

'Heb je daar nog iets aan gedaan?' vroeg Esther.

'Nee,' zei Rosalie. 'Wat moest ik doen? Dat is het probleem. Sommige dingen zijn niet strafbaar, ook al vind je ze misdadig. Je moet leren jezelf te beschermen. Iedereen heeft zwakke plekken. De ene laat zich voor heel veel geld oplichten, de ander wordt op een andere manier misbruikt. Het zijn juist de positieve eigenschappen van mensen die maken dat ze te pakken zijn. Vertrouwen, geloven, verlangen naar liefde, dat zijn toch mooie eigenschappen? Ik hou daar niet mee op. Ik heb nu sneller door wanneer het niet goed zit en dan kap ik ermee. Sommige mensen denken dan dat je reeksen van mislukte relaties hebt, maar zo zie ik dat niet. Je kunt nooit beoordelen of iets goed of slecht voor je is als je er niet mee omgaat.'

'Ik weet ook niet waarom ik zo zit te hameren op seks tussen ons,' zei Fons. Zijn oude jongensgezicht stond gekweld. 'Maar als het in het begin van een verhouding niet hartstochtelijk is... daarna wordt het alleen maar minder.'

Geërgerd haalde Esther haar schouders op. 'Wie zegt dat?'

'Zo is dat nu eenmaal.'

'Bij mij niet.'

Fons lag onderuitgezakt met een fles whisky die hij voor driekwart had leeg gedronken, op het tot zijn spijt nog ongebruikte bed in een hotelkamer die ze voor twee dagen hadden gehuurd. Zijn spreektempo was door de drank gehalveerd. Esther was broodnuchter.

'Als het door die vent komt dat jij nooit zin hebt, moet je toch eens nadenken over je eigen rol in het geheel,' zei Fons.

'Die discussie hebben we gehad,' zei Esther.

Hij praatte door alsof hij haar niet gehoord had. 'Zo erg is het toch allemaal niet. Ik heb ook weleens een stijve bij een patiënt.'

Verdomme, dacht Esther. *Wat is dit? Een flauwe grap?* 'Dat is niet best,' zei ze wrevelig. 'Wat doe je daaraan?'

Fons keek haar glazig aan vanachter het glas dat hij voor zijn gezicht op zijn borst had gezet. 'Niets. Ze merken daar niets van en als ik er verder niets mee doe, maakt het ook niet uit. Het is een menselijk gegeven. Een therapeut is ook een mens.'

Esther zweeg.

'Ik ben een hele goeie behandelaar. Ik krijg mensen uit de iso- leercel die daar al maanden in zitten. Ik verdiep me in ze.'

'Met paddestoelen bijvoorbeeld,' zei Esther stug. Eerder die dag had Fons verteld dat hij in de weekeinden dat hij niet be- reikbaar was, hallucinerende middelen gebruikte.

'Daar leer ik iets van. Ik heb patiënten met bewustzijnstoe- standen die daarop lijken. Dat denk ik... Ik kan het heel goed hanteren en zo begrijp ik beter wat er in ze om kan gaan,' zei Fons. Hij nam een slok uit zijn glas. 'Op een keer was ik na het gebruik in slaap gevallen,' zei hij. Hij keek voor zich uit alsof hij voor zich zag wat hij vertelde. 'Ik werd wakker en stond op om naar het toilet te gaan. Toen zag ik Broekhuizen op de trap staan. Tenminste, ik dácht natuurlijk dat ik hem zag staan,' zei Fons, 'maar hij zag er heel echt uit. "We gaan Esther samen fijn mis- bruiken," zei hij tegen me.'

Esther zweeg perplex.

'Dus... het zal toch ook wel iets zijn wat jij oproept,' zei hij en leegde zijn glas.

Ze rondden het weekeinde in kilte af. Hij sliep zijn roes uit en de volgende dag vertrokken ze vroeg.

Niet lang daarna zei Fons tegen Esther dat hij ervan afzag om een relatie te hebben in zijn leven. 'Ik wil me richten op spiritualiteit en onthechting van aardse zaken.'

Het was even stil. Esther keek hoe hij in haar favoriete stoel zat, de benen over elkaar geslagen, zijn handen beschermend als een kommetje gevouwen onder zijn geslacht. Toen stond ze op, liep naar de gangkast en rommelde in haar gereedschapskist. Ze kwam terug met een grote knutselschaar en gooide die op zijn gulp. 'Alsjeblieft,' zei ze. 'Als het hier niet mee lukt, heb ik ook nog een betonschaar.' Ze draaide zich om naar de deur van de kamer en hield die voor hem open.

Met een flauwe glimlach legde hij de schaar op tafel en keek haar aan. 'Moeten we niet over onze relatie praten?' vroeg hij.

'Jij had toch een besluit genomen?' zei Esther.

'Ja.'

'Wilde je daarop terugkomen, dan?'

'Nee,' zei Fons, 'maar we kunnen toch nog wel over dat besluit praten?'

'Ik wil er met iedereen over praten,' zei Esther, 'behalve met jou.'

Einde herhaling. Nooit meer.

Vijf

Zomer 1993

Het was een warme dag. WJ was op vakantie. Esther had alle gordijnen in huis dichtgetrokken om de warmte buiten te houden. Zelf bleef ze binnen. Het grootste deel van de dag lag ze op bed. Ze at niets, schreef niets, dacht niets. Ze stond op, ging naar de auto en reed naar de plek waar Broekhuizen met haar had afgesproken, zoals ze eerder die dag was opgestaan om zich te wassen, naar het toilet te gaan, water te drinken. Ze zag hem toen ze het marktplein opreed van het dorp waar hij woonde. Ze bleef in de auto zitten, deed geen moeite om zich kenbaar te maken en wachtte tot hij haar zou zien. Ze zag hem langs de terrassen lopen. Zijn gesloten gezicht, de geremde bewegingen. Bandplooibroek, de riem onder de buik door. Ruitjeshemd. De hoornen bril, waarvan de glazen af en toe een glimp licht vingen. Onwillekeurig drong de herinnering aan zijn geur in haar neus. Esther wendde haar blik af. Weg was hij. De kerkmuur voor haar. Hier en daar uit de voegen weggesleten cement. De kleur van de stenen vlak bij de straat donkerder dan de stenen rond de statige ramen. Ze hoorde geluid bij het rechterportier. Hij probeerde het te openen, zag ze. Dat kon niet. Ze had de portieren altijd op slot. Ze boog zich over de bijrijdersstoel, ontgrendelde de deur en leunde terug tegen haar stoelzitting, haar handen op het stuur. De deur ging open. Broekhuizen keek naar binnen. 'Sta je hier al lang?' vroeg hij.

'Hm,' zei Esther en keek voor zich uit.

'Hm?' deed hij haar geïrriteerd na.

Esther zweeg.

Hij wachtte even, stapte toen boos in. 'Laat het eten maar zitten,' zei hij. Hij trok de deur dicht. Esther startte de motor en reed zwijgend naar het psychiatrisch ziekenhuis. De driftige gestalte naast haar was ver weg. Hij zei iets over haar. Over haar gedrag. Ten slotte stilte. Ze reed het parkeerterrein op. Hij stapte uit en gooide het portier dicht. Ze vergrendelde zijn portier. Bleef even zitten. Stapte uit. Sloot de auto af. Zijn bestudeerde tred voor haar. De sleutel van de voordeur van de afdeling, de hal, de voordeur die hij weer achter hen op slot draaide. De deur van het toilet, links. Ditmaal duwde hij haar naar binnen, haar rug tegen de muur. Haar ogen dwaalden af naar de eenvoudige schotjes, waarachter zich waarschijnlijk de toiletten bevonden. Warm lichaam tegen haar aan, gepruts aan haar kleren. De schotten liepen niet door tot aan het plafond. Mensen zouden elkaar kunnen horen op het toilet. Een scherpe pijn. Ze keek. Zijn broekriem. Een felrode kras met blauwe randjes op de binnenkant van haar dijbeen. *Pijn, Esther! Pijn!* Geduw, gepruts, gerommel van hem. Boos gemompel. Ze hoorde het terwijl ze naar de wastafels keek en naar het koele water uit de kraan verlangde. 'Doe eens een beetje je best,' hoorde ze hem zeggen. Een slap geslacht dat in haar hand werd gedrukt. Nog meer gerommel. De witte tegels op de muur, de grijze op de vloer. Neutraal. Kleurloos. Niet schoon. Eindelijk drukte het verhitte lichaam haar niet langer tegen de muur. 'Laat maar zitten.' Het was voorbij. Ze hoefde niets te doen. Het ging vanzelf voorbij. Met het terugstromen van het bloed aan de achterkant van haar benen, voelde ze pas dat ze tegen de rand van een radiator aan had gestaan. Pijnlijke prikkeling.

Hij verliet de toiletruimte, trekkend en hijsend aan zijn kleren. Ze deed de knoopjes van haar blouse dicht, sloot haar broek.

Wanneer waren die losgemaakt? In de hal wachtte hij op haar, porde haar in haar rug en leidde haar naar zijn werkkamer. Smalle kamer, met één groot raam. Naast de deur tegen de muur een boekenkast, daarvoor een bureau met stoel, verder een zitje met drie stoelen tegen het kamerbrede raam met vuilgrijze vitrage. Voordat ze naar een van de stoelen kon lopen, drukte zijn korte lichaam, de bolle buik haar tegen zijn bureau aan. Even kortsluiting in haar hoofd. *Het was toch voorbij?* Opnieuw het trekken aan haar kleren, zijn inmiddels dampende hemd, de vochtige, zoute geur, gemengd met aftershave, half zoet, half zuur. Zijn knieën, dwingend tussen haar benen, ze viel op het bureaublad, hij trok haar overeind, schoof zich tegen haar aan. Ademnood.

De felle korte beweging waarmee hij afstand van haar nam, raakte dwars door haar trance heen het centrum van haar zenuwstelsel. Zijn gezichtsuitdrukking brandde zich op haar netvlies: felle angst gevolgd door ijskoude hardheid. Snelle momenten volgden elkaar op. Esther volgde zijn blik over haar schouder. Achter de vitrage zag ze een gestalte, het gezicht dicht tegen het raam gedrukt. Een man. Een uniformachtige outfit. De harde greep van Broekhuizens linkerhand in haar bovenarm, de rechterarm die een gebaar maakte naar de gestalte achter het raam. Een groet? Terwijl hij haar ruim op afstand hield, werd ze naar een van de stoelen van het zitje gedirigeerd. 'Ga zitten,' snauwde hij en gaf haar een zet. Hij liep naar het raam. Nogmaals een gebaar. Het was een bewaker. Alles is goed, zei het gebaar. Broekhuizen liet de vitrage terugvallen, ging op de stoel tegenover haar zitten, sloeg armen en benen over elkaar en zei: 'Zo, waar zullen we het over hebben?' De schim achter het raam verwijderde zich langzaam.

Esthers hart bonsde luid in haar borstkas, terwijl haar gevoel versteende en het was alsof alle schermen rondom Broekhuizen waren weggevallen. Iedere onduidelijkheid omtrent zijn motie-

ven, ieder rookgordijn van schijnbare betrokkenheid, therapeutische bedoelingen of vriendschapsgevoelens was opgetrokken,
weggeblazen door het overlevingsgedrag waarmee hij in de ogen
van de bewaker de inrichting in de kamer een normaal aanzien
wilde geven, en zij had deel uitgemaakt van die inrichting. Ze betekende niets, helemaal niets in de ogen van deze mens. Ze keek
hem aan, zoals hij daar zat, stijf in de stoel tegenover haar, de
ogen nog altijd hard en, ze zag het nu pas, niet anders dan ego-
centrisch, in afwachting van haar antwoord.

'Je denkt toch niet dat ik nu ga doen alsof we een normaal gesprek voeren?' zei ze. Haar stem was schor van het lange zwijgen.

'Wat wil je dan?' snauwde hij.

'Ik weet het niet,' zei Esther. 'Ik denk dat we ons contact maar
moeten verbreken.'

Zijn ogen schoten vuur vanachter zijn bril. 'Wat is er nu weer?
Nou? Wat is er nu weer?'

'Je bent door de mand gevallen,' zei Esther.

'Wat had je dán gewild,' beet hij haar toe. 'Dat ik die man erbij had geroepen?'

Hun stemmen riepen korte tijd door elkaar, de zijne nog altijd gedempt. Ze zei dat ze wist wat ze gezien had en dat dit het
einde van hun contact betekende. Hij onderbrak haar, zei dat het
onzinnig was wat ze zei, dat ze de realiteit uit het oog verloor,
psychotisch aan het worden was. Plotseling stond hij op van zijn
stoel. 'Breng me naar huis. Daar praten we verder.'

Ergens onderweg verloor ze haar kracht. Het zat in honderd
kleine handelingen waarbij het niet nuttig leek om nee te zeggen,
alsof de strijd daar niet om ging, maar daar vergiste ze zich in.
Na het niet nee zeggen tegen het gezamenlijk verlaten van het
pand, het wachten op het afsluiten van de deur, hem toegang geven tot de auto en het naar zijn huis rijden, uitstappen, mee naar
binnen gaan, na al die momenten niet nee gezegd te hebben om-

dat ze futiliteiten leken, bleek het moment van het grote nee dat moest komen onvindbaar tussen de aaneenschakeling van kleine nee-momenten die ze had laten passeren. Zwijgend. Opnieuw teruggedrongen in het tranceachtige niets. Zo zag ze hem, terwijl hij ongeduldig heen en weer liep door zijn woonkamer, op haar inpraatte omdat ze zweeg en de bleke flauwte op haar gezicht constateerde. Ze hoorde hem zeggen dat ze maar even boven, in de logeerkamer, moest gaan liggen voordat ze naar huis zou rijden. Het functionerende lichaam, dat haar naar boven bracht, de gordijnen dichttrok, op het eenpersoonsbed ging liggen, uitgeteld voor de eeuwigheid. Rust. Eén, twee minuten. Dan geruis bij de kamerdeur. Een schim, gestalte, weer de korte gezette man met de doordachte gebaren. Het matras dat aan een kant naar beneden ging onder het gewicht van een been. Een knie? Twee vuisten naast haar hoofd, zijn gezicht boven het hare. *Ik kom je vermoorden.* Ze hoorde de woorden in haar hoofd, maar toen zijn mond bewoog, klonk er: 'Ik wil met je neuken.' Opnieuw zijn knieën die zich tussen haar benen drongen. Ze keek naar de gordijnen. Donkere gordijnen, maar honderdduizend miljoenen gaatjes lieten zien dat buiten de zon scheen. *Pijn, Esther! Pijn.* Miljoenen gaatjes licht. Zijn gewicht. Zijn binnensmonds gevloek dat het zo niet ging en zijn abrupte vertrek uit de kamer. Badkamergeluiden. Plotseling schoot ze overeind, sloot knoopjes, ritsen, ging de trap af, pakte haar tas en verliet het huis. De auto in, de terugrit. Wanhoop, blind verlangen naar iets wat thuis heette en bescherming bood, maar niet weten hoe het te bereiken met lichaam en geest die met dezelfde vaart als de auto elk een andere richting uit gingen. De ene naar het licht, de andere de duisternis tegemoet.

Op het allerlaatste moment zag Esther het rode stoplicht. Ze stampte op de rem en kwam vlak voor het drukke kruispunt tot stilstand, waar twee verkeersstromen elkaar al voorbijraasden. Getoeter.

Een moment van verlamming en diepe stilte in haar hoofd. *Dit is precies wat hij wil, Esther. Dat jij je te pletter rijdt.* Ze reed een stukje achteruit tot ze het stoplicht kon zien en reed bibberend maar zachtjes verder, tot ze, voor haar gevoel uren later, thuis was. Ze opende de deur, sloot deze van binnenuit en deed de ketting erop. Alle gordijnen waren nog dicht. Ze liep door de schemer naar de badkamer, liet haar tas, sleutels en kleren van zich afvallen en stond lang onder de douche. Ging zitten, tot ze klappertandde. De kraan uit. Een handdoek. Ondergoed aan, een broek, een T-shirt, een hemd, een trui, een vest erover. Daarna pakte ze de telefoon en draaide een nummer.

'Broekhuizen.'

'Je wilt mij dood hebben,' zei ze.

'Neeee, Esther,' riep hij. 'Neeee, dat wil ik niet.'

De verwrongen emotionaliteit die hij in zijn stem trachtte te leggen, ontnuchterde haar. Ze brak het gesprek af en belde Pierre.

6

Winter 1994 – 1995

Diezelfde avond belde ik Broekhuizen. Ik zei hem dat ik met Pierre had gesproken. 'Wat heb je hem verteld?' vroeg Broekhuizen. Ik zei: 'Alles.' Ik zei dat ik de volgende dag, zaterdag 7 augustus, met hem af wilde spreken om hem iets te zeggen.

We troffen elkaar die zaterdag om twaalf uur in zijn werkruimte in het psychiatrisch ziekenhuis. Ik vertelde hem dat het me duidelijk was geworden dat ik moest stoppen met de therapie. Broekhuizen verzette zich daar hevig tegen, maar hij kon er geen argumenten voor aandragen. Dit sterkte mij in mijn besluit. Toen vroeg Broekhuizen of Pierre me dit had aangepraat. Ik zei dat Broekhuizens eigen gedrag, met name dat van donderdag, me onomstotelijk had aangetoond dat hij niet het beste met me voor had en dat Pierre het hier hartgrondig mee eens was. Na enige tijd merkte Broekhuizen dat ik niet van mijn beslissing was af te brengen en begon hij te huilen. 'Ik wou dat ik dat ding eraf kon hakken,' zei hij. Hij bedoelde zijn penis. Hij zei ook: 'Ik vind eigenlijk dat ik je de vorige keer op het logeerbed verkracht heb.' Ik was blij dat er eindelijk iets van mijn gevoel erkend werd en dat stemde me milder. Ik ging naast hem zitten en bood hem een papieren zakdoek aan. Toen zei hij dat hij in de logeerkamer opgewonden was geraakt, omdat ik er zo hulpeloos bij had gelegen. Op dat moment pakte hij mijn hand en bracht die naar zijn kruis. Hij zei tegen mij: 'Het is toch niet normaal dat nu ik dit vertel, ik opnieuw opgewonden raak.' Ik voelde door zijn broek heen dat

hij een stijve had. Ik vertelde Broekhuizen in dat gesprek dat ik vond
dat hij iets aan zichzelf moest doen, dat hij hulp moest zoeken. Hij
zei dat het toch niet hielp. Er kwam een eind aan ons gesprek. Ik ging
naar huis.'

Met een zucht las Esther de laatste regels van het stuk nog eens
over. Ze herinnerde zich het moment dat ze dit verklaarde op het
politiebureau. Wat zou het heerlijk zijn geweest als ze toen had
kunnen zeggen dat ze Broekhuizen daarna nooit meer gezien of
gesproken had en onmiddellijk een klacht had ingediend. Maar
zo was het niet gegaan. Steeds opnieuw moest ze zichzelf en anderen de context van de situatie van toen voor ogen houden: ze
had dan wel de ziekte vastgesteld en het gezwel gelokaliseerd,
maar voor de operatie die nodig was om de tumor te verwijde-
ren, was ze nog niet sterk genoeg geweest.

De maandagochtend nadat ze de therapie verbroken had, was
ze op zoek gegaan naar een nieuwe therapeut. Een vrouw dit
keer. Al snel bleek dat er overal maandenlange wachtlijsten waren. Broekhuizen belde haar diezelfde maandagmiddag al: ze kon
meteen terecht bij een collega van hem, psychiater Landman.

Esther bladerde in de kopie van het proces-verbaal, dat ze had
opgevraagd en dat drie weken geleden met een doffe klap op de
voordeurmat was gevallen. Ze had een advocate in de arm genomen, Mr. Spel, die zich vierkant achter Esther schaarde, daad-
krachtige stappen voorstelde en niet lang daarna een kopie op-
stuurde van een reclasseringsrapport, dat Broekhuizen in
samenwerking met een medewerkster van de reclassering op eigen initiatief had laten opstellen. De maatschappelijk werkster,
mevrouw Dubbelmonde, schreef in dit rapport dat Broekhuizen
al zo had geleden, dat ze voorstelde om de zaak maar te seponeren. 'Wat kan ik hiertegen doen?' had Esther aan Spel gevraagd. 'Je kunt je tot de Officier van Justitie richten en jouw kant
van de zaak belichten.'

De Officier van Justitie heette mevrouw Haas en nadat ze haar brief had ontvangen nodigde ze Esther uit op haar kantoor. Esther werd binnengelaten door een secretaresse en trof mevrouw Haas achter haar bureau. Zongebruind, goed gekapt, gekleed alsof ze van plan was na het gesprek naar Mallorca af te reizen. Voor de waarheidsvinding achtte ze het niet nodig dat Esther tijdens de rechtszaak zelf nog haar mond opendeed, liet mevrouw Haas haar weten. Ze vond het proces-verbaal aanleiding genoeg om de zaak te behandelen en de rechters tot een oordeel te laten komen. *Waarheid. Wat was de waarheid?* dacht Esther. Voor de Officier was het een opeenstapeling van feiten en details, die weergaven dat iets al dan niet gebeurd was. Maar dan? Wie kon de betekenis van die feiten en details duiden? En wie kon alle leugens van Broekhuizen tegenspreken?

Het was niet verwonderlijk dat maar weinig slachtoffers na een strafrechtelijke procedure een gevoel van genoegdoening hadden. Na de aangifte werden ze op een zijspoor gezet, alsof ze niet van belang waren, terwijl het toch allemaal bij hen begonnen was. Ze moesten zich inspannen om te zorgen dat ze op de hoogte werden gehouden, in plaats van er zelf bij betrokken te worden, en ze moesten langdurig geduld hebben, en een grote fantasie om zich voor te stellen dat de dader tenminste gedurende de tijd die de strafzaak in beslag nam last had van wat hij had gedaan. Een last die het slachtoffer dagelijks ervoer. Een slachtoffer moest zich kunnen uitspreken, vond Esther. Hij moest de schofferingen aan zijn adres en het bagatelliseren van de misdaad door de dader en diens advocaat kunnen weerspreken, en het gevoel hebben dat hij werd gehoord. Dan zou hij de strafmaat aan anderen kunnen overlaten.

Maar zo ging het niet en mevrouw Haas legde Esther geduldig uit hoe de taken bij de rechtszaak verdeeld waren. Zij zou de aanklacht en de eis formuleren. De rechters zouden Broekhuizen vragen stellen die hij of zijn advocaat kon beantwoorden. Hij en zijn advocaat zouden zijn achtergrond schetsen en verzachtende omstandigheden aandragen en zij zou aangeven wat de schade was voor het slachtoffer.

'Weet u dat dan?' vroeg Esther. 'Wat de schade is?'

De smaakvol opgemaakte ogen keken Esther aan. Het was even stil. Ze had zich er nog niet precies in verdiept, begon mevrouw Haas.

'Hoe komt u daar dan achter?' vroeg Esther.

Er volgde een onbevredigend antwoord over jurisprudentie, vergelijking met andere zaken. Esther begreep er niets van. Als er een auto in de prak werd gereden, dan werd de schadevaststelling toch ook niet aan de gissingen van de Officier van Justitie overgelaten, of afgemeten aan de schade van andere in de prak gereden auto's? Dan werd er een expert ingeschakeld om de schade vast te stellen. En nu moest een jurist of een rechter bepalen wat de schade was, die zij had geleden? Esther zei haar dit allemaal niet. Ze probeerde mevrouw Haas zo kalm mogelijk iets te vertellen over de beschadigingen die ze had opgelopen.

Opnieuw luisterde de vrouw vriendelijk en geduldig en zei na het relaas over de gevaren van een afhankelijkheidsrelatie, dat tegen Esthers wens in toch weer ingewikkeld was geworden: 'Het zal ook wel hebben voorzien in een behoefte.'

'Welke behoefte zou dat dan zijn?' vroeg Esther.

De vrouw knipperde even met haar ogen. 'Nou, het intensieve contact, de opvang.'

'Weet u wat nu zo opvallend is?' zei Esther. 'Dat die behoefte in mijn nieuwe therapie helemaal niet bestaat. Natuurlijk heb ik behoeften, net als ieder mens, maar het hoort niet tot de taak van een therapeut om die te vervullen, net zo min als het tot de taak behoort van de bakker, de groenteman of de huisarts. In de beroepscode van de therapeut staat zijn taak duidelijk omschreven.'

Ze haalde een kopie uit haar tas van de beroepscode voor psychotherapeuten en schoof mevrouw Haas de kopie toe en een samenvatting die Esther ervan had gemaakt. Esther gaf haar even de tijd om haar blik te laten gaan over de punten die ze zelf bijna kon dromen: de behandeling diende gericht te zijn op het verbeteren van het niveau van functioneren van de cliënt. De therapeut moest zich onthouden van gedrag waarvan men redelijkerwijs kon verwachten dat dit het belang van de cliënt kon schaden. Hij mocht met de cliënt geen andere relatie dan een behandelingsrelatie hebben en mocht ook niet de wens daartoe uitspreken. De therapeut diende het privé-domein van de cliënt te respecteren. Bij iedere risicovolle beslissing moest hij overleg plegen met collega's of supervisie vragen en vooral ook de beperkingen van zijn deskundigheid en emotionele mogelijkheden in acht nemen. Behalve het verbod misbruik te maken van het uit zijn positie voortvloeiende overwicht, was er ook een onomwonden verbod op ieder seksueel getint gedrag. Er moest een dossier worden bijgehouden van de behandeling, zodat deze ook voor anderen inzichtelijk kon zijn en ten slotte hoorde de therapeut de cliënt bij het begin van de therapie te wijzen op het bestaan van de beroepscode en het klachtenreglement.

Alle artikelen die in de samenvatting stonden, had Broekhuizen overtreden of niet nageleefd.

Mevrouw Haas bladerde door de kopieën. 'Ik zal het allemaal goed doornemen,' zei ze voor ze het gesprek afrondde. Esther verliet het pand met gemengde gevoelens.

De reclassering spande zich in om te pleiten voor het seponeren van de zaak op grond van de vermeende zware belasting voor Broekhuizen, daarnaast zou er een psychiatrisch rapport over Broekhuizen worden opgemaakt. Toen Esther dat tot zich door had laten dringen, besloot ze een brief op te stellen met het verzoek deze bij het dossier te voegen dat de rechters te lezen kregen. Advocate Spel had haar op die mogelijkheid gewezen. Sophia vertelde Esther dat ze ook een schaderapport over zichzelf kon laten opmaken door een deskundige, zodat het niet de ad-

vocaten waren die in de civiele procedure bepaalden welke schade ze geleden had. En nu zat ze dan voor het lege vel voor de
brief aan de Officier van Justitie.

Esther gooide de papieren op een hoop. Ze kon hier niet mee
bezig zijn zonder zich na enige tijd ziek te voelen. Dan legde ze
de stapel opzij en ging iets anders doen, tot ze zich er opnieuw
over kon buigen om te doen wat ze vond dat ze moest doen.

Ze maakte een kleine maaltijd voor zichzelf klaar en keek ter
ontspanning naar een Amerikaanse soap. Intriges, leugens, bedrog, liefde, moord, huwelijk, scheiding: die personages hadden
alles al een keer meegemaakt en ze gingen onverwoestbaar door,
jaar in jaar uit. Ze deed de televisie uit, pakte de map met al haar
aantekeningen voor het project over het bijbelverhaal van Job.
Een bezoek aan de bibliotheek had haar duidelijk gemaakt dat
velen voor hen het *Job*-verhaal hadden bestudeerd en zich net als
Job de vraag hadden gesteld, die ook de gekruisigde Jezus stelde:
'Mijn God, mijn God, waarom hebt Gij mij verlaten?' Zolang
een mens zo nu en dan 'waarom' tegen het universum riep, kon
je dan met zekerheid zeggen dat er 'daarbuiten' niets bestond?
En 'waarom', dat had ook Esther geroepen. Onzinnig of niet. Het
stond er, meermalen, midden tussen de aantekeningen voor het
Job-project. *Waarom, waarom, waarom moest ik in mijn zoektocht
naar hulp zo'n ongelooflijk egoïstische schoft tegenkomen? Hoe brand
ik die man uit mijn verleden? Waarom ik?* Ze leerde gaandeweg
haar eigen antwoorden vinden, al dan niet met behulp van de
gedachten en inzichten van anderen. Maar het grote antwoord,
het antwoord van God, bleef uit. Zo ook rechtvaardigheid. Want
dat durfde ze wel vast te stellen: er was geen rechtvaardigheid.
Elke poging om tot een rechtvaardiging te komen van hoe de wereld in elkaar stak, leverde te veel onschuldige slachtoffers op. Zoals Job.

Een onberispelijk en rechtschapen man was Job, aan het begin van het verhaal. 'Hij vreesde God en hield zich ver van het

kwaad,' zo stond er geschreven. Dit was bij God niet onopgemerkt gebleven en in een gesprek met Satan wees hij op zijn trouwe dienaar. Satan zei hierop: 'Hij vreest God niet voor niets. Gij hebt hemzelf, zijn familie en heel zijn bezit aan alle kanten omgeven en beschermd, Gij zegent al wat hij onderneemt, en zijn bezit grijpt steeds verder om zich heen in het land. Maar pak hem eens aan, tref hem in al wat hij heeft: wedden dat hij U vloekt in Uw gezicht.'

Wedden dat. God nam de weddenschap aan en zei: 'Goed, al wat hij heeft is in jouw hand, alleen van hemzelf moet je afblijven.' En zo verloor Job alles. Al zijn dieren en de herders en knechten die voor hen zorgden, en al zijn kinderen – zeven zonen en drie dochters. En hij vervloekte God niet. Zo wees God Satan opnieuw op Job: 'Zijn leven is nog altijd even onberispelijk, zelfs nadat je mij hebt overgehaald hem zonder enige aanleiding te ruïneren.'

'Dat is hem zijn huid wel waard,' antwoordde Satan, 'want alles wat een mens bezit, geeft hij graag in ruil voor zijn leven. Maar pak hem eens aan, tref hem in zijn gezondheid: wedden dat hij U vloekt in Uw gezicht.' En God zei: 'Goed, hij is in jouw hand; maar je moet hem in leven laten.'

Esther dacht aan een man en vrouw die ze kende, die tijdens de geboorte hun kindje verloren. Het was een perfect kindje, helemaal gezond. Het werd nooit precies duidelijk waardoor het bij de bevalling stierf. Ze dacht aan het gewonde lichaam van de vrouw, haar borsten vol melk die nooit gedronken zou worden. Dat was het schreeuwende verlies van één kind. Wat moest je je voorstellen bij het verlies van zeven zonen en drie dochters? Van duizenden dieren, herders, knechten? Rechtvaardigheid was ver te zoeken, de Tien Geboden waren met voeten getreden bij deze slachtpartij. Er was voor Job één gerechtvaardigde vraag: waarom?

Op het moment dat Jobs vraag naar verantwoording en zijn wanhoop om zijn machteloosheid op hun hoogtepunt waren, sprak God. Hij bulderde in storm en wind. Maar geen ander antwoord kreeg Job dan de presentatie van Gods grootheid, waarbij vergeleken Job nietig was, zodat deze het hoofd boog met de conclusie: 'Inderdaad, Gij kunt alles.' Hierna kreeg Job duizenden nieuwe dieren en herders, het dubbele van wat hij vroeger had, en zeven nieuwe zonen en dochters. Nieuwe kinderen. Je zou de vrouw die haar kind verloor, niet erger kunnen beledigen dan door te zeggen: 'Dan neem je toch een nieuwe.' Het moest je aan het denken zetten, vond Esther, dat het voor waar aannemen van de bijbelse verhalen niet leidde tot het beeld van een rechtvaardige, volmaakte God die het goed met de mens voorhad, noch leidde tot het beeld van een eerlijke wereld. Het liefst concentreerde Esther zich alleen op het gesprek dat ze kon voeren met het 'iets' dat er soms in het onzichtbare aanwezig leek te zijn en waar ze zich nu en dan door liet troosten. Ze hield zich verre van iedere wetmatigheid op het punt van geloof of het bestaan van God of van geesten. Wetmatigheden die naar haar inzicht ten onrechte het idee gaven dat je als mens verschrikkelijk belangrijk was en centraal stond in het universum, en dat alles wat je meemaakte een bedoeling had. *Je bent gewoon niet in ieder verhaal de hoofdrolspeler,* schreef Esther bij haar aantekeningen. *Als ik kijk naar het waarom van wat me met Broekhuizen is overkomen, dan weet ik niet of ik daar de protagonist ben. Als het wel zo is, dan vraag ik me nog steeds af waarom ik dat wat ik er dan van moest leren, niet op een andere manier kon leren. Als ik zelf een reden probeer te bedenken waarom het mij overkwam, denk ik: ik heb tot nu toe de kracht gehad om het te dragen en het vermogen om hem aan te klagen. Misschien is het daarom goed dat het mij is overkomen en niet iemand die daar niet toe in staat was geweest.*

Zes

Eind 1993 – begin 1994

Esther had drie gesprekken met psychiater Landman. Bij het eerste gesprek had Landman Esther uitgelegd dat hij gedurende twee of drie gesprekken alle achtergrondgegevens wilde noteren, en op grond daarvan zou hij besluiten of hij haar kon behandelen of zou doorverwijzen. De man was formeel en werkte systematisch. In het eerste gesprek vroeg hij doelgericht door op waar de vorige therapie op was misgelopen. Esther wist niet wat Broekhuizen, die Landman kende via zijn werk, daarover had gezegd, maar zij vertelde het beknopt en direct. Hij schreef op wat ze gezegd had, maar gaf geen reactie. De enige reactie kwam twee sessies later in de vorm van zijn behandelingsadvies: in zijn ogen zou Esther zich moeten laten opnemen in een therapeutische gemeenschap. Hiermee zou minimaal anderhalf jaar gemoeid zijn. Het stond haar natuurlijk vrij om het niet te doen, maar iedere andere behandeling zou in haar geval een kwestie zijn van 'pappen en nathouden' en dus tot mislukken zijn gedoemd.

Toen Esther eerder aan Broekhuizen had gevraagd om te worden opgenomen, kwam dat voort uit haar behoefte ergens tot rust te kunnen komen waar ze niet voor zichzelf hoefde te zorgen. Inmiddels wist ze door haar vrijwilligerswerk in het psychiatrisch ziekenhuis wat een dergelijke opname zou inhouden. Het was niets voor haar. Ze was weg bij Broekhuizen, de depressie was nog niet voorbij, maar ze had haar leven weer op de rails gezet. Een nieuw huis waarvoor de hypotheek moest worden betaald, de tournee van de *Hamlet*-voorstelling, haar studie. Landmans voorstel was een onmogelijk voorstel. Jaren later schreef ze hem dat ze niet begreep dat hij de schade die Broekhuizen had aangericht niet in zijn beoordeling had verdisconteerd en dat ze het kwalijk vond dat hij op geen enkele wijze het gedrag van Broekhuizen had veroordeeld of haar had gewezen op de strafbaarheid ervan en de mogelijkheid tot het indienen van een klacht. Ze ontving een koel briefje van de psychiater met de boodschap dat hij inmiddels gepensioneerd was. Met nauwelijks verhulde scepsis en niet gehinderd door bescheidenheid schreef hij dat hij het zich kon voorstellen dat ze blij was, nu ze dacht bewezen te hebben dat opname niet nodig was omdat ze vónd dat het beter met haar ging. 'Ik wens u veel succes met het verdere verloop van uw therapie.'

U heeft van mijn brief niets begrepen, schreef Esther terug. *Misschien is dat ook te veel gevraagd. Ik wens ú een goed pensioen toe.*

'Wat is er precies gebeurd?' had Claudia gevraagd, toen ze hoorde dat Esther de therapie bij Broekhuizen had afgebroken.

'Het is niet meer mogelijk om nog therapie bij hem te hebben,' had Esther geantwoord. 'Meer kan ik je niet zeggen, nog niet in ieder geval. Ik zou je moeten vragen het nog geheim te houden en je weet wat je daarover hebt gezegd.'

'Dat is waar,' zei Claudia. 'Vertel het nog maar niet.'

Toen Broekhuizen op de hoogte was gesteld van Landmans advies, stond hij bij Esther op de stoep. 'Je moet dat niet doen. Het is een belachelijk advies.' Hoewel Esther zelf tot die conclusie was gekomen, irriteerde het haar dat Broekhuizen haar wilde beïnvloeden.

'Ik weet wel iemand anders voor je. Ik regel het als het kan vanavond nog,' zei Broekhuizen. Kort daarna belde hij haar op.

Ze kon terecht bij psychiater Klessens. Deze was juist in de regio komen wonen en ging deel uitmaken van de maatschap van Bierens en Broekhuizen.

'Dus hij kan wel wat patiënten gebruiken,' zei Esther.

Broekhuizen lachte flauwtjes, gaf haar het telefoonnummer van Klessens en zei dat hij tegen deze collega had gezegd dat de therapie was vastgelopen omdat hij te veel voor Esther was gaan voelen.

Wat een gotspe, dacht Esther.

'Maar je mag zelf weten wat je hem vertelt,' zei Broekhuizen.

'Klessens heeft tóch geheimhoudingsplicht,' zei Esther.

'Daar gaat het niet om. Je mag echt zeggen wat je wilt.'

Hij wilde nog afspreken voordat hij op vakantie ging, maar Esther zei dat ze niet kon.

'Je bent zo afhoudend de laatste tijd. Waar blijft de liefde in ons contact?' zei Broekhuizen.

'Er staat iemand aan de deur. Ik moet ophangen,' riep Esther. Het was een van de varianten op de lijst smoezen die ze bij elkaar had verzonnen en naast de telefoon had gelegd om zichzelf te verlossen van ongewenste gesprekken met Broekhuizen, de keren dat hij door het pantser van haar antwoordapparaat was heen gebroken. Van melk die overkookte tot en met de gefingeerde afspraak buiten de deur. Eén smoes had ze snel weer van de lijst geschrapt: ik moet naar de wc.

Omdat Esther zelf nog geen therapeute had gevonden met wie ze op korte termijn een eerste gesprek kon hebben, maakte ze een afspraak met Klessens.

Hij woonde en hield praktijk in een voormalig schoolgebouw, dat nog volop verbouwd werd. Zijn spreekkamer leek op een toonzaal in een galerie: bijna leeg en holklinkend. Het designbureau dat er stond kon ook nog doorgaan voor een van de kunstobjecten die in de ruimte waren opgesteld. In zijn strak gesneden pak en op zijn Italiaanse schoenen probeerde hij langer te lijken dan de één meter vijfenzestig meter die hij ongeveer was. Zijn dikke zwarte haar was hoog opgekapt om centimeters te winnen. Hij had een breed gezicht, waar zijn trekken wat onbestemd deel van uitmaakten, weinig geprononceerd. Hij leek op het eerste gezicht vriendelijk, zonder warmte en correct, zonder al te veel betrokkenheid. De gesprekken in zijn spreekkamer werden regelmatig begeleid door boor- en zaagmachines en door het niet minder doordringende stemgeluid van zijn vrouw wanneer ze hun teckel tot de orde riep. In eerste instantie vertelde Esther hem geen bijzonderheden over de therapie bij Broekhuizen, kopschuw geworden doordat Landman Broekhuizens gedrag niet had afgekeurd. Ze merkte echter aan Klessens dat Broekhuizen en misschien zelfs Bierens hem meer hadden verteld dan ze wist. Hij had gezegd dat hij haar wel wilde behandelen, maar onder de strikte voorwaarde dat ze nooit contact met hem opnam en dat hun relatie volstrekt zakelijk bleef. Esther voelde zich de les gelezen alsof ze een nymfomane heks was, die de arme man te gronde zou kunnen richten, net zoals ze dat met zijn voorganger Broekhuizen zou hebben gedaan.

Het definitieve afscheid van WJ was daar: het huis dat Esther gekocht had, werd opgeleverd en ze verhuisde voor de vijftiende keer in haar leven. Haar ouders betaalden een verhuizer en een schilder en hielpen haar aan alle kanten.

De verhuizers hadden binnen een half uur haar spullen in de auto geladen en waren naar het nieuwe adres vertrokken, net als haar ouders. Esther liep nog eenmaal door het huis om te controleren of ze bij het inpakken niets was vergeten. Het kleine kamertje waarin de afgelopen maanden bijna al haar spullen hadden gestaan, was leeg. In de badkamer lagen alleen nog de tandenborstel en scheerspullen van WJ, een vochtige handdoek en een oud stuk zeep. Ze liep WJ's kamer in, de voormalige woonkamer. Hij rook al helemaal naar hem. Geen spoor van Esther meer. Ze sloot de deur en keek rond in de keuken. Ze vond nog een blikopener en een gootsteenontstopper die van haar waren. Ze stopte de blikopener in haar tas, de ontstopper onder haar arm met de grote zuignap naar achteren, en opende de voordeur. Een sleutel priemde bijna in haar ribben. Ze keek in de verschrikte ogen van WJ.

'Ik wilde net de sleutel in het slot…' stamelde hij.

Esther deed een stap achteruit om hem binnen te laten.

'Heb je alles ingepakt?' vroeg WJ.

Ze liep achter hem aan naar binnen.

'Al ingeladen ook. De verhuizers zijn naar het nieuwe adres.'

'Ik zie het,' zei hij met een blik op de keuken, de lege plekken waar de koelkast en de wasmachine hadden gestaan.

'Gaat je woningruil door?' vroeg Esther.

'Ja, waarschijnlijk wel.'

Het was stil. WJ drentelde door de keuken naar zijn kamer. Esther schuifelde achter hem aan. De zuignap sloeg tegen de deurpost, de ontstopper huppelde WJ's kamer binnen en viel neer voor zijn voeten.

WJ boog zich, raapte hem op. 'Ook van jou,' zei hij en gaf hem aan Esther.

'Hmm,' zei ze, ontweek de zuignap en omhelsde WJ. Achter haar rug hoorde ze de houten steel op het zeil kletteren.

Minutenlang stond ze in de vertrouwde armen, in zijn geur, die van nabij anders rook dan in zijn kamer, merkte ze.

'Ik heb een meisje ontmoet,' fluisterde WJ in haar oor.

Langzaam vielen hun armen, elk paar terug naar het eigen lichaam. Hij keek haar aan met zijn jongensachtige onschuld.

'O. Leuk?'

'Ja. Ze loopt stage bij ons, zit nog op de toneelschool. Elseriek.'

'Elseriek. Ken ik niet.' Ze deed een stap achteruit.

'Nee,' zei WJ en hij greep Esther snel vast in haar val achterover.

'Die stomme gootsteenontstopper,' lachte ze schaapachtig, terwijl ze via zijn arm overeind krabbelde en het ding van de grond graaide. Ze liep naar de keuken en zette hem in het gootsteenkastje. 'Ik gebruik die dingen toch nooit.' Ze liep naar de voordeur, WJ achter haar aan.

'Ik ga,' zei ze.

'Ja.'

'Veel plezier met Else…'

'Riek. Elseriek.'

'Ja. We spreken elkaar wel weer.'

'Ja.'

Zij boog naar zijn wang, hij naar haar mond. Een voortand in haar lip. De frisse buitenlucht. De voordeur dicht. Met snelle pas liep ze naar haar nieuwe huis.

Na korte tijd voelde Esther zich goed in het huis voor haar alleen. *Ik vind het veel minder erg om alleen te zijn dan ik dacht,* schreef ze. *Misschien omdat ik zeker weet dat er niemand is als ik thuiskom en dat er niemand weggaat. Dat is een duidelijkheid waar veel beter mee te leven valt dan met verwachtingen die niet worden vervuld, beloften die niet worden nagekomen.*

De zon was grijs, de hele wereld zwart-wit, net als de geruite gestalte met bril voor wie ze haar voordeur toch heeft opengedaan. Een lange weg terug de trap op. Vermoeid. *Babe Rainbow oh, you gotta go on. Oh it must be hard looking up at the sun.*

'Ik kom naar je toe,' had hij gezegd. 'Ik hoor aan je stem dat het niet goed gaat.'

Haar 'nee' was net zo traag als haar passen op de trap waren, en nu voelde hij zich geroepen haar omhoog te duwen. Handen, daar, achter. Ze zei niets. De zwart-witfilm draaide door. De gestalte manoeuvreerde haar naar de bank, waar ze op ging liggen en wilde sterven. Verlossing. Maar die was haar nog niet vergund. De gestalte maakte zijn broek los. Traag drong tot haar door dat hij op haar vermagerde lichaam zou kruipen, dat slap en wezenloos op de bank lag. *Oh it must be hard looking up at the sun...* Bleek Ophelia-smoeltje. Wat zou hij toch op haar gezicht zien dat hij vond dat dit nog kon? Weer kon. De herhaling. *Oh it must be hard looking up at the sun...*

Onafwendbaar naderde hij haar, half ontbloot. De zwart-witman. *Oh it must be hard looking up at the sun...* Plots greep ze hem vast en priemde zich aan hem, zoals ze de schaarpunt die middag in haar arm gestoken had. *Steek maar!* Een vurige woede spoot op, zoals het bloedspoor op haar onderarm verschenen was. Ineens zag ze zijn knalrode spencer, zijn zweterige gezicht. Ze trok hard aan zijn haar, onmiddellijk ejaculeerde hij. Ze rukte zich snel los.

Hij grijnsde. 'Wat was dat nu ineens?'

... when you know in your heart you might never be warm.

Ze stond op, trok haar kleren recht. 'Ga naar huis,' zei ze.

De laatste druppel van druppelsgewijs toegediende werkelijkheid. De laatste keer. Nu niet meer. Nooit meer.

Ze sloot de deur achter hem, na een blik op de zon. Knipperend met haar ogen liep ze de donkere trap op. Voor haar ogen een zwarte zon met een grote, gouden halo.

De gesprekken met Klessens waren oppervlakkig, mede door zijn neiging alles wat Esther vertelde snel te duiden, alsof hij daarmee mogelijke gevaren bezwoer, maar ook omdat hij het mislopen van de therapie bij Broekhuizen afdeed met: 'Waar gehakt wordt, vallen spaanders.'

Doordat Esther meer afstand van Broekhuizen nam, ontdekte ze dat de gesprekken met Klessens niet alleen door zijn houding oppervlakkig bleven, maar ook omdat ze voelde dat ze niet aan haar oorspronkelijke problemen toekwam als ze niet

eerst dat wat er met Broekhuizen gebeurd was uit de weg ruimde.

Na twee maanden zei Esther tegen Klessens dat ze tot de ont-
dekking was gekomen, dat ze niet over het gebeurde met Broekhuizen heen kon stappen, er veel meer onder leed dan ze zou willen en dat ze daar dus over moest praten. 'Ik heb alleen het
gevoel dat ik u daarmee compromitteer,' zei ze, op grond van het
angstige gedrag waarmee hij haar tot dan toe tegemoet was getreden. 'U zit met Broekhuizen in een maatschap. Misschien wilt
u daarom eigenlijk niet horen wat ik over hem te vertellen heb.
Daar kan ik op zich begrip voor opbrengen,' zei ze, 'maar ik
maak het liever niet mee.'

Klessens bestreed dat hij haar verhalen niet aankon. 'Jouw belang gaat voor,' zei hij.

Ze probeerde het de volgende sessie, maar besloot het consult
met de woorden dat ze toch de indruk had, dat ze hem van zijn
verplichting haar te behandelen moest ontslaan. 'U moet er maar
over nadenken,' zei ze toen ze wegging.

Het feit dat ze al nagenoeg had besloten bij Klessens te stoppen,
leidde tot een telefonische ruzie met Broekhuizen. Het idee dat
ze haar eigen weg ging riep een hogere frequentie aan telefoontjes op, waarin hij haar bestookte met theoretische en psychologische verhandelingen over haar persoon. 'Je moet nu maar eens
loslaten wat er gebeurd is,' zei Broekhuizen in een van die gesprekken. 'Ik geef toe dat ik een fout heb gemaakt, ik geef toe dat
ik je schade heb berokkend, maar ik wil het kunnen verwerken
en verdergaan.'

Esther voelde grote woede bij deze eis, zeker nu ze zich gere-
aliseerd had, dat het voor haar nog weleens heel lang zou kunnen duren, voordat zij het achter zich kon laten. 'Je mag blij zijn
dat ik je nog te woord sta,' zei ze tegen hem.

'Je gevoel moet ook mee,' zei hij. 'Je moet weer gewoon tegen me doen.'

'Dat gaat zomaar niet. Ik zal eerst het nodige voor mezelf uit moeten zoeken. Alleen.'

'Daarmee zet je mij buiten spel. Dat wil ik niet.'

Je hebt niets te willen, dacht Esther.

Toen hij haar weerstand merkte, zei hij huilerig: 'Ja, maar ik hóú van je. Ik wil de liefde terug in ons contact.'

Ze vond zijn woorden zo absurd, dat die haar hielpen om afstand te bewaren. 'De seks bedoel je.'

'Nee! Er is toch ook een warme vriendschappelijkheid tussen ons geweest? Waar is die gebleven?'

'Die heb je vakkundig kapot gemaakt,' zei Esther.

'Dat kan ik niet geloven.'

'Toch is het zo.'

Broekhuizen bleef volhouden en Esther voelde dat de uitputting die ze zo goed kende haar dreigde te overvallen. Ze zei hem dat hij zelf iemand moest zoeken met wie hij kon praten.

'Ik wil er met jóú over praten,' riep Broekhuizen.

'Ik heb genoeg aan mezelf. Hoooo, mijn ovenschotel brandt aan!' Ze hing op en trok de telefoonstekker uit het contact.

Een week nadat Esther Klessens had gezegd het gevoel te hebben hem van zijn behandelverplichting te moeten ontslaan, zei Klessens dat hij intensief over haar woorden had nagedacht en dat het hem bij nader inzien toch beter leek de therapie te stoppen. Hij had hiervoor onder andere de beroepscodecommissie geconsulteerd, en hij voelde zich inderdaad gecompromitteerd. Het lag allemaal niet aan Esther, benadrukte Klessens, maar hij stopte met de behandeling. Hij zou natuurlijk zijn best doen haar door te verwijzen.

Hoewel Esther het verwacht had, werd het dof en kil in haar hoofd. Ze hoorde zijn uitleg aan die telkens begon met 'ik merk dat ik het moeilijk vind om te zeggen' en 'het gaat tegen mijn principes in'.

Toen het eindelijk even stil viel, zei Esther: 'Dan ga ik.'

Klessens keek op zijn horloge. Ze was net een kwartier binnen. Hij schuifelde op zijn designstoel. 'Ja,' zei hij, 'ja… eh… je mag ook nog wel blijven zitten.'

Ik zal hem wel een van mijn ironische blikken hebben toegeworpen, dacht Esther, toen Klessens kort daarna opstond en naar zijn bureau liep.

Esther stond ook op.

'Wacht even,' zei Klessens. Hij liep terug met zijn agenda in de hand. 'Even zakelijk én emotioneel. Zakelijk gesproken heb ik wel twee weken nodig om iemand anders voor je te vinden. Emotioneel: is het voor jou mogelijk om het zo lang vol te houden?'

Ze stond nog steeds, met haar tas in de hand, en haalde haar schouders op. 'Het zal wel moeten.'

'We kunnen ook een afspraak maken voor volgende week,' zei Klessens.

'En wat moet ik hier dan doen?' vroeg Esther.

Je krijgt hele kinderachtige behoeftes, schreef ze later. *Geen hand geven, met de deur slaan, zoiets. Maar ik ben als een koningin vertrokken.* Thuis belde Esther opnieuw naar wat praktijken in de omgeving en haar werd een psychologe in een plaats in de buurt aangeraden, mevrouw Onderwater. Ze kon na twee weken terecht voor een eerste gesprek, maar voor een eventuele behandeling was een wachtlijst van twee maanden. Esther besloot dat eerste gesprek in ieder geval te voeren en stuurde mevrouw Onderwater daaraan voorafgaand een brief, waarin ze vertelde wat er in de therapie met Broekhuizen was gebeurd. Als deze mevrouw zich ook gecompromitteerd zou voelen, dan kon ze de afspraak meteen afzeggen. Dat deed mevrouw Onderwater niet, hoewel tijdens het gesprek bleek dat ze Broekhuizen wel kende. Ze nam duidelijk stelling en noemde het aangaan van een relatie met een cliënt door een therapeut een vorm van incest. Maar ook zij wees niet op de mogelijkheid van een klacht. Ze zei alleen dat 'Gijs kennelijk als persoon een aantal problemen had, waar hij iets aan moest doen'.

Broekhuizen liet haar niet met rust. Hij vroeg bij wie ze in therapie ging. Toen Esther de naam van Onderwater noemde, omdat ze wilde weten hoe goed die twee elkaar kenden, schrok hij. Hij bleek met haar in het bandje te zitten, waarbij hij hobo speelde. Een dag later belde hij om te zeggen dat hij met het bandje gestopt was. Hij zou diezelfde week al niet meer naar de repetitie gaan.

Een nieuwe reeks van zijn telefoontjes volgde. Hij wilde met haar afspreken om op haar verjaardag ergens te gaan eten. Esther vond het een belachelijke suggestie en liet in haar afwijzing duidelijk merken dat áls ze met iemand zou gaan eten, ze dat beslist niet met hem zou doen. Hij reageerde verongelijkt.

'Zullen we er dan een weekje tussenuit gaan samen?' stelde hij voor.

'Je leeft niet in de realiteit,' zei Esther. 'Als ik dat al zou willen, zou het onmogelijk zijn: ik werk en ik studeer.'

'Ik werk toch ook,' zei hij misnoegd.

'In mijn werk kun je niet te pas en te onpas vakantie opnemen. Ik speel toch voorstellingen!'

Hij begreep er niets van. Esther begreep van zichzelf niet dat ze deze discussie voerde en eindigde met de mededeling dat ze er ronduit geen zin in had.

De volgende telefoontjes van Broekhuizen bestonden uit kritiek op Esther, bitterheid over zijn verleden, zijn gezin en zijn werk en de weigering in te gaan op Esthers suggestie dat hij daar iets aan moest doen. Esther vroeg zich enige tijd af waarom ze hem eigenlijk nog te woord stond, tot ze er op een dag achterkwam, dat ze eraan toe was om een klacht tegen Broekhuizen in te dienen en dat zijn telefoontjes daartoe hadden bijgedragen.

De eerste stap die ze zette was het hele verhaal aan Claudia vertellen. Ze trof in haar een luisterend oor, troost en de niet aflatende bereidheid mee te gaan naar elke instantie die Esther wilde bezoeken, om de klacht voor te bereiden en in te dienen. Ze begonnen bij het Buro voor Rechtshulp en het Vrouwengezondheidscentrum. Bij beide instellingen kregen ze iemand tegenover zich die welwillend en betrokken was, maar die nog nooit met een dergelijke klacht te maken had gehad en ook niet wist welke route Esther moest bewandelen. De Geneeskundige Inspectie voor de Geestelijke Volksgezondheid werd genoemd, maar, werd erbij gezegd, omdat Broekhuizen geen medicus was, viel hij niet echt onder hun bevoegdheid. Esther ging langs bij een advocate die ze nog kende van een zaak over een huurconflict. Zij meende dat Esther in een strafrechtprocedure moest bewijzen dat het 'tegen haar wil' was geweest. Uiteindelijk gaf het Buro Slachtofferhulp de beste informatie. Toen de man die bij Slachtofferhulp de telefoon aannam hoorde waarvoor Esther belde, zei hij: 'Dan kan ik me voorstellen dat u het liefst met een vrouw praat.' Korte tijd later werd ze teruggebeld door een vrouw, van wie ze alleen de voornaam leerde kennen en die alleen via Buro Slachtofferhulp kon worden opgeroepen, Rie. Ze was meelevend en betrokken, maar ook praktisch. De contacten die ze aanbood, waren niet langer dan noodzakelijk en ze nam ter zake doende informatie mee, waaronder een adressenlijst van beroepsverenigingen en van een centraal meldpunt voor gevallen van seksueel misbruik door hulpverleners. Rie wist welke stappen er gezet moesten worden om aangifte te doen bij de politie, maar ook Slachtofferhulp wist niet of er op dit gebied een wet bestond.

Klessens had gezegd dat Esther altijd contact met hem kon opnemen voor advies of hulp. Ze ging ervan uit dat hij wel wist onder welke beroepsvereniging Broekhuizen viel. Ze schreef hem een brief, waarin ze aangaf een klacht te overwegen, omdat ze van de gebeurtenissen met Broekhuizen te veel hinder en schade ondervond om het erbij te laten.

Opnieuw werd ze gebeld door Broekhuizen. Het was onduidelijk waarom hij belde. Esther vertelde hem dat ze met Claudia had gepraat. Hij vroeg wat ze gezegd had.

'Alles,' zei Esther.

Ik hoorde het aankomen, schreef ze in haar dagboek. *Een implosie, maar hij zei met trillende stem dat hij het wel begreep. Hij zei dat hij bang was voor de gevolgen, dat hij ergens hoopte dat ik hem in bescherming zou blijven nemen, maar wel wist dat hij dat eigenlijk niet mocht vragen. Het was merkwaardig. Hij presenteerde hier zijn andere uiterste, na de bittere, cynische, fulminerende persoon die ik de laatste tijd aan de lijn had en die me de les las. En het werkte bijna.*

Rie had ook een adres gegeven van een advocate. Deze overhandigde Esther direct een kopie van Artikel 249, Boek II, Titel XIV van het Wetboek van Strafrecht, inzake ontucht met misbruik van gezag/vertrouwen. Het artikel dat Broekhuizens gedrag zonder twijfel strafbaar verklaarde.

Esther was begonnen om met behulp van haar aantekeningen de gebeurtenissen op een rij te zetten, die aanleiding moesten zijn tot het formuleren van een klacht. Toen ze een eerste versie op papier had, stuurde Esther een exemplaar naar Bierens, die haar uitnodigde voor een gesprek. Claudia wilde graag mee, omdat ze nog therapiegesprekken met Bierens had.

'Als hij niet goed reageert, ga ik daar weg,' zei ze.

Voor de gelegenheid zaten ze gedrieën in een grotere spreekkamer, die, net als de kleine, boordevol stond met meubelen, boeken en snuisterijen. Esther en Claudia installeerden zich op een ouderwetse sofa en Bierens nam plaats in een grote fauteuil op enige afstand tegenover hen.

'Een naar verhaal dat je me gestuurd hebt,' zei Bierens. 'Ik had het liever niet ontvangen.'

Esther en Claudia keken elkaar snel aan.

'Nee?' vroeg Esther aan Bierens.

'Begrijp me goed,' zei hij. 'Als professional keur ik volstrekt af wat Gijs gedaan heeft, maar als mens is en blijft hij een vriend van mij. We kennen elkaar al jaren.'

Hij moest eens weten hoe die vriend zich achter zijn rug gedraagt, dacht Esther. Broekhuizen had tegenover haar regelmatig zijn ergernis geuit over de chaos in de praktijk, over betalingen die niet goed verliepen en geld van de maatschap dat werd gebruikt om het huis van Bierens op te knappen. En hij had kritiek op het werk van Bierens.

Esther polste of Bierens echt niets had geweten van wat er aan de hand was, wat ze zich haast niet kon voorstellen. Bierens bezwoer dat hij er niet van wist en het niet had gezien.

'Broekhuizen heeft u niets verteld?' zei Esther.

'Nee,' zei Bierens stellig.

'Dan is hij ook niet zo'n goede vriend van u, als hij u niet alles vertelt,' zei ze en vroeg zich af of hij zich zou herinneren dat hij hetzelfde over Esther tegen Claudia had gezegd.

Bierens blikte of bloosde niet. 'Misschien.' Hij begon opnieuw over de moeilijke problematiek van Esther. Hij legde verbanden tussen interacties met haar vader en in haar relaties. 'Met Gijs ben je ook in de knoei gekomen door overdracht,' zei hij.

'Als het al met overdracht te maken heeft, dan ben ik in de problemen gekomen door *tégenoverdracht* en niet door overdracht!' zei Esther fel en dankte haar studie in gedachten.

'Juist, heel goed,' zei Bierens, alsof hij een mondeling examen had afgenomen, maar Esther wist dat als ze hem niet had tegengesproken hij haar de hele zaak in de schoenen had geschoven. Hij vond het ook wel heel erg allemaal, zei hij. 'Het ergste vind ik dat het bij hem thuis gebeurd is,' zei Bierens.

Opnieuw keken Esther en Claudia elkaar aan.

'Dát vindt u het ergste?' vroeg Esther.

Kort daarna verlieten ze de praktijk.

'Wat is tegenoverdracht?' vroeg Claudia in de auto.

'Overdracht is wat de patiënt op de therapeut projecteert en tegenoverdracht is wat de therapeut op de cliënt projecteert, eenvoudig gezegd,' zei Esther.

'En een therapeut die van het begin af aan aanstuurt op seks met een patiënt is gewoon misdadig,' concludeerde Claudia. 'Eenvoudig gezegd.'

Claudia ging niet meer terug naar de praktijk van Bierens.

Niet lang na haar brief aan Klessens kreeg Esther een brief van Broekhuizen.

Lieve Esther (als ik dat nog mag zeggen),

Het is nu zo'n jaar geleden dat onze therapie strandde. Jij bent afstandelijk geworden en ik voel me schuldig en wanhopig. Misschien is het maar beter als we geen contact meer met elkaar hebben, hoewel ik het een afgang vind. Ik lijd er zo erg onder. Ik zou alles graag ongedaan maken, want je bent zo'n bijzonder mens!

Als je wilt kun je het therapiegeld terugkrijgen. Je hoeft er maar om te vragen en je krijgt het.

Esther, alsjeblieft, bespaar me een tuchtrechtelijke procedure. Je moet weten dat ik er echt al heel erg onder gebukt ga.

Het ga je goed.

Gijs

Esther reageerde niet op zijn brief. Ze was opgelucht dat hij had besloten haar niet meer te benaderen. Ze vroeg zich af hoe hij op het idee was gekomen dat ze van plan was een tuchtrechtelijke procedure aan te spannen.

Op een middag dat Claudia bij Esther op bezoek was en Esther haar twijfels uitsprak over welke stappen ze wilde zetten, ging de telefoon. Het was Broekhuizen. Claudia zag het direct aan haar gezicht. Esther was geïrriteerd en onrustig, omdat ze niet verwacht had dat hij zou bellen. Om zichzelf te beschermen tegen de indringer liet ze Claudia meeluisteren, met de hoorn tussen hen in.

'Wat vond je van m'n brief?' vroeg Broekhuizen. Hij praatte zacht en zuchtend.

'Ik heb over een klacht nog geen besluit genomen,' zei Esther.

'Hm.'

Het was stil. Esther weerstond de verleiding de stilte te doorbreken. Claudia hield zich ook stil en luisterde ingespannen.

'Mijn hele leven staat op z'n kop op dit moment,' zei Broekhuizen. 'Nu wil mijn dochter weg bij die therapie, en dat zit me ook niet lekker.'

'Hm,' zei Esther.

'Ik kom er zo niet uit. Echt niet,' zuchtte hij.

Esther zweeg.

'Ik was nog bij Klessens,' zei Broekhuizen, 'om advies te vragen. Was wel een aardig gesprek,' vervolgde Broekhuizen na een pauze. Het viel weer even stil. 'Hij zei nog dat hij een brief van jou had gekregen. Niet dat we het er verder over gehad hebben, hoor. Heb jij hem nog gesproken?'

'Nee,' zei Esther. Ze keek even naar Claudia, die haar wenkbrauwen optrok. Waarom had die man gezegd dat hij een brief van haar had gekregen?

'Hm. Ik begreep dat hij contact met je zou opnemen. Wat vind je van mijn idee om eh… Ja, ik ben er later ook weer onzeker over geworden, dat we elkaar een tijd niet zien of spreken?'

'Dat lijkt me goed,' zei Esther.

'Dat lijkt jou beter?'

'Ja.'

Broekhuizen zuchtte. 'Ja, ik weet niet wat ik verder moet zeggen.'

'Waarom bel je me dan nog na die brief?'

'Omdat ik later dacht dat we elkaar eigenlijk niet uit het oog moesten verliezen.' Het was stil. 'Maar ik weet het ook allemaal niet, Esther. Help me eens een beetje.'

Een blos van woede trok over Esthers gezicht, maar ze zweeg. Het was stil.

'Ben je me gaan haten?'

'Hmmja, ik weet niet hoe je dat moet noemen,' zei Esther.

Het was lang stil.

'Esther, wil je alsjeblieft een beetje consideratie met me hebben?' vroeg Broekhuizen.

Claudia kneep hard in Esthers hand.

'Ik heb veel consideratie met je gehad,' zei Esther. 'Het wordt tijd dat ik aan mezelf ga denken.'

'Wil je geloven dat ik het heel erg vind wat ik gedaan heb en dat ik zou willen dat het nooit gebeurd was?' zei Broekhuizen.

'Het is gebeurd,' zei Esther, 'en daaruit moet je consequenties trekken.'

'Ik ga er ook de consequenties uit trekken,' zei hij. 'Ik wil veranderen, ik ga aan mezelf werken. Ik merk ook dat ik het alleen niet meer kan.'

Het was stil.

'Ik denk dat ik het hier maar bij laat,' zei Broekhuizen. 'Wil mij sparen, Esther.'

Dezelfde dag belde Klessens. Hij nodigde Esther uit voor een gesprek. Ze nam Claudia mee als steun, maar ook als getuige, want haar vertrouwen in de mensen die Broekhuizen omringden, was nog minimaal. Klessens deed zijn uiterste best om zo neutraal en serieus mogelijk over te komen. Hij zei dat hij zich kon voorstellen dat Esther een vorm van genoegdoening wenste. Het was de eerste keer dat dit woord viel; ze zou het nog vaak horen, en het deed haar denken aan marionetachtige duels in strakke, pompeuze kleding, wat het veronderstelde eerherstel al bij voorbaat belachelijk maakte. Genoegdoening was dan ook het laatste waar het Esther om te doen was.

Klessens gaf haar de namen van twee beroepsverenigingen.

Esther zei dat ze de mogelijkheden tot een klacht wilde onderzoeken en goed bij zichzelf wilde nagaan wat ze zou doen, hoewel Broekhuizen haar daar weinig gelegenheid toe gaf en haar bleef benaderen om haar besluitvorming te beïnvloeden. Claudia bevestigde dat ook zij dit in een telefoongesprek had gehoord. 'Ik vind het naar voor zijn gezin, maar uiteindelijk was het zijn verantwoordelijkheid om zijn gezin hiervoor te behoeden,' zei Esther. 'En nu ik weet hoe hij is, is het mijn verantwoordelijkheid om het kenbaar te maken, zodat anderen gewaarschuwd zijn.'

Voordat ze vertrokken, wilde Claudia nog even duidelijk orde op zaken stellen.

'Het is toch waar,' vroeg ze Klessens, 'dat een therapeut in geen geval seksueel contact met een cliënt mag hebben? Ik bedoel, ook al zou een patiënt, om wat voor reden dan ook, bloot bij de therapeut op schoot gaan zitten, dan nóg moet hij ervan afblijven?'

Klessens kon een verrast lachje niet onderdrukken. 'Eh… dat klopt, ja,' zei hij.

'Dat is *zijn* verantwoordelijkheid?' vroeg Claudia.

'Dat is zijn verantwoordelijkheid.'

'Niet dat jij Broekhuizen hebt uitgelokt of zo,' zei Claudia later in de auto. 'Integendeel. Maar ik wilde hem gewoon laten bevestigen dat het te allen tijde en zelfs in het extreemste geval de verantwoordelijkheid is van de therapeut.'

Ze lachten bij de herinnering aan het gezicht van Klessens.

Een tweede brief van Broekhuizen belandde kort daarna in Esthers brievenbus.

Esther,
Ik heb een bedrag op je rekening overgemaakt. Het is therapiegeld

waarvan ik vind dat ik het niet verdiend heb. Gebruik het voor een nieuwe therapie.

Klaag me niet aan, Esther, ik vraag het je nogmaals. Ik lijd verschrikkelijk en leer een harde les. Ik ga met vakantie. Daarna ga ik niet aan het werk. Ik heb me ziek gemeld, want het gaat slecht met me.

Vaarwel.

Gijs

Esther verfrommelde de brief, pakte jas en tas, rende de trap af, sprong op de fiets en reed naar de bank. Er bleek eenenveertighonderd gulden te zijn overgemaakt, die ze direct weer liet terugboeken naar de rekening waar het vandaan kwam.

Op een dag ging de telefoon. Er was een vrouw die Esther bij haar voornaam aansprak en die zich voorstelde als Theresa Bras. Het duurde even tot het tot Esther doordrong, dat ze waarschijnlijk de Theresa was die een vriendin en ex-patiënte van Broekhuizen was.

'Wat wil je van me?' vroeg Esther.

'Ik wil je alleen even spreken. Het is heel belangrijk.'

'Waar gaat het over?'

'Dat kan ik zo niet zeggen. Wil je alsjeblieft een afspraak met me maken. Het is heel belangrijk.'

Wat moest ze daar nu mee?

'Alsjeblieft?' klonk het aan de andere kant.

'Goed,' zei Esther. 'Ik ben over een uur in café Honderd, maar ik kom niet alleen.'

Samen met Claudia ging Esther naar het café. Op de afgesproken tijd zat Theresa daar, perfect opgemaakt en gekapt, sensueel gekleed, alsof ze met een nieuwe liefde had afgesproken en niet met twee onbekenden. Al snel werd duidelijk dat ze een betoog wilde afsteken over de waarde die Broekhuizen voor haar had gehad als therapeut en als vriend.

Esther onderbrak haar. 'Waarom vertel je me dit?'

De vrouw knipperde met haar ogen, voordat ze die wijd opensperde, wat ze veelvuldig zou doen die avond, en iets zei wat ze nog vaak zou herhalen: 'Ik ben ópen, ik ben éérlijk! Ik wil dat het weer goed komt tussen jullie.'

Esthers boosheid groeide. Was dit een idee van Broekhuizen geweest? Ten slotte had hij de brutaliteit gehad om Esthers telefoonnummer aan deze vrouw te geven. 'Weet je wat er allemaal gebeurd is?'

Het ritueel van knipperen en opensperren herhaalde zich. 'Nee... nou... ik weet dat het niet goed gaat tussen jullie.'

Esther keek Claudia ongelovig aan, die net zo verbaasd haar hoofd schudde.

'Dat is vrij eufemistisch uitgedrukt,' zei Esther.

De knipperende ogen bleven langdurig op Esther gericht. Het bleef een tijdje stil. Esther keek naar Theresa. 'Wat zeg je?' vroeg die ten slotte.

O god, dacht Esther, *ze begrijpt het niet. Ze weet niet wat het woord eufemistisch betekent.* Ze zag hoe dit ook tot Claudia doordrong. Het onsamenhangende en ongeloofwaardig naïeve gedrag van de vrouw begon iets meer contouren te krijgen. Theresa kon de hele situatie waarschijnlijk domweg niet bevatten. Broekhuizen had haar iets op de mouw gespeld en nu zaten ze daar tegenover die vrouw, die zo graag 'iets goeds' wilde doen, zoals ze zelf zei.

'Als jij de vriendin van Gijs bent, Theresa,' zei Esther vriendelijk, 'dan moet je dat maar zo laten. Wees zijn vriendin en verder niet.'

De oogleden knipperden, de keel slikte. Uit het niets begon Theresa te vertellen dat ze al rond haar zestiende met grote problemen bij Broekhuizen in therapie was gekomen. 'Ik schrobde mijn lichaam met bleekwater, mijn armen lagen open, mijn gezicht... Ik werd opgenomen. Ik kwam bij Gijs terecht. De therapie was hard, heel hard. Maar het heeft mij uiteindelijk gered.'

Ze bleef het laatste benadrukken, zonder dat ze inging op de achtergrond van haar problemen, maar het schrobben met bleekwater deed Esther denken aan wat ze in het psychiatrisch ziekenhuis had gezien bij mensen die misbruikt waren, en die de letterlijke wens hadden het vuil van zich af te wassen.

'Dus als ik gehoord heb wat er tussen jullie gebeurd is,' zei Theresa, 'dan wil ik misschien zijn vriendin niet meer zijn.'

Esther en Claudia keken elkaar aan. Het verhaal kreeg een hele andere wending. Esther stond in dubio. Zat ze nu tegenover een ander slachtoffer of…?

'Ik heb van Gijs begrepen dat jullie een verhouding hebben en ook met elkaar naar bed gaan,' zei Esther.

Theresa trok een verschrikt gezicht bij de woorden 'naar bed gaan' alsof dat het smerigste was wat er op aarde bestond. 'Nee…' riep ze uit.

Een nieuwe discussie ontstond toen Esther zei, dat als Theresa deze woorden al zo erg vond, ze Esthers verhaal maar beter niet kon horen, waarna Theresa steeds nadrukkelijker vroeg om de klacht, die Esther op papier had gezet, te mogen lezen. Ten slotte hakte Esther de knoop door en gaf Theresa het voordeel van de twijfel. 'Ik wil alleen dat je je naam en adres opschrijft, want als je toch misbruik maakt van deze gegevens, dan zul je van me horen.' Theresa schreef haar naam en adres op een blocnote en ging lezen. Ze was geschokt en verbijsterd, keek keer op keer op naar Esther en Claudia, die moesten bevestigen dat dat echt gebeurd was. Ze kon het niet geloven. Toen ze herhaalde dat Gijs zo goed voor haar was geweest en haar het leven had gered, stond Esther op om weg te gaan.

'Misschien heeft hij jouw leven gered,' zei Claudia tegen Theresa die bleef zitten, 'maar Esther heeft hij voor de trein geduwd.'

De klacht lag voor Esther op tafel. Ze moest een definitief besluit nemen. Broekhuizen was terug van vakantie, wist ze. Ze pakte de telefoon en belde hem. Ze had geen plan, ze wist niet wat ze zou gaan zeggen. Hij kreeg van haar een laatste kans. Ze had haar pen en blocnote voor zich.

'Broekhuizen.'

'Met Esther.'

'Waarom?' Hij klonk afstandelijk. Niet als de huilerige man die in zijn brieven en aan de telefoon erop had aangedrongen dat Esther geen klacht zou indienen.

'Heb je je geld terug ontvangen?' vroeg Esther.

'Ja,' zei hij kortaf.

Esther haalde diep adem en probeerde rustig te vertellen dat ze goed wilde nadenken over het indienen van een klacht en dat ze zich niet door dat geld wilde laten beïnvloeden. 'Ik moet een beslissing nemen, die van invloed is op de rest van mijn leven en…'

'Op de rest van míjn leven,' onderbrak hij haar. Met nauwelijks verholen woede vroeg hij: 'Staan er in die klacht van jou ook de dingen die ik goed gedaan heb?'

'Het is gebruikelijk dat je je eigen verweer schrijft,' zei Esther. 'Ik begrijp niet dat dat uit jouw verhaal verdwenen is.'

'Dat ik ooit gedacht heb dat je het goed met me voorhad, maakt het misbruik er alleen maar ernstiger op,' antwoordde ze.

'Ik heb een fout gemaakt en…' zei Broekhuizen.

'Je hebt veel schade aangericht,' corrigeerde Esther.

Hij verhief zijn stem. 'En voor die fout zal ik… voor die fout sta ik… maar dat is niet het enige wat ik heb gedaan en ook daar ga ik voor staan.'

'Ik heb juist de indruk dat je niet gaat staan voor wat je gedaan hebt,' zei Esther. 'Integendeel. Je hebt mijn telefoonnummer tegen alle regels in aan je vriendin Theresa gegeven om een pleidooi voor je te houden.'

'Die heeft geen pleidooi… ik weet niet wat zij heeft… ik heb haar nog niet gesproken. Ik heb ook mijn zwakke kanten en dat accepteer ik van mezelf.'

'En waarom zou je daar niet de consequenties van ondervinden?'

'Denk je dat ik daar geen consequenties van ondervind?' riep hij met hoge stem. 'Denk je dat echt?'

'Ja,' zei Esther, 'dat denk ik. En zeker niet zoals ik die ondervind.'

'Misschien... kan dat ook niet.' Hij zocht naar woorden. 'Maar ik ondervind er wel consequenties van en ik heb niet alleen slechte dingen gedaan.'

'Je hebt hele tegenstrijdige dingen gedaan,' zei Esther, 'maar het eindresultaat is uitermate slecht.'

'Misschien wíl jij het gewoon niet met elkaar in harmonie brengen.'

'Je probeert me te indoctrineren,' zei Esther.

'Ik zit je niet te indoctrineren.'

'Jawel.'

'Ik kom gewoon voor mezelf op.'

'Juist,' stelde Esther vast, 'dat is het.'

'Ook al realiseer ik me wat ik jou heb aangedaan,' haastte hij zich eraan toe te voegen. 'Ik heb ook altijd tegen je gezegd, aan je gevraagd en gesméékt of we daar niet met elkaar over in het reine konden komen.'

'Dat is een eindresultaat dat jij graag wilde bereiken omdat je van de hele kwestie af wilt, ongeacht of dat goed is voor mij,' zei Esther met meer volume dan ze wilde.

'Ik vind dat ik heel ver met je ben meegegaan,' zei Broekhuizen, 'en geprobeerd heb om je te winnen voor het leven.'

Zijn therapeutenstem, zijn therapeutenargumenten. *Oppassen.*

'Je hebt mijn levenswil met je gedrag bijna voorgoed onderuit gehaald,' zei Esther.

'Ik heb een fout gemaakt,' zei Broekhuizen, 'en door die fout heb ik een hoop verloren.'

'Heb ík een hoop verloren!' riep Esther.

'Ik bedoel, hebben we in de therapie een hoop verloren,' zei Broekhuizen.

'We hebben de therapie op zich verloren, want na zoiets kun je geen therapeut meer zijn, dat weet je, dat staat in de regels. En dat risico heb je weloverwogen genomen.'

'Dat is niet zo,' riep Broekhuizen. 'Dat kun je toch niet weloverwogen noemen. Weloverwogen is dat je een goede afweging maakt en dat heb ik niet gedaan, helaas, jammer genoeg, vreselijk genoeg.'

Esther kraste zijn opsomming op papier. *Onecht!* schreef ze er tussen haakjes achter.

'Luistert Claudia mee?' vroeg Broekhuizen.

Dat heeft Klessens hem verteld, dacht Esther. *Dat is de enige manier waarop hij te weten kan zijn gekomen dat ze ooit een gesprek gehoord heeft.* 'Nee,' zei Esther. 'Die zou het niet toejuichen dat ik je gebeld heb.'

'Word jij wel door de juiste mensen beïnvloed?' vroeg Broekhuizen.

'Probeer je nu een wig te drijven tussen Claudia en mij?'

'Nee, maar als jij het gevoel hebt dat je tegen de wil van Claudia belt, dat je dus op dit moment stout bent...'

Dit keer moest Esther hard lachen. 'Meneer de therapeut,' riep ze. 'Doe niet zo achterlijk, man!'

Broekhuizen gaf geen krimp. 'Maar dat zég je toch,' hield hij vol. 'Ik wil ermee aangeven dat er dus een kant aan jou zit die mij wil bellen en dat hoor ik graag, ik wil dat je daar ook voor uitkomt. Ik denk dat de weg van de klacht nooit alles zal kunnen oplossen, dat jij daarna nog met heel veel zal blijven zitten,' zei Broekhuizen, 'en dat een andere benadering, waarin je met mij en een derde praat, weleens veel meer voor jou zou kunnen opleveren en het verbaast me dat de mensen met wie jij praat nooit zulke adviezen geven. Mijn straf helpt jou er niet uit, het zou mij eruit kunnen helpen, maar of het jou eruit helpt, dat weet ik nog zo net niet, en dat vind ik gewoon heel erg jammer.'

De toenemende uitputting gaf waarschuwingssignalen aan Esther. Ze zette nog eenmaal voor hem op een rij wat hij in haar ogen had gedaan. Toen zijn reactie bestond uit tegenwerpingen en ontkenning was de zaak voor Esther duidelijk. Deze man zou nooit veranderen.

De enige consideratie die Esther nog had was met zijn vrouw en zijn gezin.

'Wat zegt je vrouw hier nu allemaal van? Hebben jullie er nog over gesproken tijdens jullie vakantie?' vroeg Esther.

Hij was even van zijn stuk gebracht, maar herstelde zich snel. 'Ze weet ervan.'

'En is ze boos?' vroeg Esther.

'Ze was veel te bang dat ik mezelf iets zou aandoen, omdat ik zo depressief was,' zei hij met treurige stem.

Zo heeft hij haar eronder gehouden, dacht Esther, *gechanteerd, in feite.*

'En toen heeft ze er maar niet meer over gesproken?' vroeg Esther.

'Nou… ze heeft wel gezegd dat ze niet begreep dat jij nu een klacht wilde indienen.'

'Dat begreep ze niet?'

'Nee. Ze vond dat ik zo vaak voor je had klaargestaan. Al die telefoontjes hadden natuurlijk ook invloed op ons gezin, en dan zei ik tegen haar dat het belangrijk was omdat je anders misschien een einde aan je leven zou maken.'

Esther beheerste de interruptie die op het puntje van haar tong lag en liet hem zijn redenering afmaken.

'… maar we hebben er vaak ruzie over gehad omdat ze vond dat je me daarmee chanteerde.'

Een verontwaardigde lach schoot uit Esthers keel. 'O, ík heb hier gechanteerd?' zei Esther.

'Ik was het daar niet mee eens natuurlijk, maar op haar kwam dat zo over.'

'Heb je haar ook verteld dat de helft van de telefoongesprekken op jouw initiatief waren en dat een kwart over seks ging?'

Haar vraag leverde de nodige tegenwerpingen op, waar Esther niet naar luisterde. Ze dacht na over Broekhuizens vrouw. Als zij deze dingen gezegd had, was ze erop gericht het gat in de dijk rond hun gezin zo snel mogelijk dicht te smeren, alles bij het oude te laten en dat wat van buiten kwam de schuld te geven van de rottingsprocessen binnen de vesting.

Die klacht tegen Broekhuizen zou er komen, het kon niet anders.

Broekhuizens betoog eindigde met een plotselinge vraag: 'Kun jij je voorstellen dat jíj je kunt verzoenen met je ouders?'

Rustig blijven, dacht Esther. 'Ja,' zei ze. 'En zover was ik nu misschien al geweest als je een fatsoenlijke therapie had aangeboden.'

Hij negeerde haar antwoord. '*Ik* heb me met mijn ouders verzoend. En met mijn kinderen. Dat is een heerlijk gevoel. Ik heb gisteravond zo'n fijn gesprek gehad met mijn kinderen. Ik heb ze voor het eerst van mijn leven gezegd: "Jongens, ik kán gewoon niet meer. Ik moet gewoon om hulp vragen, ook aan jullie, want ik ben zwak." Ik heb nog nooit zo'n fijn gesprek gehad met mijn kinderen.'

'Weten je kinderen wat je gedaan hebt?' vroeg Esther.

'Nee,' zei Broekhuizen. 'Maar dat vertel ik misschien nog wel.'

Esther vroeg zich af of hij dan ook nog zo'n fijn gesprek met ze zou hebben, maar wie weet zou ook dat deel van het gezin de rijen sluiten tegen de buitenwereld om diegene te beschermen die hen niet beschermd had. 'Ik weet genoeg,' zei Esther. 'Ik ga een klacht indienen.'

'Dat had je toch al gedaan,' snauwde Broekhuizen.

'Nee,' zei Esther, 'daar had ik nog geen besluit over genomen.

Ik wilde eerst jouw opstelling in dit gesprek afwachten.'

'Wie vertelde mij dan dat je een klacht had ingediend?' zei hij, in de war gebracht.

Klessens, dacht Esther. *Weer Klessens, dat is de enige die die conclusie kon trekken en dit kan hebben doorgekletst.*

'Een van jouw vrienden, denk ik,' zei Esther. 'Die je kennelijk niet altijd de beste adviezen geven.'

Het was de laatste keer dat ze met Broekhuizen sprak.

7

1995 – 1996

Aan de Officier van Justitie,

In mijn ogen zou Broekhuizen verantwoording moeten afleggen voor al die verschillende momenten waarvan hij zelf in het proces-verbaal zegt: 'Er zijn zoveel kansen geweest om de ramp te voorkomen.'

Broekhuizen doet dit niet; hij plaatst de verantwoordelijkheid buiten zichzelf. Als Broekhuizen mij niet seksueel had benaderd, was het nooit gebeurd. Hij maakt ervan: als mevrouw Blindeman nee had gezegd, was het nooit gebeurd. Ik had echter nooit in de positie mogen komen om nee te moeten zeggen.

Een aantal instanties en afspraken binnen de samenleving moeten rotsvast zijn, vooral ter bescherming van hen die kwetsbaar zijn, en kwetsbaar is iedereen die behoeften kent en handelingen moet verrichten waarvoor hij andere mensen nodig heeft. Als ik met mijn tas wijdopen het politiebureau binnenkom, moet ik ervan op aan kunnen dat mijn portemonnee er niet door een van de agenten uit wordt gestolen. Integendeel, ze moeten mij beschermen en erop wijzen dat ik bestolen kan worden. Overigens maakt ook het lopen met een wijdopen tas de daad van het stelen niet minder strafbaar.

In het proces-verbaal zegt Broekhuizen over mijn diagnose en behandeling:

'Ze had problemen; ze werd steeds depressiever; kreeg neiging tot suïcide.'

'Een persoonlijkheidsprobleem.'

'Problemen op seksueel gebied, problemen met zaken uit haar jeugd.'

'Ik denk nu dat Esther misschien een meervoudige persoonlijkheidsstoornis heeft.'

'Achteraf denk ik dat zij psychotisch was.'

'Ze was voor mijn gevoel wel heel vitaal."

'De behandeling liep zeer moeizaam.'

'Het was voor mij heel moeilijk om een behandeling op gang te krijgen.'

'Ik kon rond kerst 1992 eigenlijk al niet meer aan de hulpvraag van Esther voldoen.'

'De therapie sloeg eigenlijk niet aan.'

'Ik verwees haar niet door. Esther werd medicamenteus behandeld en een opname zou een breuk in de behandeling betekenen.'

'Deze medicijnen hielpen maar weinig.'

'De therapie werkte niet omdat ze te weinig zei.'

'Ze schreef veel brieven. Ik ging hier in de therapie niet op in.'

Broekhuizen is door de politie niet aangesproken op deze tegenstrijdigheden. Ik hoop dat de rechtbank dat wel doet en eventueel een deskundige zal vragen om een objectieve diagnose en beoordeling van de behandeling.

In zijn pogingen om zijn seksuele gedrag te rechtvaardigen, draagt Broekhuizen de volgende tegenstrijdigheden aan:

'Ik wilde haar steeds dichter naar mij toetrekken. Ik was, denk ik, verliefd op haar.'

'Ik had een zwakke plek voor haar. Het was geen verliefdheid, het was meer medelijden.'

'Ik voelde een bepaalde aantrekkingskracht.'

'U vraagt mij of ik van haar hield. Ja, ik hou nog steeds van haar.'

'Ze leek op mijn moeder.'

'Toen de bewaker voor het raam verscheen, bracht dit mij terug naar de realiteit. Ik deed iets wat niet mocht en het drong tot mij door dat het niet de goede plek was om mijn liefde voor Esther te uiten.'

Over de eerste keer dat Broekhuizen seksueel contact initieerde, verklaart hij dat er sprake was van 'een sfeer van genegenheid en bescherming'. Die was er nu juist niet. De man die beloofd had nooit met mij te zullen vrijen, verbrak die beschermende belofte en stuurde me daarna naar huis.

Een ander verweer van Broekhuizen is dat hij het slachtoffer was van een promiscue vrouw. Hij schildert mij af als seksueel willig, zelfs actief en wellustig. Hij verklaart:

'Ik was verbaasd hoe goed ze aanvoelde wat ik wilde.'

Mijn therapeute is daar helemaal niet verbaasd over. Het is een bekend verschijnsel bij mensen met mijn achtergrond en goed omschreven in de literatuur, die ook Broekhuizen gedurende zijn opleiding heeft bestudeerd.

Hoewel Broekhuizen toegaf, dat het hem niet was ontgaan dat hij uitsluitend zelf een orgasme bereikte, verklaart hij:

'Je voelt natuurlijk of een vrouw wel of niet wil. Het is niet alleen beleving, ik zag feiten: de factoren die bepalen of een vrouw opgewonden is of niet.'

Ik verwijs terzake naar een artikel uit de Volkskrant dat ik u toestuur. Wetenschappelijk onderzoek toont aan dat wanneer vrouwen die aangerand, verkracht of anderszins seksueel misbruikt worden, lichamelijke tekenen van seksuele opwinding vertonen, dit niet mag worden gezien als een bewijs van stilzwijgende instemming van het misbruik. Vastgesteld is namelijk dat de lichamelijke reactie op de gebeurtenis losstaat van de subjectieve beleving, en zich grotendeels voltrekt buiten de controle van het slachtoffer om.

Verder verklaart Broekhuizen dat ik regelmatig naar hotels vluchtte: '(...) om zich in die anonimiteit aan mannen over te geven. Ik zei hierover tegen haar, dat het gevaarlijk was. Ze had het kennelijk nodig.'

Ik kan hier geen andere woorden voor vinden, dan dat het een *aperte leugen is. In de tijd dat Broekhuizen mij behandelde, ben ik één keer naar een motel gegaan om tot mezelf te komen, aangezien ik nog geen eigen woning had. Verder sliep ik alleen in hotels als dit voor mijn werk nodig was. Ook dan nam ik geen vreemde mannen mee.*

Voor het geval Broekhuizens voorgewende genegenheid en goede bedoelingen hem niet verontschuldigden en ook mijn zogenaamde promiscuïteit niet, heeft hij nog een verweer aangedragen tegenover de politie, namelijk:

'Ik was op dat moment ziek, denk ik. Een bovenmatige angst om mensen te verliezen. Ik kon mijn gevoelens niet goed hanteren.'

'Ik was ziek. Ik vind het nu ook verschrikkelijk, dat mijn problemen ongewild op de schouders van mijn patiënte zijn terechtgekomen.'

Broekhuizen heeft later een verklaring van een collega overlegd, die stelt dat Broekhuizen neurotisch depressief was en een overdreven behoefte had aan vriendschap. Deze achtergrond zou maken dat Broekhuizen niet of verminderd verantwoordelijk was voor zijn gedrag.

Mijn reactie:

a. vriendschap is geen seks.

b. Bierens en Broekhuizen hebben ook mij gediagnostiseerd als neurotisch depressief. Bij mij heeft het nog nooit geleid tot het seksueel misbruiken van iemand, noch tot geperverteerde seksuele voorkeuren.

Esther schrok, zag ze in de spiegel boven de open haard aan de vrouw die haar verhaal had aangehoord en die ze zelf moest zijn, zij, daar met dat rode haar, sluik langs haar gezicht, de ogen groot en groen. Ze had rode wangen van haar toespraak in de denkbeeldige rechtszaal. Het duurde even tot het tot haar doordrong waarvan ze geschrokken was. Toen rende ze naar de telefoon om hem op te nemen.

'Met Esther.'

'Met mij.'

De vertrouwde korte stilte tussen de beide vrouwen.

'Hoe gaat het?' vroeg haar moeder.

'Gaat wel.'

'Heb je last van je keel? Je klinkt zo schor.'

'Nee… eh… ik heb net wat tekst staan doen.'

'Voor je werk?'

'Nee.'

Het was stil. Een kantelpunt, een open ruimte. Vertellen of niet vertellen. De roezige vertrouwdheid van de moeder, die toch altijd de moeder is. Blijft. De moedergeur vermengd met Nina Ricci. Oneindig verlangen naar troost. Steeds opnieuw. Toch weer.

Esther schraapte haar keel. 'Het is voor een rechtszaak.'

'Wat dan?' Het was een korte vraag, zonder verrassing, alsof immers altijd alles in een rechtszaak eindigde.

'Het heeft te maken met die man.'

'Die psych?'

'Hmm.'

'O, dat dacht ik wel.'

Het was stil. Een kort geritsel aan de andere kant. *Ze zet haar hoorapparaat harder,* wist Esther.

'Ik loop even met de telefoon naar de slaapkamer,' zei haar moeder. Voetstappen. Een deur. Stilte. 'Heeft ie iets gedaan wat niet mocht?'

'Hij heeft misbruik van me gemaakt.'

Een licht gesnuif aan de andere kant. Een snik? Een inademing? 'Dat dacht ik al,' zei Esthers moeder. 'Ik vond het al raar, dat geschrijf van die brieven, en toen…' Dit keer onderbrak ze zichzelf. 'Niet dat jij er wat aan kon doen, natuurlijk,' zei ze. Ze was even stil. 'Wat een klootzak.'

'Hmm,' zei Esther.

'En nu?'

'Ik heb aangifte gedaan.'

'Heel goed.'

'Eerst heb ik het gemeld bij zijn beroepsverenigingen. Er blijken hele duidelijke codes voor te zijn. Het is absoluut verboden wat hij gedaan heeft.'

'Ja natúúrlijk,' zei haar moeder vurig. 'Hij moet met z'n poten van je afblijven.'

'Zelfs al zou een patiënt het zelf willen, dan mag het nog niet.'

'Nee, natuurlijk niet. En jij wilde het al helemaal niet,' zei haar moeder. 'Je had al genoeg aan je eigen sores, zonder dat die klootzak zo nodig iets van je moest.'

'Ik ben niet de enige bij wie hij het geflikt heeft.'

'O nee? Daar ben je achter gekomen?'

'Hij had het zelf al eens gehad over een vrouw die hij zwanger had gemaakt en abortus had laten plegen...'

'Wat een hufter!'

'Ja. Ik heb de politie over haar verteld en die heeft haar gevonden. En er waren nog meer vrouwen. Dat wisten ze nota bene op het ziekenhuis waar hij werkte.'

'Wísten ze dat?'

'Nou ja... er zijn vrouwen, die naar hem waren doorverwezen door een arts buiten het ziekenhuis. En die vrouwen hebben afzonderlijk van elkaar bij die arts gemeld dat er dingen niet goed zaten met die Broekhuizen. "Als er niet echt iets aan de hand is, komen er nooit van meerdere mensen afzonderlijke klachten binnen," heeft die verwijzende arts tegen de politie gezegd.'

'Nee, daar heeft hij gelijk in! En toen?'

'Toen is er een onderzoek geweest in het ziekenhuis, of, voor zover ik weet, eigenlijk alleen een gesprek met Broekhuizen. Maar die zei natuurlijk: "Die vrouwen zijn overspannen en jaloers, ze zijn niet voor niets patiënt."'

'Gódsamme!'

'Ja. Hij heeft alleen beloofd dat hij niet meer in het café iets met ze zou drinken, want hij kon niet ontkennen dat hij dat gedaan had, maar hij vond dat het wel binnen de behandeling paste, zoiets. En zijn leidinggevende zou in het vervolg toezicht op hem houden. Dat was uitgerekend een collega van Bierens. Bierens heeft trouwens ook een functie in dat ziekenhuis.'

'Ze houden mekaar gewoon de hand boven het hoofd, die kerels,' foeterde haar moeder.

'Die vrouw die zwanger werd was nota bene ook eerst in de praktijk van Bierens. Die heeft haar net als mij naar Broekhuizen verwezen. Ze had problemen, omdat ze altijd iets met getrouwde mannen begon.'

'Ha!' riep Esthers moeder. 'Nou, daar heeft hij dan nog fijn een schep bovenop gedaan.'

'Ja, meteen de eerste keer dat ze bij Broekhuizen was, bracht hij haar met zijn auto naar huis en hij is dat blijven doen. Bierens wist daarvan. Ik vind dat raar.'

'Ja, dat is ook raar. Dat hoort niet.'

'Op een gegeven moment had ze intensievere therapie nodig en toen kwam ze in een groep bij hem in het ziekenhuis. Daar vonden de mensen dat Broekhuizen zich verliefd tegenover haar gedroeg, en ze dacht zelf ook dat ze verliefd was, maar dat gebeurt heel vaak met patiënten.'

'Dat hoort hij ook te weten,' riep Esthers moeder. 'Maar is hij toen iets met haar begonnen?'

'Ja, maar hij was wel zo slim om tegen haar te zeggen dat hij een relatie met haar pas zou beginnen als ze met de therapie gestopt was.'

'Smeerlap!'

'Dan mag het nog niet, hoor. Een therapeut moet dan zes maanden wachten. Dat heeft ie niet gedaan, hij is meteen wat met haar begonnen. Het heeft geloof ik een paar jaar geduurd. Toen was ze zwanger.'

'Toen moest ie d'r zeker niet meer?'

'Hij heeft gedreigd met zelfmoord als zij het niet weg liet halen.'

'Wat een lafaard! Nou ja, ze mag achteraf nog blij zijn dat ze het gedaan heeft, die abortus. Van zo'n schoft wil je toch geen kind. Dan had ze daarmee gezeten.'

'Door zijn reactie is ze zo op hem afgeknapt, dat het haar ook beter leek abortus te plegen. Hij heeft zo'n beetje bij haar op de stoep gestaan en aan de telefoon gehangen tot het moment dat ze naar de kliniek gingen. Maar daar kregen ze te horen dat ze vijf dagen moesten wachten. Bedenktijd. Hij wilde het per se direct doen, maar dat deed die arts niet.'

'Heel goed!'

'Heeft ie haar vijf dagen continu lastig gevallen om er zeker van te zijn dat ze niet van gedachten veranderde. Heen en terug naar de kliniek moest ze *zijn* hand vasthouden, omdat het zo erg voor *hem* was, in plaats van voor haar.'

'En toen het eenmaal gebeurd was, heeft ze niks meer van hem gehoord, zeker?'

'Nou, hij zei wel direct dat hij het beter vond om de relatie te stoppen. Zijn vrouw wist er trouwens van, ze schenen allebei regelmatig iets buiten de deur te hebben, maar hij wilde de relatie wel afbouwen.'

'Afbouwen? Wat valt er nou af te bouwen?'

'Ja, dat had die vrouw ook tegen hem gezegd, vertelde ze de politie. Hij wilde seksueel afbouwen. Eerst één keer in de week seks, dan één keer in de twee weken...'

'Die man is gek!' riep Esthers moeder.

Ze barstten allebei in lachen uit. Esther had haar verhaal al rondlopend door de kamer verteld, de telefoon in haar hand en zag nu opnieuw haar gezicht in de spiegel, rood, bezweet, lachend, tranen over haar wangen.

'Ik zou willen dat ik iets voor je kon doen.'

'Hoeft niet.'

'Ik kan de advocaat van kantoor wel vragen...'

'Ik heb al een advocaat.'

Het was stil. Met haar vrije hand zocht ze in haar tas naar een zakdoek.

'Hè, ik kan geen zakdoek vinden,' zei haar moeder aan de andere kant. 'Wacht even.'

De hoorn werd neergelegd. Esther lachte zachtjes. Snoot haar neus en hoorde door de telefoon dat ook haar moeder een zakdoek had gevonden. De hoorn werd weer opgepakt.

'Ik had zo gehoopt dat het een beetje zou helpen, die gesprekken met die man, maar nu ben je nog veel verder van huis.'

'Ik heb al iemand anders gevonden.'

'Ja?' Haar moeders stem klonk opgelucht.

'Een vrouw. Een goede.'

'Daar ben ik blij om.'

Het was stil.

'Wordt hij nu aangeklaagd voor die twee gevallen? Jij en die andere vrouw?'

'Nee, zij kan geen aangifte doen, want in de tijd dat dat tussen haar en hem speelde, bestond die wet nog niet. Ze kan alleen haar verklaring bij mijn aangifte voegen.'

'En daar komt een rechtszaak van?'

'Ik hoop van wel, maar er is ook een vrouw bij de reclassering die wil dat de zaak geseponeerd wordt.'

'Reclassering, wat heeft die daarmee te maken?'

'Ik herinner me dat hij me ooit verteld heeft dat zijn vrouw ook bij de reclassering werkt. Zo zullen ze er wel opgekomen zijn. Ik heb erover geschreven aan de Officier van Justitie. Zal ik het voorlezen?'

'Ja, doe maar. Ga ik er even bij zitten.'

Esther pakte de brief en ging op de grond voor de open haard zitten, gooide nog een blok hout op het vuur, rilde.

'Komt ie:

In dit rapport wordt Broekhuizen beschreven als het slachtoffer van

een ongelukkige jeugd die een keer in de fout is gegaan. Twee belang-
rijke aspecten komen niet ter sprake:

1. Broekhuizen heeft mij meermalen benaderd en zijn geperverteerde
verlangens stonden altijd centraal.
   In het rapport spreekt men alleen van "een beroepsfout".
   Ik weet niet precies wat ik me bij "een beroepsfout" moet voorstel-
len...'

'Nee,' beaamde haar moeder.

'... die abnormaal seksueel contact includeert, vervolgde Esther,
maar bezwaarlijk vind ik dat het woord "beroep" nog relateert aan
vakmatigheid, waarvan bij dit misdrijf volstrekt geen sprake is. In te-
genstelling tot wat Broekhuizen de reclassering voorhoudt, is zijn "be-
roepsfout" dan ook niet meer te herstellen.
   Alsof er na deze "beroepsfout" vervolgens sprake zou zijn van een
vrijwillige driehoeksverhouding, noteert mevrouw Dubbelmonde, dat
Broekhuizen er nooit twijfel over had laten bestaan dat hij zijn vrouw
nooit zou verlaten, maar, ik citeer:
   'Mevrouw Blindeman gaf aan de rol van bijvrouwtje niet te
willen blijven spelen.'

'Heeft ze dat geschreven? Wat een trut!' riep Esthers moeder.
   'Ja.'
   'Hoe komt dat mens daarbij?'
   'Dat schrijf ik ook,' zei Esther.

'Op geen enkel moment heb ik er behoefte aan gehad dat de heer Broek-
huizen tegenover mij iets of iemand anders zou zijn dan een thera-
peut, want die had ik nodig. Dat blijkt ook uit het feit dat ik me had
gemeld bij een praktijk voor psychotherapie en niet bij een relatiebu-
reau. Als ik al behoefte had gehad aan een relatie, dan zou ik die ze-

ker niet gezocht hebben bij deze getrouwde, in mijn beleving onaantrekkelijke en oude man. Ook aan vriendschap had ik geen behoefte. Ik had en heb vriendschappen genoeg. Het enige wat ik van hem wilde, was een werkzame therapie en dat is ook het enige wat ik níet heb gekregen.'

'Heb je die Officier die brief al gestuurd?'

'Ik heb hem gisteren gepost en gevraagd of ze 'm wil toevoegen aan het dossier voor de rechters.' Esther bladerde door de papieren die voor haar lagen. 'Het tweede punt waarover ik schrijf, is dat er meer vrouwen zijn geweest, ook al kunnen ze geen aangifte doen. Broekhuizen heeft trouwens in het proces-verbaal ontkend dat hij een vrouw zwanger had gemaakt... even kijken, hier:

"Ik wil hier niet over praten. U zegt dat ik er wel met Esther over gepraat heb. Dat is een foutieve herinnering van Esther." "U vraagt mij of ik vannacht heb nagedacht over de vrouw. U zult geen vrouw uit mijn praktijk vinden die van mij in verwachting is geweest."'

'En de politie heeft haar toch gevonden!' zei Esthers moeder triomfantelijk. 'Hebben ze hem daar nog mee geconfronteerd?'

'Nee, want ze vonden haar pas toen hij al was verhoord.'

'Misschien doen de rechters het wel.'

'Misschien. O ja, hier heb ik nog een stukje over het reclasseringsrapport:

Tot mijn verbazing trof ik in het reclasseringsrapport de volgende zinsnede aan:

"Gezien de gewoonte van hulpverleners om collega's die in een seksuele relatie terechtkomen te bekritiseren, over hen te roddelen en hen niet terzijde te staan, durfde de heer Broekhuizen de situatie niet ter sprake te brengen."

De implicatie van deze tekst verbijstert mij. Net zoals de eerder ge-
noemde opmerking over "bijvrouwtjes" ervan getuigt dat mevrouw
Dubbelmonde de plank volledig misslaat als het gaat om inzicht in
waar het in deze strafzaak om gaat, trekt ze ook nu de onjuiste con-
clusie, namelijk dat de omgeving van Broekhuizen laakbaar zou zijn,
terwijl alleen Broekhuizen zelf laakbaar was. Het is niet alleen terecht
dat collega's Broekhuizen zouden bekritiseren om zijn gedrag, het is
zelfs hun plicht. En als het delict al heeft plaatsgevonden, is het niet
in de eerste plaats Broekhuizen die terzijde gestaan moet worden, maar
het slachtoffer. Voor hulp en begrip had deze therapeut zich veel eerder
tot zijn collega's moeten wenden, namelijk vóórdat het gebeurde.'

'Nou inderdaad! Wacht even,' zei Esthers moeder. 'Je vader komt
terug van boodschappen doen. Wat zeg je, Gees?'

Esther hoorde het gedempte geluid van haar vaders stem vlak
voordat haar moeder de hoorn met haar hand bedekte en de zee
in haar oren klonk. *Zeker weer ruzie.*

Ze keek een paar minuten in de vlammen van de haard, terwijl ze wachtte. *Je bent het je moeder aan het vertellen.* De gedachte fladderde gewichtloos door haar hoofd. Het regende buiten,
zag ze. De druppels trokken lange sporen over de ramen. Ze
spreidde de pagina's van de brief voor zich uit op de grond.
Broekhuizen heeft overigens geenszins te klagen gehad over gebrek aan
solidariteit, las ze. Ze dacht aan Bierens, Klessens, Onderwater,
Landman. Allemaal waren ze bereid gebleken het gebeurde bin-
nenskamers te houden. Wat zouden dergelijke mensen nog meer
bereid zijn door de vingers te zien? Als het weer oorlog was, bijvoorbeeld. Eindelijk hield de zee op met ruisen.

'Sorry hoor,' zei haar moeder. 'Je vader is zo moe de laatste
tijd, hij heeft nergens meer zin in, zit alleen maar achter die computer. Ik weet het af en toe niet meer. Maar goed, daar ga ik jou
niet mee lastig vallen.'

Het was in één adem gezegd en voordat Esther kon antwoorden, vroeg haar moeder: 'Zijn al die lui dan bezig geweest om het in de doofpot te stoppen?'

'Nee,' zei Esther. 'Mijn therapeute niet en de beroepsverenigingen hebben ook duidelijke uitspraken gedaan. Wacht...' Ze zocht de juiste pagina uit de reeks die voor haar lag en las:

'De conclusies van de beroepsverenigingen waren:

Uit de stukken is het het College duidelijk geworden, dat Broekhuizen zich volledig bewust was van de onjuistheid van zijn handelen, dat hij de situatie niet alleen zag aankomen maar daarop welbeschouwd heeft aangestuurd, dat hij zich bewust was van de beperkingen van zijn eigen deskundigheid en zorgvuldigheid ten aanzien van de persoon en de problematiek van klaagster, maar desondanks geen enkele poging heeft gedaan een collega te raadplegen, begeleiding te zoeken of cliënte door te verwijzen.

Vastgesteld wordt, dat Broekhuizen door deze wijze van handelen op zeer ernstige wijze misbruik heeft gemaakt van zijn positie ten opzichte van cliënte.'

'Juist,' zei Esthers moeder.

'Dit College besloot verschillende instanties van deze uitspraak op de hoogte te stellen,' zei Esther. 'Het schorste Broekhuizen voor twee jaar. Bijzondere voorwaarde is dat het lidmaatschap daarna alleen wordt voortgezet als hij gedurende drie jaar supervisie heeft. Dan die andere, even zoeken, hier:

Het College stelt vast dat Broekhuizen de genoemde artikelen van de beroepscode op flagrante wijze heeft overtreden. De therapeutische relatie vereist een groot basaal vertrouwen en wordt gekenmerkt door een grote mate van afhankelijkheid van de cliënt ten opzichte van de therapeut. Door in een dergelijke relatie seksueel contact met klaagster te beginnen en over langere tijd te onderhouden, waarbij zij werd on-

derworpen aan een vernederende vorm van voorspel, heeft Broekhui-
zen blijk gegeven vóór alles uit te zijn geweest op eigen behoeftebevre-
diging en heeft hij ernstige inbreuk gemaakt op haar geestelijke en li-
chamelijke integriteit. Aangezien Broekhuizen, gezien zijn lange staat
van dienst, beschouwd mag worden als ervaren psychotherapeut, is
het College van oordeel, dat de geconstateerde overtredingen hem ten
volle kunnen worden aangerekend.

Dit College besloot Broekhuizen uit het lidmaatschap van de ver-
eniging te ontzetten. Broekhuizen tekende hier beroep tegen aan,
omdat hij de strafmaat te hoog vond.' Esther lachte. 'Maar het
College van Beroep schreef, dat ze vonden dat bij een dergelijke
overtreding geen andere strafmaat paste.'

'Zo, daar kan ie het mee doen!' zuchtte Esthers moeder. 'Nou, dit
is toch heel duidelijk, daar kan zo'n rechter toch niet omheen?'
    'Ik hoop het,' zuchtte Esther. Ze stond op van de warme plek
voor de open haard en haalde een glas water in de keuken.
    'Heb je de kraan open?'
    'Ja. Even iets drinken.'
    'En zo'n reclasseringsrapport, hoe zwaar weegt dat?'
    'Weet ik niet. Het gaat alleen over *zijn* achtergrond, wat het
minder erg zou maken wat hij heeft gedaan, maar er wordt niets
geschreven over *mijn* achtergrond, wat het erger maakt wat hij
gedaan heeft.'
    'Kan jij ook niet een rapport laten opmaken,' vroeg haar moe-
der.
    'Heb ik gedaan,' zei Esther. Ze liep met het glas water naar
de papieren voor de haard. 'Hier. Ik schrijf de Officier dat ik een
rapport heb laten opmaken over de schade die ik heb ondervon-
den, omdat dat volgens haarzelf mede de strafmaat bepaalde. Degene die dat rapport gemaakt heeft, schrijft:

In het therapeutische model dat gehanteerd werd, wordt gewerkt met de overdrachtsrelatie. Deze dient om tot groei en ontwikkeling van een primair basisvertrouwen te komen. Uitgangspunt daarbij is dat álle gedragingen en gevoelens van de patiënt een verschuiving zijn. Oorspronkelijke gevoelens, wensen en verlangens, die een patiënt bijvoorbeeld jegens zijn ouders had, worden in deze context verschoven naar de persoon van de behandelaar. Nooit dienen deze gevoelens en gedragingen te worden gezien als volwassen, reële gevoelens voor de behandelaar, want overdrachtsgevoelens zijn áltijd herhalingen van vroegkinderlijke relatievormen. De heer Broekhuizen heeft misbruik gemaakt van overdrachtsmanifestaties die in de behandeling naar voren kwamen en van zijn kennis en overwicht als behandelaar. Hij heeft de therapeutische relatie niet gebruikt om te genezen maar ondergeschikt gemaakt aan het bevredigen van eigen seksuele verlangens. Het slachtoffer is hierdoor ernstige schade toegebracht. Het was Broekhuizen bekend dat zij reeds traumatische relationele ervaringen had opgelopen en dus zeer kwetsbaar was op dit gebied. Zijn laakbare gedrag kan, naar mijn inzicht, onomkeerbare psychische schade tot gevolg hebben, vooral omdat er sprake is van schade op schade op het gebied van het basisvertrouwen. Indien hier in een nieuwe therapie aan gewerkt gaat worden, zal door de aangerichte beschadigingen de behandelingsduur aanzienlijk langer zijn dan voor deze problematiek gebruikelijk is.'

Het bleef even stil.

'Ja… Ik wou dat ik iets voor je kon doen,' zei haar moeder.

'Hmm.'

'Als ik eens ergens mee naar toe moet, dan moet je het zeggen.'

'Claudia gaat overal mee naar toe.'

'Dat is lief van haar.'

'Ja.'

Een kleine stilte die het einde van het gesprek aankondigde.

'Zal ik je valium sturen?'

'Dat is goed,' zei Esther.

'Oké. Ik doe het vandaag nog op de bus, dan heb je het morgen in huis. Kun je lekker slapen.'

'Oké.'

'Dag meid.'

'Dag mam.'

Zestien maanden nadat Esther aangifte had gedaan, vond de rechtszaak tegen Broekhuizen plaats.

In de tussentijd was er sprake van een briefwisseling tussen Esthers advocate en de advocaat van Broekhuizen over een schaderegeling, eventueel door middel van een civiele rechtszaak. De advocate had deze optie direct bij het eerste contact aangedragen, omdat in een strafzaak geen hogere schadevergoeding kon worden gevraagd dan vijftienhonderd gulden. Daarmee zou Esther nog geen vijftien procent van alleen al de rekening van de advocaat kunnen betalen, laat staan de vele kosten die ze al had gemaakt en nog moest maken voor de afhandeling van de klachten en voor het vinden en volgen van vervangende therapie. Alle schaderapporten ten spijt was Esther vastbesloten te genezen. Hoe moeilijk het ook zou worden, ze wilde zich er niet bij neerleggen dat anderen het haar onmogelijk hadden gemaakt zich te ontplooien en geluk te kennen. Sophia zei te hebben ervaren dat mensen wel degelijk konden veranderen, ook op een heel diep niveau, en Esther had besloten daar een van te zijn.

Op de dag van het proces ging Esther met Claudia, Pierre en de advocate, mevrouw Spel, naar de rechtbank. 'Ik had je graag gesteund,' zei Rosalie, 'maar zo'n proces kan ik niet aan. Dan komt alle ellende weer naar boven.'

Esther zag, voor het eerst na ruim anderhalf jaar, Broekhuizen weer, geflankeerd door zijn advocaat, een onbekende man en een rijzige, moederlijke vrouw met een grijs knotje, een blozend gezicht, een Schotse rok en een houtje-touwtje jas, die later mevrouw Dubbelmonde bleek te zijn. Zijn vrouw was er niet.

Binnen in de rechtszaal moest Broekhuizen op een stoel plaatsnemen, recht tegenover de drie rechters, die nog moesten komen. Esthers advocate vond het verstandig als ze een beetje achter in de rechtszaal gingen zitten. Daar zag Esther ook rechercheur Harry van de Molen, die haar vriendelijk toeknikte. *Tóch betrokken,* dacht Esther.

Claudia stootte Esther aan. 'Dat doet ze expres.' Ze knikte naar het achterhoofd van de houtje-touwtje jas. Dubbelmonde bleek haar stoel zo te hebben uitgekozen, dat Esther aan het zicht van de oudste, middelste rechter zou zijn onttrokken. Claudia schoof een paar stoelen op en trok Esther mee.

Toen de rechters binnenkwamen stond iedereen op, en iedereen nam gelijktijdig met hen plaats. Drie oudere heren.

'Dit zijn de oudste, meest ervaren rechters,' zei mevrouw Spel. 'Dan nemen ze de zaak hoog op.'

Toen de oudste rechter het woord tot Broekhuizen richtte, zei hij dat deze het best zwaar zou kunnen krijgen, omdat het komende uur onderzocht zou worden of het ten laste gelegde waar was. Het begrip dat er uit klonk, deed Pierre, Esther en Claudia een ongeruste blik uitwisselen. *Ze vinden dat hij al genoeg gestraft is,* dacht Esther. *Net als houtje-touwtje.*

In tegenstelling tot in films en televisieseries werd er geen overzicht gegeven van de gebeurtenissen, wat het voor buitenstaanders, zoals een paar aanwezige journalisten, ingewikkeld maakte om vast te stellen waarom het precies ging.

De rechtszaal was groot. Broekhuizen sprak zacht en niet altijd in de microfoon. Esther boog zich voorover en probeerde zoveel mogelijk op te vangen van het vraaggesprek dat begon met de vraag of Broekhuizen nog steeds achter zijn verklaringen in het proces-verbaal stond. Hij antwoordde bevestigend.

Na de zitting gingen we nog wat drinken, schreef Esther later in haar dagboek. *Over sommige dingen waren we tevreden, over andere niet, en we hadden geen idee wat voor uitspraak we over twee weken konden verwachten.*

Ze vroegen hem waarom hij mij zelf was blijven behandelen. Broekhuizen kon er geen bevredigend antwoord op geven.

'Enfin, uiteindelijk was er sprake van geïntensiveerd contact,' stelde de rechter vast.

Broekhuizen zei weer dat ik heel vaak belde.

'De avond waarop het fout ging heeft niet zij gebeld, maar u,' zei de rechter. 'Nota bene op haar verjaardag.' Het leek of hij daarover verontwaardigd was. Het was de eerste keer dat er iets persoonlijks in zijn stem doorklonk.

Broekhuizen moest uitleggen waarom hij zelf belde. Hij zei dat hij dat wel vaker deed als hij zich zorgen maakte. Die avond was daar helemaal geen aanleiding voor geweest, maar dat kwam niet ter sprake. Ik wist dat het in het dossier stond. Maar de rechters gingen eigenlijk nooit met hem in discussie. Ze lieten hem het zijne zeggen, de feiten voornamelijk. In zijn gevoelens, als hij daarmee kwam, leken ze meestal niet zo geïnteresseerd. Ze gingen er in elk geval nooit op in.

Uit hun vraagstelling kon ik wel opmaken dat ze het dossier niet alleen goed gelezen hadden, maar zich kennelijk ook een beeld hadden gevormd van wat er gebeurd was. Dat was prettig om te merken.

'En toen ging u hobo spelen. Vond u dat ook normaal?'

Claudia, Pierre en ik keken elkaar aan en moesten bijna lachen. Het feit werd extra belachelijk in de kale context van die strenge rechtszaal. Zo hadden ze meer vragen, die er ineens uitsprongen en daar wist Broekhuizen zich meestal geen raad mee. Ze trokken zelden conclusies, ook niet als Broekhuizen geen aannemelijke verklaring kon geven, maar het vraagteken bleef dan wel duidelijk achter. Een van de rechters bladerde zo nu en dan in dikke boeken.

Ze vroegen of hij al voordat hij me belde wodka had gedronken. Je kon Broekhuizen horen denken: 'Wat is nu beter, als ik het wel of als ik het niet gedaan zou hebben?' In het ene geval zou hij zich misschien achter de alcohol kunnen verschuilen, in het andere geval zou het alcoholgebruik hem juist onverantwoordelijk hebben gemaakt.

Ze vroegen naar zijn therapeutenstatus in die situatie, naar het feit dat het toevallig zo uitkwam dat zijn vrouw niet thuis was en of het dan sowieso wel verstandig was om te bellen, vooral omdat hij al meer dan betrokken was en wodka had gedronken. 'Of kwam dat alles u nu juist wel goed uit?' En waarom hij in dat halfuur à drie kwartier die ik nodig had om naar zijn huis te rijden niet tot bezinning was gekomen. Broekhuizen zei dat het volgens hem veel korter was, waarmee hij ook probeerde aan te geven dat ik maar al te graag wilde, maar de rechter zei superieur en kordaat: 'Onzin. Dat halfuur tot drie kwartier heb je gewoon nodig om daar te komen.' Broekhuizens mond was gesnoerd en hij kon niet uitleggen wat hij in de tussentijd had gedaan. Ik weet zeker dat hij zich alleen maar verheugde en opgewonden was tot het moment dat ik arriveerde. Later zeiden de rechters dat er misschien nog iets aan te doen was geweest als hij na die ene keer tot bezinning was gekomen. Broekhuizen gebruikte het argument dat hij er niet mee had kunnen stoppen vanwege het suïcidegevaar voor mij. De voorzitter trok zijn wenkbrauwen op en vroeg: 'Geloofde u nu echt dat u haar met wat u aanbood nog hielp?'

'U moet zich toch realiseren dat wat u van haar vroeg voor haar geen enkel plezier of genoegen heeft opgeleverd?' zei de rechter, die in de dikke boeken bladerde op een moment dat Broekhuizen wilde ontkennen dat er sprake was geweest van onvrijwilligheid. Broekhuizen stamelde dat hij daar niets van had gemerkt. De voorzitter zei toen: 'Ze heeft het misschien op die avond niet met zoveel woorden gezegd, maar u als therapeut had toch aan andere dingen kunnen merken hoe het voor haar was? U heeft gezegd dat zij het beter kon hanteren dan u na de eerste keer. Dat is een verklaring die voor u wel goed uitkomt, maar denkt u werkelijk dat het ook zo was? Zij als actrice was er waarschijnlijk zelfs beter in dan een ander om haar gevoelens achter een façade te verbergen, maar ook van patiënten in het algemeen moet u als therapeut toch weten dat ze er niet altijd uitzien zoals ze zich voelen?'

Broekhuizen had er niet veel op te zeggen. Zijn advocaat begon nog een omslachtig verhaal, dat ook als een vrouw geen eh... ahum... orgasme bereikte, ze het toch wel leuk kon vinden. De rechters gingen op dat moment alledrie zwaar achterover leunen in hun stoel, alsof ze het argument dat de keurige advocaat ook maar moeizaam uit zijn mond kon krijgen, banaal en niet aan de orde vonden.

Ze spraken er Broekhuizen op aan, dat ik later wel degelijk signalen had gegeven die duidelijker waren en dat hij daar óók niet op had gereageerd.

'Hoe had u eigenlijk gedacht dat deze hele affaire zou aflopen?' vroeg de voorzitter.

Broekhuizen zei dat hij daar nooit over had nagedacht. Ik zelf ook niet. Alleen gaandeweg kreeg ik het gevoel dat hij erop aanstuurde dat ik er een eind aan maakte.

'U moet zich er toch ooit wel een voorstelling van hebben gemaakt hoe het zou aflopen?'

Hij bleef het antwoord schuldig.

De voorzitter zei: 'Mevrouw had problemen met relaties, zette er steeds een punt achter. Is het niet zo dat het u goed zou zijn uitgekomen als dat ook nu gebeurd was?'

Broekhuizen mompelde dat hij het zo niet had gepland.

'Gezien uw ervaringen met de vrouw die zwanger van u werd, had u toch een gewaarschuwd man kunnen zijn?' vroeg de voorzitter.

'Dat waren andere omstandigheden,' zei Broekhuizen.

'Ja, u had toen eerst de therapie beëindigd,' constateerde de voorzitter. Door de droogheid klonk het enigszins sarcastisch.

Broekhuizens advocaat stond direct in de aanslag om te zeggen dat hij het niet fair vond dat deze zaak als een herhaling werd gezien en hield vol dat het de eerste keer was geweest.

Er werd gesproken over de situatie van Broekhuizen nu. De advocaat nam het woord. De ontslagprocedure van het ziekenhuis was nog niet afgerond, want het was mogelijk dat Broekhuizen afgekeurd werd. De voorzitter sprong hierop in. Het leek hem niet te zinnen dat Broekhuizen geld trok van de gemeenschap, zich had ziek gemeld voordat de zaak bekend werd, zodat er in eerste instantie geen disciplinair ontslag mogelijk was, terwijl dat meer op zijn plaats was geweest. Zelf vond ik het tegenstrijdig dat de advocaat sprak over afkeuren, terwijl Broekhuizen aangaf dat hij ooit weer aan het werk wilde.

Ten slotte hield de advocaat zijn pleidooi, dat hij begon met een citaat van La Fontaine, waarvan hij zei dat hij het spijtig vond de Franse versie niet te kennen. Hij schraapte zijn keel en citeerde: 'Liefde! Liefde! Als gij ons beet hebt, dan kan men gerust zeggen: vaarwel voorzichtigheid!'

Pierre, Claudia en ik keken elkaar aan en moesten moeite doen om niet luid en hilarisch te lachen van verontwaardiging om de idiotie. Na alles wat er gezegd was, was het zo volstrekt misplaatst om in dit geval over liefde te spreken, maar ja, die man dacht: ik heb dit pleidooi nu eenmaal geschreven, nu zal ik het voorlezen ook. Pierre boog zich naar me toe. 'Dat heeft ie uit het grote citatenboek,' fluisterde hij.

De advocaat somde verzachtende omstandigheden op en ging door op de zogenaamde vrijwilligheid van mijn kant. Zo zei hij dat uit mijn geschriften bleek dat ik intelligent genoeg was en dus best een andere therapeut had kunnen nemen en dat hij zich verstoutte te zeggen, dat als Broekhuizen en ik elkaar niet in een therapeutische setting hadden ontmoet, wij ook vrienden waren geworden.

Ik zat heftig nee te schudden. Volgens Pierre was dat de rechters niet ontgaan.

De meest opvallende en nog niet eerder aangedragen 'verzachtende omstandigheid' was, dat het slachtoffer, ik dus, volgens de advocaat 'intellectueel een maatje te groot was geweest voor zijn cliënt'. Ik ben blij dat hij mijn advocaat niet was.

Nu is het afwachten wat de conclusie van de rechters zal zijn.

Het *Job*-project was bijna klaar. Esther besteedde er zo veel mogelijk van haar tijd aan, nu alle procedures rondom de klachten tegen Broekhuizen waren afgerond of ten einde liepen. Ze ontving een brief van haar oma, die haar succes wenste met de komende voorstelling.

Jammer genoeg lukt het me met m'n benen niet meer om te komen kijken. Bedankt voor je kaarten. Die inbraak in m'n huis was een rotstreek. Maar ik slaap wel, hoor. Ik kan er toch niets aan doen. Ik ben blij dat ze de boel niet vernield hebben. Wat ze gestolen hebben, dat brengt ze geen geluk, dat weet ik zo wel. Nou lieverd, ik hou maar weer eens op met schrijven, even kijken of de was al klaar is. Veel liefs en een kus van mij voor jou schat. Tot ziens.

Oma
   P.S. *Bewaar de postzegel.*

'Westerbork 1942-1992. Grootvader, grootmoeder, vader, moeder, broer, zus, oom, tante, neef, nicht, buurman, buurvrouw, vriend, vriendin,' stond er op de postzegel. Esther plakte hem vast op de brief, die ze in haar dagboek bewaarde.

Twee weken later hoorde Esther de uitspraak van de rechtbank. Broekhuizen had negen maanden voorwaardelijk gekregen, met twee jaar proeftijd. Voor een voorwaardelijke straf was negen maanden veel, zei mevrouw Spel. De motivatie was dat Broekhuizen het aanzien van de geestelijke gezondheidszorg had geschaad.

Esther was drie dagen ziek na deze uitspraak, niet alleen van de uitputting, die toesloeg nu de zaak ten einde was gekomen, maar ook omdat ze het gevoel had in deze uitspraak geen plaats te hebben. Voorwaardelijk. Dat wilde zeggen dat ze hem alleen daadwerkelijk zouden straffen als hij het nóg een keer deed. En dat dan ook nog binnen een termijn van twee jaar. Was één vrouw niet erg genoeg?

Enige tijd later hoorde ze dat ook de Officier van Justitie, mevrouw Haas, niet tevreden was met de uitspraak. Ze had hoger beroep aangevraagd. Esthers tevredenheid hierover was van korte duur, want ze kreeg een brief van de procureur-generaal die de zaak zou moeten overnemen, waarin hij aangaf dat hij er niet veel in zag om het beroep door te zetten: hij dacht niet dat het tot een andere uitspraak zou komen.

Esther twijfelde. Moest ze nu opnieuw actie ondernemen of was het wel best zo? Ze was doodop. Het liefst zou ze alles vergeten en uit haar hersenen, haar herinneringen en haar gevoel wegbranden. Maar de therapie maakte haar duidelijk dat vergeten, wegstoppen of wegslapen niet de goede weg zou zijn. Haar harde werken samen met Sophia om dit juist niet te doen, leek een verschuiving in haar innerlijk teweeg te brengen. Ze groef kristallen op uit het zand, die een steeds duidelijkere en prominentere plek kregen in de zandbeelden die ze schiep. Het maakte Esther zich ervan bewust dat deze kristallen een plek in haarzelf vertegenwoordigden, die nog niemand had kunnen beschadigen en dat gaf een nieuw perspectief op de momenten dat ze depressief was. Het zorgde ervoor dat die stemmingen een begin, midden maar ook een eind hadden. Een van de redenen dat ze deze ontwikkeling kon doormaken, was het feit dat ze alles wat er met Broekhuizen was gebeurd uitgebreid onder ogen had gezien en had behandeld in de vorm van klachten, brieven en gesprekken. Nu was er nog één horde om alles gedaan te hebben wat binnen haar vermogen lag, om én zichzelf, met terugwerkende kracht, én anderen, voor de toekomst, tegen Broekhuizen te beschermen. Ze schreef de procureur-generaal, vroeg een gesprek aan, waarin ze aangaf dat niet alleen de gezondheidszorg of de samenleving schade had opgelopen, maar zij ook en dat ze dit niet terugvond in de uitspraak.

Het hoger beroep werd aangetekend.

Zeven

1994

Met haar klachten op papier wendde Esther zich eerst tot de Inspectie voor de Geestelijke Volksgezondheid. Zij konden niet veel meer doen dan Broekhuizen voor een gesprek uitnodigen, waartoe hij niet verplicht was, omdat hij niet onder de medische stand viel. Met betrekking tot mogelijke aangifte bij de politie werd ze gewaarschuwd dat het een lange weg zou zijn, waarbij ze allerlei details moest vermelden en bewijzen moest leveren. Daar moest ze maar goed over nadenken. Ze hadden wel begrip voor wat Esther was overkomen en leefden met haar mee, maar, zeiden ze: 'Je zult bij anderen een hoop weerstand ontmoeten, want het is een moeilijk verhaal en mensen houden niet van complexiteit.'

Op Esthers verzoek zouden ze ook Bierens, die wél medicus was, aanspreken op de gang van zaken in de praktijk. Er zouden vele maanden overheen gaan. Ook de procedure bij de twee beroepsverenigingen namen maanden van schriftelijke hoor en wederhoor in beslag.

's Avonds reisde ze met de *Hamlet*-voorstelling door het land, overdag werkte ze aan haar studie.

Het eerste consult dat Esther bij mevrouw Onderwater had, nadat ze de wachttijd van twee maanden had uitgezeten, liep uit op een fiasco. Toen Esther op de dag van de afspraak bij haar had aangebeld, had mevrouw Onderwater de deur opengegooid en tot Esthers verbijstering 'Neeee!' geroepen. Volgens Onderwater hadden ze op die dag niet afgesproken, maar bij nadere controle van haar agenda bleek dat Esther toch gelijk had. De reactie van Onderwater en het feit dat ze kennelijk aan het begin van een werkdag zich niet voorbereidde op de afspraken die ze zou hebben, was reden voor Esther om niet meer terug te komen.

Uiteindelijk was het iemand met wie Esther te maken had gekregen bij het indienen van de klacht, die haar wees op de praktijk van Sophia Heldeweg.

Het zal 1999 zijn.

Ze ziet haar vader in de deuropening. Zichzelf op de grond, de wesp naast haar been, waarop een rode bult groeit.

Sophia beweegt haar hand voor Esthers gezicht. Esther volgt de beweging met haar ogen.

'Het is een methode waarmee ik hele goede en snelle resultaten boek,' had Sophia gezegd. 'Misschien is het wel iets voor jou, om de laatste blokkades op te ruimen.'

EMDR, Eye Movement Desensitization and Reprocessing. Esther had er een artikel over gelezen op internet. Het was een therapie die diverse methoden in zich verenigde en combineerde met oogbewegingen, net als in je slaap. Deze ritmiek activeerde het informatieverwerkingsproces van de hersenen, waardoor de hersenen psychologische problemen, wonden of blokkades, zouden oplossen op dezelfde manier waarop het lichaam fysieke kwalen genas. Het leek wonderlijk en vanzelfsprekend tegelijk.

Ze voelt een groot verdriet en spanning bij de gestalte van haar vader in de deuropening. De gestalte die niets doet en zich zal omdraaien en weglopen.

Ze voelt verharding, kou. 'Ik heb je ook niet nodig.' Haar lichaam splitst zich van haar geest en ze voelt niets meer. Alles koud. Ver weg.

Het bewegen van de ogen. De splitsing kan geen stand houden. Ze voelt hoe onvermijdelijk het verlangen zich aan haar opdringt, dat die man in de deuropening haar in zijn armen neemt en troost, maar hij blijft staan. De ogen bewegen. Het gevoel transformeert zich in de overtuiging dat ze de man in alles zijn zin moet geven om te krijgen waarnaar ze verlangt.

Ogen. Links, rechts, links, rechts.

Dan ziet ze ineens de man zoals hij daar staat. Het gevoel dat ze zelf niets waard is, lost zich op. Het ligt bij hem. 'Hij kan het gewoon niet.' De conclusie welt op in haar gedachten.

Haar ogen bewegen. Haar lichaam ontspant zich. Het is goed zo. Het is niet anders. Het is verleden tijd.

8

1996

Het zal 1998 zijn.

 Het is warm en benauwd in het ziekenhuis, als altijd. Haar oma's bed staat helemaal achterin, bij het raam. Ze zit rechtop. Het kastje naast haar bed staat vol met spullen.

 'Hallo!' roept ze hen tegemoet. 'Er zijn er net weer een paar weg.'

 Ze had al heel vaak in het ziekenhuis gelegen, voor allerhande grote en kleine ingrepen. 'Zet het mes er maar in, als het moet dan moet het,' zei ze elke keer kordaat. Met geheven hoofd werd ze door een van haar zoons of dochters naar het ziekenhuis gebracht en moe, maar vastberaden kwam ze er weer uit. Op de bezoekuren zat ze genoeglijk overeind in haar bed en liet zich door de kinderen en kleinkinderen omringen en volstoppen met sapjes en snoep, terwijl ze weer een jaar vooruit kon met haar lievelingszeep.

 'Is dit 'm nou?' zegt oma in Esthers oor. Esther knikt. 'Lijkt me een aardige man.'

 Oma babbelt. Dan ineens vertelt ze: 'Ik heb vannacht zo raar gedroomd. M'n vader, m'n moeder, m'n broer met z'n vrouw en kind en m'n zus, ze kwamen allemaal naar me toe en ze zeiden: "Jij dacht dat we dood waren hè? Maar dat is helemaal niet zo."' Oma rilt. 'Bah, ik vond het helemaal geen leuke droom.' Haar ogen gaan naar de deur van de zaal. 'Hallo!' roept ze naar een nieuwe reeks bezoekers.

 Een paar weken later wordt ze met spoed opgenomen.

'Kan ik haar bezoeken?' vraagt Esther bleek aan haar nog blekere moeder.

'Natuurlijk kan dat. Gewoon doorlopen. Als ze zeggen dat het geen bezoekuur is stuur je ze maar naar mij.'

Oma's lichaam ligt als een bundeltje in het grote bed, samengebald in het laken, als een pakketje waarop 'pijn' en 'help' geschreven staat.

'Wat maak je me nou?' zegt Esther zachtjes.

Oma glimlacht flauw.

'Pijn,' zegt Esther.

Oma knikt.

'Erg.'

'Ja.'

'Waar?'

'Ik weet het niet. Het is net of ik naar de wc moet, maar dat is het niet.'

Het is stil.

Esther pakt haar oma's hand. Zo zit ze een tijdje.

Als het pakketje krimpt van de kramp, drukt Esther haar tranen weg en zegt: 'Ik hou van je hoor!'

'Weet ik. Ik ook van jou.'

Ze klinken kort, stug, bijna bits, de woorden. Zoals alleen zij 'ik hou van je' kan zeggen. Echt oma.

Strak in het pak, althans, zo strak mogelijk, en met een zwierige regenjas aan, waardoor hij precies op Klessens leek, liep Broekhuizen in hoog tempo de trap op naar de rechtszaal waar het hoger beroep zou dienen.

Esther, Claudia en mevrouw Spel zagen hem arriveren. Zijn advocaat stond hem op te wachten met dezelfde onbekende man van de vorige keer en met houtje-touwtje Dubbelmonde.

De zitting duurde kort. Alle feiten werden als bekend verondersteld, Broekhuizen bleef bij zijn eerdere verklaringen en al snel ging het over de te nemen strafmaatregel.

Alsof hij pleitte voor de tegenpartij zei de procureur-generaal dat behalve Esther ook Broekhuizen eigenlijk een slachtoffer was, zij het tussen aanhalingstekens. Ook al wist hij niets van therapie, de procureur-generaal had wel de indruk dat Broekhuizens angst dat ze mogelijk zelfmoord zou plegen gegrond was geweest. Waarop hij deze indruk baseerde, zei hij niet. Toen hij klaar was met het verkondigen van wat Esther aannam dat kennelijk zijn eigen mening was geweest, sloot hij af met de verklaring dat de geheel voorwaardelijke straf die was uitgesproken, geen bevredigend signaal naar het slachtoffer was geweest.

Daar bedoelt hij dan wél mij mee, dacht Esther.

De rechters vroegen Broekhuizen wat hij vond van verplichte dienstverlening, wat hij dacht te gaan doen na beëindiging van zijn WAO-uitkering, hoe lang zijn therapie nog zou duren en of hij dacht ooit weer geschikt te zijn voor zijn vak. Een van de rechters vroeg of hij zich weleens had voorgesteld dat hij daadwerkelijk een gevangenisstraf moest uitzitten. Hierop schoot direct de advocaat van Broekhuizen van zijn stoel, om te zeggen dat het alternatief van dienstverlening bij de vorige zitting al was aangeboden. Hij mocht ten slotte nog het laatste woord voeren. Dit keer liet hij uitspraken over grote liefde achterwege. Na de tijd die er overheen was gegaan, zei hij nu tot de conclusie te zijn gekomen dat zowel het slachtoffer als zijn cliënt 'flink ziek' moesten zijn geweest en dat het daarom allemaal zover had kunnen komen.

Het zal 1998 zijn.

Ze staat achter het katheder, naast de blankhouten kist omringd door kaarsen. Veel mensen zitten voor haar.

Ze spreekt in de microfoon.

'Niet huilen, niet verdrietig zijn. Je krijgt diegene er toch niet mee terug. Je huilt alleen maar voor jezelf is wat mijn oma zei.'

Haar stem klinkt via de geluidsboxen ver weg voor haar.

'Maar ik mag je toch wel missen, zei ik. Dat mocht. En dat doen we hier dan nu: haar missen.'

Ze kijkt kort op naar de mensen die stil en ingespannen luisteren en gaat verder.

'Oma. Die de kunst van het overleven verstond. "Het is net of ik er niet bij ben. Alsof ik het niet ben die het meemaakt," zei ze op een van de spaarzame momenten dat ze over haar gedode familieleden sprak, toen ze over hen had gedroomd. Die kunst van het overleven heeft ze overgedragen. In allerlei vertakkingen en verschijningsvormen zie je de resultaten terug in haar kinderen en kleinkinderen: de ene is nog beter dan zij in het zwijgen over gevoelens, terwijl de ander diep is gaan graven en bronnen heeft aangeboord die niet meer te stoppen zijn. De volgende overtreft haar in het maken van goede en snelle grappen in elke situatie, vrolijk of benard.

Zegt de dokter na de operatie tegen de oma:

U bent genezen. U kunt alles doen.

Ook pianospelen? vraagt de oma.

Ja hoor, ook pianospelen, zegt de dokter.

Nou, dat is mooi, zegt de oma, want dat kon ik nog niet.

Soms is het jammer dat die overlevingskunst andere dingen buitensluit. Zo konden wij de gevoelens zoals wij ze op dit moment hebben bij het verlies van oma, juist met haar niet delen.

Maar ze heeft met haar manier van overleven in mijn ogen krachtig stelling genomen tegen elke poging tot zingeving van wat er in die zwarte periode tussen '40 en '45 is gebeurd. Het was gebeurd. Wat viel er nog te zeggen.

En boven alles heeft de kracht die oma opbracht om te overleven zoals zij dat deed, vele van onze levens, zoals wij hier bij elkaar zijn, gespaard of mogelijk gemaakt.'

Ze kijkt op van haar papier en treft de bemoedigende ogen van haar geliefde. Ze stapt achter het katheder vandaan, gaat naast hem zitten en krijgt zijn hand en die van haar moeder, die aan haar andere kant naast haar vader zit.

Ze belde mevrouw Spel en kreeg te horen dat Broekhuizen dit keer een gevangenisstraf voor de tijd van drie maanden voorwaardelijk kreeg opgelegd, met een proeftijd van twee jaar en voorts was veroordeeld tot het verrichten van tweehonderdveertig uur onbetaalde arbeid in plaats van zes maanden gevangenisstraf, met aftrek van zes uren.

Het betekende dat de strafzaak definitief was beëindigd. Ze liet het aan mevrouw Spel over om de schaderegeling verder af te handelen.

Acht

1994

Het was warm en druk in de foyer na de allerlaatste voorstelling van *Hamlet* in wat een lange reeks was geweest.

Haar gezicht glom nog een beetje van het afschminken. Het was warm. Ze had haar tas aan haar schouder hangen, haar jas aan. Ze verwachtte eigenlijk niet dat er mensen voor haar waren. Iedereen had de voorstelling inmiddels wel gezien. Ze liep nog even rond, voordat ze haar collega's uit de voorstelling gedag zou zeggen. Die stonden en zaten midden in de foyer met hun jassen en tassen al om zich heen, klaar om na de champagne die ten afscheid gedronken zou worden in de bus te stappen die hen naar huis bracht.

Esther schuifelde door de menigte, die om de spelersgroep stond. De ijsemmer met champagne arriveerde. Plots voelde ze een hand op haar schouders. Ze draaide zich om en zag Vince Point. De man die haar ooit de gouden toekomst voorspelde.

'Hé!' zei Esther verrast.

'Hé!' zei Vince.

Achter hen begon het aftellen tot de kurk van de fles zou springen.

Hij sloeg zijn hand achter haar hoofd en trok haar naar zich toe voor twee kussen en een omhelzing.

'Dat was een prachtige Ophelia,' zei hij. 'Je bent over...' Zijn woorden gingen op in het gejuich na het knallen van de kurk en het bruisende vullen van de glazen.

Ik ben over mijn eigen schaduw gesprongen, vulde Esther in gedachten aan.

DEEL 2

VERANTWOORDING

De citaten zijn ontleend aan:

George Steiner, *Anno Domini* – Meulenhoff 1990
Etty Hillesum, *Het verstoorde leven* – Balans 1989
Wim Kayser, *Documentaire Nauwgezet en wanhopig* – VPRO 1989
P.C. Kuiper, *Ver heen* – Sdu uitgevers 1988
Claude Lanzmann, *Shoah*
Bijbelverhaal *Job*
De Wit, Van der Veer, *Psychologie van de adolescentie* – Uitgeverij Intro 1993
DSM-III-R (Diagnostic and Statistical Manual – American Psychiatric Association)